충돌하는
차이들의 심층

충돌하는
차이들의 심층

서
영
인
평
론
집

창비

첫번째 책이다. 이제 비로소 비평가가 된 것 같다. 순진한 독서가 이
끌어낸 무모한 욕망을 꾸역꾸역 따라오다 보니 어느새 비평가가 되어
있었다. 소설을 읽는 일이 즐거웠고, 소설과 현실 사이 어디쯤에서 늘
서성거릴 때, 그 자리에서 움찔움찔 싹터나왔던 생각들을 글로 옮겨놓
고 싶다는 욕망이 나를 비평가의 길로 이끌었다. 그러니 내 글쓰기의 대
부분은 소설읽기의 경험이 빚어낸, 소설 속에서 교섭하고 대화했던 내
마음의 움직임으로 채워졌다.

이를테면 이런 것. 어릴 적에 방바닥에 엎드려 계몽사 문고 같은 것
을 읽다 보면 날이 어두워지곤 했다. 읽던 책을 덮어놓고 불을 켜는 것
이 성가셔서 그냥 책을 읽다 보면 주위가 너무 어두워져서 더이상 책을
읽기 힘든 때가 온다. 비로소 고개를 들어 주위를 둘러보면 작은 방 안
에는 어느새 어둠이 가득 차 있다. 이미 져버린 해의 마지막 기운이 창
문에 서려 방 안으로 기어들고 있을 때, 주위에 남아 있는 약한 빛들이
희뿌연 무늬를 그려내고 그 빛무늬 사이로 아주 작은 먼지들이 둥둥 떠
다니고 있었다. 그때 나는 잠시 내가 있는 곳이 어디인지 혼란스러워 멍

하니 그 빛무늬와 먼지들을 바라보곤 했다. 내가 빠져든 소설 속의 세계, 그리고 어느새 어두워져 사방이 고요한 방, 그 안에서 나는 마치 먼지들처럼 방 안도 밖도 아닌 곳에 둥둥 떠 있는 것같이 느껴졌다. 그 짧은 순간의 고요한 격절감, 여전히 소설 속에 빠져 있지만 내가 있는 곳은 그 소설과는 다른 곳이라는 점을 인식하게 한 순간, 그 순간 속을 스치고 지나간 생각들을 나는 글로 옮겨보고 싶어했던 것 같다.

그러다 보니 비평가가 되었다. 비평가가 된 이후 내내 들려온 비판적 목소리들, 젊은 비평이 평가나 비판보다는 작품의 해석에 골몰하고 있다는 쓴소리로부터 나 역시 자유로울 수 없다. 그러나 또한 그럴 수밖에 없었다는 변명 아닌 변명을 하고 싶다. 내가 세계를 알고 사랑하고 살아오게 한 모든 시간에 내가 읽은 소설들이 스며 있으니, 언제나 깊이 공감하고 이해하고 안타까워하면서 만나온 소설들의 경계를 훌쩍 뛰어넘는 일이 쉽지도 않았을뿐더러 반드시 바람직한 일도 아니라고 생각했다. 작품들에 대해서 엄격한 평가의 목소리를 섞을라치면 그 목소리에 가려 사라지는 소설 속의 진실들이 내내 눈에 밟혔다. 그러니 내 비평은 여전히 소설 안과 바깥의 어디쯤에 어중간하게 발을 걸치고 있다.

그러나 나는 이 어중간한 위치를 섣불리 청산하고 넘어나올 생각은 없다. 길지 않은 비평활동 기간 동안 스스로에게 다짐한바, 비평이란 여전히 작품과의 대화이고 그것이 말하는 바를 가장 정확하고도 풍부하게 옮겨놓는 일에서부터 출발한다는 믿음을 나는 아직 버리지 않고 있다. 작품 하나하나가 지니는 그만의 목소리와 색깔들, 그리고 그 작품들이 만나 이루는 다채롭고 풍부한 차이들에 대해서 아직 할말이 많이 남아 있다고 나는 생각한다. 그러니 내 비평은 작품의 성과와 한계를 선명히 가름하고, 비판과 평가를 명백히 적시하는 글쓰기와는 거리가 멀다. 작품이 말하는 것과 말하지 않는 것 사이, 작품이 말하고 있는 것과 그 작품이 서 있는 우리 삶의 자리들을 섬세하게 조망하고 그것들 사이의 거리와 위치를 통해 하나의 지도를 그려내는 일, 그것이 내가 생각하는 비평의 자리이다. 이제 출발점을 떠난 지 얼마 되지 않은 내 비평이 이런 일을 이루었다고 감히 말할 수는 없다. 아직도 개별 작품에 파묻혀 작품과 작품 사이를, 그리고 그 작품들이 모여 이루는 우리 문학의 자리를 제대로 가늠하지 못하고 있다는 것이 정확한 진단일지도 모른다. 이 다채로운 개성들, 충돌하고 겹치며 만나 대화하고 결별하는 차이들 사이에서 좀더 머물러야겠다고 생각한다. 그러다 보면 내 비평이 이 차이들 사이에서 소통의 길을 열고 그것들이 서로 만나 이루어내는 전체의 형상을 어림짐작으로나마 그려볼 때가 있으리라 믿는다. 전혀 다른 색깔과 모양의 점찍기로 하나의 그림을 만들어내는 점묘화, 저마다의 밝기와 거리로 제자리에서 각각 빛나지만 어느새 누가 정해놓지도 않은 부피와 무게로 하나의 별자리를 이루는 성좌, 소설광 시절을 겨우 넘어선 초짜 비평가가 새롭게 품어보는 욕망이다. 여전히 전체에 대한 통찰은 부족하다. 시대를 직접 말하지 않고도 시대를 담아내는 비평을, 문학을 말하지만 그것이 어느새 우리 시대의 삶으로 이어지는 비평을 해내기 위해서 아직은 더 먼 길을 가야 할 것 같다. 그 길을 가는 중에 너무 헤매지는 않기를, 어렵게 길을 찾는 동안 정치적으로 올바른 방향을 스스로 간직하기를 바랄 뿐이다.

　여기에 실린 글들은 소설 속에서 소설과 만나 대화하고 소통하고 그 경계를 어루만지면서 우리 시대의 문학이 서 있는 자리를 함께 읽어보고 싶어했던 어줍은 욕망의 결과물이다. 모아놓고 보니 서툴기 짝이 없지만, 약간의 문장을 수정하는 것 이외에는 크게 손대지 않았다. 부족하고 서툴더라도 이것이 또 내가 지나온 길의 정직한 증거물이라 생각하기 때문이다. 1부에는 내 비평의 방향을 가장 분명히 그려내고 있다고 생각하는 몇편의 주제론과 작가론을 모아 실었다. 작품이 말하는 바, 작가들의 분명한 개성에 최대한 귀를 기울이면서도 그것이 서 있는 자리를 잊지 않고자 내내 애썼지만 신통치는 않다. 그러나 여전히, 나는 작품들이 지니는 개성과 차이를 훼손하지 않으면서도 그것들이 서로 만나는 지점들, 그것이 서 있는 우리 시대의 삶을 함께 보는 일이 비평이 해야 할 일이라고 믿고 있다. 2부에는 작가론과 작품론 들을 모아보았다. 내폐적 내면은 내면대로, 시대에 대한 고민은 고민대로, 유쾌하고 발랄한 감각은 또 그것대로 그 작품들이 지니는 의미와 색깔을 함께 업어오는 비평을 쓰고 싶었는데 어떨지 모르겠다. 이 차이들이 부딪히며 만나이루는 그림들 속에서 그것들이 근거하고 있는 삶의 심층이 언뜻 보였으면 좋겠다. 3부에는 계간평의 형식으로 썼던 글들을 모았다. 서평이나 계간평은 품이 많이 들기는 하지만 글읽기의 즐거움과 가장 직접적으로 만날 수 있게 해준다. 그 즐거움이 이 글들을 만들었다.

내가 비평가가 될 수 있게 힘을 돋워준 곳이 창비이고, 또 첫번째 책을 내는 데도 많은 도움을 얻었다. 애써주신 여러분들께 감사드린다.

2005년 5월
서영인

차 례

문학의 안과 밖

젊은 비평의 가능성

■

유쾌하고 자유로운 해석의 충돌을 위하여

1. 새로운 목소리들

몇년 전부터 몰아닥친 불황의 바람은 좀처럼 잦아들 기미가 보이지 않는다. 불황의 시대일수록 경제의 위력을 새삼스럽게 실감하게 된다. 사회정책의 모든 목표가 경제회복에 맞춰져 있으며 일상의 구석구석까지 경제논리가 침투해 있다. 자본의 무서운 위력은 단지 그것을 소유하지 못한 자의 삶이 빈곤해지고 위축된다는 데서만 확인되지 않는다. 그 위력은 우리가 삶을 바라보고 이해하는 방식을 바꾸고 미래를 꿈꾸는 방식마저 바꾼다는 데서 진정한 실감을 드러낸다. 올바로 살아가기 위한 인문학적 고통과 사유는 배부른 자의 사치처럼 여겨지고, 대학이 학문과 사유의 훈련장이 아니라 직업선택을 위한 자격증 면허소로 변해버린 것도 그리 낯설지 않은 풍경이다. 불안은 영혼을 잠식하고 살아남기의 경쟁은 정신의 자존심마저 저당잡는다.

시장에서 살아남기 위해 온갖 곡예와 모험을 감수해야 하는 상황은 문화를 생산하고 정신을 양성하는 문학출판의 경우에도 예외가 아니다.

경영서, 처세서, 재테크서 등의 실용서가 압도하는 출판시장은 문학이 그 존재방식을 인정받고, 회의하고, 끊임없이 변전해야 하는 엄연한 현장이기도 하다. 90년대를 지나 2000년대 들어선 지금까지 우리 문학이 진행해온 고민과 회의와 새로운 모색과 실험은 시장 속에서 시장을 넘어서는 문학의 존재방식을 찾기 위한 사투의 과정이기도 했다. 우리 시대의 문학담론은 그간의 것과 전혀 다른 새로운 문학적 생산물들이 이 소비자본주의 시대의 불길한 징후이며 또한 그것을 고통스럽게 견디면서 태어난 새로운 정신의 한 증거물임을 증명하는 데 바쳐졌고, 그러는 중에 끊임없이 상업주의의 함정을 우려하는 경고음이 울리기도 했다. 그리고 최근 들어 문학담론이 어떤 위기, 혹은 침체의 늪에 빠져 있는 것처럼 보이는 것은, 시장 속에서 살아남기 위하여 문학의 진정성을 더욱 강조해 해석해야 하는 위태로운 곡예가 한계점에 다다라 있기 때문인 듯하다. 지난 시대의 문학적 통념에 도전하는 새로운 실험과 도전이, 혹은 그것을 증명하기 위해 바쳐졌던 비평적 노력들이 어느새 시장의 논리 속으로 흡입되어버리는 과정을 목격하면서, 그 끝을 모르는 자본의 블랙홀 앞에서 난감해질 수밖에 없는 것, 적어도 그것이 비평의 침체와 수동성을 불러온 하나의 조건이 된 것은 아닐까 짐작해본다.

이 침체와 위기의 난경이 자아내는 예기치 못한 정적 덕분에, 그 아래에서 수런거리는 목소리의 존재가 더욱 분명해진다. 언제나 '이전'과는 '다름'으로 자신의 정체성을 규정해왔지만 또한 그 '다름'이 '이전'에서 발원하고 있음을 해명하기 위해 분주하게 수런거리는 이들. 이들은 침체와 위기의 난경 속에서 자신의 문학적 출발점을 얻었고 또 자신들의 문학적 언어를 벼리어온 자들이다. 아직 이들이 생산해온 문학담론이 선명하게 정리될 수 있는 단계는 아니지만 이른바 새로운 세대의 비평가군이라 할 만한 이들의 목소리가 그리 만만치 않은 문제제기를 포함하고 있음은 물론이다. 몇해 전부터 문학제도와 문학생산의 담론구조

에 대한 신랄한 비판을 통해 문학의 윤리성을 회복하고자 했던『비평과
전망』의 비평가들이 그 선두에 선다. 그리고 2004년 창간된『작가와비
평』에는 새로운 세대의 비평가들이 기존의 문단에 던지는 단호한 문제
제기가, 그리고 자신의 입장과 시각을 벼리며 작품과 조응하는 비평적
사유가 생생하게 담겨 있다.『창작과비평』2004년 여름호의 문학특집에
대한 반론으로 제기된 김형중(金亨中)과 김영찬(金永贊)의 글은 당대
의 문학을 읽는 예리하고도 섬세한 독법의 진수를 보여준다.[1] 2000년을
전후해 등단하고 2000년대에 본격적인 비평활동을 펼치고 있는 이들을
통해 문학비평의 새로운 가능성을 찾을 수 있을지를 판단하기는 아직
이르다. 그러나 이들의 비평담론을 통해 우리 시대의 문학에 대해 새로
운 사유의 길을 터보는 것은 충분히 가능한 일이다.

　새로운 세대의 비평가들을 통해 젊은 비평의 가능성을 진단해보는
것이 이 글에 맡겨진 주제이다. 문학이 위기에 처했다는 우려 섞인 경고
는 너무 자주 반복되어 새삼 거론하기 진부하지만, 영상시대를 마주한
활자매체의 위축과 전지구적 소비자본주의 시대에 상품으로서의 운명
을 지혜롭게 돌파할 문학적 전망을 가늠하기가 쉽지 않은 상황에서 비
평담론의 활로를 모색해보자는 의미로 받아들여진다. 우리 문학의 판도
를 어떤 방식으로든 조망해야 할 글의 필자로 내가 적절한지에 대해서
는 확신이 없다. 우선은 소설읽기의 즐거움에서 출발하여 주로 작품 내
부로 침투하는 글쓰기를 해온(비평이 해석에 매몰되어 있다는 비판에

---

1) 이들의 비평을 신진비평가들의 문제제기라는 측면에서 검토해보고자 했으나 결과적으
　로 모든 글들을 구체적으로 다루지 못했다. 특히『작가와비평』에 수록된 글들에 대해서는
　부분적인 언급에 그치고 말았다. 이 글에서 검토한 신진비평가들의 문제의식, 그리고 이
　들의 목소리가 충분히 활성화될 수 없게 하는 기존 문학생산구조의 한계를 파악하는 데
　『작가와비평』이 중요한 자료가 되었음을 밝히면서 본격적인 분석은 다음 기회를 기약할
　수밖에 없다.

서 자유롭지 못한) 입장에서 새로운 비평담론의 전모를 확인할 만한 시야를 갖고 있지 못하다는 것이 가장 큰 이유가 될 것이다. 또한 이 글의 대상이 될 비평가들과 동세대에 속한 비평가로서 얼마만큼 그들과 비판적 거리를 유지할 수 있을지도 의문이다. 그러나 미리 고백하는 이러한 한계가 반드시 새로운 비평담론의 가능성을 검토하는 데 걸림돌로만 작용하지는 않으리라는 기대도 갖게 된다. 같은 세대 비평가들의 담론 속에 함께 몸을 섞으면서 새로운 가능성을 모색하는 과정은 필연적으로 다시 나 스스로를 향한 질문으로 되돌아올 것이므로, 그것 자체가 하나의 생산적 대화의 과정이 될 수 있을 것이기 때문이다. 이 글이 선배들에게는 우리 시대의 문학에 대한 또다른 실감의 체온계로, 동년배들에게는 쇄신과 분투를 위한 동맹의 한 다짐으로 읽혀진다면 더 바랄 것이 없겠다.

2. 세대 감각

새로운 세대를 거론했으니 그 세대를 규정할 정체성에 관해 언급하는 것이 순서일 듯하다. 문학은 그것을 배태한 시대의 현실과 그 현실을 실감하는 감수성 속에서 독특한 자신의 존재형식을 얻는다. 그러므로 한 시대의 문학을 언급하기 위해서는 그 시대를 규정짓는 특정한 체험과 그것에서 비롯된 시대적 감수성을 해명하는 것이 필수적인 과정이라 할 수 있다. 다만 그러한 시대적 감수성에 대한 언급이 한 시대의 성격을 해명하는 데 그치지 않고, 지난 시대와 과장된 단절의 포즈를 취함으로써 새로운 세대의 비평담론을 특권화시키는 경향으로 이어질 수 있음은 거듭 지적되어온 바다. 이를 이른바 '세대론의 폐해'라고 할 수 있을 터인데 다행스럽게도 2000년대의 새로운 비평세대를 언급하는 과정에서 이러한 폐해를 크게 우려할 필요는 없을 듯하다. 왜냐하면 나를 포함한 우리 세대의 세대의식이란 어떤 단절과 전환에 의해서가 아니라 그 단절의 틈 속에 자리잡고 있다는 자의식에서 비롯되기 때문이다. 그렇다면 이 '단절의 틈'이란 무엇과 무엇의 단절, 그리고 그 사이의 어떤 틈을 말하는 것인가.

이 '단절의 틈'에 대해 말하기 위해서는 너무 오랜 기간 반복된 말이어서 이젠 지루하기조차 한 '동구 사회주의의 몰락'이나 '전지구적 자본주의화 아래에서 파편화된 개인성'을 다시 언급해야 할 것이다. 어쩌면 '너무 오랜 기간 반복된 말이어서 이젠 지루하기조차 하다'는 것에서 우리 세대의 세대의식은 비롯되는지도 모른다. 결코 따로 떼어놓고 말할 수 없는 '동구 사회주의의 몰락'과 '일상적 자본주의의 전면화'는 이념의 유효성을 회의하게 하고 일상 속에 자리잡은 미시적 욕망과 다원성의 가치를 점검하게 했다지만, 그래서 80년대와 90년대를 뚜렷한 단절감 속에 구분짓게 했다지만 우리 세대에게 있어서 이 단절감과 변환은 한순간에 이루어진 너무나 급격한 반전이자 동시적 사건이었다. 우리 세대의 비평가 중에서 표나게 세대의식을 드러내고 있는 김형중과 홍기돈은 공히 이러한 급격한 단절과 변환을 동시적으로 경험한 세대의 체험 한가운데에 '91년 5월'이 있다고 말한다. 87년에서 발원한 변화를 위한 열망은 91년 수서사건과 강경대 군 치사사건에서 한 극점을 이룬다. 막 대학에 입학했거나 대학에서 변화를 위한 열정을 불태우기 시작한 이들은 그때 모두 거리에 있거나, 맞아죽고 분신해 죽은 대학생들의 시신이 안치된 병원에 있었다. 혹은 그 거리와 병원과 끝없이 이어지는 분신의 정국이 주는 열망과 슬픔과 분노의 기류 속에 있었다. 그러나 "그러한 변화 가능성의 극점에서 그들이 맞대면한 것은 절실한 패배"[2]

---

2) 홍기돈 「70년대생 비평의 지형과 전망」, 『페르세우스의 방패』, 백의 2001, 28면.

였다. 타살, 압살, 분신으로 이어지는 죽음은 시대의 부패에 항변했지만, 이들에게 돌아온 것은 변화와 개혁 대신에 노회한 얼버무림이었고 기다렸다는 듯이 소련 사회주의의 실패라는 소식이 들려왔다. 시대에 대한 분노와 변화에 대한 열망을 청년다운 패기와 열정으로 껴안으면서 새로운 삶을 기대했던 이들이 만난 것은 언제 그랬냐는 듯이 화려한 자본주의적 일상으로 되돌아가버린 무참한 동시대인의 얼굴들이었다. 전설처럼 들려왔던, 80년대의 고단했으나 행복했던 투쟁의 시간들을 한번도 맛보지 못한 채 성급한 패배와 환멸만을 맛보는 순간이다. 여기에 70년대의 개발독재가 제공한 가난과 계급대립의 살벌하고 참담한 풍경 속에 보낸 유년시절, 세상에 대해 눈뜨기도 전에 학교가 이미 신성한 계몽과 교육의 장이 아님을 알게 했던 전교조투쟁의 경험[3]을 덧붙일 수 있겠고, "한껏 비정상적으로 성장한 자본주의의 유혹에 본격적으로 노출된 세대로서, 자본주의만이 장밋빛 미래를 보증해줄 수 있다는 환상과 아울러 그러한 자본주의의 가증스러움을 그 어느 세대보다 피부로 확연히 느낀 세대"[4]라는 규정이 첨가될 수 있겠다.

물론 이러한 시대인식은 단지 물리적 체험의 차원이 아니라 90년대, 2000년대를 바라보는 이들의 '관점을 형성'한다는 차원에서 중요하다. 앞서 예를 든 홍기돈과 고명철(高明徹), 김형중의 경우도 실질적인 연배로 따지자면 같은 세대는 아니다. 그러나 90년대 초반 일련의 변화과정을 급격한 단절의 경험 속에서 겪은 이들이 자신들의 세대인식을 동시대의 문학 속에 투사하고 있다는 점에서 이들의 세대의식은 중요한 의미를 지닌다. 이들이 김영하나 백민석 등과 같은 동시대의 작가들을

---

3) 김형중 「녀석들에게 무슨 일이 일어났던가?」, 『켄타우로스의 비평』, 문학동네 2004 참조.
4) 고명철 「같은 세대 작가에게 던지는, 한 비평가의 전언」, 『'쓰다'의 정치학』, 새움 2001, 161면.

세대적 체험의 차원에서 이해하려 하는 것은 좋은 예가 될 것이다. 예컨대 홍기돈은 김영하와 백민석의 소설에서 보이는 죽음의식을 앞 세대에 대한 환멸의 경험에서 기인한 것으로 보고 있으며, 김형중은 백민석의 소설을 '의존할 이념을 갖지 못한 세대의 상처, 돌아갈 과거도 기대할 미래도 갖지 못한 자들의 절망'으로 해석한다.

　이 지점에서 '단절의 틈'에 대해 말할 수 있을 것 같다. 80년대와 90년대 사이에 놓인 거대한 단절을 경험했다는 점만으로 이들의 세대의식이 이전의 세대와 크게 다르다고 할 수는 없을지도 모른다. 그러나 이 단절을 바라보는 시각에 있어서는 전세대와의 차별성이 존재한다. 이전 세대에게 이 '단절'이 '벽'으로 작용했다면 우리 세대에게 이 '단절'은 그저 '틈'일 뿐이다. 이념의 실천이 삶을 빛나게 해주었던 체험을 온전히 제 것으로 갖지 못한 "뒤늦은 세대"의 불우함은 또한 이념의 상실 앞에서 통째로 흔들리지 않을 수 있게 한다는 점에서 그리 불행한 체험만은 아니다. 이념의 시대에 대한 대단한 추억도 갖고 있지 못하지만 또한 그렇기 때문에 그 이념에 대한 반대급부의 억압감이나 반발력도 갖고 있지 않다. 세계가 여전히 불행한 곳이라면, 그곳은 또한 여전히 끊임없는 실천과 해석적 개입을 필요로 하는 공간일 뿐이다. 자본주의적 일상이 전면화된 삶은 이전의 이념적 기준이 패퇴했음을 알리는 표지가 아니라 우리가 몸담고 살아가야 할 하나의 현실일 뿐이다. '소련 사회주의의 몰락'이나 '전지구적 자본주의화'라는 진단이 너무 오래 반복되어서 이제는 지루하다고 말할 수 있는 것도 이 때문이다. 역사적 필연이나 이념적 검증이 아니라 우리의 문학이 만들어내는 세계, 그 일상적 감각을 통해 발언하고 대화하겠다는 평범하지만 어떤 맥락에서는 당돌한 구상이 앞 세대에 대한 문제제기로 들릴 수 있을 것이다. 이 문제제기는 '당대'의 문학에 대한 다양한 방향의 해석적 '충돌'을 유발한다.

3. 당대적인 것

아마도 젊은 비평가들이 기존의 문단에 내세울 수 있는 가장 강력한 무기는 '당대적인 감각'일 것이다. 젊은 작가들과 공유하고 있는 당대의 진실, 혹은 그것에 대한 실감을 통해 당대의 문학이 지닌 가치를 가장 정직하게 읽어낼 수 있다는 자신감, 그것은 또한 당대의 작가들에 대해 기존의 평자들이 지닌 '이론적 일관성의 부담감'을 공격할 수 있게 한다. 말하자면 이런 것이다. 한 시대의 문학에 대응하기 위해 기존의 비평가들이 내세웠던 논리의 틀, 그것이 변화된 시대 속에서 엄정한 일관성을 갖기 힘들어질 때, 일관성의 알리바이를 갖추는 것만으로는 당대의 문학이 말하는 진실이 충분히 해석되지 못하는 것이 아닌가 하는 의문. 공전의 역사가 만만치 않은 리얼리즘-모더니즘 논쟁도 사실은 이 당대적인 것을 앞에 두고 벌이는 비평의 해석적 충돌이라고 할 수 있다. 그러나 이 논쟁은 작품 자체 속에서 이론의 범주와 유효성을 다시 검토하자는 제안이 제출되었음에도 불구하고 실질적으로 의미있는 해석적 충돌을 충분히 생산하지는 못했다. 혹시 이러한 공전의 배후에는 당대적인 것에 대한 오만과 편견, 그리고 권위적 해석의 태도가 자리잡고 있는 것은 아닌가. 젊은 비평가들이 기존의 독법에 대해 던지는 문제제기는 이러한 날카로운 의혹을 포함하고 있다.

『창작과비평』 2004년 여름호의 특집을 두고 제출된 몇편의 글은 이러한 의혹을 구체화하면서 해석적 충돌의 흥미로운 예를 제공한다. 특히 김형중과 김영찬의 글은 당대적 감각을 내세운 신진 비평가들이 작품을 근거로 기존의 비평담론에 효과적으로 개입하고 있는 글이다. 고봉준은 이 두 비평가의 글이 작품 자체를 내세우고 있으나 사실상 리얼리즘-모더니즘의 이론구도를 그대로 보존한, 모더니즘 입장에서의 리얼리즘 논자들에 대한 공격이며 비판이라고 지적하고 있다.[5] 그것은 어느정도 사실이기는 하지만 이들 비평가의 비판은 모더니즘적 이론틀에 의한 것이기보다는 당대 작품에 대한 실감에 바탕하고 있는 것도 분명하다. 혹은 모더니즘을 옹호하기 위한 것이 궁극적 의도라 할지라도(의도를 증명하기란 퍽 어려운 일이다) 이 글들에 논리를 부여하고 있는 것은 당대에 대한 실감, 그리고 그것에 대한 문제의식의 절실성이다. 예컨대 주로 거론되는 배수아의 『에세이스트의 책상』(문학동네 2003)의 경우, 이 글들의 논지는 어떻게 이 작품이 지니는 당대적 문제성을 충분히 생산적으로 이끌어낼 수 있을까의 문제와 이어져 있다. 김형중과 김영찬이 백낙청(白樂晴)과 최원식(崔元植)의 비평에 대해 공히 지적하는 바는 이들이 당대의 작품을 리얼리즘적 독법의 틀에 끼워넣음으로 인해 그 작품이 말하는 진실이 충분히 해석되지 못한 채 사라진다는 점이다. 이러한 당대적 감각을 내세운 비판은 또한 전세대의 비평가들이 민족문학과 리얼리즘이라는 권위에서 벗어나지 못함으로써 당대의 문학을 억압하거나 왜곡하고 있다는 공격을 내장하고 있는 것이기도 하다.

이와 같은 공격과 문제제기는 물론 그 자체로도 충분히 의미있는 것이지만, 후속 세대의 전세대에 대한 공격이라는 의미를 넘어서는 좀더 생산적인 논의구도를 만들어내기 위해서는 몇가지 기본적인 사실을 확인할 필요가 있을 듯하다. 사실 김영찬이 지적하고 있는 바 "모더니즘을 리얼리즘 쪽으로 끌어당기는 독법"[6] 그 자체가 문제가 되는 것은 아니다. 작품이 지니고 있는 여러 조건과 요소들은 다양한 독법에 의해 해석되고 설명될 수 있다. 문제는 그 독법이 얼마나 그 작품에 대해 많은

---

5) 고봉준 「강요된 선택, 또는 리얼리즘과 모더니즘이라는 신화」, 『작가와비평』 2004년 하반기 참조.
6) 김영찬 「한국문학의 증상들 혹은 리얼리즘이라는 독법」, 『창작과비평』 2004년 가을호 281면.

것을 깊이있게 말하고 있느냐는 것, 혹은 그 작품이 지금의 현실 속에 놓인 위치에 대해 얼마나 효과적이고 생산적인 의미를 찾아낼 수 있는 가에 있을 것이다. 사실 배수아의 작품이 M이라는 추상적 상징을 통해 글쓰기의 자기한계를 성찰하는 일종의 '절대적 내면'에 관한 이야기이 기도 하지만 그 이야기는 작품의 서사가 주는 현실적 재현관계와 어떤 방식으로든 관계맺고 있다. 작가가 이러한 사실적 재현을 거부하는 것을 의도했다고 하더라도(역시 의도를 증명하기란 퍽 어려운 일이다), M 과의 관계 못지않게 그 관계 밖에서 투사되는 요아힘이나 에리히의 인 물형상도『에세이스트의 책상』의 서사를 결정하는 중요한 요소이다. 같은 작가의 최근작인『독학자』(열림원 2004)를 떠올려보더라도 배수아의 정신주의적 내면성찰의 서사에 개입하는 외부현실은 작품의 의미에 중 요한 영향력을 발휘함을 알 수 있다.『에세이스트의 책상』의 경우 '나' 는 M과의 관계 이외에도 다른 인물과의 관계, 예컨대 요아힘이 지닌 속 물성과 공학도가 가지는 현실감각을 하나의 타자성으로 인정한다. 이는 작품의 서두에 제시된 요아힘과의 관계를 통해 알 수 있는 바이다. 그에 비해『독학자』에서의 '나'는 주변의 속물성과 우매한 군중성에 대해서, 구체적으로는 80년대의 대학현실에 대해서 끝까지 완강한 배제의 태도 를 취한다. 그 과정을 통해『독학자』에서 제시된 80년대라는 구체적 시 대는 '나'의 내면에 관한 서사를 오히려 편협하고 폐쇄적인 것으로 만든 다. 개인적 내면의 사이로 개입해들어오는 주변의 삶들이 주는 또다른 실감과 그것이 개인의 내면과 교호하는 과정 자체가 배수아 소설의 긴 장감을 증가시킨다고 볼 수 있는 것이다. 그러므로 배수아의 소설을 리 얼리즘적 독법으로 읽는 백낙청의 글이 문제가 되는 것은 그것을 리얼 리즘적 독법으로 읽었기 때문이 아니라 그 독법의 결과를 충분히 말하 지 않았거나 충분히 의미화하지 않았기 때문이다. 마찬가지로 김영하의 『검은 꽃』(문학동네 2003)을 "소문자 역사의 파국을 드러냄으로써 거꾸로 역사의 꿈을 강렬히 환기하는"[7] 것으로 읽는 최원식의 독법이 문제가 되는 것은 민족문학의 입장에 서 있기 때문이 아니라, "거꾸로 역사의 꿈을 강렬히 환기하는" 과정을 충분히 설명하지 않고 있기 때문이다. "비평은 '작품'에 충실하는 순간에도 그것을 자신의 가치체계에 비추어서 바라보기 마련이다. 그러므로 작품의 해석과 평가를 둘러싸고 논쟁을 할 수는 있지만, 특정한 작품을 특정한 관점에서 이해했다고 해서 그것을 문제삼기는 어렵다."[8]는 고봉준의 지적은 경청할 만하다.

비판이라면 비판이랄 수 있는 이러한 지적이 김영찬의 입장에서는 좀 억울할 수도 있는데, 사실 김영찬이 백낙청과 최원식의 글을 비판하고 있는 요점이 바로 그 독법이 작품이 말하는 진실을 충분히 밝혀내지 못한다는 것이기 때문이다. 그리고 김영찬은 그 독법에 결여된 것, 그 독법이 놓치고 있는 작품의 진실에 대해 충분히 납득할 만한 반론을 꼼꼼히 제시한다. 그럼에도 불구하고 내가 굳이 이 문제를 거론하는 이유는 "민족문학의 유효성에 대한 확고한 믿음을 여전히 고수하는 데서 나오는 다분히 '전략적'인 태도"[9]에 대한 '거부감'이 더 첨예한 해석적 충돌을 가로막을 수 있다는 우려 때문이다. 리얼리즘과 민족문학의 독법이 권위적 해석, 혹은 집착(?)에 매몰되어 당대의 문학을 충분히 의미화하지 못한다고 판단한다면, 그 해석적 권위를 해체하기 위해서 좀더 전향적인 방법을 모색할 수도 있지 않을까. 권위와 강박을 공격하기보다는 그 권위적 해석을 평등한 해석적 충돌의 대상으로 놓음으로써 자연스럽게 해체하는 방식, 그것이 필요하다고 생각하는 이유는 리얼리즘적 해석 역시 우리 시대의 문학을 해석하는 하나의 방식일 수 있다는 인

---

7) 최원식 「남과 북의 새로운 역사감각들」, 『창작과비평』 2004년 여름호 54면.
8) 고봉준, 앞의 글 182면.
9) 김영찬, 앞의 글 288면.

정을 바탕으로 좀더 다양한 문학적 해석의 지평을 열 수 있다고 생각하기 때문이다. 리얼리즘이 과거의 이론적 기준 때문에 당대의 문학에 대해 일종의 억압으로 작용하는 것도 사실이지만, 또한 역으로 그러한 억압에 대한 자의식이 리얼리즘 자체를 과도하게 강박하는 측면이 있는 것도 사실이다. 우리 사회의 대다수가 처해 있는 현실의 기반과 근저를 해석하고 그것을 문학 속에서 다시 읽는 과정은 여전히 중요하며 그러기 위해서는 리얼리즘이 좀더 자유롭고 다채로운 비평적 접근의 방식으로 활용될 필요가 있다. 리얼리즘이라고 별다른 수가 있겠는가. 한 시대의 문학을 놓고 벌이는 해석적 충돌과 갈등 속으로 유쾌하고도 치열하게 달려드는 것말고는.

마찬가지로 '당대적인 것'에 대한 감각 역시 치밀한 검증과 함께 제출되어야 할 것이다. '의도'를 증명하기가 쉽지 않듯이 '실감'을 증명하는 것 역시 쉬운 일이 아니다. 그리고 그 증명의 과정에서 실감의 차원은 새로운 반성, 혹은 새로운 문제제기의 가능성으로 전환된다. 김형중의 글에서 당대에 대한 강렬한 애정에서 출발하는 문제의식이 당대를 의미화하기보다 과거의 것을 반격하는 수단으로 작용하고, 그래서 오히려 '당대적인 것'이 지니는 풍부한 가능성을 단순화시키는 것이 아닌가 하는 우려를 품게 되는 것도 이 '증명의 과정'에 대한 의문 때문이다. 예컨대 김연수의 「하늘의 끝, 땅의 귀퉁이」(『내가 아직 아이였을 때』, 문학동네 2002)가 "이야기를 하지 않는, 혹은 하지 못하는" 시대의 특수성을 드러낸다는 판단[10]은 김연수 소설이 생산하는 당대적 의미를 충분히 존중한 판단인가. 이미지 중심으로 단문화된 「하늘의 끝, 땅의 귀퉁이」와 소설 곳곳에 드러나는 단속적인 이미지를 서사부재의 소설을 증명하는 근거로 제시하는 것은 오히려 치밀한 서사구성의 욕망과 그 서사를 벗어나

---

10) 김형중 「민족문학의 결여, 리얼리즘의 결여」, 『창작과비평』 2004년 겨울호 294~96면.

려는 욕망이 길항하면서 긴장감을 자아내는 김연수 소설의 진경을 축약하는 결과를 불러오지는 않는가. 마찬가지로 방현석의 「존재의 형식」(『랍스터를 먹는 시간』, 창비 2003)이 더이상 리얼리즘이 당대의 현실을 다루는 데 유효하지 못함을 입증하는 근거로 제시되는 것도 쉽게 납득하기는 힘들다. 김형중이 판단하는바, "세계 자본주의체제 문화산업의 한복판에서"[11] 울고 있는 베트남 소년이 베트남의 현재를 반영한다는 진단은 '반레'를 통해 베트남을 혁명과 휴머니즘의 땅으로 상징화하는 것과 마찬가지로 일면적 진실일 따름이다. 냉정하게 말하자면 김형중의 판단은 충분한 근거가 제시되지 않은 지극히 주관적인 견해 중 하나일 뿐이다. 베트남은 자본주의적 일상의 전면화라는 전지구적 현실에서 결코 자유로울 수 없는 땅인 동시에 혁명의 기억과 상처가 깊숙이 각인된 땅이기도 하다. 문제는 둘 중 하나를 베트남의 현실로 전면화하고 그것을 한반도의 현실로 치환하는 것이 아니라 그 둘 모두가 베트남, 혹은 우리 사회의 현실을 구성하는 요소임을 인정하고 그 틈의 관계구조와 그것이 만들어내는 내면을 더 세심하고 적확하게 읽어내는 것이다. 물론 김형중의 글쓰기는 '과거적(?)' 이념의 정당성을 입증하기 위해 당대의 문학을 소환하는 독법에 저항하기 위한 일종의 '막대 구부리기'라는 점을 충분히 감안해야 할 것이다. 그러나 그 막대 구부리기가 해석적 권위에 맞서기 위한 전략에 그치지 않고 당대의 문학이 지니는 심층적 의미를 섬세하게 확인하는 것에까지 나아갈 때 더욱 효과적인 문학적 실천이 될 것이다. 그러므로 「민족문학의 결여, 리얼리즘의 결여」에서 김형중이 반복적으로 제시하는 문제, 즉 서사부재 현상, 혹은 한반도 현실의 구체성과 쉽사리 연결되지 않는 서사의 "배후를 파고들어가, 징후의 연원을 밝히고 그럼으로써 현상 너머에는 항상 사회적 결정인자가

---

11) 김형중 「이것은 리얼리즘이 아니다」, 『파라 21』 2004년 봄호 60면.

가로놓여 있다는 사실을 밝혀"[12]내는 일은 김형중 역시도 외면할 수 없는 과제라 할 것이다. 이 과제를 해결하기 위해서는 비평가가 비평적 이념으로 당대의 문학적 실천을 재단하는 태도와, 당대적인 것에 대한 실감을 수동적 '사실 수리'의 방편으로 삼는 태도를 함께 경계할 수 있어야 한다. 그것이 김형중이 비평집의 표제로 내세운 "켄타우로스의 비평"이 기대하는 '최선의 결과'이기도 할 것이다.

4. 문학작품, 문학제도

당대의 작품을 두고 벌이는 해석의 충돌은 또한 세계관의 충돌이며 입장의 충돌이기도 하다. 당연하게도 이 해석적 충돌은 단지 작품해석의 차원에서만 벌어지는 것이 아니다. 문학작품을 출판하고 판매하며, 그것에 대해 문학사적 의의를 덧붙이는 일련의 메커니즘이 또한 해석의 차원에 개입한다. 그러므로 작품해석이 비평가의 사심없는 비평 안에서 비롯된 투명한 의사개진의 장이라고 생각하는 것은 순문학주의의 환상이다. 중요한 것은 비평이 언제나 문학제도와 문학시장의 장 안에서 움직인다는 것을 비평가가 의식하는 일이며, 또한 자신의 비평행위가 문학제도와 문학시장에 개입하고 영향력을 미친다는 사실을 의식하는 일이다. 이른바 문학권력 논쟁은 문학비평의 영역을 문학제도와 문학시장의 문제로 확장시켰다는 데 그 의의가 있을 것이다.

문학권력 논쟁이 기존의 비평권력에 대한 신진 비평가들의 인정투쟁이라고 오해받아온 측면이 있는데, 실상 문학권력 논쟁은 90년대 문학에 대한 정당한 비평행위가 실종되었다는 문제의식에서 출발한다고 보

---

12) 김형중 「민족문학의 결여, 리얼리즘의 결여」 294면.

아야 할 것이다. 안티조선 운동에서 연원한 문화권력 논쟁이 문학권력 논쟁으로 번지면서 본격적으로 촉발되었지만 이미 이 논쟁은 90년대 비평담론 속에 내장되어 있었다고 할 수 있다. 돌이켜보건대 90년대 문학은 이념의 약화와 지표상실의 와중에서 이성/욕망, 이념/일상, 현실/내면의 이분법이 도발적으로 제시되고, 전자의 시대가 가고 후자의 시대가 왔다는 패러다임의 전환 속에서 논의되었다. 그 논의의 과정에서 문학의 사회적 책임, 또는 현실과의 관계에 대한 깊이있는 사유는 실종되고, 억압된 것의 귀환, 새로운 시대의 도래라는 측면이 과도하게 강조된 측면이 있다. 변화된 시대에 대한 의미있는 문학적 대응이나 현실과 문학의 새로운 관계맺기에 대한 고민 대신, 시대의 변화에 편승하여 문학 안으로 침잠함으로써 현실과 문학을 격리시키는 담론이 주류를 이루었음을 부인하기는 힘들다. 문학의 사회적 책임이나 현실개입의 필요성 때문에 문학의 다원적 상상력이 억압되었다는 것, 그것에 대한 불만이 다양한 방식으로 이념퇴조의 경향과 맞물려 90년대 내내 폭발적으로 터져나왔다는 것이 90년대 문학에 대한 일반적 진단이라 할 것이다. 문학이 사회과학적 현실진단만으로 충족될 수 없는 우리 삶의 다양한 면면을 특유의 구성력과 상상력으로 복원한다는 측면에서 문학의 다원성을 의미화하는 일은 분명 중요한 일이다. 또한 이념적 지향이 포착하지 못했던 일상의 내밀성이 분명 우리의 문학이 주목해야 할 새로운 영역이며 이념적 지향성이나 현실의 변화에 대한 열망이 우리의 일상 속에서 어떻게 좌절하고 변형되면서 스며드는가를 고민하게 한다는 점에서 중요한 탐구대상이 된다.

　문제는 전시대와의 변별성을 강조하면서 새로운 시대의 도래를 선언한 비평담론이 과거와의 대결에는 치열했으나 당대와의 대결에는 그만큼 치열하지 못했다는 점에 있다. 자본주의적 논리가 일상의 전면을 지배하는 상황 속에서 그 일상의 논리만을 따라가는 문학은 자본주의가 배치한 삶의 파편성 속으로 안착한다. 현실이 변화했다고 하지만 그 변화만큼 우리의 삶은 더 고통스러운데, 그 고통을 말하지 않는 문학을 변화한 현실의 징표로 전면에 내세우는 문학담론, 그것에 대한 문제제기가 문학권력 논의의 출발점이다. 만약에 문학담론과 문학제도에 권력이 개입되어 있다면(당연히 개입되어 있다), 그 권력이 변화된 현실 속의 더 고통스러운 삶과 어떻게 관련되어 있는가는 당연히 관심의 대상이된다. 이 당연함이 그간 충분히 논의되지 못했다는 것이 '문학권력 비판론자'들이 제기하는 문제의 핵심이다. 홍기돈의 신세대 논쟁 비판[13]이나 고명철의 90년대 작가에 대한 비판적 접근[14]에서 알 수 있듯이 문학권력 논쟁의 대표주자라 할 『비평과전망』 동인들의 문제의식은 90년대 문학담론에 대한 불만에서 연원하고 있다. 그리고 이는 급격한 변화와 단절을 겪었으나 심화된 현실모순을 타개할 방법은 보이지 않는 상황에 대한 강력한 문제제기이고 비평적 개입이라고 할 수 있을 터이다.

문학권력 논쟁을 90년대 문학담론 전체에 대한, 신진 비평가들의 문제제기로 보아야 하는 까닭은 문학권력에 대한 공격이 특정 에꼴이나 출판사의 권위해체 자체를 목적으로 하는 것이 아니며, 90년대 문학담론의 허약성은 우리 시대의 비평가들이 공유해야 할 부담이며 과제라는 점을 분명히 할 필요가 있기 때문이다. 즉 문학권력에 대한 비판을 특정 에꼴이나 집단의 입장에서 방어할 것이 아니라 90년대, 혹은 2000년대 문학담론의 위기에 대한 인식을 공유하면서 그것을 타개해나갈 방법을 '함께' 모색하는 것이 필요하다는 뜻이다. 새로운 시대는 언제나 기존의 가치에 대한 새로운 세대의 공격적 문제제기에서 촉발된다. 이미 문

---

13) 홍기돈 「경계 위의 비평을 위하여」, 『페르세우스의 방패』 참조.
14) 고명철 「서사의 갱신, 멀고도 험난한 도정」; 「같은 세대 작가에게 던지는, 한 비평가의 전언」 외, 『'쓰다'의 정치학』 참조.

제제기는 시작되었으며, 그것을 통해 문학에 대한 사유를 더욱 깊이있게 하고 왜곡된 문학생산의 구조를 개선하는 것은 문학인들 공통의 몫이다.

그런 측면에서 문제제기자들의 책임 역시 가볍지 않다. 최근 홍기돈이 언급하고 있듯이 "타락한 현실에 대한 적극적인 비판은 있지만, 비판을 통해 무언가를 구축하겠다고 하는 구체적인 방향이 부재하다는 것"[15]은 문학권력 논쟁의 한계라고 할 수 있다. 물론 구체적 방향을 찾아가는 것은 이들만의 몫이라 할 수 없으며 문제제기 자체만으로도 문학권력 논쟁의 의미는 충분하다. 그러나 문제제기가 지니는 의의를 더욱 생산적으로 확장하기 위해서라도 '구체적 방향 부재'의 원인을 찾고 그 속에서 해결방법을 모색해가는 과정은 필요하다. 문학권력 논쟁이 그 문제제기의 급진성만큼 생산적인 효과를 얻지 못한 까닭은 물론 논쟁 당사자들이 적극적으로 대화에 참여하지 않았기 때문이기도 하겠지만, 더 근본적인 원인은 문학계와 출판계에도 예외없이 그 탄탄한 그물망을 펼치고 있는 자본의 위력과 시장의 논리를 너무 과소평가한 탓이 아닌가 싶다. 사실 문학권력 논쟁에 대해 공격의 대상자라 할 출판매체와 출판사는 침묵과 배제로 일관했지만 명시적인 대답이 나와 있지 않다고 해서 그 나름의 대응논리가 없는 것은 아니다. 이를테면 '삶의 모든 영역이 속절없이 자본주의 시장의 식민지로 전락한' 현실 속에서 '정체성을 스스로 더럽히거나 내버리는' 비루한 것으로 문학을 이름짓거나, '푸줏간에 걸린 고기'[16]라는, 발가벗겨진 날것의 남루함으로 자신을 바라보는 행위는 자본주의 시대에 임하는 문학인의 위치를 스스로

---

15) 홍기돈 「민족문학론 쇄신을 위한 단상」, 『작가와비평』 2004년 하반기 75면.

16) '비루한 것의 카니발' '푸줏간에 걸린 고기'는 『문학동네』의 편집위원인 황종연과 신수정의 평론집 표제이기도 하다. 황종연 『비루한 것의 카니발』, 문학동네 2001; 신수정 『푸줏간에 걸린 고기』, 문학동네 2003 참조.

설명한다. 또한 '어떻게든 동시대의 문학을 안고 가겠다'는 항변[17]은 자본주의 시대의 한가운데에서 문학적 실천의 가능성을 어떻게 설정해야 할지가 난감한 상황을 역으로 짐작하게 한다. 이미 자본과 타협하면서 생존할 수밖에 없음을 천명한 존재, 그래서 스스로를 모욕한 존재는 자본의 속도 속으로 더욱 저항없이 끌려들어가게 된다. 또한 당대의 문학 속에 존재하겠다는 의지표명이 구체화되지 못할 때, 비평은 판단중지의 대세추수에 머물 수밖에 없을 것이다. 그러나 자본 속에서 생존하지 못한다면 자본에 저항하는 것조차 불가능해진 상황 속에서, 위태로운 줄타기를 하고 있는 문학의 존재위치가 일면의 절실성을 전달하고 있는 것도 사실이다.

문학권력 논쟁이 지향해야 할 '구체적 방향'이란 바로 이 자본의 속도와 장악력을 뚫고 나가면서 그 자본에 저항할 수 있는 방법론을 모색하는 일일 터인데 그것이 그리 만만치 않은 일임은 분명하다. 문학권력 논쟁의 구체적 증거제출이라 할 만한 '주례사 비평' 논의에서도 이 만만치 않은 과제의 무게를 느낄 수 있다. 예컨대 은희경의 『마이너리그』(창작과비평사 2001)를 대상으로 한 고명철의 비평과 박현욱의 『동정 없는 세상』(문학동네 2001)을 대상으로 한 홍기돈의 비평은 당대의 작품에 대한 해석적 충돌의 문제와 상업주의 출판 비판이 어떻게 효과적인 방식으로 접합될 수 있을까를 고민하게 한다. 『마이너리그』와 『동정없는 세상』은 그 완성도의 측면에서는 의문이 있지만 어쨌든 공히 기존 성장소설의 문법을 위반하고 있는 소설이다. 현실의 발견과 자아의 각성을 통해 세계를 이해하고 받아들이면서 세계 속에서 자신을 주체화하는 과정을 그

---

17) 좀 뒤늦은 감도 있고, 김영찬과 김형중에 의해 그것마저도 과거적 이념으로 당대의 문학을 재단하는 것이라는 비판을 받은 바 있지만 『창작과비평』 2004년 여름호의 특집은 당대의 문학이 지닌 의미망을 『창작과비평』이 지닌 방향성 속에서 읽어보려는, 혹은 그 속에서 방향의 유지든 방향전환이든 어떤 태도를 결정하려는 모색의 표현으로 읽힌다.

리는 것이 성장소설이라 한다면, 이 두 소설은 모두 이러한 진지한 성장의 과정을 희화화하면서 현실의 우연성과 변화불가능성을 은연중에 주장하고 있다. 그렇다면 두 작품에 대한 평가는 이 성장소설 문법의 위반이 지니는 가치를 둘러싸고 진행되는 것이 타당할 것이다. 그런데 고명철의 비평과 홍기돈의 비평은 왜 이 작품에 성장의 진지한 과정이 없느냐, 혹은 당대의 현실에 대한 성찰이 없느냐를 묻고 있다. 작품의 문제의식과 접합지점을 찾을 수 없는, 전혀 다른 차원에서 제기되는 비판은 효과적인 비판이 되기 힘들다. 오히려 더 필요한 것은 은희경과 박현욱이 제시하는 세계관이 지니는 당대적 가치유무의 문제, 이러한 세계관이 상업주의적 출판논리에 의해 주목받게 되는 이유, 기존의 세계관에 대한 문제제기가 어느 결에 출판자본의 논리 속으로 소멸되어버리는 과정에 대한 더욱 정밀한 분석일 것이다. 그랬을 때 두 작품을 출판한 출판사에 대해 작품이 표명하고 있는 세계관에 동의하는가, 그것이 현재의 싯점에서 진정 가치있는 것인가에 관해 질문하는 것이 더 큰 효과를 발휘할 수 있을 것이다. 출판매체들이 이러한 질문에 대해 이후의 출판사업을 통해 일관성있는 대답을 준비해야 할 의무가 있음은 물론이다.

우리 문학에 편재한 미시권력에 대한 비판의 목소리는 반향은 컸으나 우리 문학의 미래를 가늠할 만한 생산적 성과로 남겨지지 못한 것이 사실이다. 가장 큰 문제는 관점의 차이나 해석적 충돌 자체가 작품의 판매부수 속으로 소멸되는 것에 있지 않을까. 자본주의적 출판 논리 한가운데에서 문학의 존재성을 다시 고민해야 한다는 과제는 비판을 제기한 쪽이나 비판을 당한 쪽이나, 혹은 침묵으로 지켜보았던 쪽이나 모두 함께 감당해야 할 문제이다.

5. 젊은 비평의 가능성

그렇다면 젊은 비평의 가능성은 어디에 있을까. 아마도 기존의 문학 담론이 지니는 부정성에 대한 패기있는 문제제기와 그것을 자신의 문제로 되돌려서 사유하면서 새로운 비평담론을 모색해가는 과정 속에 있을 것이다. 어떤 시대나 신진세력들이 담당하는 역할이 그렇겠지만 최근의 비평 속에서 살펴본 새로운 비평세대들의 목소리는 이전의 담론체계가 지니는 강박성이나 편향성에 대한 비판으로 가득 차 있다. 그리고 이러한 비판의식에 기반한 문제설정을 통해 기존의 해석적 권위에 도전하는 새로운 해석적 충돌의 장을 충실히 촉발하고 있다. 이렇게 촉발된 해석적 충돌의 장이 문학제도의 차원에서 어떻게 확충되고 재생산될 수 있느냐에 따라 우리 문학의 새로운 진로는 마련될 것이다.

해마다 신춘문예를 통해, 또는 문학잡지를 통해 새로운 비평가들이 대거 쏟아져나온다. 그들이 좀더 의미있는 문학생산의 담당자가 될 수 있도록 우리의 문학담론 구조는 좀더 개방될 필요가 있다. 사실 신진 비평가들이 자신의 비평세계를 정립하고 그것을 공공의 매체를 통해 발표할 기회를 갖기는 무척 어렵다. 비평가의 수에 비해 문학매체가 한정되어 있다는 것도 이유가 되겠지만 대부분 문학매체의 비평지면이 기획이나 특집 등의 제한된 주제 하에서만 허용된다는 점도 이유가 될 것이다. 물론 신진 비평가들이 기획이나 특집을 통해 자신의 논의를 펼 기회를 얻기도 어렵거니와 그러한 한정 자체가 자유로운 해석적 충돌의 장을 가로막는 조건이 되기도 한다. 최근 신진 비평가들에 의해 새로운 매체가 창간되고 있는 것도 이러한 문학생산 구조의 한계를 절감했기 때문일 것이다.

앞길이 선명하게 보이지 않을 때는 오히려 격렬한 충돌과 혼란이 약이 되는 법이다. 진보와 보수의 극렬한 대립, 빈부격차의 극단화 등 양극화된 사회의 갈등은 어쩌면 우리 사회가 변화와 전환의 시기를 맞고 있음을 보여주는 징후이기도 할 것이다. 이러한 사회전반의 분위기에 비해 문학 쪽은 오히려 입장의 차이가 드러나지 않는, 기묘한 공존공영의 기류 속에 침잠해 있다. 입장의 충돌, 해석의 충돌이 일어나지 않는 잠잠한 문학판은 자본주의의 논리에 이미 문학이 투항하기 시작했음을 알리는 한 징후일지도 모른다. "어떤 부정적인 권력도 그것이 여전히 생산을 하는 한 결정적으로 비난받지는 않는"[18]다는 진중권의 지적을 기억할 필요가 있다. 우리 문학의 과제는 자본주의의 논리 속에서 어떻게 문학이 현실의 삶을 사유할 수 있는 유용한 무기가 될 수 있는가를 고민하는 데 있다. 그것은 격렬한 충돌과 논쟁의 장에서 결별할 것과 동맹할 것을 구분하고, 다양한 입장이 서로의 접점을 찾아가는 과정 속에서 진행될 수 있을 것이다. 중요한 것은 논쟁 자체가 아니라 차이들이 얼마나 의미있는 접점을 찾고 그래서 얼마나 효과적인 생산을 수행해낼 수 있는가에 있다. 차이를 표방하는 타자야말로 공공영역에서의 담론생산에 가장 의미있는 동맹자라는 사실을 잊어서는 안된다. 차이마저도 동시대의 고통과 결핍 속에 함께 자리잡은 것임을 인식할 때 의미있는 동맹은 체결된다. 사족이지만 여기에 이전 세대와 새로운 세대의 구분이 있을 수 없다.

—『문학수첩』 2005년 봄호

---

18) 진중권 「문학권력 논쟁에서 예술사회학으로」, 『주례사 비평을 넘어서』, 한국출판마케팅 연구소 2002, 324면.

새로운 총체성을 위한 지방과 주변의 리얼리즘

요강, 망건, 장죽, 種苗商, 장전, 구리개, 약방, 신전,
피혁점, 곰보, 애꾸, 애 못 낳는 여자, 無識쟁이,
이 모든 無數한 反動이 좋다
이 땅에 발을 붙이기 위해서는
— 김수영 「거대한 뿌리」 부분

1. 지방성, 변방의 상상력

김수영(金洙暎)이 '요강, 망건, 장죽' 등을 자신의 '거대한 뿌리'로 인식한 것은 이 요강과 망건과 장죽들을 '미개'와 '이상한 풍속'으로 바라본 비숍여사 덕분이었는지도 모른다. 서구문명과 거기에서 창출된 모더니티가 모든 것을 판단하는 기준이 된 세계에서 시인은 오히려 비루하고 낡은 삶을 통해 스스로의 삶을 자신의 위치에서 주체적으로 규명하고 인정하는 모더니티를 확보했다. 그리고 이 거대한 뿌리의 자부심은 일원화된 세계인식에 의해 야만과 미개로 왜곡되어 있던 모든 주변적인 것들을 삶의 현장으로 복귀시키면서 현실의 영역을 확장한다. '지방성' '변방의 상상력'이 가지는 힘은 이런 것이다. 중심의 논리로 한정된 현실 저 너머에 여전히 존재하고 있는 우리들 삶의 또다른 근거를 발견함으로써 현실을 보는 우리들의 제한된 시야를 반성할 수 있게 하는 힘 말이다. 미디어와 자본의 힘이 삶을 철저히 결박하고 있어서 변화의 가능성은 달리 보이지 않고 개인들은 낱낱이 파편화되고 고립되어 무기력한

백일몽과 환상이 자기증식하고 있는 시대, 이것만이 우리들의 현실이며 대세임을 인정해야 한다는 목소리가 드높은 지금, 이러한 주장이 하나의 편견일 수 있음을 밝혀내기 위해서라도 지방성의 상상력은 더욱 필요하다.

그런 의미에서 김종광(金鍾光)이나 전성태(全成太)의 작품들에서 드러나는 이질적인 지방성의 세계는 그것이 시대적 대세와 다르다는 사실만으로도 모종의 가능성을 포함하고 있을지도 모른다. 아닌 게 아니라 전성태와 김종광의 작품은 최근 문학의 대세와는 이질적인 전통적 정서와 삶의 활력을 담고 있다는 점에서는 긍정적 평가를 받아왔다. 그러나 그 긍정적 평가 다음에는 항상 그들이 다루는 농촌과 주변적, 지방적 삶의 구체적이고도 핵심적인 현실성이 작품에서 충분히 드러나지 못했으며 그래서 세태소설적 한계에 머무르고 말았다는 지적이 뒤따른다.

나름대로의 성과는 있으되 그 한계도 명백하다는 이런 식의 평가는 이 작가들의 개성과 가능성을 폭넓게 탐구하기 위해서는 그다지 유용하지 못한 방식이다. 또한 이러한 방식 속에서라면 이들의 작품은 도시적 세태에서 파생된 개인적 자아들의 과도한 자폐성과의 차이에 의해서만 존재할 수 있을 뿐이다. 차이에 의해 어떤 작가의 존재를 인정하는 방식은 언제나 그 차이를 결정하는 중심을 설정하고 있다. 그러므로 이 작가들에 대한 평가는 이미 우리 문학의 주류 또는 대세를 도시적 상상력과 파편화된 자아로 상정해두고 있음을 알 수 있게 한다. 그렇다면 김종광과 전성태의 작품세계는 언제나 중심을 보조하는 제한적 위치에 있을 수밖에 없으며, 그래서 이들에 대한 제한적 인정은 주류로 설정된 그룹들을 강화하기 위해 바쳐질 뿐이다. 이러한 방식을 과감히 넘어서서 이들의 작품세계를 그것대로의 총체성으로 이해할 수 있을 때 우리는 이 젊은 작가들이 새롭게 열어줄 우리 문학의 가능성을 타진할 수 있을 것이다. 문제는 성과와 한계를 함께 논하는 것에서 그치는 것이 아니라 이

성과와 한계가 어떻게 관계맺고 있으며 그 관계의 연원은 어디에 있는 가를 밝히는 데에 있다.

2. 지방을 향하는 이중적 시선, 이중적 언어

노동소설과 함께 농민소설이 우리 문학의 리얼리즘적 전통을 이끌어 왔고, 많은 선배 세대의 작가들이 노동자와 농민의 삶에서 현실의 객관적 진리를 발견하고 현실의 모순을 극복할 민중적 힘을 보여주었지만, 그렇다고 해서 농민을 소재로 하고 농촌을 배경으로 한 모든 소설이 이러한 전통을 이어나가야 하는 것은 아니다. 이러한 발언은 리얼리즘적 전통이 이미 시효가 지났다거나 비평이론의 경직된 도그마가 작가들의 작품세계를 강박하고 있다는 흔한 이야기를 하기 위한 것이 아니다. 우선 작가들이 의도하고 있고 그들의 작품이 보여주고 있는 바가 무엇인지를 정확히 진단하고 그 속에서 작가들 특유의 전망과 가능성을 찾아낼 수 있어야 함을 말하고 있을 뿐이다.

김종광과 전성태의 작품 속에는 분명 그들 작품의 주요 배경이 되고 있는 농촌과 그 주변의 삶에 대한 경외와 존중이 살아 있지만, 다른 한편에는 이미 그곳 사람이 아닌 젊은 세대의 시선이 함께 존재하고 있음을 주목해야 할 것이다. 이러한 '이중적 시선'은 작가의 자전적인 목소리가 포함되어 있는 작품들에서 분명히 드러난다. 김종광의 「짚가리, 비롯다」에서는 대학에 진학하기 위해 고향을 떠났으나 도시에 정착하지 못한 아들의 시선이 두드러진다. 서울에서 쓸만한 일자리를 얻지 못해서 소설을 써보겠다고 고향으로 내려온 아들은 스스로의 삶조차도 혼자 힘으로 책임지지 못한다는 자괴감에 젖어 있다. 이런 자신에 비해 아버지는 비록 부유하지는 못하나 논밭 농사와 소 사육을 한손에 장악하며 못난 아들까지 자신의 영역 속에 품어안는 늠름한 생활인이다. 김종광에게 있어 고향은, 짚단 하나도 오랜 경험으로 체득하지 않고는 마음대로 다룰 수 없는 능숙한 생활의 질서를 대변한다. 그의 작품에서 자주 드러나는 이름없는 수많은 인물들의 수다와 능청, 그리고 그것에서 빚어지는 해학은 이처럼 자기 방식의 질서있는 삶들이 엮어내는 스펙트럼을 충실히 관찰한 결과물이라 하겠다. 그리고 이러한 스펙트럼이 농촌의 구체적 현실의 조건들과 원인을 탐색하는 것에까지 진행되지 않는 것은 무엇보다 그것을 자신의 삶의 목표로 여기지 않는 주변인들, 이미 출가하여 반(半) 도시인이 되어 있는, 그리고 아직 스스로의 삶을 완성할 자기 방식의 방법론을 체득하지 못한 아들들의 시선이 그곳에 스며 있기 때문이다. "대학교 때 학원강사 생활과 지난 일년간의 서울에서의 회사생활"은 아들을 "거의 모든 일에 두려움을 갖는 겁쟁이로 만들어놓았"고, "아버지가 쉴없이 일하는 낮" "소똥 긁는 소리, 경운기 몰고 가는 소리, 일하다가 들어와서 거실에서 술 마시는 소리, 소리, 소리들"이 그런 아들의 가슴을 "쉴없이 할퀴어"[1]대는 것이다.

성격이 좀 다르기는 하지만 전성태의 작품에서도 이러한 이중적 시선을 발견할 수 있다. 그에게 있어서 고향은 사라져가는 것의 애잔함과 비극성으로 존재한다. 첫 작품집 『매향』(실천문학사 1999)의 「매향」과 「길」에서 주인공들의 비극적 운명이 풍기는 스산한 아우라, 「금굴배미 형제」나 「유자 향기」「가문 정월」 같은 작품에서 자본주의의 속물적 세태에 밀려 자신의 삶의 기반을 잃어가는 사람들의 서글픔이 전성태 작품의 정서를 결정하는 핵심적인 요소들인 셈이다. 물론 이 작품들의 근저에는 주인공들의 운명을 결정짓는 시대적·사회적 조건들이 전제되어 있지만 이 현실적 조건들은 주인공들의 삶을 묘사하는 작가의 애수

1) 김종광 「짚가리, 비릇다」, 『경찰서여, 안녕』, 문학동네 2000. 307, 321면.

어린 어조에 압도되는 경우가 많다. 농촌과 지방의 현실이 작품을 이루는 기반이기는 하지만 정작 소설에서 그 현실이 깊이있고 집요하게 탐색되지 못하는 것은 이러한 작가의 시선과 무관하지 않다. 그리고 자전적 색채가 짙은 「가수」나 「못난 부족이 그린 벽화」에서도 드러나듯이 이미 고향을 떠나온 자, 그래서 고향을 유년의 기억으로 회고할 수밖에 없고 기억 속의 고향을 가끔 찾는 현재의 고향과 비교하면서 회한에 잠길 수밖에 없는 자들의 시선이 투영되어 있다. 정신이 살짝 나간 동네 처녀의 허랑한 행적에서도 풍류와 인정을 보여주었던 공동체적 문화와 결속, 그 속에서 자신의 자존심을 세우며 자기 방식대로 존재하는 인물들이 있던 고향을 과거의 것으로 회고하는 자에게 지금의 농촌은 한없이 허전한 결락감으로 존재할 수밖에 없지 않겠는가.

　김종광과 전성태에게서 김유정(金裕貞)과 이문구(李文求)의 전통을 읽고자 하는 이들도 많겠지만 이 젊은 작가들은 이전 세대의 선배들과는 다르다. 당연하게도 선배들이 처해 있던 현실과 이들이 처해 있는 현실이 다르기 때문이다. 김종광과 전성태는 농촌과 지방을 기반으로 그 속에서 현실의 논리와 삶의 원칙을 찾으려 하는 작가가 아니며 그럴 수도 없다. 이들은 이미 그곳을 떠나왔으며 그래서 그곳을 타자의 눈, 주변인의 눈으로 볼 수밖에 없는 존재이다. 고향에 대한 애잔하고 비극적인 감상, 아들 세대의 불안한 자괴감들이 그것을 증명한다. 그렇다면 이들은 그들을 낳고 기른 고향에서 출발했지만 그곳을 자신의 삶의 기반으로 삼을 수 없는 이중적 존재로서의 '자신의 문제'를 먼저 해결해야 할 것이다. 그런 의미에서 이들이 능숙하게 구사하는 지방어는 그 지방 사람들의 삶의 세태를 사실적이고도 현장감 있게 전달하는 무기이기도 하지만, 또한 이 언어는 빌려온 언어라는 점에서 불안한 것이기도 하다. 가장 적절한 상황에서 가장 자연스럽게 터져나오는 삶의 뿌리 같고 피 같고 살 같은 그 언어들은 그들이 그리워하고 사랑하는 삶의 현장들을 생생하게 재현해주지만 이미 그들은 도시의 표준어에 잠식되어 있다. 삶의 현장에서 한발 떨어져나와 자신들의 언어로 자신들의 세계를 만들어나가야 하는 불안한 개인들에게 남겨진 과제는 이 언어의 이중성, 시선의 이중성을 철저히 돌아보면서 자신의 위치를 확인하는 일이다. 그것은 우수어린 시선으로 돌아다봐야 했던 과거의 고향을 객관화하는 것, 그리고 자리잡지 못한 자의 불안한 내면이 기댔던 안정된 세계를 자신의 입장에서 다시 의미화하는 일에서부터 시작될 수 있을 것이다. 지방어와 지방에 대한 이들의 이중성은 아마도 이들의 출발점을 밝혀주는 새로운 가능성의 표지일지도 모르며 그것이야말로 이 작가들의 개성이기도 하다.

3. '고향'의 이데올로기와 '지방'의 리얼리티

물리적 거리나 경제적 낙후만으로 정리되지 않는 지방의 주변성은 '고향'이라는 상상적으로 구축된 이미지를 통해 가장 강력하게 재생산된다. 고향은 자식들을 서둘러 서울로 보낸 부모들이 자식들의 학비와 생활비를 보내기 위해 지키고 있는 곳이거나 동창의 성공을 부러워하면서도 한편으로 패배감을 씹고 있는 동네친구들이 살아가는 곳이다. 그리고 그곳은 도시에서의 삶이 지치고 힘들 때마다 문득 떠올리며 위안받는, 변하지 않는 인정과 풍속의 과거형 속에 존재한다. 오로지 떠난 사람들의 추억만이 존재하고 있는 고향에는 고향의 현실이 없다.

그러니 지방성을 근간으로 삼는 작가들은 이 지방성을 현실을 읽는 자신들의 무기로 확대하기 위하여 '고향'이라는 익숙한 이미지를 먼저 의심한다. 전성태의 「퇴역 레슬러」는 이 고향, 떠난 자의 기억 속에 남아 있는 고향이라는 의미의 허구성에 관한 이야기라는 점에서 집중적으로 거론해볼 가치가 있는 작품이다. 박치기로 세계를 제패한 퇴역 레슬러. 링 위에서 상대 선수들에게 결정적 타격을 주었던 박치기는 늙은 자신에게도 마찬가지로 타격을 입혔다. 선수시절 자신의 뇌에 가해진 충격 때문에 병마에 시달리는 레슬러는 회복불가능한 상태에서 고향을 찾는다. 자신이 태어난 작은 섬에서 그는 이미 영웅이다. 고향 사람들은 자잘한 경조사에 그를 초청하는 것을 영광으로 알고 누구든 그와 공유한 희미한 추억을 자랑스러워한다. 그러나 그의 고향에 남아 있는 것은 아이러니컬하게도 고향을 떠난 이후의, 레슬러로 성공한 나날들뿐이다. 영웅이 된 레슬러의 지난 삶은 수많은 경기에서 챔피언 벨트를 매고 포효하는 사진으로, 기념관과 비석으로 남아 있을 뿐이다. 고향 사람들도 성공한 영웅과 같은 곳에서 태어났고, 그곳에 아직 살고 있다는 사실에 의해 존재한다.

고향 사람들의 환대와 자랑스러움 속에서 레슬러 역시도 평생을 박치기로 산 거친 삶을 누일 수 있는 안식처로 고향을 인식한다. 고향에 돌아온 그는 마을을 뒤덮은 양파냄새 속에서 새로운 감각을 찾아낸다. 치명적인 뇌의 손상으로 감각과 기억마저 가물가물해진 그에게 양파냄새는 소멸해가는 그의 삶을 되돌릴 어떤 원천 같은 것으로 느껴지는 것이다. 그가 마을을 떠나기 전에도 양파냄새는 온통 마을을 감싸고 있었으므로 그는 박치기로 손상당한 뇌가 잃어버린 기억과 감각을 회복할 수 있을지도 모른다는 희망에 들뜬다.

양파냄새는 아주 어릴 때의 아침을 기억나게 해주었다. 아침을 짓는 매캐한 냇내 속에서 그는 양파냄새를 맡으며 잠에서 깨어나곤 했던 것이다. 쩽그랑거리는 소의 워낭 소리가 들리고, 문을 열면 소가 더운 콧김을 피우며 여물을 씹고, 부엌에서는 솥뚜껑 부딪는 소리가 정겨웠다. 이 기억은 고향이 준 선물임에 틀림없었다. 이렇듯 묻힌 기억들을 하나씩 되찾게 된다면 서서히 죽어가는 감각과 기억력이 다시 회복되리라는 희망이 일자 그는 한달음에 집 밖으로 나가고 싶었다.[2]

그가 고향을 떠난 이후의 삶만이 남아 있는 곳에서 양파냄새는 그의 유년을 떠올리게 하는, 고향에서의 삶을 증명하는 유일한 기억이다. 그러나 이 기억, 그리고 그것을 떠올리게 한 양파냄새는 왜곡된 기억이며 그러므로 허구이다. 고향에서 양파를 재배하기 시작한 것은 그가 고향을 떠난 지 한참 후의 일이었던 것이다. 뇌의 기억력과 사진과 보도의 기록을 넘어서서 몸에 새겨진 감각, 그 강렬한 양파냄새의 감각마저도 왜곡된 것이라면 고향에 대한 그의 추억, 유년시절의 평화와 천진함은 육체를 파고드는 오랜 세월의 집요한 망각과 왜곡에 의해 완성된 허구일 터이다. 육지에서의 승전보와 온갖 영웅적 소문들, 마을 사람들의 열렬한 숭배 속에 정작 박치기 직후의 까무러칠 듯한 고독과 고통이 은폐되어왔듯이. '고향'이 주는 원초적 포용력과 안식의 이미지는 그만큼 오랜 세월 현실을 덧칠하면서 우리들의 뇌리 속에 자리잡아온 것이다.

작품의 초반을 지배한 양파냄새, 그것이 허구의 기억임을 깨닫자, 오랫동안 스스로 왜곡해온 고향의 환상이 깨어지고 거기에서 비로소 그의 지난 삶이 떠오른다. 왜곡된 기억을 뚫고 솟아나온 지난 삶에는 이제 더이상 평화와 안식의 유년시절이 없다. 거기에는 가난과 배고픔으로 가득 찼던, 짚가리 안에서 마을 처녀와 닷새를 미친 듯이 정사에 몰두했던 욕망과 갈구의 나날들만 남아 있다. 고향의 허구가 벗겨진 곳에서 그는 강팍하고 거칠기만 했던 그의 삶을 다시 떠올릴 수밖에 없다. 그것은 청년시절 섬을 떠나 생존의 링에서 오직 쓰러지지 않기 위해 버텨야 했던

---

2) 전성태 「퇴역 레슬러」, 『문학동네』 2000년 겨울호, 128면.

고단한 삶의 전사(前史)이기도 하다. 그리고 고향이라는 허구의 이미지가 벗겨진 곳에 그 허구 이면의 삶을 기억하고 있는 누군가가 있다. 그는 섬에서 일어난 좌우파의 갈등과 분쟁을 겪으면서 감옥까지 갔다 왔고 이후 마을 발달사를 쓰는 과정에서 그 갈등과 분쟁을 남김없이 기록한다. 비록 마을 유지들의 압력에 의해 그 기록은 마을회관의 창고 안에서 썩고 있지만. 섬과 육지 사이에 연륙교를 놓아준, 조그만 마을에서 한 세기에 한 번 날까 말까 할 영웅에 섬사람들이 모두 경도되어 있을 때 그는 레슬러가 고향 사람들을 경찰에 넘기고 밀항선을 탄 과거를 기억하고 있다. 이것이 아마도 육지에서의 성공을 최고의 가치로 여기고 그래서 정작 섬에서의 자신들의 생활은 기꺼이 망각의 바닷속으로 던져넣어버린 그들의 진정한 삶이며 역사일 터이다. 기억조차도 육지를 중심으로 재편되어버린 곳에서는 삶이 결코 존재할 수 없다는 사실을 인식하면서 진정한 지방성은 출발할 수 있다. 육지에서의 처절한 생존경쟁은 링이라는 상징 때문에 더욱 강력한 환기력을 발휘한다. 그리고 그 처절함 때문에 고향은 더욱 미화된 기억 속으로 감금된다. 이 상상적 이미지 속에 감금된 고향을 삶의 터전으로 풀어놓을 수 있을 때 지방성이 리얼리즘의 이름에 값하는 현실성과 구체성을 되찾을 수 있음은 물론이다.

고향의 환상이 깨어진 곳에서 삶의 회한과 아픔이 다시 태어난다. 양파냄새의 기억을 넘어, 가난의 기억을 되찾고, 드디어 그가 밀항선을 탄 과거와 그것을 기억하는 이들을 발견하고, 긴 생애 동안 그의 뇌 속에 묻혀 있었던 죄책감과 만난 레슬러는 "이대로 끝나서는 안된다는 절박감에 가슴이 찢어질 것" 같이 소리없이 흐느낀다. 생각보다 일찍 그가 돌아왔음을 모르고 마을 사람들은 그의 집에 몰려와 영광의 흔적들을 숭배하느라 소란스럽다. 그 소란스러움 가운데서 그의 회한과 고통마저도 이미 자기 것이 아닌 가난한 영웅의 울음, 그것은 온갖 왜곡과 허구의 이미지를 뚫고 삶을 발견하게 하는 마지막 보루일 터이다. 영웅이 이미 너무 늙어, 그것을 깨닫는 순간 되돌릴 수 없는 과거 속에서 서서히 죽어갈 뿐이라는 사실이 안타깝지만.

4. 확장된 지방성의 외연, 새로운 총체성을 향한 시도

죽어가는 레슬러 대신 젊은 작가들이, 외부인도 아니고 토박이도 아닌 그들만의 위치에서 고향을 다시 바라본다. 그들은 고향이 육지에서의 혹은 도시에서의 삶에 의해 재구성된 허구의 산물일 뿐임을 인식하면서 잊혀져 있던 현재의 삶을 떠올릴 수 있을 것이다. 그리고 현재의 삶이 자리잡은 그곳은 이미 '고향'이 아니라 '지방'이다. 젊은 작가들이 기대고 있는 지방성이 현실적 리얼리티를 발휘하는 것은 바로 이 지점이다. 도시중심적 삶의 논리 속에서 고향이라는 이미지로 일원화된 그곳이 사실은 그렇게 풍요롭고 안정적인 공동체의 공간이 아님을 이미 전성태와 김종광은 충분히 보여주었다. 이들은 온갖 뜨내기들이 가족사의 운명과 현실의 강퍅함에 떠밀리면서 그들 나름의 역사를 꾸려가는 곳을, 민중적 전망이나 순박한 인심으로 정리될 수 없는 와자지껄한 시정의 풍속과 세태를 심난할 만큼 다채롭게 풀어놓지 않았던가. 그들이 발견해낸 것은 그곳에도 사람이 살고 있다는 평범한 진리이다. 그리고 이 다양한 삶의 면면들은 도시와 농촌으로, 서울과 변방으로 이원화된 공간을 천변만화한 다양성으로 분화시킨다. 중심과 변방으로 이분화된 세계가 종잡을 수 없게 다분화되면서 자연히 중심과 주변의 단순한 이분법은 해체된다. 확실히 지방의 다양한 삶의 면면들을 관찰하고 그들의 언어로 자신들의 삶을 옮겨놓은 이력은 이들 작가의 작품세계를 끌고갈 중요한 자양분이다. 그리고 이러한 자양분을 밑천삼아 이제 이들은 자신들의 특장이라 할 수 있는 지방성의 외연을 확장한다.

첫 장편 이후의 뚜렷한 성과물이 없기에 이 지면에서 본격적으로 다루지는 못했지만, 이 지점에서 김곰치의 『엄마와 함께 칼국수를』을 잠시 언급하는 것이 참고가 될 듯하다. 『엄마와 함께 칼국수를』은 간략히 정리하자면 엄마의 병을 통해 가족의 의미를 새롭게 발견하고 그 속에서 새로운 성찰을 얻는 아들 세대의 성장에 관련된 이야기이다.[3] 그런데 이 글의 주제와 관련하여 몇가지 인상적인 발견의 장면이 있다. 첫째는 병에 대한 새로운 발견. 엄마의 뇌에서 발병한 종양을 수술로 제거하는 것이 최선이지만, 엄마는 시력을 잃을 수도 있다. 종양이 시신경을 누르고 있어 엄마의 시력은 이미 정상적인 상태가 아니며 수술은 이 희미한 시력마저 앗아갈지도 모른다. 가족들이 이러한 딜레마 속에서 내린 결정은 병을 제거하는 것이 아니라 병과 공존하는 것이다. 종양을 제거하는 대신 그것이 더 커지지 않도록 조심스레 치료한다면 엄마는 흐릿하나마 세상을 보면서 살 수 있다. 결핍과 함께 살아가기, 그리고 그 결핍 속에서 새로운 의미를 발견해내기. 이러한 발견의 신선함은 아들이 엄마의 존재를 다시 발견하는 것으로도 이어진다. 아버지의 권위에 가려진 침묵의 존재로, 한량없는 모성애의 원천으로만 생각되었던 엄마를 아들은 여자로서 다시 발견한다. "한 여인이었고 한 사람이었고 한 생명"[4]인 어머니를 향해 아들은 친구처럼 연인처럼 다가갈 수 있게 된 것이다. 그리고 이러한 발견들은 그가 새롭게 발견한 가족, 그 타자들의 삶을 지탱하고 있는 현장으로서의 지방을 발견하는 것으로 이어진다. 고향이라는 은유 속에 버려져 있던 가족과 지방을 구체적 인간관계로,

---

3) 고명철 「같은 세대 작가에게 던지는, 한 비평가의 전언」; 「최근 리얼리즘 소설에서 발견되는 '성찰의 서사」, 『'쓰다'의 정치학』, 새움 2001 참조.
4) 김곰치 『엄마와 함께 칼국수를』, 한겨레신문사 1999, 309면.

삶의 현장으로 다시 발견하면서 아들은 서울에서의 생활을 청산하고 지방에서의 새로운 삶을 준비한다. 그곳은 그가 발견한 타자들과의 소통과 사랑과 연대를 꿈꿀 새로운 출발점이다.

김곰치의 『엄마와 함께 칼국수를』은 일원적이고 관습적인 시선 뒤에 버려져 있던 주변적인 것들을 새롭게 발견함으로써 소설이 감당해야 할 현실의 영역을 참신하게 확장시킨 수작이다. 그리고 이는 서울이라는 중심과 지방이라는 주변을 공간적으로 오가면서 효과적으로 형상화된다. 김종광과 전성태의 지방성 역시 이러한 모든 주변과 타자에 대한 관심과 애정으로 확장될 수 있는 가능성을 보이고 있다. 그리고 이것은 개인과 집단을 함께 경험한 세대가 성찰하고 고민한 성과물이라는 점에서 단순화의 우려에도 불구하고 세대론적 고찰을 요구하는 문제이기도 하다. 김종광의 첫 작품집 『경찰서여, 안녕』에 실린 「전당포를 찾아서」를 통해 우리는 새로운 세대의 현실을 읽는 독법을 짐작할 수 있다. 「전당포를 찾아서」는 기존의 학생운동 세대의 계몽성과는 전혀 다른, 촌스럽고 어눌한 지방출신 대학생의 가두시위 경험담이다. 재단비리 때문에 서울 근교의 캠퍼스에서 서울로 원정시위를 나간 무현은 시위해산 과정에서 길을 잃는다. 재단비리를 척결하고 이사장을 응징하겠다는 대의에 불타오르는 젊은 청년이 어처구니없게도 지리를 몰라 파출소 신세를 진다는 소설의 설정은 민중의 앞날을 밝혀야 할 청년학생이 자신의 집으로 돌아갈 길조차 찾지 못하고 헤매고 있는 우스꽝스런 장면을 연출한다. 여러 평자들이 지적한 바와 같이 "비장한 태도로 투쟁하는 민중이 아니라 바보 민중이며 에이론의 민중"[5]인 이 인물을 통해 작가가 궁극적으로 드러내고자 하는 바는 흔한 지적처럼 과거의 민중, 과거의 투사에 대한 풍자나 조소는 아니다. 오히려 과거의 대의와 전망을 다양한 군

---

5) 양진오 「지방, 언어, 민중의 의미」, 『문학동네』 2001년 가을호 450면.

상의 개인들을 통해 어떻게 통합해낼 수 있을까에 대한 고민의 산물이다. 대학이 투명한 경영 속에서 민주화되어야 하고 농촌의 현실을 참담하게 만드는 국가정책은 수정되어야 옳은 것이 진리이고 당위라면 재단 비리에 분노하고 소값 하락을 걱정하는 이 길잃은 모자란 대학생도 당연하게 이 진리와 당위를 향한 열망 속에 함께 있어야 하는 것이 아닌가. 이것은 어떻게 가능할 것인가.

변혁을 향한 집단적 열망과 극도로 파편화된 개인의 시대를 함께 겪은 이들이 개인과 집단의 그 사이를 고민하는 행위와, 모든 것이 서울로 향하는 시대에 향수와 감상에 의해서만 자기 몫을 찾을 수 있었던 지방의 삶들을 복원하는 것은 다른 길에 있지 않다. 예컨대 전성태의 「연이 생각」에서, "열사의 시대라고 해도 지나치지 않을 저 80년대적인 죽음들" "저 1991년 무렵, 소위 그 전염병처럼 번지던 죽음의 행렬"과 무관하게 "그저 평범한 대학생이었고, 그 나이에 할 법한 고민을 안고 살다가 스스로 목숨을 버린 나약한 젊은이"[6]에 불과한 연이의 죽음에 어떤 의미를 부여하고자 하는 강박증은 주변인들의 삶마저도 시대의 총체성 속에 수합하고 통찰할 수 있어야 한다는 강박증이기도 하다. 그렇다고 해서 이 강박증이 떨쳐버려야 할 컴플렉스인 것은 아니다. 오히려 지극히 개인적인 삶과 집단적인 대의를 결코 무관한 것으로 생각하지 않으려는 태도, 둘 사이의 관계를 탐색하는 작업은 주변의 발견을 통해 현실의 외연을 넓히고 그래서 현실을 설명할 수 있는 논리를 더욱 풍부하게 개발해내려는 시도라고 보아야 할 것이다. 그리고 이것은 예컨대 신경숙의 「딸기밭」 같은 작품에서 드러나듯이, 그리고 90년대에 횡행한 여러 담론에서처럼, 80년대와 90년대를 구분짓고 시대의 변화를 근거로 80년대를 격리하고 청산하려 했던 태도와는 다르다. 신경숙의 「딸기밭」

---

6) 전성태 「연이 생각」, 『창작과비평』 2001년 봄호 180면.

은 가열찼던 투쟁의 시대를 한편에 놓고 그것과 전혀 섞여들 수 없었던 상반된 세계, 극도의 가난과 궁핍이거나 혹은 찬란하고 투명한 부르주아적 자율성을 대비시킴으로써 개인을 억압한 집단의 시대를 성토하고 있지만, 전성태와 김종광이 발견해내는 주변인들은 지난 연대와 지금의 현실을 분리하기보다는 통합하려 한다. 억압과 거세가 아니라 소통과 새로운 모색의 방식으로. 이들은 여전히 지난 연대가 생산한 뜨거운 열망과 투지로부터 자유로울 수 없는, 그러나 그 속에서 자기 방식의 성장을 꿈꾸고 있는 80년대의 아우들인 것이다.

5. 개인과 집단의 낡은 이분법을 넘어서

김종광이 최근 펴낸 새 소설의 제목은 『71년생 다인이』(작가정신 2002)이다. 주인공을 수식하고 있는 '71년생'이라는 단어는 단순히 출생년도만을 의미하지는 않을 것이다. 작가는 아마도 특정 출생년도를 제목에 명기함으로써 또래의 세대들에 어떤 시대적 특수성을 부여하고 싶었던 것 같다. 김종광뿐 아니라 같은 연배의 평론가들에 의해 90년대 초반에 대학을 다닌 세대들을 세대론적으로 규명하고자 하는 노력은 일찍부터 있어왔다.[7] 유년기에는 박정희 식의 개발독재를, 청소년기에는 87년과 전교조의 열풍을, 그리고 대학 초년생 시절에 91년의 뜨거운 분신정국을 경험한 이 세대들은 또한 이후의 급격한 개인화 과정 속에서 혼란과 분열의 시기를 겪었다. 어느 누구에겐들 자신이 통과한 시대가 격동의 시대가 아니었을까마는 '71년생, 90학번'으로 대표되는 이 세대

---

7) 홍기돈 「70년대생 비평의 지형과 전망」, 『페르세우스의 방패』, 백의 2001; 고명철 「같은 세대 작가에게 던지는, 한 비평가의 전언」, 『'쓰다'의 정치학』 참조.

들은 청춘의 한가운데를 가로지르는 격변과 단절을 경험했다. 그리고 이 격변과 단절의 양 축을 이루는 것은 단순하게 말하자면 '공동체적 투쟁과 전망' 그리고 '개인적 진실과 주관적 경험의 절대화'라고 할 수 있다. 이들의 경험지층에는 독서토론회와 쎄미나, 프로야구와 영화, 인터넷과 게임이 혼재되어 있다. 이 극단의 체험이 빚어낸 혼란과 분열이야말로 이들 세대의 정체성이다.

한 평론가가 적절히 지적했듯이 개인주의 세대의 '쿨'한 정서를 대변하는 김영하나 현실사회에 대한 극도의 혐오와 파괴적 욕망을 '엽기'의 코드로 표현한 백민석 역시 이러한 세대적 체험들로부터 자유롭지 못하다.[8] 이들의 지극히 개인적인 것처럼 보이는 문학세계 역시 학생운동의 집단성에 대한 과장된 자기방어나 고도성장 시대의 소외된 유년체험으로 인한 폐쇄적 칩거를 통해 그들의 사회적 존재성을 역설적으로 드러내는 것이다. 주관적 개인성의 대표주자로 불리는 이 작가들과는 반대편에 서 있는 것처럼 보이는 전성태나 김종광 역시 마찬가지다. 지방출신인 이 작가들은 지방어와 지방의 생활상을 근간으로 삼은 초기작들을 통해 전통적 작법과 전통적 정서를 대변하는 작가로 지칭되어왔지만 당연히 이들이 근간으로 삼는 지방성은 이전 세대의 지방성과는 다르다. 도시와 지방이 동등한 자격으로 우리의 현실을 구성하고 있는 것이 아니라 이미 도시인의 눈에 의해 읽혀진, 그래서 더이상 구체적 삶의 현장에서 자신의 위치를 점령하지 못한 지방의 현실을 이들 작가는 보여주고 있다. 그리고 이 지방성에는 집단과 개인을 함께 경험했고 그 사이에서 자신의 정체성을 고민하고 있는 세대들이 가지는 불안한 개인의 그늘이 어른거린다. 아마도 이 세대들은 이 불안한 개인과 사라진 공동체 사이에서 시작해야 할 것이다. 집단과 개인의 균열, 개인적 열망과 현실

---

8) 백지연 「허무주의와 싸우는 문학」, 『미로 속을 질주하는 문학』, 창작과비평사 2001 참조.

의 괴리를 개인의 자의식과 일상 속에서 새롭게 규명하고 재편해야 하는 것이다.

이것은 김종광과 전성태, 그리고 잠시 언급한 김곰치 등의 작가들뿐 아니라 어떤 방식으로든 현실을 문학 속에 녹여내고자 하는 젊은 세대들이 함께 해결해야 할 문제이다. 그리고 이들은 지금 자신들의 위치를 확인하고 있을 뿐이고 그것이 어떻게 구체적 서사로 나타날지는 아직 미지수이다. 작가는 "연이를 어떻게 기억해야 할지 모르겠"으며 "시간이 스스로 묻고 답해주리라는 기대를 갖고 그를 추억하며 살아가기에도 아직 벅차"[9]다고 고백한다. 『71년생 다인이』를 다시 언급하자면 작가는 집단의 열망과 개인의 분열을 함께 경험한 세대의 이야기를 소설 속에 담아내고자 했지만 소설 속에서 두 개의 상반된 체험은 아직 격리되어 있다. 우리는 시위와 토론의 현장에서 언제나 선두에 섰던 총명하고 성실했던 다인이가 왜 돈만 아는 속물로 전락했는지 아직 잘 모른다. 이 변화의 사이에서 드러난 균열은 결과의 서술이 아니라 그 변화를 감당해야 했던 다인이의 내면을 더 치밀하게 탐색할 때 메워질 수 있을 것이다. 분열된 세대, 아버지의 것도 아니고 동생의 것도 아닌 자기 방식의 삶의 현장을 스스로의 논리로 정리할 수 있을 때 우리는 김종광과 전성태가 근간으로 삼았던 지방적·주변적 상상력이 개화한 결과물을 확인할 수 있을 것이다.

이들 작가가 개인의 상상력과 집단의 전망을 단호하게 분리할 수 없는, 우리 삶의 현실성을 더욱 섬세하게 진단하기 위해 모색중인 것은 확실하다. 지독하게 노래 못하는 한 인물의 개인사에다가 "1981년 여름, 작년 광주에선 무슨 일이 있었나" "1990년 봄, 누가 내년의 '돌아오지 않는 화살'들을 예상했으리"[10]와 같은 거창한 소제목을 어깃장을 놓듯

---

9) 전성태 「연이 생각」 193면.

이 붙이고 있는 작가의 젊은 패기에 기대를 걸어본다. "지방 소도시, 말
그대로 눈 덮인 산야를, 우리는 나아가고 있었고, 우리의 노래가, (나는
손뼉만 쳐댔지만 그 또한 한 노래였다!) 별로 뒤덮인 하늘 아래를, 활활
퍼져나가"[11]는 풍경이 저마다의 삶이 노래로 어우러지고 다시 하나의
별이 되는 구체적 서사로 활짝 피어날 수 있기를.

— 『오늘의 문예비평』 2002년 가을호

---

10) 김종광 「노래를 못하면 장가를 못 가요. 아, 미운 사람」, 『문예중앙』 2001년 봄호 참조.
11) 같은 글 115면.

변화없는 현실과 소설의 판타지

1. 변화없는 현실, 소외된 소설

소설이 삶을 변화시킬 수 있을까. 이젠 더이상 아무도 소설을 향해 이런 질문을 하지 않는 것처럼 보인다. 소설을 통해 삶을 읽고 삶을 변화시킬 수 있다는 믿음은 아주 오래된 낡은 이야기 속에 있는 것처럼 아득하다. 소설이 삶을 변화시킨다거나 소설이 삶을 보여준다거나 하는 믿음은 말하자면 소설이 삶과 연관되어 있고 삶을 통해 소설이 나온다는 전제를 바탕으로 한다. 좀더 정확히 말하자면 작가나 소설 속 인물들의 삶이 단지 한 개인의 특수한 경험이나 소망을 담은 것이 아니라 이 시대를 살아가는 여러 삶들의 대표이며 그래서 각기 다른 방식이기는 하지만 소설이 우리들 삶의 전반적 모습을 담아내고 있다는 믿음을 바

---

* 이 글이 구체적으로 다루는 작품은 다음과 같다. 윤성희『거기, 당신?』(문학동네 2004); 배수아『독학자』(열림원 2004); 이기호『최순덕 성령충만기』(문학과지성사 2004). 이하 작품집 인용은 제목과 면수만 표기한다.

탕으로 하는 것이다. 그렇다면 우리 시대의 소설들, 그 소설이 담아내고 있는 개인들의 이야기는 우리들 대부분 독자들의 삶을 보편적으로 담아내고 있는 것이 아니라는 말일까. 최근 10년이 넘는 기간 동안 우리 소설의 중요한 바탕이 되었던 주제들, 이를테면 일상이나 내면에의 탐구가 우리 삶의, 혹은 좀더 구체적으로 우리 시대의 보편성과 무관한 것인가. 지나친 단순화라는 비난을 감수하고 말한다면 그렇지 않다. 편의점에서 바코드를 찍어내거나 퀵써비스 오토바이 위에서 도로를 질주하며 일용직으로 하루하루를 살고, 애인에게 버림받은 어느날 변함없이 지하철이나 마을버스를 타고 컴컴한 반지하방으로 귀가하는 인물들, 혹은 무의미한 일상 속에서 홈쇼핑의 채널을 반복하여 시청하거나 낯선 이와의 외도를 꿈꾸는 이들은 우리 시대의 개인들, 파편화된 일상을 살아가는 누군가의 모습이다. 너무나도 다양한 모습으로 세분화되어 있지만 이들은 소통부재와 의미부재의 삶을 견디고 있다는 점에서 우리의 삶의 모습과 같은, 지극히 보편적인 첨단의 자본주의적 일상의 한 모습들일 뿐이다.

그러므로 우리는 여전히 소설을 통해 삶을 읽고 그 삶을 읽으며 변화를 꿈꿀 수 있다. 그렇다면 우리는 왜 '소설이 삶을 변화시킬 수 있을까'라는 질문을 이제는 진부해져버린, 낡은 도덕교과서나 문학이론서의 한 구절처럼 느끼는 것일까. 그것은 혹시 소설의 문제가 아니라 현실의 문제가 아닐까. 어지간해서는 도저히 달라질 것 같지 않은 삶, 너무나 고독하고 남루해서 견디기 힘든데 그렇다고 다른 수가 보이지 않는 삶, 그저 일생을 이대로 늙어가다 죽을 것 같은 전망없음이 너무나 위력적이어서 소설을 통해 우리의 삶을 읽고 그 속에서 다른 삶의 가능성을 찾는 일 자체가 까마득해 보이는 것이 아닐까. 20대 80의 계급구조로 고착되어 처음부터 가진 자와 못가진 자로 나누어진 단단하고도 잔인한 경제적 현실만이 문제가 아니다. 화폐와 자본이 아닌 다른 가치가 점점 사라져버린 곳. 가난하지만 따뜻하거나 가난하지만 큰 영혼의 가능성 자체가 차단되어버린, 경제적 가치가 모든 가치를 재단하고 결정짓는 피폐한 시대는 다른 삶의 가능성을 기대하는 것 자체를 힘들게 한다. "사람들은 앞날을 알 수 없어 막막해하지만 나는 그 반대여서 더 막막했다."(한수영 『공허의 1/4』, 민음사 2004, 92면)는 한 젊은 작가의 단언은 지금의 소설이 처해 있는 현실을 가장 분명하게 알려주는 지표가 아닌지. 알 수 없는 앞날을 위해 지금까지의 소설은 과거를 돌아보고 현실을 진단하며 조금씩 앞으로 나아가고자 했는지 모른다. 그러나 아무리 발버둥쳐도 조금도 변화하지 않고 그대로 지속될 것 같은 현실 앞에서 오히려 소설은 길을 잃는다. 길을 잃은 소설이 할 수 있는 일은 그리 많지 않아 보인다. 일단은 좀처럼 변하지 않을 것 같은 삶의 지루함과 전망없음을 좀더 세밀하고도 다면적으로 드러내는 일, 그리고 변하지 않는 현실을 위무하거나 망각하는 다른 방식의 통로를 뚫어보는 것.

지금의 소설들이 펼쳐내는 서사는 이 두 가지 방향의 어디쯤에 서 있는 것처럼 보인다. 변함없는 일상의 재현이 너무 오랫동안 반복되고 있어서 이젠 그것 자체로 패턴화되어버렸다고, 그래서 더이상 우리 삶의 실체를 낯설게 다시 보게 하는 기능을 하지 못한다고 말하기는 쉽다. 또한 현실의 위무나 망각은 결국 현실의 문제를 은폐하면서 지속시킬 뿐이라고, 그래서 고통스러운 현실을 더욱 고착시킬 뿐이라고 지적하기도 어려운 일은 아니다. 그러나 여전히 현실은 한줌 변화의 가능성을 내보이지 않은 채 영원히 끝나지 않을 선로 위에 서 있는 것처럼 보인다. 적어도 지금의 소설들을 근거로 하자면 그렇다. '그럼에도 불구하고' '다른 어떤 것'을 기대하는 것은 당위적 주문에 그칠 우려가 있다. 우선은 우리 시대의 젊은 작가들이 변화불가능한 현실의 조건들을 어떻게 읽으며, 그 속에서 통로를 찾고 있는지 아닌지, 찾고 있다면 그것은 적절한 것인지 좀더 세밀하게 그들의 행로를 따라가볼 필요가 있겠다. 그 길 속에서 적어도 우리 소설의 현재를 좀더 정밀하게 진단해볼 수 있을 것이고 운이 좋으면 그 길 앞에 놓인 다른 이정표를 발견할 수 있을지도 모르니까.

2. 개인적 불행과 소박한 환상——윤성희『거기, 당신?』

윤성희(尹成姬) 소설 속의 인물들은 모두 불행하다. 그리고 그 불행은 기정사실이다. 그들은 거의 언제나 혼자 있는데 그것은 당연하게도 그들 주위에 아무도 없기 때문이다. 부모나 형제들, 주위에서 삶을 돌보아주던 이들은 모두 그들이 성인이 되기 전에 그들 곁을 떠났다. 연인들도 "난 니가 지겹다, 이제."라고 말하며 그들의 곁을 떠났다. 그러니까 윤성희의 소설은 이미 혼자가 된 이들이 혼자의 삶을 견디는 일에 관한 이야기이다. 변화없는 일상을 견디며 살아가는 이들의 단조로움과 고독이 우리 소설들에서 그다지 낯설지 않은 주제임을 생각할 때 윤성희 소설의 개성은 이러한 고독과 불행을 기정사실로 만들어놓는 어법에 있다고 할 수 있을 것이다.

> 취직을 하자마자 그는 삼년짜리 적금을 부었다. 삼년이 지나면 패러글라이딩을 배울 생각이었다. 적금을 타면 그 돈으로 자동차를 사고, 주말이면 트렁크에 패러글라이딩 장비를 싣고 매산리나 대부도로 떠나는 게 그의 소원이었다. 적금을 타던 해에 남동생이 유학을 갔다. 그는 남동생을 사랑했다. 그래서 패러글라이딩은 나중에 배워도 늦지 않는다고 스스로에게 말했다. (「누군가 문을 두드리다」 57~58면)

패러글라이딩을 배우고 싶은 오랜 소망이 유학을 떠나는 동생 때문에 좌절되었지만 그는 이 사실 앞에서 오래 고민하지 않는다. 아니 고민하지 않는 것처럼 보인다. 그저 패러글라이딩은 나중에 배워도 늦지 않는다고 스스로에게 말할 뿐이다. 이 서술의 틈새에 가족에 대한 의무와 개인적 욕망 간의 번민, 타인에 대한 애정과 자신의 삶에 대한 애착 간의 갈등, 사랑하는 가족의 이기적 요구로 인한 고독, 자신의 오랜 열망을 포기하는 일에서 느껴지는 상실감 등은 끼어들지 않는다. 다만 담담하게 과거형으로 그런 일이 있었다고만 서술할 뿐이다. 부모가 죽거나 자식들을 혼자 두고 훌쩍 먼 외국으로 떠나거나 숲속으로 걸어들어가 돌아오지 않을 때에도, 연인이 결별을 선언하거나 어느날 교통사고로 세상을 뜰 때에도 소설은 한두 줄의 문장으로 그 사실을 간단히 언급할 뿐이다. 마치 남의 일인 것처럼, 그 사건 앞에서 겪은 정신적 충격이나 고통은 이미 다 잊은 것처럼. 이런 식의 서술은 이중의 효과를 지닌다. 하나는 인물들이 자신들의 불행에 대해서 이미 면역력을 지니고 있음을, 그래서 그 불행에 대해 거리를 두고 있음을 알려주는 것, 그리고 또 하나는 이들이 이미 자신들의 불행의 원인에 대해서는 관심을 기울이지 않고 있으며 그래서 기정사실화된 불행 속에 놓여진 현재를 살아가는 일에 서사의 중심이 놓여 있음을 알게 한다.

가족이나 가까운 이들의 죽음 혹은 부재가 기정사실화된 서사공간은 그 과정에서 제기됨직한 가족이라는 제도의 질곡, 혹은 사회적 인간관계의 소외와 물화 등의 문제를 탐구할 여지를 남겨두지 않는다. 왜냐하면 이들의 소외는 이미 결정된 기정사실이고 소설은 이 기정사실에서 출발하므로 이들이 왜, 어쩌다가 이렇게 될 수밖에 없었는가는 그리 중요한 관심사가 아니기 때문이다. 대신 소설은 이들이 얼마나 고독한가를, 한없이 길 위를 헤매거나 열차를 타고 서울과 부산을 왕복하거나 낯선 버스를 타고 종점에서 종점을 오가거나 이전에 살던 동네를 헉헉대며 반복해서 달리는 모습을 통해 보여줄 뿐이다. 그런 점에서 이들의 불행은 개인적 불행이지만(그 불행의 연원을 탐구하지 않으므로), 그러나 또 그 불행의 끝에 놓인 이들의 고독은 결코 개인적인 것만은 아니다 (소외와 고독은 파편화된 개인들이 처해 있는 공통의 현실이므로).

이렇게 외로운 이들이 삶을 견디기 위해 찾아내는 것은 그 외로운 길 위를 스쳐가는 이들, 자신들만큼이나 외로운 이들과의 '짧은 소통과 이해', 그리고 그 낯선 이들과 만들어나가는 '작은 공동체의 판타지'이다. 도시의 공원마다 유실수를 심어 시민들이 철마다 과일을 볼 수 있게 한다거나, 방처럼 꾸며져 엎드리거나 기대어서 책을 볼 수 있는 도서관, 혹은 무엇이든 살 수 있는 쇼핑몰에서의 유쾌한 하루, 주인들의 사연을 함께 적어 파는 중고품 가게 '숨쉬는 물건들' 같은 곳. 그곳은 고독한 인물들이 저마다의 상상 속에서 만들어낸 환상의 공간이 될 터이다. 모두 혼자로 소외된 인간들이 낯선 이들의 물건을 통해 타인의 사연을 공유하는 곳, 고시공부하는 이들에게 점령된 도서관이 포근하고 나른한 안방이 되어 있는 세상, 연인을 잃은 여자와 아이를 잃은 여자가 동업하여 요일마다 다른 음식을 파는 식당, 다 자란 뒤 사들여 따뜻하고 안락하게 수리한 어린 시절의 낡은 집. 이런 것들은 아마도 어머니의 뱃속에서부터 외로웠던 이들이 남루한 일상 속에서 꿈꿀 수 있는 작은 신기루와도 같은 것이다. 그리고 그 작고도 유쾌한 환상을 통해 이들은 몹시 외롭지만 그래도 살아야 함을, 어떻게든 견뎌야 함을 애써 다짐할 터이다.

윤성희가 만들어놓은 이 환상들이 지니는 가장 큰 매력은 그것이 그다지 '실감나지 않는다'는 데 있다. 지난날의 불행을 말할 때와 마찬가지의 어조로 윤성희는 건조하고 담담하게 이 환상에 대해 말한다. 그래서 독자는 이 환상이 결코 현실을 대치할 수 없음을, 이러한 환상이 있다고 해서 외롭고 남루한 현실이 달라지는 것이 아님을 이미 알고 있다. 작가는 이 환상들 앞에서 환호하지도 감상에 젖지도 않는다. 마치 이런 환상이 있으면 얼마나 좋겠냐고 가만히 쓸쓸하게 중얼거리듯, 이 환상은 이들의 예정된 불행 옆에 얌전히 놓여져 그 불행의 오래된 지속성을 다시 환기시킨다. 그래서 이 환상은 현실과 여전히 불균등하게 어긋난다. 아이러니컬하게도, 도서관에 새로 생긴 방이 시민들의 호응을 얻는 대신 고시 준비생들은 자리를 잡기 위해 더 일찍 줄을 서야 했고, 공원마다 유실수를 심자는 아이디어를 낸 남자는 실제로 심긴 나무보다 턱없이 많이 주문된 나무들 때문에 직장을 잃어야 했다. 이미 결정되어 오래도록 지속되고 반복된 불행 앞에서 담담하듯이 그 불행을 잊게 해줄 환상 앞에서도 작가는 담담하다. 그 담담한 거리두기에서 나오는 것이 또한 윤성희 특유의 유머가 될 것이다. 불행으로부터도 고독으로부터도 그리고 환상으로부터도 거리를 둘 수 있는 자, 개인이 겪는 고통이나 간절한 소망과 상관없이 삶은 흘러간다는 것을 아는 자, 그리고 그 고통이나 소망이, 혹은 좌절이 자신만의 것이 아니라는 것을 아는 자에게만 유머는 허용된다. 그리고 그 유머의 행간에 고독한 삶과 판타지 사이의 텅 빈 공허가, 혹은 이미 결정된 불행들을 담담하게 받아들이는 자의 내면에 응축된 오랜 고통의 무게가 가로놓인다.

소외된 개인의 불행과 고독을 기정사실화해놓은 서사는 그 불행의 연원을 살필 수 없게 한다는 점에서 동어반복이 될 우려가 있다. 아마도 이 동어반복을 피하기 위해 이전의 작품집에서 지루하리만치 계속되던 고독한 자아에 대한 묘사가 축약되고, 그 자리에 불행을 견디는 작은 판타지들이 등장했을 것이다. 그리고 이 작은 판타지들은 그들의 불행을 견디게 할 뿐 무화시키지는 않는다. 기원없는 고독과 판타지의 위안이 공존하며 서로를 비추는 서사는 변화없는 삶을 앞에 놓고 그것을 잊는 것과 잊지 않는 것 사이 어디쯤에 서 있는 윤성희가 채택한 전략이라 할 수 있다.

3. 환멸의 세계에 맞서는 고독한 은둔자——배수아 『독학자』

각종 외국산 상표들과 영화나 로맨스 소설의 이미지들로 가득 찬 소설들로 배수아(裵琇亞)를 기억한다면 신작 『독학자』는 낯선 세계일지도 모른다. 확실히 이전의 배수아 소설은 무국적의 이미지가 만들어내는 몽환적 분위기로 가득 차 있었다. 그러나 근작들을 통해 배수아가 국적없는 이미지의 세계를 벗어나 그 이미지의 내부를 자신만의 시선으로 해부하고 있다는 사실을 잊어서는 안된다. 돈, 제도, 허상의 욕망과 권위, 현실을 둘러싼 숱한 환멸의 근거들을 배수아는 특유의 에쎄이적 어법으로 조소하고 경멸한다. 『독학자』는 환멸스러운 세계와 결별하고 자신만의 영혼과 이성으로 자신만의 세계를 재구성하려는 인물을 다룬 성장소설이라 할 수 있다. 그런 의미에서 『독학자』는 집요하고 고독한 교양인의 자세로 현실로부터의 은둔을 공표하는, 이를테면 배수아 소설의 변화를 공식적으로 선언하는 선언문같이 보인다. 포스트모던적으로 복제된 이미지가 속물적 현실에 대한 환멸 속에서 부유하고 있는 것이 이전의 배수아 소설이라면, 이제 배수아는 집요하고 냉소적으로 그 환멸에 대해 사유하기 시작했다고 말할 수 있을 것이다. 그러나 그 사유는 주관적이고 추상적이어서 현실과 구체적으로 관계맺지 못한다. 이 주관적이고 사변적인 사유가 배수아 소설이 변했지만 또한 변하지 않은 면모를 특징지어준다.

그런데 소설 속의 '나'가 성장을 위해 거쳐가야 할 환멸의 세계 한가운데에는 1980년대의 대학이 있다. 사실 배수아 소설의 맥락에서 80년대라는 구체적 연대는 좀 당황스럽다. 이 당황스러움은 80년대 정치편향의 대학이 지닌 독선과 획일성에 대한 비판, 자유를 외친 그들의 주장과는 달리 전체주의적 군중심리에 자신을 방기한 대학생들의 무책임하고도 유아적인 태도에 대한 독설의 타당성 여부에서 비롯되는 것이 아니라, 이 작품 특유의 서술방식 때문에 오는 것이다. 배수아 소설은 현실을 직접 환기하는 방식을 의도적으로 회피한다. 그래서 그의 소설에서 구체적 시대나 공간을 떠올리거나 그것과 소설 속의 세계를 대비하는 독법은 그다지 생산적인 결과를 낳을 수 없다. 그가 우리 삶을 둘러싼 환멸에 대해서, 제도와 권위와 허위의 욕망과 속물성에 대해서 신랄하고도 집요한 독설과 경멸을 표한다 하더라도, 그리고 그것이 대부분 타당하다고 인정할 수 있다고 하더라도 그 대상은 언제나 추상적이거나 일반명사로서의 제도와 권위 혹은 욕망이다. "내가 진실로 말할 수 있는 모든 것은, 내가 그것을 말하기 때문에 비로소 새롭게 존재하게 된 그런 종류의 언어에 의해서이지 단순히 그것을 가리키기 위해 이미 유통되는 언어에 의해서는 아닌 것이다. 전체로서의 (아리스토텔레스의) 세계는 이미 공간에 자리한 것이 아닌 것처럼, 의지로서의 언어는 이미 육체 안에 머물지 않는다."(『독학자』 91면)라는 언어관을 증명하듯이 소설은 구체적 스토리나 사건을 따라 진행되지 않는다. 물론 대학에 입학한 '나'가 진리를 탐구하며 새로운 세계를 얻는 곳이 되리라는 기대와는 딴판인, 허울과 권위와 무모한 치기와 어리석은 군중만 있는 대학에 환멸을 느끼고 혼자만의 대학에서 책을 읽고 쓰면서 살아가리라는 결심을 하게 되는 과정, 그리고 그 결심의 과정 중에 영혼의 벗들이라 할 만한 'P' 'S'와의 결별이 이 소설의 틀을 이루는 줄거리이기는 하다. 그러나 소설의 육체를 이루는 것은 이러한 사건보다는 그리 두드러지지 않는 사건과 사건 사이에 끼어들어 집요하게 그것을 해석하고 자기방식으로 정의하는, 때로는 다른 상념으로 건너뛰면서 사건의 행간을 채워넣는 저자 혹은 '나'의 사유이다. 글쓰기와 사유의 욕망이 서사의 매듭과 사건의 종결을 끝없이 유보하고 연기하는 과정 자체가 『독학자』의 핵심인 셈이다.

그러니 이 끝없는 유보와 연기의 한가운데 놓여 있는 80년대라는 구체적 시대는 당황스러울 수밖에 없다. 예컨대 이는 초등학교 시절의 개구리 해부에 대한 이야기나 고등학교 시절의 획일적 교육에 대한 것과는 또 다르다. 80년대의 대학은 그만큼 역사적이고 특수한 특정 시대이기 때문이다. 특정한 시대를 다루기에 배수아의 서사는 너무나 일반적이거나 추상적이고, 80년대를 하나의 일반화된 대학시절로 명명하기에 그 시대는 또한 너무나 구체적이고 역사적이다. 이러한 딜레마는 배수아 소설이 처해 있는 불안정한 지점을 지시하는 것이기도 하다. 그가 선택한 문자와 책의 세계, 고독한 은둔자의 정신세계는 속물적이고 환멸적인 현실세계와 명확하게 대척점에 서 있기 때문에 의미있고, 속물적 세계와 화해하지 않는 고집스러운 사유의 행로는 세계의 환멸성을 거꾸로 환기하기 때문에 충분히 경청할 만하다. 그러나 그것은 구체적 시대와 현실에 맞닥뜨리는 순간 추상의 세계로 퇴각하고 고독한 정신의 절대자유는 어떠한 관계도 거부하기 때문에 구체성의 면모를 갖추기 힘들다. 제도와 권위와 욕망에 대한 그의 집요한 사유가 구체적 시대와 맞부딪쳤을 때 불안정하게 흔들리는 것처럼. 이러한 불안정성은 소설의 결말에서도 마찬가지로 드러난다. 구체적 시대를 건너왔다면 그리고 그 시대에 대한 비판이 그를 다른 세계로 이끌었다면 이후의 또다른 구체적 시대가 당연히 언급될 수밖에 없지 않은가. 구체적 연대에 대한 탐구가 80년대만을 언급하고 돌연 그 성장을 중세의 수도원과 같은 고독한 구도와 수련의 세계로 되돌린다면 홀로 두드러진 구체적 시대는 아연 당황스러울 수밖에 없다. 르네쌍스적 교양인이나 근대적 철학자의 삶을 추구하는 주제의식과 줄거리의 완결을 유보하고 서사의 일관성을 교란하는 탈근대적 서사가 공존하고 있는 것과 같이, 배수아의 소설은 현실에 대한 구체적 비판과 삶의 일반적 태도에 대한 성찰 사이에서 당황스러운 일반화 혹은 어색한 구체화의 곤혹을 안고 있다.

한가지만은 분명히 말할 수 있을 것이다. 배수아의 소설이 "역사란 하나의 전체 구조에서 다른 이름을 가진 또 하나의 전체 구조로의 이동"이며 하나의 폭력이 사라진다 해도 "거대한 폭력이 아주 다른 방향에서 새로운 모습으로 찾아올 것"이며 "그것은 오직 개인들이 내면에서 외롭게 홀로 견뎌야만 하는 폭력이 될 것"(『독학자』 128면)이라는 허무주의를 기반으로 하고 있다는 것. 그래서 세상이 결코 변하지 않는 거대한 전체 구조의 연속인 곳에서 개인이 할 수 있는 것은 그 세상과 외면하고 자신만의 세계를 다시 쌓는 일이라는 것. 배수아가 선택한 문자와 책의 세계, 고독한 은둔자의 세계는 이처럼 변화불가능한 세계를 외면한 개인들이 만든 '자신만의 왕국'이다.

4. 현실의 우화, 이야기의 마법 —— 이기호 『최순덕 성령충만기』

이른바 포스트모던 서사의 대표주자라 할 수 있을 배수아의 소설이 드디어 80년대를 다루고 있다는 사실(불안정한 딜레마를 감수하면서도)은 그만큼 80년대가 오늘의 작가들에게 치명적인 경험으로 작용하고 있다는 반증이 될 것이다. 그리고 숱하게 회자되었음에도 불구하고 우리 소설에서 80년대의 서사는 아직도 빈약하다는 사실을 확인할 수 있다. 80년대에 대한 치명적 경험을 공유하고 있기는 70년대생 작가인 이기호 역시 예외는 아니다. 그러나 세대론적인 단순화를 무릅쓰고 말하자면 이들에게 80년대는 구체적인 경험의 세계가 아니다. 또한 90년대도 거의 막바지에 다다른 세기말에 문학활동을 시작한 이들에게 80년대란 직접적으로 다루기에는 너무 부담스러운 '철지난' 소재이기도 하다. 그러므로 이들에게 80년대는 구체적 시대가 아니라 전체주의적 군사독재와 개인의 눈뜸 사이의 어떤 방황과 모색의 순간으로 기억된다. 그리고 그것의 서사화 역시 우화의 방식으로 이루어진다.

이기호의 「백미러 사나이」는 이러한 우화적 방식을 통해 자신의 세대를 정의하고 있는 소설이라 할 만하다. 김재규의 현장검증이 텔레비전으로 중계될 때 분노를 참지 못한 아버지가 던진 재떨이에 뒤통수를 맞은 주인공은 그 흉터를 '박대통령의 눈'이라 부른다. 그는 흉터가 생긴 이후로 눈을 감으면 뒤에 있는 광경이 보이게 되는 이상한 현상을 경험한다. 눈을 감을 때 뒤통수에 있는 박대통령의 눈이 뒤쪽의 세상을 본다는 것이다. 뒤통수로 세상을 본다는 것은 특히 시험을 치를 때 유용했으며 사실상 유소년기는 시험을 통해 유지되는 삶이었으므로 그는 '박대통령의 눈'으로 세상을 보는 데 익숙해졌고, 그래서 몇개의 단어 외에는 읽을 줄도 쓸 줄도 몰랐지만 무사히 대학에 입학한다. 대학에서 한 여학생을 사랑하게 되면서 문제는 발생한다. 박대통령의 눈 대신 자신의 눈으로 그녀를 보고 싶었기 때문이다. 뒤로 뛰는 것이 자유로운 그가 시위현장에서 전경들 사이를 뒷걸음질로 돌파했다거나 박대통령의 눈과 싸우며 화염병을 들고 뛰던 그가 어이없이 시위대의 한가운데에 화염병을 내던졌다거나, 그날 이후 사라진 그가 어느날 공원에서 뒤로 걷는 운동을 유행시켰다거나 하는 것은 하나의 익살이라 할 수 있을 것이다. 이익살과 흥미로운 발상의 이야기 속에서 눈여겨보아야 할 것은 아마도 군사독재 시절 청소년기를 보내고 민주화 투쟁열기의 막바지를 대학에서 경험한 세대의 '정체성 탐구'가 될 것이다. 박정희의 죽음 이후에도 오랫동안 이어진 군사독재의 시기는 획일화된 이데올로기 교육과 전체주의로 소년들의 정체성을 위협했고 그것이 아마도 뒤통수에 자리잡은 박대통령의 눈으로 상징화되었을 것이다. 대학에서 경험한 민주화투쟁의 과정에서 자신의 눈을 뜨려 안간힘을 쓰는 것은 그 전체주의와 이데올로기 교육에 맞서는 개인의 자아 혹은 정체성 때문이 아닐까. 대학의 민주화투쟁이란 이 정체성의 혼란 속에서 자신의 삶과 세계를 읽어나가려는 청년들의 성장의식과도 같은 것이었을 터이다. 그리고 「백미러 사나이」의 그는 '박대통령의 눈'과 싸워 패배한다. 박대통령의 눈을 이겨내고 자신의 눈으로 세상을 보려던 전투에서의 패배는 어이없게도 시위대의 한가운데로 날아간 화염병으로 표상된다. 그리고 구청장 선거에 출마하여 박정희기념관을 관내로 유치하겠다는 공약을 내거는 그 시절의 학생회장, 여성단체의 대표가 되어 박대통령의 딸을 초청하는 문제로 때아닌 여성해방–인간해방 논쟁을 일으키는 그 시절의 '그녀'는 모두 전체주의에 맞서 자신의 눈을 얻고자 열망했으나 온전한 개인으로서의 정체성을 얻지 못한 채 그 전체주의에 다시 함입된 청년들의 초상일 것이다.

이기호가 펼쳐내는 이야기의 세계, 랩과 성서와 자기소개서와 검찰조서 같은 갖가지 글쓰기의 형식에 가볍게 자신의 몸을 얹어 그 언어로 자유로운 이야기를 만들어내는 능숙하고도 경쾌한 형식실험의 유희는 '백미러 사나이'의 패배의 경험과 무관하지 않을 것이다. 강압적 획일성의 세계와 결별하고 자신의 눈으로 세상을 보며 새로운 세계를 여는 투사가 되고자 했으나 결국 새로운 삶의 주인이 되지 못하고 기성의 속물로 유전하는 군상들에 대한 환멸, 자신의 눈을 온전히 갖지 못한 채그 환멸에 몸을 섞어야 하는 자들의 비애, 삶의 변화나 진지한 세계탐구의 시각 따위가 부질없는 것임을 알아버린 자들이 의탁하는 세계가 짐짓 현실을 향한 진지한 모든 이야기와는 무관한 것처럼 보이는 몸가벼운 유희와 경쾌한 재담의 영역이 되는 것이다.

그래서 이기호가 만들어내는 세계는 경쾌하고도 자유롭다. 음절의 반복과 동일한 말음의 리듬으로 엮어내는 「버니」의 랩처럼. 그리고 절대적 믿음과 성령으로 충만한 성서의 일대기 형식이 어처구니없는 맹신에 대한 조롱으로 자유롭게 역전되는 「최순덕 성령충만기」처럼 그 형식의 자유로움은 경쾌한 비판과 유창한 딴죽으로 이어진다. 경쾌한 이야기의 마법은 지나치게 무겁지도 진지하지도 않은 딱 그만큼만의 이야깃거리를 만들어낸다. 어줍잖게 현실을 탐구하거나 세계의 변화를 심각하게 고민하지 않고 흘깃 스치고 지나가듯 전개되는 이야기는 즐겁고 유쾌하다. 그러나 그 유쾌함이 언뜻 품었다 내어놓는 서늘한 비애 역시 만만찮다. 자신에게 임하신 성령의 힘으로 '바바리맨'의 사악한 영혼을 구원하겠다는 최순덕의 당치않은 맹신은 생활에 찌든 보잘것없는 쌜러리맨의 피로나 고독에 맞닿아 있다. 최순덕의 맹신이 조롱받을 것인지는 몰라도 이 맹신에서 비롯된 관심에 위로받는 남자의 가난한 영혼은 최순덕으로 인해 구원받은 것인가 아닌가. 적절한 분량으로 온갖 종류의 고백과 소개를 늘어놓아야 하는 자기소개서는 고아원과 지하철을 전전한 앵벌이 출신 청년들에게는 너무 어려운 형식이다(「옆에서 본 저 고백은」). 고백과 진심이 인사담당자의 마음을 움직여야 한다는 자기소개서의 형식은 결국 지하철에서 앵벌이들의 구걸을 위한 호소문구로 둔갑한다. 그렇다면 나를 좀 써주십사고 진솔한 고백과 당당한 포부를 늘어놓는 취업용 자기소개서는 구걸호소문과 다른가 같은가.

이제 첫 작품집을 펴낸 이기호에게 능숙하게 풀어내는 이야기의 매력과 그 속에 얼핏 숨은 비애는 든든한 자산이다. 경쾌한 이야기가 짧은 순간 풍겨내는 삶의 국면들이 얼마나 지속적으로 그의 이야기 속으로 파고드느냐는 그의 작품세계를 결정할 관건이 될 것이며, 이야기의 가속도 속에서 그가 포착한 삶의 순간들이 최대한의 긴장력을 발휘하는 지점이 아마도 이 유쾌한 작가가 변화없는 현실에 개입하는 도약대가 될 것이다.

5. 판타지의 균열과 현실의 그림자

앞에서 살펴본 작가들이 다루는 세계나 지향하는 세계관은 저마다 다르다. 그러나 모두 변화없이 지속되는 현실의 지루하고도 견고한 구조를 전제하고 있으며 그 속에서 나름의 소설적 출구를 찾고 있다는 점에서는 공통점을 지니고 있다고 할 수 있다. 기정사실화된 불행을 전제로 한 윤성희의 소설은 개인들의 소외와 고독이 삶의 변화불가능한 조건이라는 점을 암시한다. 또한 배수아가 보는 속물적 세계는 환멸 그 자체이며 그 환멸은 역사란 언제나 개인들이 홀로 외롭게 견디어야 할 전체 구조의 반복일 뿐이라는 의식에서 온다. 현실이나 세계구조에 대한 진지한 탐구와는 거리가 멀어 보이는 이기호의 날렵한 형식실험과 유희 역시 환멸 속을 유전하는 인간들에 대한 신뢰를 거둔 곳에서 배태된다. 통로가 보이지 않는 환멸과 소외의 세계를 견디기 위해 작가들은 그 현실을 이탈한 곳에 저마다의 방식으로 판타지를 구축한다. 윤성희의 판타지가 일상의 한편에 마련된 위안과 소통의 작은 공동체라면 배수아의 판타지는 더 의식적이고도 단호한, 세계와의 단절 속에 마련된다. 현실의 속물들과도, 제도나 관습과도 교통하지 않는 혼자만의 책읽기와 글쓰기는 아마도 구체적 상대를 두지 않는 가상적 소통과 교감의 판타지가 될 것이다. 이기호의 판타지는 글쓰기 자체라 할 수 있다. 각종의 언어형식들이 이야기 자체를 만들어내고, 그것이 우울한 현실로부터 탈주하는 쾌감을 만들어낸다.

그러나 이들이 만들어낸 판타지와 교차하는 현실의 무게는 여전하다. 그들의 판타지 자체가 변화없는 현실이 만들어내는 이탈의 통로라는 점에서도 그러하거니와 그 판타지 자체가 현실을 다시 비추어낸다는 점에서도 그러하다. 윤성희의 소박하고 따뜻한 환상들은 불행한 현실

옆에 나란히 섬으로써 환상으로 대치할 수 없는 현실의 고독을 환기하며, 배수아의 고독한 성채는 그 이탈의 명분으로 제시된 구체적 현실을 추상화시키지 않고서는 서사의 문법을 완성시킬 수 없다는 점에서 불안하다. 이기호의 경쾌한 이야기는 그 이야기가 실어나르는 인물들, 주변의 주변으로 소외된 인물들의 삶과 만나는 순간 잠시 처연해진다.

판타지 사이로 어른거리는 이질적인 그림자들, 그것은 아마도 판타지를 배태한 현실의 그림자일 것이다. 그 그림자들은 변화없는 현실 속의 결핍을 가상의 판타지로 충족시키려는 욕망을 흔들리게 한다. 이 불안한 그림자와 소설적 판타지의 틈새에서 더욱 깊숙이 우리의 불행과 고독의 연원을 탐사할 수 있을 때 우리는 비로소 소설을 통해 현실을 읽을 수 있을 터이다. 그러므로 소설을 통해 현실을 읽는다는 것은 소설이 매끈하게 재현해내는 현실을 기다린다는 말이 아니다. 결핍을 암시하는 불안과 그 불안 속에서 흔들리는 고통의 그림자야말로 우리가 현실을 돌아보게 하는 힘이다. 소설이 허구화된 현실의 다른 이름이라면 소설은 속성상 이미 판타지이다. 그 판타지의 균열과 불안 속에서 다시 출발하는 일, 그리고 그 균열과 불안을 탐사하는 것은 우리 시대의 소설가가 감당해야 할 노동이며, 또한 그 균열과 불안을 현실의 이름으로 다시 읽어내는 독법을 확보하는 일이야말로 우리 시대의 비평가들이 갖추어야 할 덕목이다.

―『문학마당』 2004년 겨울호

비평의 안과 밖

■

신수정과 이명원의 평론집을 통해 본 우리 비평의 지형도

1

새 밀레니엄이 열린 지도 벌써 햇수로 4년째, 익숙하게 달력 앞에 붙어 있던 19라는 숫자가 20으로 바뀌어 있는 것이 전혀 어색하지 않을 만큼의 시간이 흘렀다. 언론과 각종 미디어에서 21세기라는 새로운 시기에 대한 상징적 어구들을 화려하게 쏟아냈지만 우리의 삶이 그 전환기를 넘으면서 그다지 크게 달라진 것 같지는 않다. 80년대나 90년대처럼 그 연대(年代)를 부르는 것만으로도 그 시대가 안고 있는 삶의 특성이나 변화와 격동의 나날을 떠올릴 수 있게 하는 함축성을 지금의 연대는 아직 획득하고 있는 것 같지도 않다. 실상 우리는 아직 우리 시대를 만만하게 부르지 못한 채로 해를 또 넘기고 있다. 2000년대라고도 21세기라고도 부르기 어색한 지금은 90년대의 오랜 지속인 것처럼 느껴진다. 자본만능과 미국중심의 패권주의가 강화되면서 변화의 모색이란 점점 더 궁지에 몰려가고 있는 듯하고 새로운 반전(反轉)의 계기는 좀처럼 보이지 않는 듯한 것도 사실이다.

문학 쪽으로 시선을 돌려도 이러한 인상은 크게 달라지지 않는데, 이는 90년대에 화려하게 부상한 일상과 내면 그리고 대중문화에 관한 담론들이 여전히 우리 문학을 설명하는 수사로 활용되고 있음을 통해서도알 수 있다. 다만 달라진 것이 있다면 작품 창작과 비평 양쪽에서 공히느껴지는 어떤 '피로감'이다. 일상, 여성, 내면 또는 위반, 전복, 권위의해체 등의 단어로 설명되던 우리 문학의 제 양상들이 이제 새로운 환기력이나 설명력을 담보하지 못한 채 동어반복으로 힘을 잃어가고 있다는것이 21세기 벽두에 문학작품을 읽으면서, 또는 각종 문학담론들을 접하면서 드는 생각이다. 실제로 90년대에 화려하게 등장했던 신경숙·은희경·전경린 등의 여성작가들은 초기의 독특하고도 새로웠던 개성을심화하거나 확장시키지 못한 채 태작들을 연이어 생산해내고 있고 심지어 90년대 문학의 병폐에 연루되어 있다는 지적을 받고 있을 정도이다.또한 배수아·백민석·김영하 등의 이른바 신세대 작가들의 신선하고도발적인 문제제기는 그것이 반복되면서 문화상품의 한 트렌드로 고착되고 있는 듯하다. 사정이 이렇다 보니 이들 작가들을 통해 새로운 시기의 새로운 문학이 열릴 것이라는 기대를 표명하며 이들의 존재증명에아낌없는 노력을 쏟아부었던 비평담론들이 침묵 혹은 동어반복의 소극성 속에 움츠려 있을 수밖에 없다. 기존의 작가들, 문학담론들이 다소정체된 국면을 보이고 있고 새로운 경향은 아직 뚜렷한 모습을 드러내고 있지 않은 가운데 침체와 모색의 상황이 지속되고 있는 것이다.

물론 이상과 같은 진단이 정당한 것인지에 관해서는 좀더 세밀한 논의가 필요할 것이지만 이 글에서는 우선 최근에 나온 신수정(申水晶)의평론집『푸줏간에 걸린 고기』(문학동네 2003)와 이명원(李明元)의 평론집『파문』(새움 2003)을 통해 지난 몇년 간의 우리 비평의 지형도를 검토해보는 것으로 그 단초를 삼고자 한다. 이 두 평론집에 대한 검토가 우리문학이 처한 상황을 진단하는 단초가 될 수 있다고 생각하는 이유는 우리 문학의 침체상황이 많은 부분 비판과 정확한 진단이 빈약했던 비평 담론에 원인을 두고 있다고 보기 때문이다. 그런 의미에서 이명원의 평론집과 신수정의 평론집은 우리 비평의 일단을 보여주는 나름대로의 대표성과 상징성을 지니고 있다. 신수정의 첫 평론집『푸줏간에 걸린 고기』는 90년대 비평의 면모를 집약적으로 응축하고 있는 저작이다. 섬세하고도 적극적인 작품해석의 욕망표출이나 대중문화시대의 새로운 문학현상에 대한 옹호라는 특징은 신수정뿐 아니라 많은 비평가들이 공유하고 있는 것이지만『문학동네』라는 매체의 영향력을 생각한다면 신수정의 평론집을 그 대표적 모델로 보아도 별 무리는 없을 듯하다. 이명원의 평론집『파문』은 90년대 후반 우리 비평의 관행과 문학제도에 대한 신랄한 비판과 문제제기를 한곳에 담은 평론집이라는 점에서 주목을 요한다. 문학권력 논쟁의 대표주자인 이명원의 문제제기가 가진 의미가 대체로 비평계에서는 폄하된 측면이 많다고 생각하는데, 그의 평론집『파문』은 문학권력 논쟁의 의미를 총체적이고도 집약적으로 생각해볼 수 있는 계기가 될 수 있을 듯하다. 이명원과 신수정의 평론집을 통해 90년대 비평의 한 지형도를 그려보는 것은 그래서 두 개별적 비평가의 비평세계를 살피는 것을 넘어서 우리 비평의 문제점, 그리고 과제를 짚어보는 계기가 될 수 있을 것이다.

2

신수정의 비평은 90년대 문학의 불안함과 일탈성을 적극적으로 옹호하고, 그 불안함과 일탈성이야말로 우리가 주목해야 할 새로운 문제틀임을 밝혀내는 과정의 기록이다. 실제로 김영하·백민석·배수아·은희경·성석제 등에 대한 저자의 정밀한 해석과 문학사적 의미분별은 새로운 시대의 문학적 지형도를 가늠하는 유용한 참고자료가 된다. 그러나 신수정이 이들을 변화된 시대를 반영하는 증거물로 제출하는 단계를 넘어서 문학사의 새로운 문제틀로 등재시키는 방식은 다소간의 위험성을 내포하고 있다. 이러한 위험성을 가장 분명하게 드러내고 있는 글은 표제작이기도 한 「푸줏간에 걸린 고기」이다.

「푸줏간에 걸린 고기」는 신수정의 비평적 주장을 핵심적으로 요약하고 있는 글이면서 동시에 우리 시대의 새로운 문학경향에 적극적으로 의미를 부여하려는 야심찬 기획의 산물이기도 하다. 이 글은 '이성의 기획에 억압된 비루한 욕망의 복권'과 '대중문화시대에 폭발하는 기호의 축제를 우리 삶의 현실로 인정하는 태도'로 요약되는 새로운 세대들의 문학을 '역사화'하고 있다는 점에서 주목을 요한다. 역사화란 이러한 경향이 결코 일시적인 유행이나 진정성이 부족한 유희에 그치지 않음을 강변하기 위한 것인데, 이 역사화의 과정에 호출된 작가는 김영현·박노해·장정일이다. 과거에 대한 향수어린 회고나 한탄, 아우라의 상실에 대한 비애나 분노의 태도를 전혀 내비치지 않는 김영하(金英夏)를 새로운 문학의 주역, '신인'의 탄생으로 확증하기 위해서 김영현·박노해·장정일이라는 계보가 동원되고 있는 것이다. 이 계보화에 의해 김영하라는 신인류의 탄생은 결코 일시적이지도 우연한 것도 아닌 필연적 역사의 결과라는 결론이 내려진다.

이 계보화에 가장 먼저 호출된 작품이 김영현(金永顯)의 「벌레」라는 사실은 흥미롭다. 90년대 벽두에 권성우와 정남영 사이에서 벌어졌던 이른바 '김영현 논쟁'을 우리는 아직도 기억하고 있거니와 진보적 지식인의 내면을 소설 곳곳에 노출시킨 김영현 소설은 인간의 내면, 욕망, 그리고 진보적 실천과 역사 사이에 놓인 공백과 심연을 환기시켰다는 점에서 80년대와 90년대 사이에 놓인 문학의 상징성을 대표하고 있다. 이런 김영현의 소설에서 '내면'보다는 '욕망'을 읽어내고 유신체제의 폭력 하에서 '벌레'가 된 주인공의 '이상한 위안감'에 주목하는 것은 확실히 기존의 독법을 전복하는 징후발견의 면모를 지니고 있다. 이 징후발견은 저자에 의해 "벌레로부터 인간으로 진화해간 인간 역사를 부정하고 인간으로부터 벌레로의 역진화를 함축"(「푸줏간에 걸린 고기」 49면)한다는 의미를 지니게 되는데 이는 여러 이견을 불러일으킬 만한 논란의 소지가 있다. 이에 관해서는 뒤에 다시 논하기로 하고 우선 이 징후발견이 이후의 글로 이어지는 논리적 구도에 주목해보자. '벌레의 귀환'은 인간의 욕망을 억압하고 관리하는 인간이성의 기획이 실패에 다다랐음을 증명하는 증거로 제출되며, 박노해와 장정일(蔣正一)의 문학은 이러한 실패에 대해 각각 구도자와 유희자의 태도로 대응하고 있는 것으로 요약된다. 욕망을 관리하고 초월하는 구도자, 자기모멸을 통해 인간의 형이상학적 이데올로기 자체를 조롱하는 유희자의 태도는 그 방식은 다르지만 모두 '아버지 넘어서기의 욕망'의 산물이며, 아버지를 비판하면서 또다른 아버지가 되기를 욕망하고 있다는 점에서도 동일하다. 저자가 김영하를 이러한 악순환에서 벗어나는 새로운 문학적 주체로 파악하는 이유는 김영하가 '아버지되기'의 욕망 자체와 무관한, 오히려 아버지와 경쟁하여 아버지를 넘어서려는 남성적 주체 자체를 거세하고 있다고 보기 때문이다. "신/인간, 남자/여자의 대립을 무화시키는 존재, 그 관계의 빗금을 가리키는 기호"(같은 글 69면)로서 이분화된 항목들의 변증법적 투쟁을 넘어서는 신인류가 등장하는 것이다.

그런데 아이러니컬하게도 이분법을 넘어서는 신인류를 90년대 문학사에 등재하는 이 글은 이성/욕망, 80년대/90년대, 저항/유희의 이분법을 오히려 강화한다. 김영하라는 새로운 작가의 존재증명은 지난 시대와의 대비를 통해, 그리고 지난 시대의 현실을 무리하게 확장하거나 추상화하는 방법을 통해 이루어진다. 1978년 유신시대의 먹방에서 출발한 '벌레의 귀환'은 박노해와 장정일에 이르러 욕망을 관리하는 이성

일반, 혹은 변화불가능한 안정된 기존체계, 아버지라는 상징으로 표상되는 기성의 체제와 가치 전체로 확대되고 추상화된다. 이 계보의 마지막에 있는 김영하의 세계는 드디어 아버지와의, 혹은 어머니와의 근친상간의 욕망, 아버지의 부정 혹은 부인, 거세를 통한 새로운 탄생 등의 정신분석학적 체계로 정리된다. 이 거대한 계보화와 추상화의 욕망은 역설적이게도 80년대 문학과 90년대 문학이라는 구체적 연대의 정확한 이분, 결코 화해할 수 없는 적대적 범주화로 귀결된다. 이러한 구별짓기와 계보화는 비루하고 사소한 욕망을 복권하겠다는 저자의 의도와는 달리 추상적 이분법의 거대담론이 되고 만다. 그리고 그 거대담론으로 인해 우리 시대의 문학적 상황을 정직하게 반영하고 있는 김영하의 문학이 지니는 구체적 의미마저도 모호해진다. 김영하 문학의 개성은 더이상 변화가 가능하지 않은 고착된 소비산업 사회에 대응하는 새로운 방식, 편입도 전복도 아닌 외면, 그리고 그것을 대신하는 개인적 판타지의 구축이라는 영리한 방법론에 있다. 그리고 그것은 기존의 작가들이 보여준 과장된 감상과 자탄을 걷어냄으로써 우리 시대의 현실을 냉정히 바라보게 하는 동시에 그 체계와 어떤 식으로든 관계맺는 통로를 차단하기도 한다. 개인주의 사회의 한 초상화라 할 만한 이러한 김영하의 대응을 물론 '아버지되기의 욕망'에서 벗어나 있다고 해석해서 안될 것은 없지만, 김영하 문학의 의미를 지나치게 확장하면서 또한 추상화하는 것이다.

이러한 범주화가 문제가 되는 것은 타자의 욕망을 적극적으로 복원하는 비평적 전략이 자주 그 타자들을 동일자의 위치로 격상시키고 다른 가능성의 통로를 막아버리는 데에 있다. 예컨대 「푸줏간에 걸린 고기」의 징후발견, '벌레의 귀환'의 독법은 80년대 문학의 의미를 지나치게 축소시키며 그래서 그 시대에서 새로운 발견과 모색을 이끌어낼 가능성을 원천봉쇄한다. 사실 「벌레」는 텍스트 자체에 많은 균열을 지니고 있으며 그래서 텍스트의 완결성이라는 관점에서 본다면 불안한 텍스트임이 분명하지만 또한 그렇기 때문에 새로운 의미발견과 모색의 틈을 벌려두고 있다. 신수정의 징후발견이 바로 이 틈에 개입한 결과라고 할 수 있을 터인데 문제는 그 개입이 이후 새로운 문학경향의 권위를 확인하는 증거는 될지 모르지만 그 과정에서 텍스트가 함유하고 있는 문제의식을 왜곡하거나 축소한다는 점에 있다. 김영현의 「벌레」는 이른바 실천적 지식인의 강렬한 변혁욕망이, 그리고 그에 가해지는 시대의 억압이 놓치고 있는, 혹은 결여하고 있는 인간의 욕망과 주변의 일상을 어떻게 해결해야 할 것인가에 대한 질문을 담고 있다. 시대의 전사라는 청년지식인들의 주변에 놓인 가족들, 그들의 희생과 고통은 진보와 변혁을 실천하는 일과 어떻게 관련되어 있는가. 역사적 대의에 동참하는 견결하고 금욕적인 이성의 틈바구니에서 돌출하는 관리되지 못하는 욕망들, 버려둘 수만은 없는 일상의 욕망과 관계들은 어떻게 역사를 만들어가는가에 대한 질문들. 사실 벌레가 된 청년지식인이 감방의 창살을 통해 바라본 밤풍경, 거기에서 떠올린 아버지와 어머니의 기억, 삐라를 돌리던 산동네의 골목길과 친구들에 관한 기억은 금욕적 투사가 아니라 보잘것없는 벌레에 불과한 나약한 인간이 역사와 일상의 수많은 문제들을 처음부터 다시 읽고 고민해야 하는 출발점을 의미한다고 볼 수 있지 않을까. 아주 작은 추억과 생리적 욕망에서도 자유로울 수 없는 한정된 존재로서의 인간을 발견하고, 그래서 아주 오래 지속될 역사를 깊이 바라보는 새로운 출발점, 그것을 이성적 기획과 욕망하는 인간의 이분법으로 바라보는 순간, 역사와 일상, 내면과 대의, 이성과 욕망의 틈과 사이를 사고할 수 있는 가능성은 차단된다.

　자신의 문학적 정체성을 80년대와의 엄격한 구분 속에서 확보하고자 한 90년대 문학인들의 '인정욕망'을 신수정 역시도 공유하고 있는 듯하다. 문제는 이러한 욕망들이 90년대를 전시대와 확연히 차별되는 시대로 규정하기는 했지만 또한 그 과정에서 지난 시기의 가능성과 문제성이 완전히 배제되었으며 그래서 90년대 문학이 그것을 전혀 참고할 수 없는 곤경이 빚어졌다는 점이다. 화려하게 부상한 여성, 일상, 문화의 담론들이 강력한 산업자본주의 시대의 촘촘한 메커니즘 속에 스스로 포박되어가고 있다는 징후가 속속 발견되는 현재의 싯점에서, 새로운 문학의 진로를 모색하기 위해 우리 시대 문화에 한정된 자유만을 허용했던 이분법적 사유의 틀을 근원에서부터 재고할 필요가 있다. 이러한 관점에서 비평집에 수록된 작품 중 가장 최근의 것인 「비명과 언어」가 이전의 평문들보다 더욱 추상화되고 일반화된 범주를 사용하고 있다는 것은 불안한 징후로 보인다. 자신이 구축한 이분법적 틀을 스스로 성찰하는 과정 없이 그저 일반화된 범주로 문학을 논하게 되는 과정은, 문제가 있었다 할지라도 자신의 시대를 예민하게 자각했던 한 비평가의 시대의식이 감퇴된 징후를 보여주는 것이 아닌가 하는 생각 때문이다. 여성의 언어, 비명과 혼돈의 언어, 출산과 포용에서 비롯되는 여성의 몸과 기억에 관한 이론들이 일찍이 여성에 대한 비역사적인 생물학적 환원론이라는 비판을 받아온 것처럼, 이 언어와 몸에 구체적인 상처와 경험의 문제를 섬세하게 새겨넣지 않는다면 이러한 담론은 초역사적인 본질주의 담론에 그칠 우려가 있다. 혹시 저자는 여성의 언어, 그 분열과 비명을 통해 90년대 문학의 존재증명을 넘어서는 문학의 영원한 근원을 추구하고 싶은 것일까. "대립쌍 가운데 어느 하나를 선택하는 문제는 각기 내용만 다를 뿐 구조상으로는 동일한 자장 속에 있"으며, "지금 우리에게 요구되는 것은 그러한 이분법적 문학 모델의 바깥으로 나가 다시 90년대 문학을 새로운 지평에서 들여다보려는 노력, 즉 문제틀의 재구성."(「비명과 언어」 128면)에 있다는 주문은 저자 자신에게도 여전히 유효한 주문이다. 아울러 그 문제틀의 재구성이 특정 시기의 문학을 역사적·현실적 맥락에서 떼어내거나, 혹은 일반화를 통해 시대의 색깔을 지우는 것을 의미하지는 않는다는 점도 기억해야 할 것이다.

이 글을 마무리할 즈음『한겨레신문』에 실린 신수정의 칼럼을 읽었다. 봉준호 감독의「살인의 추억」, 박민규의『삼미슈퍼스타즈의 마지막 팬클럽』, 박현욱의『새는』을 거론하면서 '정치'라는 거시적 창이 아니라 '문화'라는 미시적 창을 통한 역사읽기의 시기가 도래하고 있음을 알리고 있는 글이다. '화성연쇄살인 사건' '죠다쉬 청바지' '나이키 운동화' '삼미슈퍼스타즈'를 거론하는 어조는「푸줏간에 걸린 고기」의 현재성을 이야기하던 목소리와 별반 다르지 않다. 그는 '역사를 읽는 방법'의 '전환'에 여전히 촛점을 두고 있는 듯이 보이지만 이제 문제는 '전환'이 아니라 그것으로 역사를 어떻게 읽을 것인가에 있지 않을까. '전환'을 강조하는 관점은 지금의 이 시대를 이전의 시대와 완전히 다른 것으로 구획짓지만 그 구획 속에서 이전과 지금, 그리고 정치와 문화의 관계를 사유할 통로는 막혀버린다. 신수정은 방법의 전환만을 이야기하지만 실상「살인의 추억」은 엽기적인 살인의 행각에 강압적이고 야만적인 시대의 그늘이 드리워져 있음을,『삼미 슈퍼스타즈의 마지막 팬클럽』은 프로야구에의 열광적 몰입이 정치적 야만을 가리면서 경쟁과 일류의 질서를 구축하는 허구였음을 암묵적으로 드러내고 있다. 시대를 가르는 이분법에 의해 해명되지 않은 채 사라진, 생산적인 모색의 계기가 될 수도 있었던 '벌레'의 커다란 공백 속으로 다시 찬찬히 눈을 돌려야 할 필요는 여기에서 발생한다.

3

신수정이 90년대 문학을 문학 자체의 변화와 그것의 계보화를 통해 요약하고 있다면 이명원은 그러한 문학담론을 구축하고 유지시키는 제도와 관행에 대해 문제를 제기한다. 그의 비평이 현재 문단의 관행과 제도의 모순들에 대한 논쟁적 성격을 띨 수밖에 없는 것은 관행으로 굳어진 비평적 관습의 틀 자체를 바꾸고자 하는 의도 때문이다. 그렇다면 그의 비평은 어디까지나 논쟁의 구도 속에서 읽는 것이 타당할 것이다. 그런 의미에서 그의 문제제기에서 비롯된 다른 비평가들의 글을 간략히 살펴보는 것도 이명원의 비평을 효과적으로 읽기 위한 한 방법이 될 수 있을 것 같다. 검토의 대상이 되는 글은 비교적 최근의 것이라 할 수 있는 윤지관(尹志寛)의 「비평은 있다」(『창작과비평』 2002년 겨울호)와 임규찬(林奎燦)의 「최근의 비평적 양상과 문제점들」(『창작과비평』 2003년 가을호)이다. 이 두 글은 격렬한 논쟁의 성격을 지니고 있지는 않지만, 문학권력 논쟁 초기의 개인적이고 감정적인 공방을 넘어서서 비교적 차분하게 문학권력 논쟁과 우리 비평 전반의 문제를 연계시키고 있는 글들이다.

우선 윤지관의 글은 필자가 "『주례사 비평을 넘어서』라는 도전적인 책에 촉발되어 씌어진 것"(「비평은 있다」 298면)이라고 밝히고 있듯이, 실제로 주례사 비평의 관행에 관한 문제의식에 동감하면서 그 책에서 집중적으로 거론되고 있는 신경숙·은희경·전경린의 근작들을 비판적으로 검토하고 있다. 이 글은 '주례사 비평'에 관한 문제의식의 타당성을 인정하면서 그 문제제기가 지니는 위험성을 지적하고, 대상이 된 작가들을 진지하게 재검토하는 방식으로 구성되어 있다. 그런데 90년대를 대표하는 여성작가들의 근작이 서사적 곤경에 처해 있음을 지적하는 것으로 주례사 비평의 문제성을 간접적으로 인정하는 방식은 좀 어색한 추인의 성격을 갖는다. 왜냐하면 윤지관의 글은 '주례사 비평'의 문제의식을 작품 자체나 작가들의 몫으로 돌림으로써 정작 중요한 문제제기인 문학제도나 비평관행에 대한 문제의식을 흐리고 있기 때문이다. 물론 필자는 "'문학권력'을 근원으로 보는 시각은, 그 권력의 구조를 혁파하는 전망이 뒷받침되지 않는 한, 비평가 개개인의 윤리적 책임에 대한 추궁으로 귀결"(같은 글 302면)된다고 주장한다. 그러나 그렇다고 해서 윤지관이 보여주는 '작품 엄정하게 읽기'가 '비평가 개개인의 윤리적 책임에 대한 추궁'에서 그리 멀리 떨어져 있는 것도 아니다. 이러한 방식은 윤지관 개인이 '주례사 비평'과 거리를 두고 있다는 확인은 될 수 있을지 몰라도 '주례사 비평'의 관행을 넘어서기 위한 실천이 되기는 어렵다.

임규찬의 글은 문제가 좀더 많은 글이다. 뒤에 다시 논하겠지만 이 글에 대해서는 이명원의 반론이 이미 제출되어 있는 상태이며 이 반론문은 『파문』에도 수록되어 있다. 임규찬은 문학제도와 비평관습에 문제를 제기하는 '비판적 글쓰기' 그룹에 대해서 이런저런 비판점을 제시한 후에 제도비판보다 더 중요한 것은 담론분석이라는 결론을 내린다. 그리고 그는 작품해석에만 매몰된 문학주의, 이론경사를 최근 비평담론의 문제점으로 지적한다. 그의 지적에 공감하는 바도 많고 어떤 부분은 '비판적 글쓰기' 그룹에 대한 유용한 고언도 있지만 문제는 이 평문의 구도이다. "최근의 비평적 양상과 문제점들"이라는 제하에 '비판적 글쓰기'와 '문학주의'를 놓는 방식은 결국 양비론이며, 임규찬의 지난 비평적 행로가 보여준 입장을 생각할 때 '비판적 글쓰기'와 '문학주의'를 서로 다른 방향의 두 문제점으로 동등하게 놓는 방식은 아무래도 납득하기가 힘들다.

더 큰 문제는 평문이 이런 식의 구도를 취함으로써 평론 내부적으로도 논리적 결함을 낳고 있다는 것인데 후반부에 기술한 '문학주의'나 '이론주의'에 대한 비판이 단지 양상 나열을 넘어서지 못하고 있다. 문제점의 지적이 극복을 위한 것이라면 이러한 '문학주의'나 '이론주의'를 낳은 원인은 무엇인지, 그것을 어떻게 넘어설 수 있을지에 대해서, 비평가 개인의 분발을 촉구하는 차원을 넘어서는 분석이 있어야 할 것이다. 비평이 해석에만 골몰하고 이론 내세우기에 급급한 것이 혹시 문학제도의 구조적 측면에서 비롯된 것은 아닌가, 출판자본과 매체권력이 이러한 현상과 무관한가, 대학의 학제와 비평이 연결되면서 비평이 국문과 대학원생들의 경력쌓기의 일환이 되어버렸다는 세간의 지적은 이러한 경향과 어떻게 연결되는 것인가에 대한 질문이 당연히 뒤따라야 할 것이다. 이와 같은 질문에 대해 긍정적인 결론을 내리든 혹은 부정적인 결론을 내리든 이는 분명 진지하게 검토되어야 할 대상이다. 그러나 임규찬의 글에서는 '비판적 글쓰기' 그룹의 비평과 '문학주의'를 지향하는 신진 평론가들의 세계가 동일선상에 놓임으로써 이러한 검토의 시도 자체가 불가능하게 된다. 그래서 이 글은 비판과 진단의 타당성 문제는 별도로 하더라도 자신이 제기한 문제에 대해서 치밀하고도 지속적인 검토를 불가능하게 만드는, 그래서 양상의 나열 이상을 감당하지 못하는 글이 되어버린다. 그리고 이러한 글의 미완결은 임규찬의 말처럼 담론이 제도보다 더 중요한 차원에 있는 것이 아니라 결국 담론과 제도의 복합적인 관계를 파악하는 것이 필요하다는 사실을 그 공백으로부터 일깨운다. 만약 문제는 제도가 아니라 담론이라는 주장을 계속해서 펴고자 한다면 임규찬은 새로운 논리를 더 치밀하게 제시할 수 있어야 할 듯하다.

정도와 어조의 차이가 분명하기 때문에 단순화하기는 조심스럽지만 윤지관의 글과 임규찬의 글은 이명원을 비롯한 '비판적 글쓰기' 논자들의 문제제기를 대하는 기존 평론가들의 태도를 보여준다고 할 수 있다. 문제제기를 수용하는 것처럼 보이지만 사실상은 그 문제제기의 핵심을 덮어버리고 다른 문제를 끌어와서 처음부터 다시 논함으로써 문제제기자들의 담론을 배제하고 있는 것이다. 이들의 비평적 대응이 공정하고 성실하지 못하다는 것보다 더 큰 문제는 이러한 대응으로 인해 모처럼의 생산적 논쟁의 계기들이 그 출구를 찾지 못한다는 것이다. 진보적 비평가군에 속하는 이들 선배 비평가들이 패기만만하게 제출된 문제제기를 수용하여 그것을 더욱 발전시키고 확대시키지 못하는 것은 안타까운 일이다. 젊은 비평가들의 문제제기가 때로 문제를 단순화하고 일면적

해석을 낳는다는 점에서 문제가 있을 수도 있다. 그렇다면 그 과정에서 돌출되는 문제점들을 교정하면서 그것을 더욱 생산적인 방식으로 이끌어나가는 것은 더 오랜 기간 문학과 현실의 문제에 대해 고민했던 선배들이 할 일이지 않을까. 더군다나 이러한 노력이 그들이 주장하는 '사심 없는 객관적 비평의 눈' '문학주의를 넘어서는 비평의 지평'을 탐색하는 과정과 결코 무관하지 않다는 사실을 생각해볼 때 "창조적 협동"(임규찬, 앞의 글 251면)을 위한 통로를 스스로 막아버리는 일은 참으로 비생산적이다.

'문학권력' 논쟁으로 대표되는 현재 우리 문학의 제도와 문단권력에 대한 비판은 단시일 안에 결론을 얻기는 힘들 것이다. 기존제도에 편입된 문인들이 크든 작든 그 기득권을, 또는 기득권의 가능성을 버리기 힘들 것이고, 이미 빈틈없이 연결된 문학생산의 메커니즘이 계속해서 그 방식에 적절한 이익들을 산출해내고 있으며, 문학출판계에 몰아치는 상업주의의 압박은 점점 더 거세질 것이기 때문이다. 거기다가 이러한 비평적 관행의 원인을 단지 문학권력과 제도의 문제로 일괄할 수 있느냐의 문제도 그리 단순하게 파악될 성격의 것이 아니다. 그럴수록 '문학권력' 논의를 우리 문학의 변화와 쇄신의 기회로 삼기 위한 적극적 노력은 더욱 필요하다. 적어도 '문학권력' 논의가 우리 문학의 부정적 관행을 깨고 새로운 진로를 모색할 한 거점이 될 것은 분명하기 때문이다. 물론 다른 방식의 모색과 성찰도 필요하고 또 가능할 것이지만 이미 적극적으로 제출되고 일정 부분 공론화된 문제의식을 공전 속에 버려두는 것은 비생산적인 일이다. 그리고 이를 위해 문제제기자 당사자들 역시도 섬세하고 치밀한 논리와 방법을 모색할 필요가 있다고 생각한다.

실제로 이명원의 글에서는 '부분을 전체로 확장하는 읽기'의 경향이 자주 나타난다. 중요하지 않기 때문에, 혹은 부차적인 문제이기 때문에 언급하지 않았다 하더라도 이는 분명 오해의 소지가 있다. 예컨대 앞의 임규찬의 글을 비판한 「『창작과비평』과 임규찬 왜 이러나」는 임규찬의 글 중 앞부분에 해당하는 '비판적 글쓰기' 논자들에 대한 부분에 집중되어 있다. 자신들에 대한 비판에 반론을 제시하는 것이 글의 주목적이므로 당연한 일이라고 할 수 있는데 그로 인해 임규찬의 글 중 뒷부분, 즉 필자가 더 중요하다고 제시한 '문학주의'에 대한 부분은 논의에서 배제되고 있다. 임규찬이 '비판적 글쓰기' 논자들을 비판한 어조가 그다지 호의적이지 않고 또한 논쟁의 실상을 호도하고 있는 부분도 있지만 임규찬의 글이 더 본격적으로 제안하고 주장하고자 하는 바는 분명히 '문학주의'에 대한 비판이다. 그렇다면 반론이 그 글 전체를 대상으로 한, 그리고 상대방이 주력해서 주장하고자 하는 부분을 포함하는 읽기와 비판으로 진행되었다면 더 정당한 비판의 형식을 얻을 수 있지 않았을까. 그랬다면 '문학주의'에 대한 문제의식을 공유하면서 이를 좀더 넓은 틀에서 사유할 수 있는 계기를 마련할 수도 있었을 것이고 그래서 '문학권력' 논쟁이 단순히 특정 제도와 집단에 대한 공격에 그치는 문제가 아니라는 사실을 좀더 치밀하게 사유할 지점을 찾을 수도 있었을 것이다. 이명원 자신도 지적하고 있듯이 '제도'와 '담론'이 결코 분리될 수 없는 문제라면 제도에 대한 비판과 함께 담론에 대한 엄밀하고 정교한 분석도 더 생산적인 논의를 위해 반드시 필요한 일이다.

이명원의 비평에 대해서 공격적 논의나 비판에 비해 작품에 대한 분석이 부족하다는 평가를 자주 접하게 되는데, 이명원의 비평이 주로 논쟁의 과정에서 제출되었다는 사실을 충분히 고려하지 않는다면 이는 다소 촛점이 어긋난 비판이 되기가 쉽다. 그러나 논쟁을 위해서도 작품에 대한 자신의 평가, 그와 관련된 비평, 그리고 그것과 제도와의 연관성, 상업적 출판자본의 문제 등의 각각을 성실하게 검토하면서 또한 연관과 결탁의 복합성을 고려하는 방식은 필요할 것으로 보인다. 전경린에 대한 '주례사 비평'을 문제삼고 있는 「'마녀'는 어떻게 부드러워지는가」라는 장문의 평론을 읽으면서 특히 그런 생각이 들었는데 이 글에서 제시되는 여러 비평이 전체의 맥락 없이 인용되어 있고, 범주가 다른 문제들이 동일선상에서 논의됨으로써 촛점을 흐리고 있기 때문이다. 사실 비평이 주관과 객관을 엄밀히 구분하기 힘든 영역이라는 점에서 주례사 비평에 관한 비판과 지적은 작품의 실상과 그에 관한 비평을 매우 세밀하게 대조할 필요가 있다. 그런데 이 글은 너무 많은 문제를 한꺼번에 다루면서 그 전체를 문학권력이나 주례사 비평의 상업적 의도라는 문제로 단순화시킨다. 전경린의 초기 작품에 대한 논의가 출판매체의 상업적 의도와 평자들의 현학적 의미부여가 결합한 예라면 이후의 작품에 대한 침묵은 그러한 권위를 활용하는 메커니즘이 어떻게 작동하는가를 보여주는 예라 할 수 있다. 거기에다 전경린의 『열정의 습관』에 대한 이재복의 평론이 집중적인 비판의 대상이 되고 있는 부분은 또다른 범주에 속하는 것이 아닐까. 이명원의 분석에 의거하더라도 이재복의 평론은 주례사 비평이라기보다는 개별 평자의 왜곡된 읽기의 차원으로 파악하는 것이 타당해 보이기 때문이다. 작품, 비평, 문학제도, 출판자본의 관계는 그리 단순하게 의도대로 되는 것도 아니고 논리정연한 인과관계 속에 있는 것도 아니다. 그렇다면 그 층위를 섬세하게 구분하고 본질적인 문제와 부차적인 문제를 분별하는 것, 그래서 논의의 촛점을 가장 효과적인 실천의 가능성에 맞추는 방식을 고려할 필요가 있다. 남김없이 비판하려는 의도가 오히려 비판의 촛점을 흐리고 문제제기의 신뢰성을 떨어뜨리는 것은 아닌지에 대해서 검토해보았으면 한다.

　이명원의 글쓰기 방식에 대한 비판이 물론 양비론을 의도하고 있는 것은 아니다. 이명원의 비평은 우리 문학의 암묵적 관행에 문제를 제기하는 역할을 자임하고 있는 것이고 그런 자신의 역할을 충실히 수행해내고 있다. 남겨진 부분은 다른 비평가들이 논쟁과 협력을 통해 해결해야 할 미완의 영역이라고 할 수 있다. 어떤 특정 문제를 주 관심사로 삼는 평자에게 그것말고 다른 것을 하라는 주문은 그다지 정당한 주문이 아니다. 정작 필요한 것은 그의 문제제기가 타당한 것인가에 대한 구체적이고 정확한 비판이다. 이명원이 비평의 방법론에 대해서 좀더 엄밀해질 필요가 있다는 이 글의 지적은 논쟁의 공전을 해결하기 위한 고민이 필요하다는 생각 때문이다. 사실 논쟁이란 대상자들 간의 최소한의 합의가 마련되어야 가능한 것이다. 문학과 제도와의 관련, 현실과 문학이 연결맺는 지점과 층위에 대해 우리 비평이 생각만큼의 합의점을 갖고 있지 않다는 사실을 확인한 것이 문학권력 논쟁의 성과라면 성과라고 할 수 있다. 그렇다면 생각보다 합의점이 훨씬 덜 마련되어 있는 논제에 대한 다양한 입장을 인정하면서 그 입장 속으로의 개입지점을 찾는 노력이 더 섬세하게 계속될 필요가 있다.

4

신수정의 평론집을 글의 논리 자체에 대한 해석과 평가에 촛점을 두어 거론하고 이명원의 평론집은 주로 논쟁의 맥락을 중시하면서 검토한 것은 하나의 글을 평가할 때 그것이 놓여진 맥락과 저자의 의도를 충분히 고려해야 한다는 입장 때문이다. 그러나 결과적으로 90년대 비평의 지형도를 그려보겠다는 의도는 썩 만족스럽게 충족되지 못한 듯하다. 두 비평가의 세계를 마주놓고 그 의미의 상관관계를 생각해보는 것으로 글을 마무리하고자 한다.

신수정은 앞의 책에서 "제대로 이해받지 못한 자의 치욕스러움"(125면)으로 90년대 문학을 말하고 있으며 그의 비평은 대체로 이것을 '제대로 이해하기' 위한 노력에 바쳐져 있다. 그런데 신수정 자신이 90년대 문학이 제대로 대접받지 못하고 있다고 항변하는 것과는 달리, 신수정의 저작에서 주로 거론된 작가들, 신수정이 평가한 그들의 문학적 개성이 90년대 문학의 전면을 차지하고 있는 것처럼 느껴진다. 적어도 90년대 비평이 그들의 문학적 의미를 밝히는 데 심혈을 기울여왔고 이성의 기획에 억압된 개인적 욕망의 복권, 정치와 거대역사의 담론에 저항하는 미시적 일상과 문화의 위력을 입증하는 데 바쳐졌다는 것은 분명하다. 그리고 이 과정에서 이성/욕망, 역사/일상, 정치/문화의 이분법이 고착되었다는 것은 앞에서 신수정의 평론을 예로 들어 검토한 바와 같다. 이러한 비평적 글쓰기는 구체적 현실을 반영하는 일그러진, 혹은 깨어지고 뒤집어진 거울로서의 문학이 현실과 맺는 복잡한 관계를 사고하기보다는 문화적 담론 자체 속에 문학을 한정한 것도 사실이다. 무리한 범주화와 구별짓기의 계보학은 언제나 정치적일 수밖에 없는 개인들의 삶, 혹은 언제나 사소하게 우리들의 일상으로 다가올 수밖에 없는 한 시대의 이념들의 섬세한 이면을 사고할 수 있는 통로를 막아놓는 결과로 이어진다.

사실 신수정의 비평은 다소 무리한 범주화와 이분법의 문제를 자체 속에 내장하고 있지만 그것이 자신의 비평적 입장을 적극적으로 개진한 결과였다는 점에서 크게 비난받을 일은 아니다. 오히려 다른 입장들의 생산과 충돌이 충분하지 않았다는 것이, 그래서 견제와 비판이 활발히 이루어지지 않았다는 점이 더 문제가 된다. 사실 이렇게 말해놓고보면 90년대의 문학경향에 대한 비판이 제출되지 않은 것도 아니며 신세대 문학논쟁이나 리얼리즘-모더니즘 논쟁처럼 논쟁이 전혀 없었던 것도 아니다. 다만 그 논쟁이 그다지 생산적 파급 효과를 불러일으키지 못했고, 비평적 가치판단을 구축해가는 방식으로 이루어지지 못한 것이 문제라고 할 수 있다. 이 지점에 이명원의 비판과 문제제기가 놓일 수 있을 듯하다. 문학의 가치가 비평적 판단보다는 시장의 논리에 의해 결정되고 그 시장의 논리를 중심으로 한 문학매체, 출판자본, 언론의 공존공영이 일반화된 현상은 사실상 첨예한 논쟁과 입장의 충돌을 불가능하게 하지 않았는가. 예컨대 리얼리즘－모더니즘 논쟁의 주요 논자들인 황종연·최원식·임규찬 등이 대표하는 『문학동네』와 『창작과비평』이 수록하고 출판하는 작품이 크게 다를 것이 없는 상황은 논쟁의 첨예함과 파급 효과를 둔화시킨다. 제도와 담론을 분리하는 방식은 이처럼 우리 비평을 점점 더 무기력 상태에 빠지게 할 우려가 있다. 시장이라는 견고하고도 강력한 조건, 그리고 그것에 대한 입장들, 그와 연결되어 있겠지만 또한 다른 층위에 있을 문학적 입장과 세계관을 더욱 세심하고 엄밀하게 정비하고 그것을 공개적으로 논의할 때 우리 문학은 새로운 국면을 찾을 수 있을 것이다. 문학권력 논쟁이 좀더 생산적인 방식으로 우리 문학에 활력을 불어넣을 수 있어야 한다는 요구가 제출되는 것도 이 때문이다. 상업자본과 언론에 의해 비평가의 비평적 감식안이 순치된 측면은 없는가, 자신의 비평적 기준과 문학출판의 제도를 분리시키는 관행 때문에 비평의 가치판단이 공허한 메아리에 그치게 된 측면은 없는가에 대한 문학비평의 겸허한 자기반성은 이제 더이상 미루어둘 수 없는 과제임이 분명하다.

—『동서문학』 2004년 봄호

미래를 꿈꾸는 서사의 지난한 역정

■

황석영론

1. 황석영 문학의 빈틈

개인적인 경험에서부터 출발해도 좋을까. 아마도 황석영(黃晳暎)의 방북 이후였을 대학시절의 한때, 황석영의 단편들은 문학을 보는 시각을 획기적으로 전환시키는 한 결절점을 마련해주었다. 그때 읽은 작품들이「객지」나「삼포 가는 길」「섬섬옥수」와「몰개월의 새」같은 작품들이었을 것이다. 그때의 경험이 소설을 막연한 탐닉의 대상으로 삼았던 소설광 시대를 넘어서게 하고 소설을 읽는 것이, 그리고 그것에 대해 말한다는 것이 분명 우리의 삶과 무언가 구체적이고도 매력적인 관련을 맺고 있음을 알게 했다고 할까. 소설이란, 문학이란 모름지기 우리의 삶과 그 조건을 명징하게, 그러면서도 한없이 섬세하게 드러낼 수 있어야 한다는 어설픈 문학관을 얻게 된 것도 이 무렵이었을 것이다. 한 친구의 증언에 의하면 그 즈음 어떤 술자리에서 나는 취기어린 목소리로 황석영이 앞으로의 한국문학을 이끌어갈 것이라고 호기롭게 단언했다고 한다.

황석영이 이미 한국 리얼리즘 문학의 중요한 자산으로 평가받고 있다는 것, 그의 방북이 생각보다 훨씬 심각한 사건이었으며 그가 언제 돌아올지, 언제 문학활동을 재개할 수 있을지 기약할 수 없다는 것을 제대로 알게 된 것은 그 후의 일이다. 그로부터 참으로 오랫동안 우리 문학은 황석영의 부재를 아쉬워했고 또한 많은 사람들은 그가 과연 이전의 문학세계를 변함없이 이어갈 수 있을까 염려했다. 그러나 본의 아닌 외유와 투옥기간을 거치고 돌아온 그는 그간의 우려와 기대에 답하는 작품을 내놓음으로써 여전히 그가 한국문학의 대표작가로 현존하고 있음을 확인하게 했다. 자본주의 사회의 고독한 도시인들이 일상에 침잠한 이른바 내면의 시대, 개인성의 시대에, 돌아온 그가 내놓았던 『오래된 정원』(창작과비평사 2000)은 긴 호흡과 아름다운 통찰로 우리의 과거, 현재 그리고 미래까지 조망해낸 역작이었고, 『손님』(창작과비평사 2001) 역시 오랜 식민성의 역사를 본격적으로 해부하고 리얼리즘의 형식에 대한 고민과 야심찬 실험까지 덧붙임으로써 서사부재의 시대에 새로운 감동을 맛보게 했다. 나는 참으로 다행스럽게도 그때의 치기어린 단언을 수습할 기회를 얻은 셈이다.

　그러나 이 자리에서 문학 초년생 시절의 추억을 길게 끌고 가고 싶지는 않다. 황석영은 과거의 작가가 아니라 현재의 작가이며 또한 아직도 미래를 향해 예민하게 열려 있는 작가이다. 그러니 여기에서 필요한 것은 미래를 향해 열려 있는 그의 가능성들을 검토하는 일이다. 그러기 위해 내가 그 시절 어렴풋이 느꼈고 이후 그것이 널리 인정된 것임을 알게 된 황석영 문학의 미덕을 잠시 되짚어볼 필요는 있겠다. 황석영은 언제나 그 작품이 생산되는 당대의 싯점에서 당대의 현실을 발견하고 그것을 엄정하고도 유려하게 형상화해내는 작가이며 거기에서 언제나 미래를 언급하려는 작가이다. 구체적 관찰과 묘사의 생생함이 주는 실감의 감동과 고통, 그것을 기반으로 하는 당대 현실의 모순에 대한 복합적이고도 총체적인 파악, 모순의 지점에서 다시 역사와 미래를 인식하게 하는 힘. 황석영의 소설이 제시하는 수많은 미덕은 리얼리즘의 함축과 외연을 고루 섭렵하고 있다. 그런데 이 수많은 미덕 사이로 슬쩍, 때로는 당혹스러울 정도로 불쑥 드러나는 빈틈이 보인다. 여기에서 제기해보고자 하는 것은 바로 이러한 황석영 문학의 빈틈이다. 그 빈틈이란 총체적이고 구체적인 현실의 형상화와 거기에서 나왔다고 생각되는, 그러나 무언가 석연찮은 비약이 존재한다고 생각되는 미래로의 전망 사이에 있는, 또는 그것과 관련있다고 생각되는 빈틈이며 균열이다. 이 균열은 여지껏의 문학논의에서 예민한 주제로 이미 다루어지기도 했고 때로 황석영 문학의 한계로 지적되기도 했다. 그러나 균열은 그것 자체가 한계라기보다는 오히려 충분히 규명되지 않은 문제성들의 집합체로 보아야 하며 그래서 그 침묵의 공간에 주목함으로써 새로운 모색과 쇄신의 가능성을 찾아낼 수도 있을 것이다. 이 글은 그 빈틈의 사이에 렌즈를 갖다 대고 다소 무리가 따르더라도 그 빈틈을 더 벌려보고자 한다. 벌려진 빈틈 사이로 생산적인 논의와 모색이 가지를 쳐나가기를 기대하면서.

2.「객지」논란

'빈틈'에 초점을 맞추겠다고 했으니「객지」를 먼저 언급하는 것이 순서일 것 같다.「객지」는 황석영 문학의 빈틈을 가장 분명하게 응축하고 있으며 그래서 당대에서 지금까지 많은 논란을 빚어내는 작품이기도 하다. 이 논란의 진원지라 할 수 있는 결말 부분을 인용해보자.

그는 자기의 결의가 헛되지 않으리라는 것을 믿었으며, 거의 텅 비어버린 듯한 마음에 대하여 스스로 놀랐다. 알 수 없는 강렬한 희망이 어디선가 솟아올라 그를 가득 채우는 것 같았다. 동혁은 상대편 사람들과 동료 인부들 모두에게 알려주고 싶었다.

"꼭 내일이 아니라도 좋다."

그는 혼자서 다짐했다.

바싹 마른 입술을 혀끝으로 적시고 나서 동혁은 다시 남포를 집어 입안으로 질러넣었다. 그것을 입에 문 채로 잠시 발치께에 늘어져 있는 도화선을 내려다보았다. 그는 윗주머니에서 성냥을 꺼내어 떨리는 손을 참아가며 조심스레 불을 켰다. 심지끝에 불이 붙었다. 작은 불똥을 올리며 선이 타들어오기 시작했다.[1] (「객지」, 『황석영 중단편전집』 1, 창작과비평사 2000, 275면)

이 결말 부분의 동혁의 강렬한 희망은 그러나 "객관적 현실 자체에서 솟아오른 것은 아니"다.[2] '사실적 진실성'과 '현실의 총체적 형상화'라는 측면에서 황석영의 소설을 리얼리즘의 전범으로 평가하는 관점에 대한 이의는 최근 '리얼리즘론의 비판적 재인식'을 논하는 자리에서도 제기된 바 있는데[3] 이러한 주장의 중요한 근거로 제시되고 있는 것이 바로 이 마지막 부분의 비약적인 전망과 동혁의 비범함이다. 그런데 현실의 충실하고 폭넓은 재현과 그 이후를 진단하는 미래로의 전망 사이에서 보이는 이러한 균열은 이미 황석영 문학의 중요한 한계 내지는 논란의 오래된 촉발점으로 거론되어왔다. 이 균열이 '작가적 신념과 현실'의

---

1) 중단편전집을 간행하는 과정에서 결말의 마지막 문단이 덧붙여졌다. 그러므로 발표 당시의 결론에는 마지막 문단이 없다. 더 구체적으로 작품을 마무리지으려는 작가의 의도 때문인 듯하다. 수정된 결말을 대상으로 삼더라도 전망의 비약적 덧붙임과 그로 인해 발생하는 균열의 문제라는 이 글의 논지가 크게 변화되지는 않을 것 같기에 최근본을 인용한다.

2) 염무웅 「민중의 현실과 소설가의 운명」, 『한국소설문학대계』 68, 동아출판사 1995, 591면.

3) 방민호 「리얼리즘론의 비판적 재인식」, 『창작과비평』 1997년 겨울호 참조.

'찢김'이라는 지적[4]의 한 예가 될 수 있을 것이며, 그래서 「객지」는 '현실적 정의의 승리가 아니라 시적 정의(詩的 正義, poetic justice)에 대해 작가가 보여주는 경사'[5]로 읽히기도 한다.

이 논란 많은 균열을 재검토하기 위해서는 우선 이 균열을 사이에 두고 양편에서 서사를 떠받치고 있는 현실의 구체적 형상화와 동혁의 독백으로 암시되는 미래가 내포하는 의미와 효과를 세심하게 짚어보아야 할 것이다. 균열은 균열 자체로서보다는 그 균열을 이루는, 혹은 그것을 야기하는 여러 조건들과의 관계를 통해 탐색되어야 하겠기 때문이다. 「객지」가 보여주는 간척공사 현장의 노동현실은 우선 독자에게 상당히 고통스러운 생경함으로 다가온다. 십장과 함바와 감독조와 현장사무소로 이루어지는 이중 삼중의 복잡한 노동관리 체계라든가, 돌을 깨고 날라서 바다에 채워넣는 노동과정, 웃개일과 전표와 간조날로 설명되는 복잡한 임금체계를 한눈에 파악하기 힘들기 때문이다. 이로 인해 노동자들의 열악한 현실과 그럼에도 포기할 수 없는 희망 등등의 단순한 문구에 독자는 쉽사리 이입되지 못한다. 일단은 그 노동현장을 '그들의 삶'으로 객관화시키면서 생경한 사실들을 끈기있게 조합하고 이해하는 과정을 거쳐야 한다. 그러고 나서야 그 현장의 복잡함이 너무나도 불합리하고 불평등한 삶을 생산한다는 사실을, 혹은 역으로 이 불합리하고 불평등한 삶을 만들어내고 유지하기 위해 현장은 점점 더 복잡해졌다는 것을 비로소 인식하게 된다. 밀물과 썰물의 이동에 따라 불규칙하게 진행되는, 돌을 깨고 나르고 바다에 던져넣는 위험한 작업은 정당한 노동조건이나 안전장치를 무시하기 일쑤다. 노동자들은 함바로 분류되고 그 함바는 십장들이 나누어 관리하며 불온한 생각을 품은 노동자들을 가려

---

4) 성민엽 「작가적 신념과 현실」, 『한국문학의 현단계』, 창작과비평사 1984 참조.
5) 권오룡 「체험과 상상력」, 『돼지꿈』, 민음사 1980, 312면.

내기 위해 폭력배 출신의 감독조들은 노동자들을 협박한다. 이 이중 삼중의 감독체계 속에서 각각의 관리단위는 저마다 부당한 이익을 챙기며 그래서 노동자들에게 돌아가는 임금은 점점 줄어들 수밖에 없다. 갈 곳 없는 뜨내기 노동자들에게 현금을 지불하지 않음으로써 전표를 현금으로 할인하여 바꿔주는 전표장사들이 개입되고 결과적으로 노동자들은 빚에 몰려 떠나고 싶어도 떠날 수조차 없다. 마을과 떨어진 외딴 작업장에서 노동자들은 마치 죄수들처럼 작업에 동원되고 피로와 부상에 지쳐간다. 인간다운 생활이 철저하게 내팽개쳐지고 그래서 인간의 기본권이나 존엄성을 거론하는 것조차 무색한 '그들의 삶'은 근대화 산업의 허구성이나 폭력성으로 이어지고 그랬을 때 비로소 '그들의 삶'은 '우리의 삶'이 된다.

간척사업의 한시성이나 뜨내기라는 일용노동자의 특성, 사업주 측의 주도면밀한 관리체계 속에서 이들의 삶이 개선될 여지는 별로 없어 보이고 그래서 희망은 요원하다. 그 작업조건의 참담함으로 인해 쟁의가 일어나는 것은 필연적이지만 승리는 만만하게 얻어질 수 없어 보인다. 그러니 여기에 덧붙여지는 동혁의 '알 수 없는' 강렬한 희망은 당연히 비약으로 느껴지며 서사는 공백을 남길 수밖에 없다.

이 균열은 거듭 지적될 만큼 분명하다. 그리고 이 균열이 분명하기 때문에 생경함을 뚫고 어렵게 확보한 구체적 실감은 동혁의 미래와 섣불리 화해하지 않는다. 우선 급한 불을 끄고 서서히 주동자들을 정리하려는 현장소장의 속셈을 알지 못하고 눈앞의 미끼에 현혹된 노동자들은 하나둘 현장으로 내려간다. 남포를 물고, 알 수 없는 희망을 느끼며 현실적 시간 속의 내일이 아니라 역사적 시간 속의 내일을, 지금 자신이 그 내일을 볼 수 없다 할지라도 다음에 오는 노동자들에게 더 나은 삶을 가져다줄 내일을 기약하는 동혁은 철저히 혼자다. 그러므로 동혁의 희망은 혼자만의 희망이며 그 희망은 서둘러 현장으로 내려간, 그리하여

순환될 수밖에 없는 삶의 조건 속에 노출된 그들의 내일로 환치될 수 없는 것이다. 그래서 이 결말은 당대 노동운동의 한계를 드러내고 있으며 또한 그 희망의 비범성과 비약 때문에 더욱 강렬한 비극으로 읽힌다. 이 비약적 결말은 오히려 태동기의 노동운동의 현장을 정직하게 역조명하고 있으며 현실진단은 그 공백 때문에 더욱 극명하다. 이 공백은 산업화 초기 노동현장에 대한 정확하고도 구체적인 묘사를 전혀 훼손하지 않는다. 오히려 현실을 한꺼번에 뛰어넘을 수 없는 작가의 존재를 비약을 통해 역설적으로 드러내고 있다. 열악한 현실과 허약한 주체 때문에 우리가 바라는 미래는 쉽게 오지 않겠지만 그렇기 때문에 기다리는 것이고 포기할 수 없는 것이 아닌가. 「객지」의 비약과 균열은 당대 현실을 과장된 전망으로 호도하는 것이 아니라 아주 먼 뒤에야 우리 것이 될, 포기할 수 없는 미래를 언급하고 있을 뿐이다.

문제는 오히려 그 다음이다. 이 공백이 현실의 빈곤과 고통을 더욱 극명하게 조명한다면 우리는 그 공백에서 다시 출발할 수도 있다. 현실의 열악함에 비해 그것을 헤쳐나갈 전망과 대안이 한없이 빈약함을 냉정하게 인정한다면, 「객지」의 이질적이고 낯선 균열들은 미래를 버텨낼 수 없는 허약한 현실적 주체들을 더욱 겸허하고 집요하게 탐색하는 힘으로 이어질 수 있을 터이다. 이는 예컨대 「삼포 가는 길」의 가없이 펼쳐지는 눈길의 상징 속에서, 이미 고향과 공동체의 꿈을 잃어버린 현실에 대한 쓸쓸한 인정과 소외된 자들끼리의 따뜻한 연대로 드러나기도 하고, 「섬섬옥수」에서 중산층의 허위의식에 대한 통렬한 폭로 혹은 참담한 자기확인으로 드러나기도 한다. 그러나 「객지」에서는 그 현실확인의 힘이 그리 성공적으로 작용하지는 못한 듯하다. 오히려 현실로부터 쉽사리 그 근거를 확보할 수 없는 희망은 동혁의 비장한 다짐에도 불구하고 무리에 쉽게 동화되지 못하는 자의 비범한 고독이라거나 어떤 초월적 자아의 허무주의 비슷한 분위기를 만들어내는 것이다. 이와 관련하여 80

년대의 또다른 문제작 『무기의 그늘』을 참고할 수 있을 것이다.

3. 『무기의 그늘』과 「객지」의 거리

『무기의 그늘』은 크게 두 축으로 구성된다. 베트남 전쟁을 제국주의적 시장확대의 한 전략기지로 삼은 미군과 그와 결탁한 식민지 부르주아와 관료들의 속물성이 식민지 출신 고위 장교인 팜꾸엔의 행적을 통해 드러난다면, 서사의 또다른 축은 '남베트남 해방전선'의 일원으로 의사의 꿈을 접고 조국해방전쟁에 투신한 팜꾸엔의 동생 팜민의 활동이다. 팜꾸엔을 정점으로 하는 다낭 시의 미(美)군수물자 암거래 시장의 현황은 어떻게 미국을 비롯한 선진제국이 상품을 통해 한 나라의 경제구조와 그 나라의 가난한 인민들의 생활을 지배해나가는가를 예리하게 지적한다. 그리고 이것은 먼 나라의 수십년 전 이야기에 그치는 것이 아니다. 베트남 전선에서 미군 PX를 통해 유포, 확산되는 미국산 제품들의 위력은 이미 전지구적 자본주의화가 상당히 진행되어 우리의 일상을 뒤덮고 있는 현재의 싯점에서 더욱 강력한 환기력을 발휘한다.

그리고 PX는 바나나와 한줌의 쌀만 있으면 오순도순 살아가는 아시아의 더러운 슬로프 헤드들에게 문명을 가르친다. 우유빛 비누로 세수하는 법과, 가슴을 시원하게 하는 코카콜라의 맛이며, 향수와 무지개색 과자와 드로프스와, 레이스 달린 잠옷과 고급시계와 보석반지를 포탄으로 곤죽이 되어버린 바라크 위에 쏟아낸다. 아시아인의 냄새 나는 식탁 위에 치즈가 올라가고 소녀들의 가랑이 속에서 빠져나간 콘돔이 아이들의 여린 손가락 위에서 춤춘다. 한번이라도 그 맛과 냄새와 감촉에 도취된 자는 결코 죽어서라도 잊을 수가 없다. 상

품은 곧바로 생산자의 충복을 재생산해낸다. (『무기의 그늘』 상. 창작과
비평사 1992. 67면)

　자주 인용되는 구절이지만 다시 읽어도 이는 자본주의 제국의 세계
지배와 상품이 초토화시킨 인간의 삶에 대한 통절한 실감으로 다가온
다. 지적되어온 바와 같이 『무기의 그늘』은 베트남 전쟁이 결코 남의 전
쟁이 아니라 우리 사회에서도 진행되고 있는 보이지 않는 전쟁의 거울
임을 정확하게 파악하고 있다. 베트남에서의 미군의 활동과 역사는 곧
한반도의 미군 진주의 역사이며 부당한 횡포의 생생한 예증이기도 하
다. 또한 그러한 제국에 반대하는 베트남 해방전선 게릴라들의 견결(堅
決)한 윤리성과 조국애는 7, 80년대 민주화 운동의 과정과 겹쳐지면서
또다른 감동을 자아낸다. 실제로 『오래된 정원』에서 묘사되는 80년대
지하운동가들의 숨막히는 긴장이나 강한 윤리성은 『무기의 그늘』에서
의 팜민을 환기하기도 한다.
　미국은 베트남의 공산화를 막는다는 명분으로 한 나라의 내전에 함
부로 참여하고 거기에서 한편으로는 무력으로 인민들을 대량학살하고
다른 한편으로는 상품의 유포와 판매로 상상할 수 없는 이익을 챙긴다.
그리고 이것은 대규모의 물량공세만으로, 온갖 편리와 환상으로 무장한
상품의 유혹을 통해 그 나라의 인민들을 꾀어내는 방식만으로는 이루어
지지 않는다. 베트 콩의 물량보급로를 파악한다는 명분으로 아무리 실
어내도 마르지 않는 미제 상품의 암거래는 묵인되며 그 묵인에 의해 유
지되는 암거래는 인민들의 저항력을 마비시킨다. 전쟁을 숙주로 삼아
다낭 시에는 호화로운 클럽과 술집들이 번성하고 새로운 입맛과 기호가
창출된다. 그리고 그 창출된 기호는 다시 미군의 상품들을 가속도로 소
비시킨다. 전쟁은 이제 단순한 휴머니티나 정치적 자율권의 문제로 해
석될 수 없으며, 상품이 창출해낸 새로운 문화는, 그리고 그 문화를 자

신의 생활로 흡수시킨 자들은 자발적으로 상품종주국의 정치적·경제적 이익을 재생산한다. 순진한 인간주의나 윤리성으로는 감히 맞설 수도 없는 이 거대한 구조의 이면을 세밀하고도 구체적으로, 그리고 총체적으로 재현해내는 것은 암거래 시장과 군 내부, 그리고 남부 해방전선의 인물들까지도 냉정하게 관찰하고 해부하는 작가의 시선에 의해 가능하다. 황석영이 철저한 3인칭의 작가였다고 말할 때,[6] 이 3인칭의 강렬한 효과가 『무기의 그늘』에서만큼 빛을 발하는 예를 찾기는 힘들 것이다.

그런데 이 냉정하고 풍부한 통찰의 빛은 그 이면에 짙은 그늘을 남긴다. 냉정한 시선이 현실의 거대한 구조를 깊이 파고들면 파고들수록 먹이사슬처럼 연쇄되어 전쟁의 견고한 메커니즘을 강화하는 거래와 살육의 공생관계는 압도적인 것이 된다. 남부 해방전선의 인민전사들이 그 연쇄에 깊숙이 침투해 있지만 그럴수록 그것은 결국 전쟁의 연쇄고리에 연루될 수밖에 없다. 누가 이 고리를 끊을 것인가. 견결한 윤리성으로 조국해방을 위해 투신하는 이 비장한 투쟁은 죽음과 난민의 공포 속에서 어떻게든 살아갈 수밖에 없는 수많은 인민들의 삶을 어떻게 구원할 수 있을 것인가. 팜꾸엔이거나 팜민이거나 팜꾸엔과 함께 달러를 모아 베트남을 뜨려는 기지촌 양공주 출신의 오혜정이거나, 미군수물자 거래의 암시장에서라도 삶의 터전을 잡아야 하는 현지인 토이이거나 모두 활시위를 떠난 화살들처럼 망연하고 허망한 눈빛으로 이 거대한 암시장, 무참한 전장에 서 있다. 여기에 한국군 참전병사 안영규의 시선이 겹쳐진다. 이 시선은 베트남의 현실을 한국의 현실과 대비하는 매개자의 눈이며 베트남과는 다른 방식으로 제국주의적 예속의 길을 가고 있

6) 김명인 「일인칭으로 다시 길을 묻는다」, 『한겨레신문』 2002년 5월 1일자: 방민호 「모성적 사랑의 시공을 위하여」, 『21세기문학』 2000년 가을호 참조.

는 한국 현실과 그 미래를 모색하는 눈이기도 할 것이다. 그러나 그는 절대로 이 오물 속에 발을 들여놓지 않을 것이라고 다짐하나 한편으로는 동원된 용병의 자기연민에 자주 휩싸인다. 베트남과 다를 것 없는 제3세계의 땅으로부터, 자신의 조국 역시 이 보이지 않는 전쟁의 또다른 희생자임이 분명한데도, 어처구니없이 침략자를 돕기 위해 파견된 자의 착잡함이라는 측면에서 영규의 자기연민이나 자기부정은 결코 과장이 아니다. 베트남 해방을 위해 투쟁의 길로 나선 팜민이 한국 현실의 미래를 위해 중요한 참고사항이 될 수 있다는 가능성은 이 착잡함 앞에서는 순진한 낙관주의로 비칠 수밖에 없었던 것일까. 영규와 짝이 되어 베트남 전선의 정보를 탐색한다는 구실로 PX물품의 사적 거래를 묵인받고 있던 현지인 토이가 조국해방의 적으로 규정되어 게릴라들의 손에 죽임을 당하자 영규는 '알 수 없는' 자기연민과 분노로 팜민을 죽인다. 영규는 팜민보다는 토이에게서 더 큰 동질성을 느끼는 것 같다. 토이의 죽음은 "무수히 죽고 다쳐서 한줌의 재로 아니면 팔다리를 잘리고 병신이 되어서 실려간 다른 한국군 병사들의 것처럼 욕스러운 것"(『무기의 그늘』 하, 315면)이기에.

　토이의 반대편에 있는 팜민의 고민과 활동은 영규의 시선과 분리된 채 엄정한 관찰자, 해석자에 의해서만 진술되며 영규가 팜민을 죽이는 결론부에서 처음으로 둘은 맞부딪친다. 영규는 "꼭 내 고향에 돌아가 이 보상을 해내리라 작심"(같은 책 123면)하지만 그 보상이 어떤 것이 되어야 할지는 구체적으로 드러나지 않는다. 영규는 혹 동원된 용병들의 욕스러움을 한국 현실 전체와 동일시하고 있는 것은 아닐까. 거대한 암시장의 거래에 동조하고 용병들의 죽음을 자신의 이익과 맞바꾸는 사람들도 과연 이 동일시에 포함될 수 있을까. 그리고 이 동일시가 현실을 변화의 가능성이 아니라 요지부동의 철옹성으로 파악하게 하고 그 견고한 연쇄고리를 끊을 주체에 대한 탐색을 정지시키는 것은 아닌가. 그리하여 "무기의 그늘 아래서 번성한 핏빛 곰팡이꽃, 달러는 세계의 돈이며 지배의 도구"(같은 책 271면)라는 파악은 우리가 처한 세계사적 현실을 올바로 진단하고 있지만, 베트남의 것과 다르지 않은 자본주의 제국의 한국 현실을 해방시킬 수 있는 대안의 가능성은 이 거대한 핏빛 곰팡이꽃의 위력에 압도된다.

베트남의 현실을 한국의 현실과 연계하면서 엄밀한 분석자의 눈으로 들여다보았던 서술자의 시선, 그리고 자기연민과 냉소로 그 오물의 세계에 발을 들여놓지 않겠다는 영규의 시선은 서사 내부에서 설득력 있게 연결되지 못하고 균열을 남긴다. 이것은 엄격한 현실진단과 요원한 미래에 대한 절망 사이에 깃들 수밖에 없는 균열은 아닐까. 규율과 보안 하에서 어쩔 수 없는 작전을 수행했던 팜민보다 미군의 상품으로 생활을 지탱하지만 결국은 그곳을 떠나지 않고 살아남아야 했던 현지인 토이의 손을 들어주는 결말은, 그리고 환멸에 가득 차 그곳을 떠나는 영규의 시선은 지독한 현실에 질식된, 그래서 현실과 미래 사이의 공백조차도 더이상 남겨놓지 못하는 비관주의자의 시선처럼 보인다. 그리고 이는 베트남을 통해 한국을 읽으면서도 이미 제국주의적 시선에 오염된 '정치적 무의식'[7]으로 읽힐 수 있다. 「객지」의 미래와 『무기의 그늘』의 미래 사이에는 엄청난 거리가 있지만 이는 서사 내부의 균열을 통해 허무주의적 시선의 침통함으로 통합된다. 이 거리는 문학이 미래를 꿈꾸는 작업이 얼마나 어렵고 고단한 것인가를 보여주는 거리이다.

---

7) 김철 「제국주의와 정치적 무의식」, 『문학과사회』 1990년 봄호 참조.

4.『오래된 정원』의 새로운 미래

이제 최근작들을 검토해보자. 십수년의 공백 이후 그가 내놓은『오래된 정원』역시 황석영 개인에 있어서나 한국현대사에 있어서 강팍했던 지난 시절에 대한 반성과 성찰이며 동시에 새로운 미래에 대한 모색이다.[8] 우리는 앞서 황석영 문학의 균열을 통해 고통스러운 현재와 요원한 미래 사이에 존재하는 간극을 읽은 바 있다.『오래된 정원』또한 여전히 현재를 탐색하고 미래를 기다리는 작품이지만, 그리고 그 사이사이에 작은 균열들을 흘끗 내비치지만, 그 균열 사이에 오래 기다린 자들의 조용한 사색과 내밀하고도 깊이있는 소통이 숨쉬고 있어서 이 균열은 오히려 따뜻한 낙관과 기대를 자아낸다. 이제 작가는 균열의 장벽에 쉽사리 좌절하지도 않고 그 균열을 훌쩍 뛰어넘지도 않으면서 그 앞에 잠시 멈추어서서 숨을 고른다.

『오래된 정원』은 갈뫼에서 서너 달을 함께 보내고 긴 이별을 감당해야 했던 오현우와 한윤희의 연애소설이기도 하며 또한 윤희의 입을 빌려 광주항쟁에서 80년대의 사회변혁운동과 독일통일, 현실사회주의의 붕괴에 이르는 현대사의 굴곡을 되돌아보는 후일담 소설이기도 하다. 그러나 이렇게 정의해두고 보니 무언가 모자란 듯 느껴지기도 하는데 그것은 이 작품이 연애소설과 후일담소설이라는 유형화에서 벗어난 면모를 가지고 있기 때문이다. 물론 이것은 현우의 감옥생활과 감옥 바깥에서의 윤희의 삶을 교차하여 진행시키는 다성적 서술기법,[9] 사건의 이

---

8) 이명원「대안적 이념 모색을 향한 내적 고투」,『창작과비평』2000년 가을호 참조.
9) 김정란「네 어깨 너머로 내다보는 역사」,『아웃사이더』2호, 아웃사이더 2000, 47~50면 참조.

면과 그것을 감당하는 인물의 내면들을 섬세하고 긴 호흡으로 이끌고 있는 작품의 무게 때문이기도 하다. 그러나 더욱 직접적으로는 이 작품이 그럴 만한 요소를 고루 갖추고 있음에도 종래 소설들의 익숙한 문법을 벗어나고 있기 때문이기도 하다.

우선 후일담의 문제. 70년대 후반과 80년대의 지하운동이나 광주 이후에 광주의 살육과 희생을 기반으로 한 현실변혁의 투쟁과정, 노학연대와 노동운동, 현실사회주의의 붕괴와 정세변화로 인한 운동진영의 약화 내지는 붕괴를 세밀하게 기록하고 있지만 이 작품은 엄밀하게 말해서 후일담이 아니다.[10] 그것은 이 작품이 과거를 다루는 방식에 있어 기존의 후일담과 구별되는 근거를 가지고 있기 때문이다. 90년대 초반 쏟아져나온 후일담 소설들은 익히 지적되어온 바와 같이 되돌아보는 자아의 회한과 감상으로 과거를 덧칠한다. 그래서 과거는 구체적 현실 속의 사건들로 다루어지기보다는 이 회한에 가득 찬 자아들이 변해버린 현실에 적응하지 못하는, 혹은 그것에 투항하는 명분으로 작용한다. 그렇다면 『오래된 정원』에서 다루어지는 과거는 어떠한가. 오현우를 감옥에 가게 했던 지하활동은 인물들의 사명감과 비장함에 비해 현실적 효과가 극히 미미해 보이고, 80년대 송영태와 최미경은 과중한 죄책감으로 인해 자신의 다면적 주체성을 인정하지 못하고 한쪽을 과장하거나 억압하는 불균형 상태에서 위태롭게 그들의 길을 선택한다. 그러나 이들의 활동은 안타깝지만 어쩔 수 없었던 당시의 현실 속에서 나온 결과물이므로 쉽게 청산될 수도 없고 단순히 회고될 수도 없다. 과거는 그 싯점의 엄정한 현실성에 의해 기록되고 있으며 그래서 오류와 한계를 지니고 있지만 또한 그 당면한 과제의 급박성에 의해 당시로는 최선이었던 역사적 실천이 된다.

---

10) 김명인, 앞의 글 참조.

과거는 윤희에 의해 많은 부분이 현재 시점으로 기록됨으로써 더욱 큰 효과를 발휘한다. 윤희는 현우와의 추억과 그네의 기록으로 평생 현우와 관계맺지만 감옥 속의 현우의 삶에 스스로를 구속시키지 않고 자신의 생활을 꾸려나간다. 그는 현우와 만날 수 없었던 첫 면회의 경험에서 감옥 안의 현우와 감옥 밖의 자신의 삶이 각자의 몫으로 꾸려져야 함을 알고 현우와 결별한다. 물론 이 결별은 그가 감옥 속의 현우를 옥바라지하거나 기다리는 것만으로 자신의 삶을 살지 않겠다는 의지의 표현이다. 첫 면회, 현우를 만나지 못하고 돌아서는 길에서 음산한 옥사의 작은 창문에 걸려 있던 남루한 빨래들은 밖에서 바라보듯이 감옥 속의 삶이 고여 있는 유폐의 삶만이 아니라는 것을 알게 한다. 그곳에서도 밥을 먹고 빨래를 하는 일상이 숨쉬고 있었던 것이고 그러므로 윤희는 감옥 속의 일상은 현우의 것으로 맡겨둔 채 자신은 자신의 삶을 살아야 하겠다는, '정신적으로나마 당신에게 기대서는 안되겠다'는 생각을 하는 것이다. 이후 최미경이나 송영태 들과의 관계, 이희수와의 사랑은 철저히 윤희의 삶의 영역들이다. 이 소설이 두 사람의 사랑을 기본 줄기로 삼고 있지만 연애소설의 문법을 벗어나고 있다는 것은 이런 까닭에서이다. 윤희는 현우가 감옥에 있는 동안 최선을 다해 그 자신의 삶을 살았으며 현우가 돌아오기 전에 자신의 삶을 마감한다. 간절한 사랑과 그 사랑을 방해하는 여건들의 대립, 떠나간 사랑을 완성하는 것이 서사의 기본 윤곽이 아니라는 말이다.

이러한 윤희의 삶의 독자성, 그리고 그것이 기록되는 싯점의 현실성에 의해 과거는 미래를 모색하는 디딤돌로 작용할 수 있다. 그리고 그 미래는 "이 초라하고 남루한 누더기 더미 속에서 보석 같은 알맹이들을 골라내어 다시 빛나는 옷으로 지어낼"(『오래된 정원』하, 303면) 그런 미래이다. 미정형이긴 하지만 『오래된 정원』이 제시하는 미래의 구체적 내용은 '수컷들의 쓸쓸한 고통과 번민'이 아니라 모성과 대지의 포용력이며, 또한 생활과 분리되어 지하에서 활동할 수밖에 없었던 이념이 아니라 일상 속에 뿌리내린 자발적인 진보와 평등의 운동으로 거칠게 요약할 수 있을 것 같다. 이는 갈뫼에서의 짧은 생활 이후 오랜 수감생활을 거치고 출옥한 현우에게서보다는 현우가 없는 세계에서 현대사를 감당해온 윤희를 통해 드러나는 것이다. 물론 현우의 감옥생활 회상 역시 대부분 감옥에서의 일상, 그 일상이 주는 감동과 집착, 분노에 관한 것으로 채워지며 그는 석방 이후 아직 할 "일이 남아 있다면 그건 바로 일상과의 씨름"(『오래된 정원』 하, 310면)이라고 말한다. 여기에서 씨름이란 일상을 어떤 적대적인 것으로 싸워 이겨야 할 것이 아니라 그것을 의미화하고 그 속에서 삶의 방향을 잡아나가야 하는 지난한 성찰과 모색의 대상으로 두고 있음을 말한다. "아무 일도 없는 것 같은 살림의 단순한 일상이 사람에게 가장 중요한 사업"(『오래된 정원』 상, 233면)이므로. 윤희가 최미경의 분신을 두고 "사랑은…… 전체의 절반은 밥 같은 몸이고, 절반의 절반은 끊임없이 들이쉬고 내쉬는 숨결 같은 일상이고, 절반 중에 그 나머지의 절반은 주변의 이웃이 완성시켜준다"(『오래된 정원』 하, 190면)고 말했듯이.

이런 맥락에서 독일에서 윤희와 짧게 맺어졌던 이희수라는 인물과 그와 윤희의 교감은 서사에서 큰 비중을 차지한다. 물론 송영태나 미경처럼 희수 역시 윤희가 겪어낸 다른 유형의 삶 중에 하나라고 볼 수도 있겠지만 이념과 투쟁의 역사에 대비되는 '오래된 정원'의 세계, '사랑의 세계'를 염두에 둘 때 윤희가 유일하게 사랑한 인물 이희수의 비중은 평균적으로 따질 수 있는 성격이 아니다. 윤희가 질곡 많은 그네의 일생에서 현우와의 짧은 사랑을 제외하고 일상을 나누는 사람은 희수뿐이다. 더구나 인간중심의 과학문명과 주체론에 반대하며 생명과 환경일체의 인간형을 대안으로 삼는 희수의 세계관이 모성적 세계, 일상과 일치된 운동론과 그리 멀지 않은 곳에 있다는 점을 생각한다면 윤희와 희수의 관계는 현재와 관련맺는 미래, 현실과 관련맺는 전망이란 측면에서 충분히 검토되어야 할 대상이다.

그런데 희수와 윤희의 관계는 맥락적 중요성에도 불구하고 희수의 돌연한 죽음으로 '일방적으로' 중단된다. 즉 미래의 한 가능성으로 충실히 검토돼야 함에도 불구하고, 그리고 송영태나 미경 등의 삶이 나름대로의 일관성으로 스스로의 결론을 찾아나가는 것과는 대조적으로 죽음이라는 의외의 사건으로 일축되는 것이다. 더구나 송영태와 최미경의 삶이 과거의 것이고 어떻게든 정리되면서 그것을 딛고 한발 나서야 할 성격을 지닌다면 희수의 삶은, 그리고 윤희가 희수에게서 일상과 사랑을 되찾는 과정은 미래와 관련된 것이 아닌가. 희수의 죽음은 윤희의 죽음과도 또 다르다. 윤희의 죽음은 그네가 최선을 다한 삶의 여정을 마무리하면서 일상에서 우러나오는 삶의 지향점을 정리하는 귀결점으로 나타난다. 그러나 희수의 죽음은 그가 살고자 한 삶에 대한 더이상의 추구나 의미탐색 과정을 생략하고 윤희가 희수와의 삶을 돌연히 정리할 수밖에 없는 강제적 계기로 작용한다. 그리고 이러한 일방적 중단은 윤희를 다시 현우에게 돌아오게 하는 계기가 된다. 오랜 이별이었지만 늘 현우와 함께, 때로는 현우를 대신하여 현실의 삶을 살아온 것이 윤희의 삶의 한 일관성을 이룬다고 본다면, 이 일관성은 희수의 죽음이라는 돌연한 끊어짐에 의해서만 겨우 유지되며 그러므로 사실은 유지되지 못하는 것과 같다. 윤희가 현우에게 쓰는 기록노트 역시 희수와의 생활은 공백으로 남기며 이 부분은 이후 윤희가 갈뫼로 돌아와서 사후 정리된다. 윤희가 죽음을 앞두고 정리하는 모성적 사랑의 세계와 새로운 출발에서 희수와의 관계가 언급될 법도 한데 윤희는 그 시절은 '이상하게도 기억이 나지 않'는다고 말할 뿐이다. 아마도 이는 중단된 미래에 대한 모색을 현우의 몫으로 돌려놓고자 하는 작가의 의도가 개입한 결과일 것이며 모든 가능성에 대해 열려 있는 작가의 모색이 무의식적으로 완강하게 닫힌 부분이 있음을 알려주는 것이기도 하다. 윤희가 제시하는 미래가 희수 식의 사고의 전환과는 거리가 있다는 암시일 수도 있겠지만 그렇다고 하더라도 왜 이는 희수 식의 미래와 충분히 교통하지 않은 채 일축되는 것일까. 오해를 우려하여 덧붙이자면 문제는 희수라는 가능성이 채택되지 않은 것이 아니라 충분히 검토되지 않은 데 있다.

물론 『오래된 정원』은 이 중단된 가능성 위에 어떤 다른 가능성도 아직 덧칠하지 않았다. 윤희와 현우의 사이에서 태어난 다음 세대, 은결과 현우의 대면이 서먹하고 조심스럽듯이 아직 미래와의 대면은 어색하기만 하다. 그래서 『오래된 정원』은 미래를 꿈꾸지만 과거를 성찰하는 것에서부터 미래를 길어올 준비를 하고 있을 따름이다. 『오래된 정원』의 미래는 일방적으로 중단된 희수의 삶, 모성과 일상의 포용력을 말하며 죽은 윤희, 그리고 이제 막 '마을로 내려오는 중'인 오현우의 사이에 머뭇거리며 서 있다. 하지만 이 쓸쓸하지만 따뜻한 머뭇거림은 오히려 미래를 새로운 눈으로 사색하게 하는 힘을 지녔다.

5. 미완의 화해, 그리고 『손님』이 남기는 것

최근작 『손님』에서도 현재와 미래를 이야기할 수 있을까. 있다면 어떤 방식일까. 이런 질문을 제기하는 이유는 일차적으로 『손님』이 과거에 관한 이야기이기 때문이다. 정치적·사회적 질서의 재편기라 할 만한 해방기, 황해도 신천에서 일어난 대규모 민간학살사건의 진상을 규명하고 같은 마을의 이웃끼리 죽이고 죽었던 원한과 비극의 역사를 화해와 진혼으로 이끄는 것이 이 소설의 기본 골격이다. 작가가 보기에 이 사건은 기독교와 맑스주의라는 외래의 사상들이 성급히 정착되고 행사되는 과정에서 빚어진 비극이며 이러한 외래사상에 역사의 주도권을 내어준 우리 삶의 식민성은 오늘날에도 우리 사회에서 여전히 지속되고 있는 문제이다. 그러므로 분단의 극복과 주체적 근대를 획득하는 작업은 동일한 고리로 엮여 있다. 과거의 참담한 비극을 불러일으킨 문제가 오늘날의 삶에서도 여전히 지속되고 있다면 과거를 탐구하는 일은 곧 현재적 삶의 조건을 탐구하는 일이 될 터이고 과거의 과제를 해결하는 일이 오늘의 삶에 방향타를 제시하는 일이 될 것임은 물론이다. 그러므로 『손님』은 적어도 일반론적 차원에서는 과거를 말하면서 현재와 미래의 문제를 함께 제기하고 있는 소설임에 틀림없다. 그러나 소설은 일반론적 명제를 증명하는 것에 그쳐서는 안되며 어디에서나 가능한 일반론이 아니라 '바로 여기'의 '바로 그때'를 밝혀내는 구체성으로 동의와 실감을 이끌어낼 수 있어야 된다. 『손님』이 과거를 '어떻게' 밝혀내고 있으며 그것이 현재의 삶과 '어떻게' 연결될 수 있는가를 촘촘하게 되물어야 하는 까닭이 여기에 있다.

『손님』의 이 '어떻게'를 검토하는 과정에서 제일 먼저 거론되어야 할 것은 이미 많은 평문에서 빠짐없이 지적된 바 있는 '다성성'의 문제일 것이다. 『손님』은 재미 목사인 류요섭이 고향을 방문하면서 신천에서 일어난 학살사건의 진상을 알아가는 구도로 되어 있다. 그 과정에서 류요섭은 이미 죽은 자들의 원혼과 만나며 그 원혼들이 저마다의 입장, 저마다의 경험을 풀어놓는 중에 『손님』의 다성성은 이루어진다. 작가는 이런 소설의 서술방식을 황해도 지노귀굿에서 빌려왔다고 말하고 있는데 무당의 입을 빌려 수많은 귀신들이 들고 나며 자신의 목소리를 풀어놓는 전통적 굿 양식을 우선 떠올릴 수 있다. 객관적 엄정성을 확보하기 위한 3인칭 서술자의 역할과 효과를 의심하면서 다양한 시점과 서술방식을 활용하는 실험은 『오래된 정원』에서 윤희와 현우의 교차서술로도 나타난 바가 있는데 이는 리얼리티에 대한 작가의 새로운 모색과 고민에서 나온 산물일 터이다.[11] 이 모색과 고민이 시도에 그치지 않고 의미있는 성과를 남기기 위해서는 이 작품의 '다성성'이 작가가 제시하는 주제의식, 즉 외래적 사상의 모순과 어떻게 연결되고 있는가를 좀더 치밀하게 검토할 필요가 있다.

이와 관련하여 『손님』의 서사를 이끌어가는 또 하나의 추동력을 거론해보자. 『손님』은 류요한 장로의 돌연한 죽음을 계기로 제시되는 의문 '그때 신천에서는 과연 무슨 일이 있었던 것일까'를 류요섭이 고향방문을 통해 풀어가는 형식을 지니고 있고 이는 추리소설의 한 문법을 활용하고 있는 것이기도 하다. 과연 소설은 귀신들의 등장과 대화를 통해 신천에서의 학살사건의 외피를 하나씩 벗겨가면서 숨은 진상을 밝혀내고 있다. 처음 밝혀진 것은 신천에서의 학살사건은 지주계층을 기반으로 한 기독교와 소작계층을 기반으로 한 맑스주의의 대립이었다는 사실이다. 그러나 사건의 진상은 그것으로 끝나지 않고 또 하나의 반전을 엮어가는데 결국은 같은 편끼리 서로의 가족을 죽이는 광란의 보복극이었다는 점이 그것이다. 소설의 서두에서 요섭의 꿈속에서 울려퍼진 바이올린 소리의 정체, 요한이 만나기로 한 명선의 반응은 소설의 결말에서 사건의 전모가 드러남으로써 해명된다. 말하자면 이 서두의 단서들은 의문을 유지하게 하고 해결을 암시하는 복선의 역할을 하고 있는 것이다. 홀로 사는 형 요한을 찾아가는 길에 요섭은 며칠 전 꿈속에서 들은 바이올린 소리를 떠올린다. 그 곡조는 '울밑에선 봉선화'였던 것이 틀림없다. 이 바이올린 소리는 무엇일까. 피와 광기의 그 시절, 요섭은 무리에서 이탈한 인민군 여학생들을 보호해준다. 요한은 조직의 문책이 두려워 동생이 보호하던 여학생들을 무참하게 살육한다. 그때 산산이 부서졌던 바이올린, 그 바이올린 소리가 요섭의 꿈속으로 울려퍼진 것이다. 형이 죽기 전 수첩에 적어두었던 명선의 이름, 요섭은 형 대신 명선을

---

11) 황석영 「작가의 말」, 『손님』, 창작과비평사 2001, 260~61면 참조.

찾아간다. 명선은 수십년 만에 고향사람을 만난 것치고는 지나치게 냉담하다. 그때, 요한과 명선의 애인인 상호는 급기야 그들의 가족에게까지 복수의 총구를 겨누었던 것이다. 명선은 그 과정에서 어머니와 어린 동생들을 잃었다.

그런데 이 추리소설의 문법과 다성성의 서술기법이 쉽게 융화될 수 있을까. 추리의 문법은 일반적으로 의문의 사건을 해결하고 사건의 진상을 규명하는 것을 목표로 삼는다. 그래서 서사는 당연히 모든 문제가 해결되고 사건의 진상이 낱낱이 밝혀지는 결말을 향해 모아질 수밖에 없다. 이에 반해 다성성의 방법론은 오히려 이러한 결말을 목적으로 삼는 서사진행을 거부한다. 문제의 해결이 아니라 그것이 소통되는 과정, 서로 다른 입장과 어조들이 부딪치고 투쟁하면서 사건의 진행을 방해하는, 과잉과 잉여들의 복합적 교향악이야말로 다성성의 기본 성격이라 할 수 있다. 그 과정에서 서로 다른 입장들의 내면이 심층적으로 파헤쳐지고 그래서 회의와 성찰, 사색과 대화가 거듭될 수밖에 없는 것은 물론이다. 『손님』은 이 둘의 곤란한 교통과정 속에서 서사의 맥을 잡아나가는 셈인데 그 결과 『손님』의 가장 야심찬 시도인 '다성성'은 절반의 효과밖에 거두지 못한다. 요한과 요섭, 순남이 아저씨와 일랑, 소메 외삼촌 들의 다성적 목소리는 서로의 내면을 충실히 탐색하고 그래서 사건의 이면을 밝히면서 문제의 원인을 치열하게 탐색하기보다는 사건의 진상을 충실히 복원하고 그 윤곽을 제시하는 쪽에서 더욱 큰 역할을 담당한다. 말하자면 다성적 목소리들은 릴레이처럼 사건을 이어받아 전개시키는 쪽으로 흐르고 있다는 것이다. 때로 같은 시간에 일어난 사건을 두고 서로 다른 입장이 서술되고 있기는 하지만 그 입장들은 논쟁하기보다는 서로 협력하여 사건을 입체적으로 규명하는 데 바쳐진다. 그 결과 인물들이 무엇을 행했으며 그때의 정황이 어떠했는가는 풍부히 밝혀지지만 왜 그것을 할 수밖에 없었으며 그것은 어떤 문제를 지녔는지에 대한 규명은 상대적으로 빈약하다. 인물들끼리의 논쟁, 사건에 대한 성찰을 압박하는 진상밝히기는 그래서 인물들에게 충분한 내면을 부여하지 못한다.

인물들이 '그때'의 '그 일'을 낱낱이 쏟아놓고 서로의 적대를 풀어 화해를 이루는 결말이 석연찮게 느껴지는 것도 이 때문이다. 서로의 세계관을 건 치열한 논쟁 없이, 그리고 이미 사건의 시발점을 망각하고 조건반사적인 살육으로 귀결된 광기의 과정에 대한 침통한 반성 없이, 분단의 오랜 세월 동안 무의식적 망각과 의식적 침묵 속에 갇혀 있던 사건의 진상을 토로하는 것만으로 화해가 가능한 것일까. 요한이, 상호가 자신의 계급적 원죄를 묻지 않고 이웃을 죽이고 친지를 도륙하는 일들을 서슴지 않고 저지르게 했던 것은 과연 무엇일까. 수백명을 구덩이에 밀어넣고 불을 질러버리는 끔찍한 참상 속에서 그들은 자신의 행동에 대한 죄의식을, 인간에 대한 연민을 느끼지 않았을까. 과연 그랬다면 그것은 무엇 때문일까. 소메 외삼촌의 말, "야소교나 사회주의를 신학문이라고 받아 배운 지 한 세대도 못 되어 서로가 열심당만 되어 있었지 예전부터 살아오던 사람살이의 일은 잊어버리고 만 것이다."(『손님』 176면)라는 결론은 외삼촌의 독백이 아니라 각 인물들의 내면과 반성과 논쟁을 통해 그들의 입으로 더욱 치열하게 추구되어야 할 문제가 아닌가. 무엇보다 신천에서의 비극은 기독교와 맑스주의라는 외래사상의 대립이라기보다는 오히려 땅을 가진 자와 가지지 못한 자의 계급적 대립에 더 큰 원인을 두고 있는 것이라고 볼 수 있지 않을까. 실제로 인물들의 다성적 진술 속에서 살육을 담당하는 쪽은 거의 기독교 청년단원들 쪽이며 이는 작가 역시 기독교와 맑스주의라는 대립축을 두고 그것을 외래 사상이라는 공통점으로 묶어버릴 수만은 없는, 두 사상의 계급위치에 따른 차별성을 인정하고 있음을 의미한다. 이 많은 질문들은 사건진술과 진상규명이라는 서사진행에 다성성의 가능성들이 종속됨으로써, 입체적으로 밝혀진 사건의 진상과 과거의 문제를 씻고 원혼들이 화해를 이룬다는 결말 사이에서 암담한 공백으로 남아 있다.

다시 서두의 질문으로 돌아가보자. 『손님』의 과거로부터 우리는 현재와 미래를 말할 수 있을까. 물론 말할 수 있다. 그리고 그것은 『손님』이 남겨놓은 공백에 우리의 현재를 채워넣음으로써 가능할 터이다. 그리고 그 현재는 쉽게 화해할 수 없는 우리 삶의 질곡이 구체적으로 새겨넣어진, 온갖 모순과 갈등들이 서로 충돌하고 논쟁하는 치열한 모색의 도정일 것임에 틀림없다. 과거의 원혼들은 그들의 과거사를 털어놓고 줄줄이 열을 지어 굽은 등으로 산맥을 이루며 저 세상으로 갔다. 그것이 화해의 이름이든, 아직 해결되지 못한 역사의 짐이든 그들은 떠났고 요섭은 미국에서, 소메 외삼촌은 북에서 그들의 삶을 지속할 것이다. 원혼들의 역정과 회한에 비해 여기에 남은 요섭의 존재는 아직 현재를 감당하기에 벅차다. 『손님』을 원혼들의 다성성이면서 동시에 요섭의 성장소설로 읽고 싶어했던 한 논자의 내밀한 욕망[12]은 아마도 이 미완의 화해로부터 현재의 삶을 다시 환기하기 위함일 것이다. 『손님』은 원혼들의 입을 빌려 과거사를 말하고 있지만 아직 풀어야 할 숙제가 많은 우리들의 현재를 화두로 남기고 있으며 그것만으로도 『손님』의 의의는 크다. 작가는 과거로 향한 자신의 눈 한편에 지금의 우리 삶을 깊이있게, 그리고 근심스럽게 응시하는 시선을 보태고 있는 것이다.

6. 균열로부터 다시 출발하기

작가적 신념의 비약적 덧붙임에서 좌절과 절망의 허무까지, 그리고

---

12) 성민엽 「이데올로기 너머의 화해와 그 원리」, 『창작과비평』 2001년 겨울호 참조.

이제는 그 앞에서 조심스럽게 망설이기, 때로 과거로 눈을 돌려 현재의 근원을 모색하기. 황석영 소설이 형상화하는 미래는 엄청난 진폭을 가지고 있다. 이는 황석영이 현재의 삶을 탐색하면서 미래를 포기하지 않는 소설적 역정을 계속하고 있으며 그것이 아직도 완결되지 않았음을, 혹은 그것이 결코 완결될 수 없음을 의미한다. 황석영 소설이 점점이 뿌려놓은 공백은 변화와 진보, 미래를 꿈꾸는 일의 지난함에 대한 침묵의 기록이다.

이 침묵의 기록 덕분에 우리는 다시금 문학에서의 미래에 대해 조심스럽게 언급할 수 있다. 언제부터인가 미래에의 지향이나 전망이 당위적 강박이나 거친 도식처럼 폄하되곤 했다. 현실의 이면과 심층을, 그리고 부분과 전체를 섬세히 관통하지 못한 채 미래를 섣부르게 예시하거나 전망하는 일은 물론 위험하다. 그렇다고 해서 미래를 지향하는 일 자체를 포기하거나 막연한 피안으로 추상화시키는 일은 더욱 위험하다. 이 글이 미련스러워 보일 만치 황석영 문학의 균열에 집착한 이유는 이 양분된 미래의 거친 도식을 돌파할 가능성을 그 빈틈들에서 발견할 수 있었기 때문이다. 그러므로 당연히 이 글은 작품이 공백 없이 매끈하게 형상화되어야 한다거나 작품이 보여주는 균열을 한계이자 어떤 전범에 미달하는 상태로 보는 입장과는 거리가 멀다. 오히려 이 균열은 서사를 완결된 것으로 마감하지 않음으로써 우리로 하여금 그 균열로부터 출발할 수 있게 한다. 일상에서 우러나오는 역사, 삶의 세목들을 더욱 빛나게 하는 세목들의 바깥, 현재의 응시에서 이미 시작되는 미래. 황석영 문학의 균열에 주목함으로써 우리가 얻을 수 있는 것은 많다. 이 균열에 부단히 개입하고 균열을 성찰함으로써 우리는 숱한 이분법과 담론의 미궁 속에서 현실을 발견하는 기쁨을 누릴 수 있을 것이다.

—『문예미학』 2002년(제9호)

피안과 현실 – 절망과 환상이 관계맺는 방식

최인석론

1. '마술'과 '리얼리즘' 사이에서 최인석 읽기

최인석(崔仁碩)의 연작소설집 『아름다운 나의 귀신』은 최인석을 알고 있는 독자들에게 한편으로는 익숙하고 또 한편으로는 낯설다. 철거 직전의 민둥산 판자촌은 여전히 가혹한 절망의 세계이며, 죽지 않는다면 벗어날 수 없는 악무한의 지옥처럼 보인다. 철거촌은 삽차와 포크레인을 이끌고 진주한 철거반들에게 점령당했으며 입주권과 프리미엄을 중간에 놓고 복부인과 부동산업자, 그리고 철거촌 주민들은 거친 욕망에 들끓고 있다. 이곳은 경악할 만한 지옥이지만 또 그리 낯선 곳도 아니다. 아비와 어미가 싸우다 서로를 죽이고 굶주린 아이들은 창백하고 거칠게 자라나 공장의 직공으로, 깡패로, 창녀로 뿔뿔이 흩어지는 이곳. 희망이란 도대체 어떤 틈새로도 보이지 않는 이곳은 때로는 매음굴로, 때로는 감옥으로, 혹은 군대로 모습을 바꿔 최인석 소설 도처에 존재하던 세계가 아닌가.

이 지옥의 한편을 고스란히 비우고 들어앉은 저편의 세계, 희망이라고 부르기에는 그것이 발딛고 있는 지상이 너무 끝모를 절망이어서 차라리 환상이라거나 신화라고 불러야 할 법한 저편의 세계는 또 어떤가. 무당과 신들의 세계, 이곳과는 전혀 다른 질서로 영위되는, 그래서 절망의 땅에 태어난 주인공들의 영혼이 거주하는 저편 세계의 존재도 그리 생경하지는 않다. 징후적이기는 했지만 우리는 최인석의 전작들에서 절망의 끝에 이른 인물들의 눈앞에 언뜻언뜻 기적처럼 꿈처럼 나타나곤 했던 그 피안의 세계를 본 적이 있기 때문이다.

그렇다면, 서사의 두 축이라 할 만한 절망과 환상의 세계 자체가 그리 낯선 것이 아니라면 이번 소설집에서 최인석이 보여주고 있는 낯설음, 새로움이란 무엇인가. 그것은 두 대립된 세계가 각자의 몸을 최대한 부풀려 서로를 팽팽하게 맞대고 있는, 그 극적인 맞대기의 긴장이 창출하는 새로운 경험이 주는 낯설음이다. 쓰레기와 시궁창과 구더기와 온갖 악덕과 부패가 들끓는 철거촌은 여태껏의 절망을 한번에 응축시켜 놓은 듯한 지옥의 형상을 이룬다. 그리고 나는 잘못 태어났다고 외치는 인물들이 보여주는 저편의 세계는 이제 거대한 환상과 신화의 집결체로 구체적 형상을 이루어 절망과 지옥의 현실로 밀려들어오고 넘쳐흐른다. 지옥의 현실과 천상의 환상을 넘나드는 그 비약과 하강의 순간이 너무도 자연스럽게 서사를 장악하고 있는 이 기괴하고 몽환적인, 때로는 섬뜩하기까지 한 장면들은 환상과 사실 사이에 움직일 수 없는 거리를 내정하고 있었던 일반적 상식에 혼란을 불러일으키기에 충분하다. 상식적인 의미에서 환상이란, 현실보다는 알 수 없는 신비감에 의존하는 세계지만 이곳의 환상은 너무도 생생한 구체적 실감을 갖추고 있으며 그에 반해 이곳의 사람들과 환경은 상상해보지도 못한 비참을 형상화하고 있기에 오히려 비현실적이다. 분명 최인석의 이번 작품집은 환상과 현실에 대해 기존의 상식과는 다른 모종의 관계를 설정하고 있는 것 같아 보인다.

그래서 '마술적 리얼리즘'이라는 용어[1]는 최인석 소설의 핵심에 가까이 가 있는 것이라고 할 수 있다. 또한 이는 '취재형 인물'과 '가공적 인물'의 공존[2]이라거나 '이성적 비판'과 '광기의 세계'라는 유형구분[3]으로 이전부터 암묵적으로 동의된 해석이기도 하다. 그런데 이 '마술적 리얼리즘', 혹은 '환상적 리얼리즘'이라는 명명법에는 환상과 사실이라는 화해불가능한 개념들이 맞붙어 있으며 이 개념들을 맞붙이고 의미부여하는 이면에는 서로 다른 비평적 입장이 불안하게 공존하고 있다. 이 두 입장이란 환상의 편에서 사실을, 혹은 사실의 편에서 환상을 흡수하려 하는 비평적 욕망이라고 거칠게 요약할 수 있다.

이처럼 상반된 입장의 비평적 욕망이 한 작품을 사이에 두고 첨예하게 공존하는 데에는 아마도 전지구적 자본주의화와 소비사회가 불러일으키는 다양한 욕망, 그리고 그에 따른 개인의 강조라는 시대배경이 내재해 있을 것이다. 이러한 기반 위에서 최인석의 소설세계는 '비루한 것의 카니발' '어떤 내용의, 어떤 품질의 삶이든지간에 개인 스스로 그 자신의 삶의 방식이나 모양을 만들려는' '진정성의 파토스'로 의미화[4]되기도 한다. 그리고 이것은 객관적 현실이란 존재하지 않거나 권위와 억압의 형태로만 존재하며 오직 진실한 것은 개인의 주관에 의해 파악되고 재구성된 현실일 따름이라는 입장을 대변하고 있기도 하다. 이러한 논리를 통해 '사실'이란 개인의 환상과 내면 속에 존재하는 리얼리티라는 의미로 파악된다.

또 한편으로는 사회적 삶이 굴절되고 오염되어 그 근원과 주체를 알

---

1) 장경렬 「현실과 환상 사이」, 『아름다운 나의 귀신』, 문학동네 1999 참조.
2) 방민호 「"시장과 구경물의 늪"의 딜레마를 넘어」, 『나를 사랑한 폐인』, 문학동네 1998 참조.
3) 강진호 「비극의 세계, 절망과 부정의 형식」, 『실천문학』 1999년 가을호 참조.
4) 황종연 「비루한 것의 카니발」, 『문학동네』 1999년 겨울호: 「진정성의 이념과 소설」, 『창작과비평』 1997년 겨울호 참조.

수 없다 하더라도 여전히 개인의 주관과 욕망은 그 사회적 삶으로부터 떨어져나갈 수 없는 것이라는 입장, 이른바 '개인적인 것의 정치성'이라거나 '육체의 사회성'을 거론할 수 있을 것이다. 이때 '환상'은 개인의 심리와 정신과정이라는 혼탁한 거울의 깨진 틈으로 불안하게 내비치는 사회적 현실의 다른 얼굴이 될 수 있다.

어느 쪽에서든 환상과 사실은 적극적으로 관계맺고 해석되어야 하는 비평적 대상이며 그러므로 이 둘의 불안한 공존은 좀더 엄밀하고 촘촘하게 검토될 필요가 있다. 최인석의 소설이 오늘의 비평적 논점을 첨예하게 관통하고 있다고 보는 것도 이러한 이유 때문이다. 문학과 현실의 관계에 대한 이 미묘한 입장들을 사이에 두고 최인석이 본격적으로 펼쳐내는 환상의 세계를 추적하는 일은 자못 흥미진진하다. 더군다나 최인석은 이미 독특한 시선으로 절망적 현실을 깊이 그리고 다면적으로 탐사해온 만만찮은 전력을 가지고 있지 않은가. 문학과 현실의 관계라는 해묵은 화두가 지금도 여전히 우리에게 절박하다면, 그의 소설을 꼼꼼히 읽어보는 일은 분명 의미있는 기회가 되리라고 믿는다.

2. 절망에서 환상으로 가는 길──주관적 리얼리티의 극한

그 달동네 꼭대기에는 거대한 송전탑이 하나 시커멓게 곤두서 있었다. 민둥바위와, 찰기라고는 전혀 없는 메마른 흙, 사람들이 오랜 세월 동안 갖다 버린 온갖 쓰레기들, 망가진 세발 자전거나 구멍난 양동이, 소주병들, 담배꽁초, 본드가 말라붙은 비닐주머니, 찢어진 만화책과 고무신짝, 운동화짝, 빈 음료수통과 더러는 죽은 개나 고양이의 시체 따위가 널린 가운데에 소나무가 말라 죽어가고, 그 자리에 아카시아가 가시를 드러내고 끈질기게 뿌리를 틀어내리기 시작하는 빈

터 쓰레기밭 한가운데였다. (「내 사랑 나의 귀신」, 『아름다운 나의 귀신』 9면)

  세상으로부터 버려진 온갖 쓰레기들로 가득 찬 쓰레기밭. 이곳이 민
둥산 판자촌의 현실이라면 송전탑은 이 지상의 질서에 몸담고 싶지 않
은 주인공들이 환상의 영역으로 옮겨가기 위한 사닥다리와도 같다. 동
네어귀에 우뚝 선 천년도 더 된 느티나무나(「직녀, 내 사랑」), 네온을 밝힌
교회첨탑(「내 사랑 나의 암놈」)을 환멸에 지친 주인공들은 끊임없이 기어
오르며, 그 위에서 세상을 내려다보고, 자신만의 환상의 영역을 만들어
나간다.[5] 이 지상이 타락한 욕망으로 가득 찬 악귀의 세상이라면 저편
의 환상의 세계는 악귀들을 물리치는 것을 업으로 삼은 신들의 세계이
며 기형과 불구의 세계가 아니라 완벽의 세계이다. 그곳은 지상에 없는
것들로 만들어진 지도이며 시계의 시침과 분침이 지배하는 세계가 아니
라 꿈의 속도, 영혼의 속도, 사랑의 속도로 만들어진 세계이다. 그리고
그 환상의 세계의 완벽성은 언제나 추한 지상과 대비됨으로써 의미를
가지기에 늘 슬프고 외롭고 우울하다.
  현실과 환상의 극단적 대립이라는 조금 낯선 작품구도 때문에 우리
는 동서양의 숱한 보조 텍스트(카프카라든가 산해경 같은)들과의 연관
을 우선 떠올리게 되지만 그것만으로는 일반론적 도식과 유추 이상을
넘어서기가 힘들다. 그리고 이러한 강렬한 대비효과에 매혹되다 보면
모호한 인상주의적 얼버무림이나 찬탄으로 작품읽기를 결론맺을 우려
가 있다. 아마도 작품을 해석하는 데 문제가 되는 것은 이분된 세계가
어떻게 관계맺고 있느냐일 것이다. 두 세계의 관계가 분명하지 않다면
타락한 세상에 대한 묘사는 사실은 주관적 과장에 머물 수 있으며 환상
의 영역은 환멸적 현실에 대한 선험적이고 추상적인 대비효과 이상을

---

5) 황광수 「파경, 또는 근원으로부터의 출발」, 『창작과비평』 2000년 봄호 참조.

가질 수 없을 것이기 때문이다. 그래서 작품 속에서의 현실과 환상의 관계, 더 구체적으로는 주인공들이 현실에서 환상으로 옮겨가는 과정을 짚어보는 일은 다소 지루하더라도 작품분석과 의미발견에 필요한 과정이다.

「내 사랑 나의 귀신」은 이 연작소설집에서 서문과 같은 위치를 차지한다. 말하자면 소설들의 배경이 되는 철거촌의 환경을 소개하고 또 환상이라는 새로운 영역의 문을 열어젖히는 역할을 하고 있는 것이다. 그래서 여기서는 주인공인 어린 소년 '나'가 어떻게 극악한 현실에서 환상의 영역을 찾아내고 또 거기로 나아가는가가 비교적 소상하게 제시되어 있다. 나는 빚에 몰린 부모를 따라 처음 이 판자촌에 들어서게 된다. 처음에는 언덕배기에 별처럼 불을 밝히고 모여 있는 판자촌의 아름다움에 반해 그곳을 사랑했으나 곧 그 판자촌의 우울한 현실에 실망하게 된다. 그곳은 막다른 골목에 내몰린 사람들이 모여 사는 곳이고 그래서 거기서는 모든 것이 함부로, 자포자기한 상태로 그저 흘러간다. 그가 처음 발견했던 별빛을 스스로 밝히고 있는 사람은 어디에도 없고 희망이란 것은 이 세계에서 종적을 감춘 지 오래다.

> 그 동네 사람들은 사람들끼리 싸워도 말리지 않았다. 구경만 했다. 잘 웃지도 않았다. 게을렀다. 더러웠다. 툭하면 이웃사람이, 친구의 형이, 아비가, 누이가 절도다, 폭력이다, 강도다, 강간이다, 사기다, 하여 경찰들에게 잡혀갔고, 어느날 갑자기 이웃집에 낯선 사람이 나타나는데, 그들은 그날 감옥에서 나온 그 집 아비이거나 형이었다. 사람이 살기 위해 만들어진 동네가 아니라 망가지기 위해, 서서히 죽어가기 위해, 산다는 것이 얼마나 비참하고 세상이라는 것이 얼마나 잔인한 곳인지를 입증하기 위해 만들어진 동네였다. (「내 사랑 나의 귀신」 26~27면)

세상의 잔혹과 비참을 일찌감치 경험한 나는 이 잔인한 곳의 질서에 더이상 몸을 섞지 않는 것으로 환멸을 견딘다. 더러운 골목길을 뛰어다니지도 않고 악다구니와 싸움과 욕설에도 귀를 닫은 채, 민둥바위 위에서 판자촌을 내려다보며 하루하루를 보내는 것이다. 그런데 나는 여기에서 오체투지(五體投地)의 자세로 무언가를 간구하고 있던 무당 당골네를 발견하게 된다. 당골네는 더럽고 악한 이 세계와 대비되는 희고 순결하고 깨끗한 무언가를 갖고 있으며 당골네를 통해 나는 싸우고 욕하고 도둑질하고 사기치는 삶이 아니라 꿈꾸고 기원하고 자신을 던지는 삶을 발견한다. 그리고 이것은 저주와 환멸로 치욕을 견디는 것 이상을 알지 못했던 나에게는 하나의 세상을 깨는 새로운 발견이라고 할 만하다. 이런 최초의 발견을 가능하게 한 당골네가 나의 연인, 사랑의 대상이 되는 것은 당연하다. 사랑이 근본적으로 대상과의 합일 욕망이라면 내가 당골네의 세계로 적극적으로 옮겨가게 되는 과정은 전혀 어색하지 않다. 판자촌으로 밀려들어오는 철거반이 아귀들이라며 그들을 물리치는 주문을 외우는 당골네, 육교 위 난간을 뛰어다니고 송전탑 위로 날아오르는 그녀의 딸 귀연이, 지상에 없는 지도를 그리기 위해 이 세상에서 사라졌던 김정호의 귀신을 접신하는 귀연이의 세계는 적어도 나에게는 뜬금없는 환상이거나 비현실적인 기괴함이 아니다. 현실에 대한 비애와 다른 세계에 대한 강렬한 열망은 사랑이라는 심리적 경과를 통해 의심없이 당골네의 세계에 접신하는 것이다. 드디어 나는 당골네가 주문을 외우며 철거반의 삽차로 달려든 이후 당골네의 부채와 방울을 들고 당골네의 목소리로 주문을 외운다.

새로운 세계를 발견하고 이미 존재하는 세계의 벽을 깰 수 있게 하는 상상력과 환상의 가능성은 「직녀 내 사랑」에서도 예외없이 나타난다. 이 작품의 주인공인 '나' 한동수 역시 철거촌의 밑바닥 삶 속에서 일찌감치 삶의 비극성을 깨닫고 환멸의 길로 나선 인물이다. 술만 먹는 무능한 아비, 식욕과 탐욕만 남아 모든 것을 먹어치우는 어미, 자식의 도둑질을 부추기는 부모, 이들은 이미 인간다운 삶에 대한 희망이나 의욕을 잃어버린 지 오래인 사람들이다. 동생은 구더기떼에 뒤덮여 목숨을 잃었고 형은 결국 탈주범이 되어 인질극을 벌이다가 담뱃갑에 시를 남기고 죽었다. 여기서도 세상은 망가지기 위해 존재하고 나는 죽기 위해 태어난 존재일 따름이다. 골목 어귀의 커다란 느티나무로 올라가 그 느티나무 속에서 새로운 지도를 찾는 나의 행위는 이 지옥 같은 세상으로부터 탈주하고자 하는 욕망이며 그러나 아직은 비극적 세상을 인지한 우울한 내면의 표상 이상은 아니다. 내가 직녀와 플래닛 X를 만나고 이 세상으로부터의 본격적 탈주를 감행할 수 있게 하는 환상의 세계는 책의 '발견' 이후에 이루어진다. 나는 고등학교를 중퇴한 후 공장에 들어가고 거기서 임금을 받지 못하자 농성에 참가하게 되는데, 반복되는 교육과 집회에 지쳐갈 무렵 우연히 발견한 책의 세계는 지금까지 내가 알지 못한 다른 세계를 가지고 있다.

책이란, 혹은 문학작품이란 현실적 허구의 세계이며 그러므로 자기 완결구조를 가지는 또 하나의 다른 세상을 품고 있다. 이 책 속에는 놀랍게도 나의 것과 같고도 다른 세계가 고스란히 담겨 있다. 「변신」의 그레고리 잠자의 가족들은 곧 나의 가족들이며 「동물농장」은 내가 다니는 공장의 이야기이다. 그런데 이 책들은 또한 가상의 허구로 축조된, 이미 완결된 세계라는 점에서 내가 겪은 현실과는 다른 것이기도 하다. 나는 독서를 통해 부모에 대한 나의 분노, 세상에 대한 나의 좌절, 그리고 순이를 향해 뻗쳤던 그릇된 욕망의 위악적 배설구들을 총체화시키고 그것을 통해 나의 좌절이 부분적이고 한시적인 것이 아니라 이 세계 자체의 생김생김과 맞닿아 있는 것이라는 점을 알게 된다. 책에서 그려지는 모습들이 내가 아는 세계의 모습과 다르지 않기에 나는 감정이입의 방식으로 책의 세계에 몰입한다. 이 감정이입을 통해 나는 책이 하나의 완결된 세계를 창출한 것처럼 스스로 하나의 환상, 하나의 허구를 만들어내는 주체가 된다. 내가 겪은 분노와 좌절이 책의 세계와 동일하다면 책이 만들어내는 허구가 내가 꿈꾸는 환상과 다를 이유가 없고, 그 동일시의 경험을 통해 환상은 적어도 나에게는 유일한 현실이 된다.

바로 그때 나는 형을 보았다. 형이, 파괴된 벽체 옆에서, 구경꾼들 옆에서 돌아서더니 눈으로 나를 찾아 지그시 누르듯 나를 지켜보다가 빙긋, 웃었던 것이다. 나는 입안으로만 중얼거렸다. 형! 형이……! 그는 고개를 끄덕였다. 따라와. 그는 입을 열지 않았으나 나는 그의 말소리를 들었다. 나는 그를 따라 다시 민둥산으로 올라갔다. 저 아래쪽 골목 끝에서 불자동차가 올라오며 왱오왱오, 소리를 질러대고 있었다. 아비 어미도 나도 죽지 않았어. 민둥바위에 이르러 형이 처음 한 말이었다. 형이…… 죽지 않았어? 내가 묻자 그는 고개를 끄덕거렸다.

"나는 죽은 게 아니야. 숨은 거야. 현실 너머로." (「직녀 내 사랑」, 『아름다운 나의 귀신』 71면)

나는 일찌감치 이 세상 아닌 다른 곳으로 가고 싶었으나 이 세상 이외의 곳을 알지 못하기에 다른 곳으로 갈 수 없었다. 책을 통해 발견한 허구의 세계, 그곳은 현실 너머로 내가 숨을 곳이었다. 싸우는 것과 집어삼키는 것말고는 다른 것을 몰랐던 부모는 내가 민둥산에서 책을 읽고 있을 때 프로판 가스를 틀어놓고 서로를 죽이고 죽었다. 그 폭발의 현장에서 나는 담뱃갑에 시를 남기고 죽었던 형과 만난다. 어처구니없게도 부모를 죽인 죄인으로 체포된 법정에서도 나는 법복을 입은 판사의 형상을 하고 있는 어미의 환상을 보았으며 나를 체포하여 끌고간 경찰관은 나의 아비였다. 부모를 죽이지 않았다는 나의 말을 묵살하고 나를 패륜의 죄인으로 몰아붙이는 판사나, 무능력한 권력의 하수인에 불과한 경찰은 자식을 도둑으로 내몰았던 나의 부모와 무엇이 다른가. 말은 생각을 전달하기 위해 존재하는 것이 아니라 진실을 왜곡하기 위해 존재하고 법은 인간을 보호하기 위해서가 아니라 죄인으로 만들기 위해 존재하는 이곳. 엉뚱하게 부모를 죽인 죄인이 되어버린 내가 여기에서 살 수 있는 방법은 없다. 법정에 홀연히 나타난 형과 푸른 눈의 직녀, 그들의 고향인 플래닛 X를 꿈꾸는 것말고는.

이 주인공들에게 절망적 세계인식과 환상이란 결코 동떨어진, 분리된 세계가 아니다. 절망적 세계에 대한 견딜 수 없는 좌절은 이것과는 다른 세계를 간절하게 꿈꾸게 했고 그 욕망은 환상을 불러와 다른 세계의 가능성을 현시할 수 있게 한다. 또한 역으로 환상의 세계는 절망에 몸부림칠 수밖에 없는 한 개인의 좁은 시야를 확장시키고 내가 아는 세계 이상의 다른 곳을 발견하게 한다. 그리고 사랑과 감정이입은 그 간절한 욕망의 현시물인 다른 세계와 몸을 섞게 하고, 또는 그 세계야말로 내가 찾아 헤매던 바로 그곳임을 확신하게 한다. 여기서 환상은 흘끗 스쳐가는 영감이거나 부질없는 동경이 아니라 이미 내가 그 속에 있는 한 그곳이야말로 유일한 현실이라고 믿게 하는 구체성을 가지며, 그것은 바로 절망에서 벗어나려는 욕망의 구체성이다.

그러나 그렇다고 해도 문제는 남는다. 절망에서 벗어나려는 주인공들의 욕망은 강렬하고 또한 그래서 환상을 발견하고 그곳으로 건너가는 나름의 경로는 있지만, 아직 절망의 땅에서 환상의 저편으로 건너가는 근원적 이유가 구체적으로 밝혀져 있지 않기 때문이다. 주인공들은 환상말고는 다른 대안이 없을 정도로 지독한 절망을 불러온 이 세계의 본질, 벗어날 수 없는 모순의 구조를 탐사하기보다는 자신들이 '이미 절망한 존재'라는 전제 하에서 환상의 세계로 건너가는 내적 논리를 준비하고 있는 것 같다. 그래서 환상의 세계에 대한 유려한 형상화와 그것이 가져다주는 실감에 비해 주인공들이 환상의 내면을 가질 수밖에 없는 근원적 이유, 현실로부터 이끌어낸 논리는 잘 드러나지 않는다. 최인석이 이번 작품집에서 새롭게 펼쳐내고 있는 환상의 세계가 가지는 공과는 우선 이 '이미 절망적인 세계'라는 전제의 타당성이 점검된 이후에나 가능한 작업일 것이다. 절망과 환상의 비극적이고 고통스러운 교차점에 대해 끈질기게 회의하고 모색했던 전작들로 우회해보기로 하자.

3. 심해(深海)에서 ── 파괴된 세계, 오염된 주체

이미 세계는 추악하고 비루하며 절망은 극한에 와 있다. 과연 최인석은 "희망에 대해 언급할 때보다 희망의 파산에 대해 묘사할 때 더 열정적이고 확신에 넘친다."[6] 희곡작가의 전력을 실감할 수 있을 정도로 그가 축조하는 소설 속의 공간은 이미 그 자체로도 추악함으로, 고통과 절망으로 끓어넘친다. 그날치의 매춘과 싸움으로 일용할 양식을 버는 매음굴(「심해에서」), 삶의 모든 비애와 부끄러움이 한곳에 집중된 듯한 자본주의의 수도 뉴욕(「약속의 숲」), 그 속에서는 누구든 끔찍한 폭력과 광기의 가해자이자 피해자일 수밖에 없는 삼청교육대(「노래에 관하여」). 작품이 설정하고 있는 공간들을 떠올리는 것만으로도 이미 그가 세상에 대해 품은 비관과 증오가 단순하지 않음을 쉽게 짐작할 수 있다. 그러나 그가 그려내는 절망의 심도는 단지 극단적 공간 설정에 머물지 않는다.

6) 염무웅 「부정의 치열성과 예술적 형상화」, 『혼돈을 향하여 한걸음』, 창작과비평사 1997, 286면.

그 극단적 공간 속에서 안간힘으로 버티며 길을 찾는 주인공들 앞에는 어김없이 또 한번 가혹한 좌절이 운명처럼 버티고 있다. 여기에서 우리는 이 가혹한 운명 앞에서 끈질기게 앞으로 나아가려 하는, 그러나 좌절할 수밖에 없는 절망적 세계의 탐색자들을 만난다. 그리고 무엇이 그들을 이토록 좌절하게 하고 세상을 시커먼 절망으로 물들이는가를 묻게 된다.

그러므로 이들은 근본적으로 '찾는 자'이다. 처음에 이들은 자신을 결박하고 있는 공간으로부터 빠져나가기 위해 출구를 찾는다. 그러나 번번이 앞을 가로막는 좌절 앞에서 이들이 찾는 것은 어느새 절망의 근원, 세계의 근본적 구조로 바뀐다. 출구를 찾으면 찾을수록 그 출구가 그리 쉽게 보이지 않는다는 사실, 그리고 그 출구를 희망하기에는 이 세계의 절망이 너무도 깊다는 것을 알아버리게 되는 역설적 상황 앞에서 이들이 출구를 찾아나아가기보다는 절망의 세계 깊이 가라앉는 방법을 택하는 것도 무리가 아니다. 그들은 출구를 찾기 위하여 침잠하는 것이며 또한 그 가장 낮고 비루한 절망의 한가운데에 출구가 있다는 것을 알고 있다. 말하자면 그들은 아직 찾고 있는 중이다. 그리고 절망의 한가운데에서 출구를 발견하는 순간은 한없이 유보되며 어쩌면 영원히 오지 않을지도 모른다.

「심해에서」의 선영은 욕설과 싸움과 매춘의 신음소리가 울려퍼지는 골목에 자리잡은 여관의 구석진 쪽방에서 그 지옥 같은 매음굴을 탈출할 방법을 모색한다. 가출을 가정해보기도 하고 다른 곳으로 이사를 가자고 끈질기게 부모를 설득해보기도 한다. 그런데 이곳은 사람이 살 곳이 아니라는 너무도 합당한, 반박불가능한 이유 앞에서도 웬일인지 부모는 꿈쩍도 하지 않는다. 자신보다 더 오래 이 지옥 같은 골목을 끔찍해하고 지긋지긋해하는 것이 당연할 텐데도 부모는 이곳을 떠나자는 설득에 전혀 대응하지 않고 오히려 그녀의 설득을 침묵으로 무시한다. 선영은 자신이 이곳을 쉽게 떠날 수 없으리라는 불길한 예감을 갖게 되고 또한 떠나버리는 것으로 끊어질 줄 알았던 이 지옥과의 관계가 그리 단순하지 않다는 것을 알게 된다.

> 지금도 마찬가지지만 니 에미나 나나 아는 것도 가진 것도 없었다. 니 에미는 강원도 산골하고, 이 동네, 그것밖에 모른다. 다른 데서는 살아본 적이 없는 사람이다. 늘 보고 살았으니 이 장사나마 그럭저럭 해서 먹고사는 거다. 하다 보니 이력도 붙고. 나 또한 아는 데가 없다. 공사판으로 떠돈 것뿐이니 무슨 세상을 알겠냐. 내가 아는 건 건물이 완공되기 전까지뿐이다. 텅 빈 땅에 기초 파고, 골조 올리고, 배관공사하고, 벽 쌓고, 콘크리트 치고, 내장공사하고…… 그때까지는 내가 안다. 어떤 집이든지 어떤 빌딩이든지 어떤 아파트든지 그게 완공되기 전까지는 내가 다 안다. 모르는 게 없다. 수십년 동안 온갖 놈의 걸 다 지어봤으니까. 지금 서울에서 제일 비싼 아파트, 그거 내가 지은 거다. 중부고속도로, 내가 놓은 거다. 올림픽대로도 내가 놓은 거다. 잠실운동장? 올림픽공원? 다 내가 만든 거다. 그렇지만 완공된 다음에는 난 몰라. 완공된 데에는 한번 들어가본 적도 없다. 그러니 뭘 알아 다른 장사를 하겠냐? (「심해에서」, 『혼돈을 향하여 한걸음』 188~89면)

선영은 이제 알게 된다. 자신이 나고 자란, 부모가 살고 있는 터전을 불태워버리고 싶을 만큼의 강렬한 증오를 불러일으켰던 이곳의 절망은 단지 싸움과 매춘의 열악한 환경 때문에 생기는 것이 아님을. 진짜 절망은 그 추악한 환경이 그곳에 있는 사람들을 길들이고 그래서 다른 곳을 꿈꿀 수 있는 가능성을 원천적으로 차단해버린 데서 온다는 것을. 가진 것 없고 배운 것 없는 사람들이 다른 곳을 향할 가능성마저 잃어버릴 때 이 밑바닥의 삶은 영원히 변화되지 않고 영속되리라는 것을. 이제 분노의 대상은 선영의 아버지이거나 어머니, 싸움을 일삼는 창녀와 깡패, 포주들이 아니라 그들을 이렇게 살아갈 수밖에 없도록 만드는 세계의 구조가 된다. 그러나 이 세계의 구조와 운동법칙 자체를 싸움의 대상으로 삼기에 선영은 너무도 무력하다. 이 세계는 추악하고 비루할 뿐 아니라 가혹하고 야비하다. 더 잘살기 위해 안간힘을 쓰는 사람들로 하여금 어느새 세상은 당연히 그런 것으로 믿게 하고 또 그 삶에 적응하게 하여 그저 살아남는 것을 목표로 남은 삶을 연명해가도록 만든다. 그러므로 선영의 앞에서 살아온 내력을 말하며 보였던 아버지의 눈물과 전세금을 노름판에 쏟아붓는 아버지의 모습은 둘 다 진실일 것이다. 그곳을 빠져나가고 싶지만 그것이 원천적으로 불가능함을, 체험을 통해 뼈저리게 알고 있는 아버지는 무서웠던 것이다. 햇빛 한점 들어오지 않는 어두운 심해의 차가운 수압 속에서 살아가는 심해어들은 이제 다른 세계를 볼 수 있는 시력도, 다시 떠오를 수 있는 부레도 퇴화되어 납작해진 몸으로 캄캄한 바닷속 밑바닥에 엎드려 그저 생존해나갈 따름인 것이다. 이렇게 사는 것은 더이상 사람의 삶이 아니고 사람으로 하여금 사람이 아니게 살도록 만드는 이 세계는 원한어린 저주의 대상이지만, 누구도 거기에 맞설 수 없거나 혹은 맞서지 않는다는 사실. 그래서 세계는 변화되지 않고 영원히 이 모습대로 지속될 것이라는 사실. 최인석이 보여주는 세계에 대한 철저한 비관은 여기에서 비롯된다.

선영은 다행히 매음굴을 빠져나갈 수 있을지는 모르지만 심해를 빠져나갈 수는 없을 것이다. 그를 상담한 교사 동환의 말처럼 매음굴이거나 감옥이거나 군대가 아니더라도 이 세계는 모두 심해이기 때문이다. 선영이 매음굴을 빠져나가 조금은 나은 환경에서 살아간다고 해도 그 일상에 안주하여, 더 인간다운 삶을 꿈꾸지 않는 한 그는 다시 한번 길들여진 심해어가 될 것이다. 그것만이 자신의 모든 생인 듯이, 그 바깥의 삶이 있다는 사실조차도 알지 못하고 주어진 환경과 주어진 자기 몫의 편안함에 고립된 채.

그러니 어딘들 심해가 아닐까. 이 심해 같은 삶에 적응하지 못하고 일생을 떠돌았던 아버지를 증오했던 아들이 안착한 아파트 단지의 작은 서점(「혼돈을 향하여 한걸음」), '꿈과 그들 자신을 구별할 필요를 느끼지 않던 시절'을 청산하고 여당국회의원에 출마하기로 결심한 지난날의 혁명가가 그 가파르고 성급했던 시절을 못견뎌 떠나간 아내를 찾아온 자본주의의 수도 뉴욕(「약속의 숲」). 우리들의 일상 곳곳, 숨쉬고 먹고 생각하는 이 모든 곳이 바로 심해이다. 아침에 일어나 서점을 보다가 집에 들어와 잠시 쉬고 다시 나가 서점을 보고 만원짜리 책을 팔아 이천원의 이문을 남기는 이 일상, 상처는 아물지 않았고 더 황폐해졌을 따름인 아내의 손을 잡고 가정의 평화를 가장하고, 정치는 꿈이 아니라 현실임을 역설하며 거칠었던 과거의 흔적을 애서 봉합하는 그 삶은 우리 몸 구석구석 스며든 심해의 수압일 터이다.

그리하여 최인석은 '혼돈을 향하여 한걸음'이라고 외치는 것이다. 아버지의 방황과 외도, 자신의 무심한 일상 속으로 걸어들어간 성우는 피나는 경쟁과 돈벌어 성공하는 삶이 아닌 다른 삶이 모두 억압된 이 심해를, 그곳을 역류하려는 아버지의 안간힘을 만난다(「혼돈을 향하여 한걸음」). 혁명의 꿈이 뼈아픈 회상으로만 남은, 자본과 속도로 이미 평정된 세상 속으로 걸어들어간 대영은 백인 자본주의자들에게 내몰린 황인종 어린 딸과 흑인 손자의 고통을, 일용할 양식을 벌기 위해 스스로 자신의 영혼을 저당잡힌 남루한 삶을 만난다(「약속의 숲」). 세상은 추악하며 전혀 올바르지 않은 방법으로 유지되어가고 거기에 사는 사람들도 이미 순결하지 않다. 아무도 믿을 수 없으며 나 자신조차도 이미 오염되어 있으니 이제 남은 일은 우리가 살고 있는 이곳이 쉽사리 빠져나갈 수 없는 지옥임을, 그리고 그 속에서 우리의 영혼은 이미 더럽혀졌음을 인정하고 그것을 잊지 않는 일이다. 이것을 세계의 거대함 앞에서 좌절한 한 개인의 포기선언으로 받아들일 수는 없다. 오히려 세계의 진실을 직시하고 그 조건으로부터 시작하려는 철저한 회의와 모색의 부정성으로 읽어야 할 것이다. 세계의 거대함과 만만치 않음을 잊고 산다면, 지금 주어진 조건의 추악성을 외면하고 언젠가는 새로운 희망의 시대가 도래할 것으로 섣불리 믿는다면 우리가 살고 있는 세상은 달라지지 않는다. 어느새 내가 그토록 혐오했던 세계의 부정함은 이미 나의 몸속에서 서식할 것이며, 급기야 나의 영혼을 잠식하여 나를 무기력한 심해어의 몰골로 만들어놓을 것이기 때문이다.

4. 환상과 현실이 관계맺는 법

이제 민둥산 철거촌으로 돌아와보자. 주인공들을 저 환상의 땅으로 떠나가게 했던 절망의 구조는 「심해에서」나 「약속의 숲」에서 밝혀진 구조와 다르지 않다. 지상에 발붙일 곳 없는 자들이 누더기로 엮어놓은 터전은 도시미관을 위한다는 명분으로, 그러나 더 근본적으로는 경제적 효용을 위해 여지없이 뭉개진다. 이것만으로도 이 세상은 이해할 수 없는 부정 그 자체이다. 그런데 더 납득할 수 없는 일은 터전을 빼앗긴 그들이 이 이해할 수 없는 폭력에 맞서지 않는다는 사실이다. 아마도 그들은 숱한 싸움 속에서 그들의 싸움이 부질없는 것임을, 이 거대한 절망의 구조는 적응하는 것말고는 다른 삶의 방법을 허용하지 않음을 알아버렸을 것이다. 세상은 못 견디게 부정하고 추악한데 그것과 갈등하고 싸울 주체는 이미 오염되어 그 추악한 세상의 운동법칙을 그대로 따른다. 그들은 한푼의 돈이라도 더 받기 위해 싸우고, 이웃의 돈을 끌어대어 자신의 몫을 더 불리느라 여념이 없다. 변화를 위한 갈등과 적대가 형성되지 않는 세계, 그러니 이제 이 싸움은 개인의 내면으로 옮겨와 그곳에서 전장을 형성할 수밖에 없다. 그것이 바로 주인공들의 머릿속 세계, 환상의 세계이다. 물론 이 내면 속의 싸움은 더욱 큰 분노로 터질 듯하고 강렬한 부정정신으로 가득 차 있다.

그렇지만 분노로 가득 찬 내면이 세계를 압도하는 이 영혼의 왕국은, 그것 자체로 부정한 세계에 대한 비판이며 절망하고 포기하지 않기 위한 안간힘이겠지만 어딘지 불안하다. 이 환멸적 영혼의 소유자들은 이미 지상을 떠날 준비를 하고 있는 것처럼 보이기 때문이다. 그들의 환상은 희망이라고는 남아 있지 않은 이 지상의 비참에서 출발했지만 환상의 세계가 구축된 이후에는 그 출발점을 잊는다. 절망하는 대신 꿈꾸는 삶을 발견하고 희망과 절망을 총체화한 세계의 구조를 인식하게 했던 환상은 그 자체로 충족된 세계를 이루어 출발점과 교접하지 않으며 이 지상의 비참을 이미 압도해버린다. 그래서 친구 어머니를 향해 품은 불가능한 사랑 속에서, 어두운 그림자로 내비쳤던 절망적 현실과 환상의 거리감은 귀신을 내쫓는 주문소리에 지워져버린다(「아름다운 나의 귀신」). 또한 한동수(「직녀 내 사랑」)가 책과의 교감을 통해 얻은 이 지상의 구조에 대한 통찰은 알레고리의 형태로 추상화될 수밖에 없으며 그는 드디어 이 지상을 떠나 미지의 소혹성 플래닛 X로 날아간다. 이들은 '혼돈을 향하여 한걸음' 걸어들어가는 대신 '혼돈으로부터 한걸음' 떠나기 시작한 것이다. 이미 우리가 발디딘 현실이 파산지경에 이르렀다고 진단한 작가에게 이 절망의 땅을 솟구치는 새로운 희망을 발견하라고 강요할 수는 없을 것이다. 그러나 희망이 없다고 떠나도 좋은 것은 아니다. 이곳이 무언가 잘못되어 있다고 끊임없이 비명을 내지르는 것, 이미 우리의 발끝을 끌어당기기 시작한 파국의 늪에서 자신이 서 있는 자리를 확인하는 것은 여전히 소중하기 때문이다. 문제는 여전히 절망과 관계맺는 일이다.

그런 의미에서 「염소 할매」는 아직 이 지상을 떠나지 않은 환상의 가능성을 보여주는 작품이다. '염소 할매'는 민둥산 판자촌이 사람 하나 살지 않는 허허벌판 산등성이었을 때 처음으로 이곳에 들어와 움막을 짓고 뿌리를 내린 사람이며 이후 철거로 밀려나기 직전까지 이곳을 지켜온 민둥산 판자촌의 산 역사이다. 그는 철거로 아수라장이 된 절망적 현실 때문에 욕망에 휩쓸리거나 환멸 속에서 떠나는 자들과는 달리 이곳에서 살아온, 그리고 이곳을 지키려는 자이다. 염소 할매가 끝까지 이 철거촌을 떠나지 않고 남는 것은 그리고 전셋집을 마련할 돈에 현혹되지 않는 것은 그가 이곳을 삶의 터전으로 일구고 지켜왔기 때문이며, 그래서 고단하게 벌어먹으며 세계를 만들어나가는 보람을 알고 있기 때문이다. 그러므로 그는 집이란 돈으로 교환될 수 있는 것이 아니라 자라고 살고 가꾸는 보람과 환희로 존재하는 것임을 알고 있다. 그러니 그는 입주권이나 몇푼 돈으로 이들을 여기에서 몰아내고, 또 가난하고 볼품없으나마 이들의 존재를 감당해준 이 땅을 강제로 파괴하는 것을 용납할 수 없는 것이다. 이제 여기에서 우리는 작가의 뒤를 따라 우리가 그토록 찾아 헤매었던, 부당함에 맞설 수 있는 주체를 발견하게 된다. 염소 할매는 교환과 파괴의 법칙이 아니라 노동과 생산의 법칙에 따라 살아온 삶 때문에 그만한 자격을 가질 수 있다.

나라와 점령군들의 속임수와 폭력에 대한 울화도 울화려니와 가장 큰 이유는 이 집과 이 동네와 이곳에서 산 세월에 대한 미련 때문이었다. 이곳은 나의 세계, 나의 세상이었다. 내가 만든 세계, 나와 나의 이웃들이 만든 세계였다. 아무도 이곳에 사람이 들어와 살 수 있으리라고는 생각지 않았으나 나와 이웃들이 이곳에 들어와 삶을 개척하고 하나의 세계를 만들었던 것이다. 아무도 돌아보지 않았고 아무도 도와주지 않았다. 내 늙은 손으로 잡초 뽑고 돌멩이 골라내고 땅 파 움집을 지었다. 내 늙은 두 다리로 오르내리던 잡초밭과 숲이 지금은 길이 되고 골목이 되지 않았는가. 바로 그 길로 점령군이 들어왔던 것이다. 내가 일찌감치 월세방 하나 얻을 돈이라도 움켜쥐고 이곳을 떠나지 못한 이유를 나의 세계가 거의 완전히 폐허가 되어버린 마당에야 나는 깨닫고 있었다. (「염소 할매」, 『아름다운 나의 귀신』, 147면)

이 작품에서 염소 할배와 그가 끄는 흑염소의 환상이 다른 소설에서의 환상과 다른 점은 그것이 이곳을 지키고 이곳에서 뿌리내리기 위해 존재한다는 점이다. 염소 할매는 절망을 벗어나기 위해 환상을 발견하는 것이 아니라 환상을 '통해' 절망 속에서 살아간다. 염소 할배는 처음 염소 할매가 이곳에 나타났을 때 벼락맞을 소나무를 피해 느티나무 아래에 집터를 잡아주었으며 처음 철거반이 이 마을을 휩쓸고 지나갔을 때 홀연히 나타나 부서진 집터를 고르고 새로 움막을 꾸리는 일을 돕는다. 염소 할매가 공장에서 돌아오지 않는 딸을 찾아나섰을 때 염소 할배는 그녀의 딸이 마포 야당당사에서 농성하고 있음을 이미 알고 염소 할매를 그곳까지 데려다준다. 염소 할매가 철거반에 저항하다 경찰 호송차에 갇혔을 때 염소할배는 어느새 그 차 안에 들어와 수천마리의 염소떼와 함께 그 철거반들을 몰아내는 환상을 보여주기도 한다.

염소 할배의 환상은 한정된 현실에 갇힌 개인의 시야를 확장시키고 그래서 아직 보지 못했으므로 알지 못하는 사실들을 보여준다. 그리고 이는 염소 할매가 안간힘을 다해 자신의 삶을 지키려는 현장에 개입됨으로써 비로소 가능한 것이 된다. 자신이 둥지를 틀고 삶을 꾸려온 터전이 사라지는 것은 그것을 당한 한 개인에게는 헤어날 수 없는 절망일 것이다. 그리고 그는 그 일이 반복될수록 세상은 벗어날 수 없는 절망이며 지옥이라는 사실을 더욱 확신할지도 모른다. 그러나 그런 파괴와 유린이 자신에게만 닥친 일이 아니고 자신이 살고 있는 곳에서만 일어나는 일이 아니라면, 그래서 그것이 어느날 느닷없이 닥친 재앙이 아니라 끊임없이 반복되어온 세계의 구조이며 이 삶의 기반이라면, 그 개인은 더 절망할 수도 있겠지만 반대로 그것을 견디고 넘어설 수도 있을 것이다. 사는 것 자체가 모욕이라면, 그리고 이 모욕의 역사가 오래 전부터 지속되어왔으며 앞으로도 계속 이어질 것이라면, 우리는 하루아침에 그 절망의 역사가 끝나지 않는다고 좌절하지 않을 수도 있을 것 같다. 하루하루 연명하고 새끼들을 키우는 것 이외는 알지 못했던 늙고 가난한 염소할매는 염소 등에서 그가 알지 못했던 다른 세계들을 만난다. 그리고 철거반에 맞서 싸우는 것과 밀린 임금을 받으려고 야당당사에서 농성해야 하는 딸의 삶이 결코 다르지 않음을 알게 된다.

온몸이 오들오들 떨려왔으나 나는 돌멩이를 던지고 나무토막을 던지며 버텼다. 딸년이 농성하던 성으로 병사들이 쳐들어가던 밤이 생각났고, 이 싸움이 그 싸움이나 다를 바 없다는 생각이 들었다. 그렇다면 이제 나는 감옥에 들어간 딸년의 자리를 지키고 있는 것인가. 그러나 그때나 지금이나 전투경찰의 방패와 곤봉과 최루탄 앞에서는 수성은 무력할 뿐이었다. (같은 글 146~47면)

드디어 자신의 집마저 부서지고 철거촌이 세상에서 사라지는 날, 경찰 호송차에 갇힌 염소 할매의 눈앞에 보인 염소떼의 환상은, 부수고 무너뜨리고 싸우고 다시 집짓는 삶이 염소 할매 혼자만의 것이 아니라 오랫동안 그들의 이웃과 그들의 아이들이 반복해야 하는 삶이라는 사실을 현현(epiphany)한다. 그리하여 폭력과 광기로 그들의 마을을 밀어붙이는 경찰과 철거반이나 몇푼의 욕망에 갈팡질팡 몰려왔다 사라지는 사람들의 모습 역시 긴 싸움의 한 장면에 불과한 것이 된다.

염소 할배가 보여주는 환상은 염소 할매가 살아온 삶의 구체성과 결합하여 보이지 않아도 여전히 존재하고 우리와 관계맺는 현실의 엄연함을 그야말로 문득 환상처럼 깨닫게 한다. 「염소 할매」는 이미 극단으로 치닫기 시작한 인간의 탐욕과 그것으로 만들어진 세계의 비정함을 집요하게 추구하며, 한편으로는 이 지옥 같은 세계를 부정하기 위해 만날 수밖에 없었던 최인석의 환상이 가진 가능성을 충분히 보여주고 있다. 이곳의 질서를 도저히 긍정할 수 없기에 다른 방식의 삶, 다른 구조로 만들어진 질서를 찾아 헤매어야 했고 그래서 '환상'의 힘을 빌려 '발견'하고자 한 다른 세계는 그러나 이 지상에서 사라진 것 같았던 당연한 진실의 회복에 있었다. 이 당연한 진실, 폐허에서 자라는 푸성귀와 햇빛과 아이들의 눈부심, 그것들과 접촉하며 그것을 유지시키려는 염소 할매의 열망이 파괴의 폭력과 탐욕의 광기 속에서 오히려 비현실적인 것처럼 보이는 것, 이것이 바로 최인석이 환상을 빌려올 수밖에 없었던 이 세계의 비극인지도 모른다. 푸른 눈의 직녀와 플래닛 X, 오체투지의 당골네역시 염소 할매의 비현실적인 현실과 그리 멀지 않은 곳에 있을 것이다. 그러나 이 둘은 떠나기 위해 꿈꾸는 자와 살기 위해 꿈꾸는 자의 거리만큼은 멀다. 이 거리를 메우는 것은 우리를 좌절하게 하고 스스로를 모욕하게 했던 우울한 현실의 구체성, 그 갈등의 역사를 확인하는 작업일 것이다. 이 글이 먼 길을 우회해온 까닭도 현실과 환상이 관계맺는 최인석식의 방법이 가지는 가능성과 위험성 모두를 놓치지 않기 위해서이다.

최인석이 말하는 역사는 비극의 역사이고 그가 바라보는 세계는 이미 파국의 경지에 이르렀다. 그러나 그는 이 극단적 비관에 의해 절망의 원인을 탐색하고 우리 삶의 조건을 비정하게 인정할 수 있었을 것이다. 풍요와 안락의 일상을 뒤집고 그것이 우리의 영혼이 잠식되어가는 과정임을, 그것을 부정하는 우리들 자신조차도 이미 오염되어 있음을 인정하게 한 것은 최인석의 힘이다. 우리는 그의 집요한 비관을 통해 조금이라도 행복해지기 위해 더 절망해야 하는 역설을 이해할 수 있다.

그러나 이 집요한 비관주의는 역으로 어쩌면 영원히 유보될 희망을 찾다 지쳐 선험적 절망의식으로 변질될 위험이 있다. 환상의 영토를 찾아 떠난 주인공들에게서 느꼈던 불안함은 바로 이 위험성의 징후이기도 하다. 심해의 근원으로 유영해 들어가려는, 그리하여 절망의 한가운데에서 절망하는 의식 바깥에 있는 다른 세계를 발견하고 현실의 폭을 확장하려는 '탐색하는 주인공'들이 이미 세계는 심해일 따름이라고 먼저 선언하지 않기를 바란다. 타락한 세상의 점령군들을 떠받는 환상의 염소 등에서도 "피비린내가 코끝을 스치고 새로운 눈물이 계속해서 눈앞을 가린"(같은 글 155면)다. 이 비장한 긴장이 계속되는 한 우리는 최인석의 환상을 통해 기꺼이 리얼리즘과 만날 수 있으며, 이는 지난 시절에 극단적으로 좁혀진 현실개념을 반성하고 소재에 대한 경직성을 풀 기회로 연결될 것이다.

— 『창작과비평』 2000년 겨울호

추억 속에서 길찾기, '지금의 나'가 서 있는 자리

김소진론

1. 추억과 소설, 그리고 김소진

김소진(金昭晉) 소설의 팔할은 추억이다. 그리고 그는 그 추억으로 삶을 이야기하려 한다. 추억이 결코 과거의 것에 그치는 것이 아님을, 현재를 이야기하고 삶을 말하는 중요한 단서가 될 수 있음을 알고 있기 때문이다.

물론 추억은 과거의 것이다. 그리고 과거의 것이기 때문에 우리는 힘든 삶의 갈피에 끼여 있는 추억을 들추어보고 흐뭇해할 수 있다. 가난했지만 마음은 부자였던 시절로, 세상살이의 신산하고 교묘한 허방을 알지 못했던 순수한 시절로, 아무것도 없었지만 꿈을 가진 시절로. 그 실제 삶이 아무리 고통스러웠을지라도 추억이란 이름으로 포장될 때 삶은 아름답다. 왜냐하면 과거는 이미 결과가 드러나 있기 때문이며, 그러기에 더이상 공포스럽지도 고통스럽지도 않으며 마음껏 그리워할 수 있는 무엇이 된다. 결말을 알 수 있다면 우리는 어떻게 살아야 할지 전전긍긍할 필요도 없고 부질없는 희망을 품은 채 가슴 설레지 않아도 되지 않는

가. 이미 결과를 알고 있는 것에 대해 우리는 얼마든지 너그러울 수 있다. 그러므로 우리가 추억을 아름다움으로 회상하고 싶어하는 것은, 소설을 통해 그 추억을 간종그리는 것은 어쩌면 알 수 없는 현재가 두렵기 때문인지도 모른다. 현재의 삶은 그것이 어디로 가는지 알 수 없으며 그러므로 간혹 지긋지긋해하면서도, 견디기 힘들어 모진 애를 쓰면서도 살아갈 수밖에 없는 것이다. 그러나 과거는, 소설은 그 결말을 알려주거나 예비하고 있지 않은가. 그러므로 추억을 통해, 혹은 그 추억을 황금빛으로 물들이는 소설을 통해 현재의 고단한 삶과 화해하고 싶은 욕망은 뿌리치기 힘든 유혹이다.

그러나 김소진은 추억을 완결된 과거로 이야기하지 않는다. 오히려 추억을 통해 현재를 이야기하고 삶을 이야기하려 한다. 현재와 이어져 있는 과거의 끈을 놓치지 않으면서 과거의 삶과 현재의 삶을 끊임없이 대조하고 성찰한다. '기억을 한번 더 기억하는 것이 소설'이라고 말할 수 있는 김소진은 그러므로 소설가이다. 소설만이 가지고 있는 시간의 의미를 알고 있기 때문이다. 우리는 언제나 알 수 없는 현실 대신 소설적 완결을 꿈꾸지만 소설은 결코 완결되지 않는다. 과거의 고통과 즐거움을 불러와 현재의 삶을 모색하고 길을 찾을 따름이다. 그러기에 누군가는 소설에 대해 '길이 끝나자 여행은 시작되었다'라고 장엄하게 선언한 것이 아니겠는가. 소설 속에서 시간이 의미를 지니는 진정한 이유는 혼란스러운 현재의 삶에 거리를 두고 그것을 관찰할 수 있는 힘으로 과거가 건재하고 있기 때문일 것이다.

그래서 김소진은 기억의 장사꾼 노릇을 자청하면서 소설의 길로 들어선 것이다. 과연 그의 소설에는 수많은 기억이 있다. 그 기억들은 때로는 아름답고 포근한 그리움이기도 하지만 언제나 그 그리움의 위안을 넘어서서 집요한 고통으로 현재의 삶을 압박한다.

그리고 그 기억의 한가운데에 아버지가 있다. 김소진의 소설에 자주 등장하는 아버지는 언제나 아들이 기억하는 아버지이다. 아들이 기억하는 아버지는 무능하고 비루한 가장이었으며 그래서 아들은 그 아버지를 미워했고 든든한 아버지를 가지지 못했다는 사실 때문에 지독하게 절망했다. 그 지독한 절망을 넘어서기 위해 숱하게 반항하고 마음속으로 몇 번이나 아버지를 버린 기억은 어른이 된 지금까지도 너무나 생생하다. 그래서 그의 과거는 시간 속의 과거가 된다. 추억의 화석에 묻힌 과거가 아니라 나름의 기억을 간직한 또 하나의 현실인 과거, 어떠한 형태로든 현재로 이어져 그 현재를 불편하게 하는 과거. 그러므로 김소진 소설이 시간으로서의 과거를 가질 수 있는 것은 단지 과거의 기억이 지금도 생생하기 때문만은 아니다. 그 과거의 기억이 현재의 삶으로 이어져 있기에 과거는 회상 속으로 사라지지 않고 소설의 중요한 토대를 형성할 수 있는 것이다.

「아버지의 자리」를 보자. 그의 아버지는 가난한 살림 속에서 어렵게 마련한 아들의 중학교 등록금으로 정분난 여자에게 반지를 사준 위인이다. 어린 아들은 그런 아버지를 도저히 용서할 수 없었다. 그것은 단지 아버지에 대한 미움 때문만이 아니다. 가장으로서의 의무 대신에 창녀를 통한 위안을 희구할 수도 있는 아버지라는 한 인간에 대해서, 그렇게밖에 살아갈 수 없는 삶에 대해서 너무 빨리 많은 것을 알아버린 허무의 기억 때문에 아버지를 용서할 수 없었던 것이다.

그런데 그런 아버지의 모습을 지금, 한 아이의 아버지가 된 나에게서 발견한다. 직장을 잃고 하릴없이 거리를 떠돌면서 무능한 가장이 된 자책감에 시달리는 나에게서 이전의 아버지의 모습을 발견하는 것이다. 아버지에 대한 증오의 기억이 너무나 생생하고 고통스러운 것이기에 이런 발견은 그에게 충격적이다. 그것은 한편으로는 증오와 경멸의 대상이었던 아버지와 세상에 대해 이제서야 조금은 이해하게 되었음을 의미하고 또 한편으로는 어린 딸이 자신이 어린 시절에 겪은 미움과 허무를 그대로 겪을 것을 두려워하게 되었음을 의미한다. 과연 어린 딸은 충동적으로 막노동이라도 하려다가 이삿짐 하나를 옮기지 못해 발등이 찍힌 아버지를 외면한다. 유치원으로 데리러 온 아버지를 보고도 못 본 채 친구 아버지의 차를 타고 먼저 돌아와버리는 것이다.

딸과의 화해를 위해 아버지는 조금은 유치한 객기를 부린다. 지나가는 모범택시를 세워 딸을 기다리는 것이다. 그러나 딸은 그가 아버지라는 사실을 부인함으로써 아버지의 유치한 화해요청을 거절한다.

> 딸애는 나와 눈길을 마주치고도 눈동자에 아무런 변화가 없었다. 나는 당황하기 시작했다. 뭔가 잘못된 것인가.
> "세련아 아빠시니?"
> 세련이는 거의 울상이 되어 자신의 손을 잡고 있는 여인을 올려다보며 고개를 가로저어 보였다.
> "승미야, 여기서 기다려. 아빠가 곧 차 가지고 올 거다."
> "손님, 어디로 모실까요?"
> 운전사가 다시 재촉했지만 나는 대꾸 없이 석고상처럼 굳은 자세로 서 있었다.
> "이거 대낮에 애들 유괴하려는 미친 놈 아냐?"
> 운전수가 욕지거리를 던지며 신경질적으로 차를 몰고 스쳐 지나갔다.
> 나는 딸애가 지나간 자리를 물끄러미 바라보고만 있었다. 아버지라면 이럴 때 어떻게 했을 것인가. (「아버지의 자리」, 『자전거 도둑』, 강 1996, 54면)

소설은 이렇게 끝나지만 무능한 아비를 딸에게 이해시킬 수 없는, 그래서 유치한 화해수단을 동원했건만 결국 딸과 화해하지 못하는 아버지의 비애와 자굴감은 그대로 계속된다. 기억 속의 아버지는 나에게 눌린 머릿고기를 깨소금에 찍어 먹게 하고 잠든 나를 업고 돌산을 내려오면서 나와 화해했다. 그러나 지금의 나는 딸과 화해하지 못한다. 과거는 현재에 끊임없이 겹쳐지지만 과거의 해결로 현재의 불화가 무화되지 않는다. 나는 과거의 아버지와 현재의 딸 때문에 허무로 내던져버릴 수 없는 세상의 온갖 곡절을 조금씩 더듬어나갈 수는 있었지만 아직도 과거와 현재 사이에, 그리고 현재의 한 틈바구니에서 우두망찰 당혹하여 서 있을 뿐이다. 이것이 김소진 소설의 출발점이다.

2. 아버지 해석하기——역사읽기

과거의 아버지가 나에게 지독한 혐오의 대상이었다면, 그러나 그런 아버지의 삶에도 무언가 그럴 만한 이유가 있었다고 이해된다면, 그리고 무엇보다 그런 과거의 아버지의 모습이 현재의 나의 삶에 겹쳐진다면, 현재의 나를 추스리기 위해서라도 과거의 아버지의 삶을 규명할 필요가 있다. 아버지를 이해하고 규명한다면 현재의 나를 이해하고 규명하게 될지도 모르기 때문이다.

데뷔작 「쥐잡기」는 이러한 김소진 소설의 전반적 주제를 압축하고 있는 작품이다. 손바닥만한 구멍가게로 생계를 유지하는 무능한 아버지에게는 밤마다 등장해 가게 안을 분탕질쳐놓는 쥐 한마리가 골칫거리다. 금기일을 어기고 물건을 들여놨다가 그런 횡액을 당하는 것이라는 어머니의 지청구 때문에라도, 그의 무능과 보잘것없음을 보상하기 위해서라도 아버지는 쥐잡기에 골몰한다. 그러나 노회한 늙은 쥐는 아버지가 동원한 온갖 방법을 교묘하게 피해 계속해서 가게를 분탕질쳐놓고 아버지를 난감하게 만든다. 이처럼 쥐잡기에 전전긍긍하는 아버지의 기억 속에는 또 한마리의 쥐가 있다. 전쟁 중 월남하여 수용소에 수용되어 있던 시절 그 안에서 우연히 기르게 된 흰쥐가 그것이다.

그 당시의 수용소란 남북분단의 한 축소된 상징물로 인민군 포로들과 국군 포로들이 한데 섞여 온갖 분쟁과 테러가 끊이지 않던 곳이다. 그곳에서 아버지가 정을 붙인 것이 바로 쥐였다. 그리고 그 쥐 한마리 때문에 아버지는 우익들의 테러 와중에서 살아남기도 하고, 급기야 그 쥐는 아버지가 남쪽을 선택하여 남게 되는 결정적인 계기가 된다.

내려온 명령의 내용을 듣고는 모두들 기가 턱 막혔다. 이쪽에 그대로 남을 사람 저쪽으로 되돌아갈 사람을 가르는데 호각소리 하나로 판가름을 한다는 것이었다. 호각소리에 따라 복도 하나 사이에 두고 이북 갈 사람은 저쪽에 앉고 이남에 남을 사람은 이쪽에 앉으라는 소리였다.

(…)

갸네들은 우리네 속사정을 잘 모르니까 기따우 발상이 나왔을 거야. 바로 기거야. 기거이 바로 미군애들이 두루 써먹는 사고방식이지. 속셈을 튕겨보다가 안되겠걸랑 거저 일도양단식으로 적당히 가르는 거야. 좌우익을 한데 모아노니까 제네바 협정이니 뭐니 자꾸 말썽이 생겨서리 여론이 안 좋거들랑. 기런데 기거이 메야? 저쪽으로 가갔다는 사람이 꼭 사상이 벌게서인가 아니믄 이쪽에 남갔다는 사람이 꼭 사상이 허예서인가 말이다. 기거이 아니었단 말이디 내 말은. (「쥐잡기」, 『열린 사회와 그 적들』, 솔 1993, 26면)

좌우익이 함께 수용되어 있기 때문에 많은 문제가 발생하자 미군정은 그 해결책을 마련한다. 호각소리와 함께 자신이 있을 곳을 결정하여 복도 이편과 저편으로 갈라서라는 것이다. 그러나 삼팔선을 넘어 단신으로 월남한 아버지에게 그 결정은 너무나 잔인한 것이었다. 미군이나 정부 측은 그것을 사상적 선택으로 간단히 생각할지 모르지만, 포로들은 생존과 생활과 기억이 한데 뭉쳐진 문제라 그것을 섣불리 결정할 수 없었다. 이념은 남이냐 북이냐로 선명하게 가를 수 있는 것인지 몰라도 생활은, 삶은 그렇게 선명하게 결정하고 선택할 수 있는 문제가 아니지 않은가. 그런 아버지의 선택을 도운 것이 바로 그 흰쥐였다.

그만 하는 소리와 함께 호각이 삑 울렸다. 아버지는 둔기로 뒷머리를 얻어맞은 사람처럼 온몸이 굳어져왔다. 저 복도는 이미 단순한 복도가 아니라 삼팔선 바로 그것이었다. 아 이를 어쩐단 말이냐, 그때 아버지는 자신의 두 눈을 의심했다. 차오르는 숨을 가누지 못해 고개를 쳐든 아버지의 눈동자에는 콘세트 들보 위를 살금살금 걸어가는 희끄무레한 물체가 들어왔다. 폭동의 와중에서 우연히 아버지를 깨우는 바람에 목숨을 건지게 해준 그 흰쥐가 꼬랑지를 살랑살랑 흔들며 이남 쪽으로 걸음을 떼고 있었다.

(…)

내이가 왜 그랬겠니? 여기 한번 나와 있으니까니 못 가갔드란 말이야. 어디 간들 하는 생각 때문에 도루 못 가갔드란 말이야. 기거이 바로 사람이야. 웬 쥐였냐고? 글쎄 모르지. 기러다 보니 맹탕 헛것이 눈에 끼었는지두. 언젠가 돌아가갔지 하며 살다보니…… 암만 생각해봐두 꿈 같기두 하구…… (같은 글 28면)

아버지가 남쪽에 남아 여지껏 무능한 삶을 계속한 것은 이념 때문이 아니라 먹이를 주고 정을 붙여 키운 쥐 한마리 때문이었다. '기거이 바로 사람이야'라고 아버지는 말한다. 어쩌면 아버지의 과거는 이런저런 사연들에 부대끼면서 정붙이고 살아가는 사람의 삶이 이념에 의해 파탄당한 한 증거물이 아닐까. 그러므로 아버지의 쥐잡기는 쥐 한마리 잡지 못해 빌빌거리는 현재의 자신의 삶을 있게 한 그 실체를 잡으려는 행위이다. 아버지를 이곳에 남게 했던 그 '맹탕 헷것'이 과연 무엇인가라는.

　아들 민홍의 쥐잡기 역시 마찬가지이다. 시위로 화상을 입은 채 구석방에 틀어박혀 어머니의 온갖 지청구를 감수하는 그의 삶은 무엇인가. 헛것일망정 그를 이끌어줄 흰쥐 한마리 갖고 있지 못한 그를 어머니는 이해하지 못하고 그 역시 그런 어머니 앞에 무어라 대답할 말을 갖고 있지 못하다.

　―에유 어찌된 애가 응, 기름병을 들고 불구뎅이 속으로까지 뛰어들었다는 애가 그래 그깟 쥐 한마리를 못 잡는데서야 말이 되니? 기가 멕혀서. 이젠 그눔이 새끼까지 치고 아예 눌러 앉으려는지 배가 이리 불룩하고 이만하게 늙은 놈이 등허리는 비루가 먹었는지 훌떡 벗겨져서……
　민홍은 입을 조금 벌렸다. 기름병을 들고 불구뎅이 속으로 뛰어들었다는 애가. 정수리 끝까지 뻗쳐오른 쭈뼛한 기운 때문에 미세한 오한에 휩싸였다. (같은 글 30면)

　그를 기름병을 들고 불구뎅이에 뛰어들게 한 것은 이념이거나 정의이거나 혹은 당위일지 모르지만 그것이 어머니를 설득시킬 수 없다는 것을 그는 잘 안다. 그래서 쥐잡기에 골몰하는 것이다. 아버지가 잡던 쥐를 잡으면서, 그가 뛰어들었던 시위가 혹시 아버지를 이곳에 남게 한 그 폭력의 복도나 호각소리와 같은 종류의 것은 아닌지, 시위현장의 불구뎅이의 열기와 쥐 한마리 잡지 못하는 빙충맞은 삶과의 거리는 어떤 의미를 지니는지 성찰하는 것이다. 그리고 아버지는 쥐를 잡았지만 아들은 쥐를 잡지 못한다. 그가 이웃집의 부부싸움 소리에 잠시 정신을 빼앗기는 사이 만만하게 보았던 쥐는 유유히 사라진다. 아직도 알 수 없는 그의 정체성에 대한 고민이 끝나지 않는 한 쥐는 잡히지 않는다. 그때 잡힌 쥐는 단지 한마리의 쥐일 따름이므로, 아직 의미부여가 끝나지 않은 관념의 다른 이름일 터이므로. 그 환각과 같은 아슴푸레함을 응시하고 확인하기 위해 쥐는 여전히 잡히지 않고 떠돌아야 하는 것이다. 아버지의 분단이나 그가 당면한 현실의 모순은 결코 하루아침에 해결될 수 없는 것이기에 그는 현실의 소리에 끊임없이 헷갈리면서 쥐의 등덜미를 주시한다.

「열린 사회와 그 적들」은 그 주시의 산물이다. 정부의 폭력적 진압에 희생된 김귀정 열사가 안치된 병원에 이른바 밥풀때기들, 잡역부로 그날그날의 삶을 근근히 유지하는 이들이 끼어든다. 그들이 그곳에 끼어든 것은 물론 김귀정의 희생과 정부의 폭력에 저항하는 의미도 갖고 있겠지만 어디서든 천대받는 그들 신세에 대한 막연한 분노도 있을 것이고 하룻밤을 보내기 위해서이기도 할 것이고 어떤 한 목적을 위해 사람들이 모여든 장소에 낄 수 있다는 단순한 흥밋거리이기도 할 것이다. 그러나 이러한 그들과 질서있고 체계있는 대항을 준비하는 준비위 즉, 공식적인 대항의 대표자들과는 사사건건 부딪칠 수밖에 없다. 밥풀때기들의 충동적인 행동은 국민의 여론을 의식하고 목적한 결과를 이끌어내려는 준비위 측의 눈에는 거슬리는 행동일 수밖에 없는 것이다.

"무슨 비맞은 중의 염불 소리런가 잉. 사회가 무슨 대문짝이어라? 열리고 닫히게?"

"여기서 열린 사회라는 건 계급이나 종족 그리고 이데올로기라는 신화가 더이상 개인에게 굴레가 되지 않고 개개인이 사회의 진정한 주인으로서 질적으로 더 많은 자유와 민주주의, 물질적 풍요와 평등을 이룰 수 있는 마당이며 소수에 의한 지배가 아니라 이성적으로 눈 뜬 다수에 의한 착실하고도 양심적인 사회 운영이 기본 원리로 받아들여지는 사회를 가리키는 것이오."

"당신네들 지금 자꾸 어려운 말을 씀시롱 머릿속을 헷갈리게 하는데 한번 물어나 봅시다. 우리, 우리 하는데 도대체 거기에 낄 수 있는 축은 누가 되는 거요? 이데올로기의 신화니 이성적 원리니 하며 거창하게 빚어내는 사회라면 우리 같은 못 배우고 빽줄없는 떨거지들은 여전히 찬밥 신세를 면치 못할 게 불 보듯 뻔한데 뭐가 진정한 사회란 거요?"(「열린 사회와 그 적들」, 『열린 사회와 그 적들』, 86면)

아버지에 대한, 자신의 삶에 대한 성찰은 이러한 담론의 차이를 포착한다. '이성적으로 눈뜬 다수'의 조리정연한 담론은 자신들이 언제나 '찬밥 신세'로 소외되어온 대상이라고 생각하는 떨거지들의 담론을 감싸안지 못한다. 그러므로 다시 한번 생각해보기를 요구하는 것이다. 이 담론의 뒷면에 자리잡은 그들의 삶을, 날품팔이도 하지 못해 허풍과 너스레만 떠는 상선과 프레스에 손이 잘리고도 정당한 보상조차 받지 못한 강종천 씨들의 삶을. 그리고 진정한 자유와 행복을 위한 길은 어떻게 찾아야 할지를 고민하는 것이다. 김귀정의 죽음과 그 이후의 투쟁은 연일 신문의 머릿면을 장식하지만 같은 장소에서 고향마을에 뜬 별을 그리워하며 어디서도 환영받지 못한 소외에 시달리다 죽은 상선은 일단짜리 기사로 신문의 귀퉁이에 박혀 아무런 주목도 받지 못하는 것이 아닌가. 이것이 우리의 사회이며 우리의 삶이 아닌가.

이러한 성찰과 날카로운 주시 이후에 작가는 드디어 '아비는 개홀레꾼이었다'라는 명제를 얻게 된다. 여기에서 아비는 「아버지의 자리」나 「쥐잡기」의 바로 그 아버지이다. 아들의 등록금을 정분난 여자의 단속곳 속으로 밀어넣은 아버지, 손바닥만한 구멍가게에 침범한 쥐 한마리를 잡지 못해 전전긍긍하는 아버지. 이런 아버지는 어디에도 자랑할 수 없으며 오히려 아들에게 부끄러움과 증오만을 불러일으킨다. 이것은 단지 아버지가 그럴듯한 사람이 아니었다는 데에서 오는 부끄러움이 아니다. 독재와 불의와 싸우면서 그 싸움의 의미를 자신의 주변에서 분명히 찾고자 하는 나에게 아버지는 아무런 도움이 되지 않았던 것이다. 그때 함께 운동을 하던 동료들처럼 '남로당'이었던 아버지의 뒤를 따라 운동의 길로 나섰거나, '자본가'였던 아버지의 삶을 혐오하면서 그것을 극복하고 좀더 나은 사회로 나아가기로 굳게 마음먹을 수 없었던 자신의 어정쩡한 남루함 때문에 그는 아버지를 증오한다. 그는 아마도 비극적 영웅이거나 냉철한 전사가 되고 싶었을 것이다. 그러나 아버지는 '남로당'도 '악덕자본가'도 아닌 '개흘레꾼'이었다.

다시 말하자면 나의 아비는 숙명의 종도, 그리고 권력투쟁에서 패배한 남로당이었다고 외칠 만한 위치에 있지도 못했기 때문에 나는 또다른 가슴앓이를 해야 했던 것이다. 그렇다고 다시 "아비는 군바리였다"거나 "아비는 악덕 자본가였다"라고 외칠 처지는 더욱 아닌 데나의 절망은 깃들여 있었다.

그런 의미에서 아버지는 테제도 그렇다고 안티테제도 아니었다. 그저 하릴없이 암내난 개 목에 낡아빠진 개줄을 걸고 다니며 상대 수캐를 고르고 한적한 돌산 같은 데로 올라가 흘레를 붙여주는 일을 보람차게 수행하는 사람일 뿐이었다. 그러니 내가 나가야 할 출구를 아버지가 미리 다 막아놓은 셈이었다. (「개흘레꾼」, 『고아떤 뺑덕어멈』, 솔 1995, 44면)

여기에 「쥐잡기」를 겹쳐볼 수 있을 터이다. 아버지는 테제도 안티테제도 아니었지만 결국 그 테제와 안티테제에 의해 희생당한 삶이 아니었던가. 아들이 열망해마지않았던 테제와 안티테제는 그 테제도 안티테제도 아닌 수많은 삶을 누락시키고 섣불리 가야 할 길을 잡은 것은 아닌지. 그러므로 테제도 안티테제도 아닌 아버지 이야기는 단순한 가족사를 넘어 우리의 현대사로 확대된다. 식민지의 역사나 이념분쟁의 역사를 통해, 그 비정상적인 권위와 압제의 와중에서 우리의 삶은 너무나 선명하고 영웅적인 것들만을 갈구해온 것은 아닌가. 이제 역사를 수많은 사람들의 삶이 응축된 결과물로, 그들이 살아온 온갖 갈래의 길과 다난한 역정을 톺아볼 수 있는 것으로, 그래서 되도록 그들 모두의 의미와 정체성을 확인해줄 수 있는 것으로 다시 써야 함을 '아비는 개흘레꾼이었다'라는 명제는 보여주고 있다.

비록 개들이지만 그들은 자신들의 체형과 성정에 맞는 상대를 만나흘레를 붙고 새끼를 낳으며 살 수 있고 그래서 비루하고 질척하지만 자기만이 가진 빛을 발한다. 그것이 아버지가 보여주는 삶의 진정성이다. 아버지가 개흘레꾼이면 어떤가. 그 속에서도 온갖 사람살이가 이루어지고 원칙과 신념이 자라나는 것을, 테제와 안티테제가 아니라 그 속에서 싹을 틔우고 비루하나마 열매를 맺는, 그 틈바구니를 공들여 가꾸어야 한다. 그것이 테제와 안티테제를 외치는 것보다 훨씬 오래 걸릴지도 모르지만 그래서 아들들은 초조하고 절망스럽기도 하겠지만, 그것이 삶이고 또한 소설의 길이다. 소설이란 무엇인가. 결국 선명하고 매력적으로 부각되는 것들만으로 다 말할 수 없는 삶의 여러 진상을 보여주는 것이 아닌가. 그것을 통해 이념이나 과학처럼 명료하게 판단하고 결정할 수 없는 우리들 삶의 여러 국면들을 통찰하고 복원하는 것이 아닌가. 그래서 김소진은 혹은 개흘레꾼의 아들은 소설을 쓰는 것이다.

그런 사실마저 다 까발리면 난 기운이 죽 빠져버리고 말 것 같았다. 두말하면 잔소리겠지만 사실 나도 이제는 이런 명제로 뭔가 얘기좀 해보고 싶었던 거다. 이런 명제로……

아비는 개흘레꾼이었다. 오늘도 밤늦도록 개들이 짖었다. (같은

글 61면)

3. 절망하기도 어려운 시대, '지금의 나'가 서 있는 자리

테제도 안티테제도 아닌 삶을 소설의 대상으로 삼아 때때로 테제와 안티테제로 양단된 세계를 풍자하기도 하고 또 거기에 끼어들지 못한 삶들을 두루 섭렵하여 소설화하기도 하지만 김소진의 소설은 쉽게 허무주의나 상대주의로 빠져들지 않는다. 이념에 의해서 양단된 세계와 그것에 희생당한 사람들을 드러내다보면 이념혐오증에 빠지거나, 신봉했던 이념을 잃어버린 데 따른 허무주의에 빠지기 쉽다. 또 다양한 삶의 면면에 두루 귀기울이는 것은 이것도 저것도 다 나름대로 의미가 있다는 방관자적 상대주의에 빠질 수도 있다. 김소진의 소설이 이런 위험에서 벗어나는 것은 그가 관찰한 사실들의 진실성 때문이기도 하지만 무엇보다도 그 중심에 '지금의 나'가 서 있기 때문이다. 테제와 안티테제 사이의 삶들을 두루 관찰하면서 '그렇다면 지금의 나는 어떻게 할 것인가?'라는 의문을 잊지 않고 있으므로 김소진의 소설은 꾸준히 어떤 방향을 모색하는 모습을 보여줄 수 있다.

이제는 진부하기만한 사회주의의 몰락이나 자본주의의 위세, 이념상실과 세기말을 들먹이지 않더라도 90년대 우리 소설은 방향상실의 위기 속에 침잠해 있었다. 옳지 않은 것들, 척결해야 할 것들이 넘쳐났던 80년대, 소설들이 가지는 선명함은 이념과잉을 빚어냈고, 그 이념의 지표가 사라진, 혹은 그 경계가 흐려진 마당은 아마도 90년대 소설이 짊어진 원죄였을지도 모른다. 그래서 소외된 것들, 이를테면 이성에 의해 소외된 감성이나, 역사에 의해 소외된 개인이나, 남성적인 것에 의해 소외된 여성적인 것들을 부각시키려는 움직임이 뚜렷했던 것이다. 그러나 이들 소설들은 그들이 주제로 삼고 있는 것들을 소외시켰던 거대담론에 대한 거부의 몸짓은 강했으되 정작 그 복원된 미시담론들을 어떻게 이끌고 나가야 할 것인가에 대한 고민이 부재했다. 김소진을 진정한 90년대의 작가라고 부를 수 있는 것은, 그 역시 다른 작가들처럼 이념과잉과 테제와 안티테제의 섣부른 선택을 지적하고 나섰지만 그 다음을 모색하는 것을 잊지 않았기 때문이다. 그래서 그는 아버지라는 과거에 머물지 않으면서 이념의 폭력성을 고발하는 데 머물지 않을 수도 있었던 것이다.

아버지의 남루하고 비굴한 삶을 혐오하지만 그 혐오의 대상을 해석하기 위해 아버지에 집착했던 아들은 「경복여관에서 꿈꾸기」에서는 결혼을 하고 가정을 이루며 살고 있다. 대학 때 불의에 항거하기 위해 거리에 나가본 적도 있고 그것의 정당한 명분을 찾지 못해 좌절하기도 했던 배울 만큼 배운 아들은 이제 소설을 쓰거나 출판사에 다니거나 하며 가장이 되어 있는 것이다. 그가 가장이 된 이 싯점은 이제 아버지를 혐오하며 위악을 떨거나 테제나 안티테제를 찾아 고민하던 그런 때와는 다르다. 이전에 가치있다고 여겼던 모든 것들은 빛을 잃었고 그 속에서 무의미한 삶만이 지속되고 있다. 이전에 아버지와의 불화를 통해 세상을 이해하고 세상과의 불화를 통해 자기를 키워나갔던 그는 이제 놀랍게도 불화할 대상조차도 없는 시대에 살고 있다. 그가 불화의 대상으로 삼기에는 세상은 너무나 교묘하고 복잡하여 그 실체를 알 수 없는 형편이다. 그가 비웃는 속물근성은 어느새 그의 삶에도 깊숙이 침투해 있고 그의 생활을 이루어나간다. 그의 생활은 그야말로 테제도 안티테제도 아닌 것으로, 아니 테제와 안티테제를 규명할 수 없는 것으로 구성되어 있는 것이다. 그런데 불화하지 않아도 되는 세상에서 그가 당혹스러워하는 이유는 무엇 때문인가. 그의 삶을 끌고 나가는 중심, 혹은 지표를 찾을 수 없기 때문이다. 테제와 안티테제로 양단된 시대에는 그러나 최선을 다해 시대와 불화하고 또한 화해해보겠다는, 거기에 자신의 존재를 걸겠다는 진정성이 있었다. 그런데 그 테제도 안티테제도 아닌 지금의 삶에서는 진정성의 근거를 찾을 수 없으며 그 진정성은 시대착오적인 우둔한 몸짓처럼 보인다.

아내는 전직 대통령 비자금 사태 초기에 그 양반의 뭉칫돈이 왕창 묻혀 있다고 알려져 한때 야단법석을 떨었던 그 은행의 바로 그 지점에 다닌다. 뭉칫돈이 있다는데 그게 사실이야? 내가 물어보니 아내는 은행에 뭉칫돈이 있는 게 뭐가 이상해요 하며 오히려 나를 이상한 눈길로 바라봤다. 생각해보니 맞는 말이었다. 아니, 그게 아니고…… 비자금 말이야. 아내가 혀를 끌끌 차며 끌탕을 하였다. 뼈엉신 짜아식들— 일개 은행 대리라도 그렇게 돈관리를 허술하게 하진 않을 걸 가지고 말이야. 그런 치들이 주먹 부르쥐고 정권을 떡 주무르듯이 했으니 나라가 이 모양 이꼴이지. 나는 할말이 없어져 목을 자라처럼 집어넣고 빙글빙글 돌려 우두둑 소리를 낸 다음 냉장고에서 물병으로 쓰는 오렌지 병을 꺼내 입을 대고 냉수를 벌컥벌컥 들이켰다. (「경복여관에서 꿈꾸기」, 『자전거 도둑』, 186면)

전직 대통령의 비자금 수령 사건도 그다지 충격이 되지 않는 세상에서 자못 진지하게 비자금 사건의 진상을 물은 나에 대한 아내의 대응은 세련된 은행원의 그것이다. 비자금을 받은 사실이 문제가 아니라 제대로 돈관리를 못한 것이 문제가 되는 것이다. 그런 아내에게 던지는 나의 질문이 얼마나 바보 같은지는 나도 잘 알고 있다. 그래서 정치나 경제정의가 어쩌고저쩌고 하는 대신 '목을 자라처럼 집어넣고 빙글빙글 돌려 우두둑 소리나 낼' 따름인 것이다.

'나'는 정신분석학 책의 번역을 의뢰한 출판사 사장의 속물근성을 비아냥거리다가 출판보류를 당하고, 한때 노동자들을 데리고 눈빛이 형형했던 선배는 거액의 연봉을 받는 학원선생이 되어 세상을 끌고 나가는 것은 부가가치라고 역설한다. 이제 옛날처럼 아버지를 혐오하거나 집을 나가거나 춘화를 파는 노릇으로 자학하면서 견딜 수는 없게 되어버렸다. 그가 증오하거나 경멸하지 않아도, 의미를 부여하고자 몸부림치지 않아도 세상은 멀쩡하게 넘쳐나는 풍요와 편리로 잘 굴러가고 있다. 그래서 그가, 소설을 쓴답시고 석달 동안 고작 칠십사만원을 벌어들이면서 빌빌거리는 그가 하는 일이라곤 매일 아침마다 아내의 차를 정성들여 닦는 일이다. 불화조차 할 수 없게 되어버린 시대를, 그 시대와 감히 불화할 염조차 먹지 못하는 나를 자조하듯이 아침마다 땀을 뻘뻘 흘리며 차를 닦을 따름인 것이다. 아마도 이것은 또다른 자학일 텐데, 그는 자신이 어쩌지도 못할 만큼 커져버린 세상의, 안정과 편리의 종노릇을 자청하면서 아무것도 하지 않는 것으로 세상과 불화하고 싶은 것이다. 자신을 한없이 낮춤으로써 자신과 세상을 함께 풍자하던 어설픈 불화의 제스처는 그러나 오래 가지 못한다. 아내가 원격시동장치 맥스콘의 상품권을 받아온 것이다. 지난 시절의 불화를 잊고 온갖 편리에 길들어가는 자신에 저항하고자 이 상품권을 물건으로 교환하는 일을 차일피일 미루지만 결국 아내의 성화에 못이겨 그는 상품을 바꾸러 간다.

그런데 원격시동기를 찾아들고 나서, 지난 시절 그의 열정과 절망의 터전이었던 대학가를 돌아나오는 그에게 한자락 기억이 밀려든다. 세상과 오지게 불화했던 어느 한 시절의 기억. 양공주촌 시장통에서 선술집을 하는 어머니와 집나간 여동생, 약먹고 죽은 셰퍼드를 잘못 먹고 죽은 아버지와 그리고 어쩔 수 없는 자신의 무력과 그에 비해 너무나 형형하게 빛났던 혁명가 노진혁과 예숙이 들 사이에서 절망했던 한 시절의 기억이다. 모든 것이 무의미하고 싫었던, '오직 군대에 들어가 차디찬 엠십육 소총을 끌어안고 팔꿈치나 무릎에 피가 배도록 빡빡 기고 싶은 생

146

각뿐이었던' 그때의 절망은 직접적으로는 가족에게서, 혹은 자신의 정체성 상실에서 온 것이겠지만 그 시대에 그러한 절망은 시대의 우울이라고 이름붙여질 만한 것이었다.

그는 한때 이 절망을 안고 허름하고 누추한 경복여관에서 지낸 적이 있다. 경복여관(鯨腹旅館), 그곳은 이름처럼 고래 뱃속 같은 질척한 곳, 환한 세상에서 밀려난 사람들이 하루를 연명하는 곳이었다. 그런데 그는 이곳에서 절망을 이겨낸다. 그를 절망으로부터 구해준 것은 경복여관의 창녀 미라였다. 쥬단학 대리점에서 화장품 쎄트를 사는 것이 소원인 창녀 미라, 마산에서 버려져 대전의 고아원에서 길러졌고 버려지지만 않았다면 자신이 쓰고 있을 말이기에 경상도 사투리를 쓰는 창녀 미라는 그의 절망만큼이나 기구하고 보잘것없는 인생이었을지도 모른다. 그러나 절망에 빠진 그를 구해준 것은 예숙이도 노진혁도 군대도 아니고 바로 그녀였다. 유일하게 자고 싶었던 여자 예숙이와 노진혁에게 방을 내주고 난 날 밤 미라와 밤을 보내고 그는 고래 뱃속 같은 절망을 빠져나온다.

나는 모질게 힘을 썼다. 온 방안이 진짜 고래 뱃속처럼 축축하고 울렁거리도록. 그리고는 나동그라졌다. 그러자 보드라운 젖가슴이 땀에 젖은 얼굴 위에 얹혀졌다. 나는 의식이 가물가물해졌다.

불러. 불러어예!

귀에 대고 속삭이는 소리가 들렸다.

어, 어무이…… 흑흑……

나는 못나게도 가느다란 울음을 터뜨렸다. 숨이 막혔다.

그래 우리 애기야 또, 또오 부르거래이!

예, 예숙아!

옹야 참 착하구나. 또 또오!

나는 까칠한 혓바닥으로 몇사람의 이름을 더 핥아대다가 잠의 수
렁에 덜컥 빠져들었다. 아주 깊고 또 단잠이었다. 그리고 그 속에서
의 잠은 너무도 황홀했다. 캄캄한 통로를 지나 나는 드디어 고래 뱃
속을 빠져나오는 데 성공했다. (같은 글 233면)

지난 시절의 절망에서는 미라 덕분에 빠져나올 수 있었지만 지금은
또 어떻게 할 것인가. 기억 속에서 빠져나온 내가 당면한 문제는 바로
그것이다. 이제 미라는 어디에도 없다. 술취해 잘못 들어간 옆집에서 차
한잔 하고 가라고 유혹하는 이웃집 여자나 십칠층에서 지하주차장까지
원격시동을 걸 수 있는 맥스콘이나 그 맥스콘을 잃어버렸다고 얼버무리
는 나의 칠칠치 못함까지도 사랑한다고 호호 웃는 아내가 있을 뿐이다.
지난 시절은 이미 결과를 알고 있기에 그 절망과 화해까지도 아름답지
만 지금 내가 서 있는 곳의 아득함은 한치를 알 수 없지 않은가. 아니 오
히려 그때는 나를 절망하게 하는 무엇들이 널려 있었지만 지금은 섣불
리 절망조차 할 수 없는 지경으로 국면이 전환된 상태가 아닌가. 나를
둘러싼 모든 것들의 변화에 짐짓 시큰둥하게 비아냥거리며 절대로 진지
한 표정을 짓지 않으면서 여기까지 왔지만 그래도 나는 내심 당황하면
서 갈 길을 찾고 있다. 그런데 그 출구는 어디에 있는지 알 수 없다. 거
기에 더 큰 절망이 있는 것이다.

나의 무능함마저 사랑하는 아내라니! 그런 여자와 내가 불화한다
는 것은 애시당초 불가능하다는 생각이 들었다. 하지만 불화가 불가
능하다는 것. 그것이 어찌 새로운 절망의 시작이 아닐 수 있으랴! 왜
일까? 내가 한때 뭔가와 불화했거나 적어도 불화하는 시늉을 했을
때, 사실 그것은 거꾸로 세상과의 화목을 목마르게 꿈꾸었기 때문이
아닐까? 경복여관에서처럼. 하지만 이제 경복여관을 또 어디 가서 찾

는단 말인가! (같은 글 236면)

4. 추억의 멀고 먼 길

지난 시절이 시대와 불화했던 시대라면 지금은 바야흐로 아내와 불화하는 시대이다. 그러나 살을 맞대고 사는 아내, 나의 곁에서 나의 삶에 속속들이 간여하고 있는 아내와 불화하는 것은 시대와 불화하는 것보다 훨씬 힘들다. 가까운 것을 향해서는 그것을 통찰할 시야가 쉽게 열리지 않는 법이다. 지난날의 기억을 톺아오면서 김소진의 소설은 이 가까운 것을 향해 눈을 들이대고 있는 것이다. 김소진의 소설을 리얼리즘이라고 부른다면 그 진정한 이유는 여기에 있다. 사라진 토속어나 민중어를 복원해냈기 때문이 아니라, 소외된 이웃들의 삶에 애정을 가지고 소설을 썼기 때문이 아니라, 과거의 고통을 꼼꼼히 기억하고 그것들을 해석하고 이해하면서도 발길은 '지금의 나'와 앞으로의 갈길을 향하고 있기 때문에 그의 소설을 리얼리즘이라고 부를 수 있다. 그는 과거의 고통과 그것을 해결했던 방법을 기억하면서, 그러나 과거의 화해를 현재의 것으로 치환하지 않고 그 화해를 지금의 불화와 고통스럽게 대조하고 있는 것이다.

그렇다면 지난날의 삶은 너절했다고 외치는 세상 속에서 '지금의 나'를 구해줄 미라와 경복여관을 어디에서 찾을 것인가. 이미 작가는 테제와 안티테제를 포기했고 절망과 허무가 적절한 대답은 아니라고 선언한 마당에 무엇이 지금의 난감한 앞길을 열어줄 것인가. 아마도 미라와 아버지, 그리고 그 주변의 남루하지만 나의 삶을 성찰하게 해주었던 이들을 찾아 길을 떠나는 것이 유일한 방법일 터이다. 십칠층까지 엘리베이터를 타고 오르내릴 수 있게 된 세상에서, 지하주차장에서 차를 닦는 이

윗집 여자의 엉덩이까지 폐쇄회로 화면으로 볼 수 있는 마당에 무슨 시대와의 불화냐는 빈정거림 속에서 그 호들갑에 편승하지 않고 자기의 길을 가는 사람들을 찾아나서야 하는 것이다. 잘은 모르겠지만 우리를 절망에서 구해주었던, 지금의 삶과 불화해야 하는 이유를 주었던 그들의 삶을 떠돌다보면 우리의 세상이 굴러가는 이치를 어렴풋하게나마 찾을 수 있지 않겠는가. 그들을 통해 세상을 알았고 살아간다는 것이 그리 만만하게 윤곽선을 그을 수 있는 일이 아님을 알았기에 이제 미라들에게 한번 기대어보자. 그 수많은 미라들, 밥풀때기들에게서 길이 열릴지도 모르지 않는가.

그래서 우리 시대의 '경복여관에서 꿈꾸기'는 중심에서 밀려난, 혹은 중심이 아닌 사람들의 지도그리기로 진행된다. 그 지도에서는 김귀정 열사의 주검을 지키는 병원마당에 모여든 잡역부들(「열린 사회와 그 적들」), 불법 체류자로서 돈을 벌기 위해 온갖 수모와 비굴을 감수하는 외국인 노동자들(「달개비꽃」, 『자전거 도둑』), 체육특기생으로 대학에 들어와 가투에서 열심히 달리기도 했고, 지금은 최고령 마라토너가 되어 그저 달리는 것이 좋다는 마라토너(「마라토너」, 『자전거 도둑』), 낭만과 열정이 대학을 지배하던 시대에 어느 진짜보다 열정과 낭만에 몸바쳤던 가짜 대학생들(「울프강의 세월」, 『신풍근 배커리 약사』)이 자신들의 지명을 차지하고 있다. 그리고 때때로 이해할 수 없는 파렴치와 불륜을 저지르기도 하지만 자신들의 삶을 성실히 살았고 마음만은 누구보다도 '고아떤' 춘하(「춘하 돌아오다」, 『열린 사회와 그 적들』)와 장석조네 사람들(『장석조네 사람들』, 고려원 1995), 신풍근 씨(「신풍근 배커리 약사」, 『신풍근 배커리 약사』)도 자신들의 영토 속에서 살포시 웃고 있다.

이들을 기억하고 찾아 떠나는 여행은 때때로 포근하고 아름다운 것이기도 했을 것이다. 그러나 이들은 과거의 것이거나 분명한 의미를 찾을 수 없는, 끝을 알려주지 않는 이정표였다. 테제나 안티테제가 지금의 나의 삶에 대한 답을 줄 수 없기에 헤매지만 테제도 안티테제도 아닌 삶은 그만큼의 선명함이 없으므로 훨씬 기나긴 시간을 요구한다. 이끌어주는 별도 없이, 목적지까지 얼마나 남았는지 알려줄 이정표도 없이 무작정 그들의 흔적을 따라나서는 일, 그리고 그 지난한 수작업 속에서 한점한점 그들의 궤적을 그려내고 그 속에서 찾는 길의 언저리를 가늠해보는 일은 한없이 어둡고 아득해 보인다.

　그저 달리는 것이 좋아 마라톤을 할 뿐이라는 지난날의 준모는 지금 최고령 마라토너로, 페이스 메이커로, 월계관을 쓰는 선수들의 페이스를 만들어주며 여전히 달리고 있다. 경복여관은 바로 준모의 모습에 있는 것일 테지만 준모는 미라처럼 나를 혼란 속에서 건져내지 못한다. 당연하게도 준모는 현재의 내가 부닥친 사람이기 때문이다. 세상은 이미 그가 불화할 엄도 먹지 못할 정도로 거대해져서 오히려 눈앞에 보이지 않게 되었으며 그의 경복여관은 온갖 이데올로기들 속에서 찌부라지고 생채기를 입어 온전한 모습을 살필 수도 없다. 불화를 통해 화해를 꿈꾸었던 시대의 경복여관과 불화조차도 힘든 시대의 경복여관은 이미 다른 것일지도 모른다. 중심에서 벗어난 사람들을 통해 경복여관을 찾겠노라고 다짐했지만 아아, 이 길을 계속 가야 할 것인가. 페이스 메이커로서의 준모의 삶은 나름대로의 빛을 가진 진짜지만, 그가 만들어준 페이스를 가진 스타들, 이른바 스포트라이트를 받는 그들은 또 누구인가. 페이스만을 만들어내고 있는 준모는 결국은 영웅과 스타와 가짜가 남발하는 시대에 고작 휴머니티 한 조각을 자신의 것으로 가지고 사라져갈 텐데. 이 길을 계속 가야 할 것인가. 어정쩡한 삶들, 때로는 희망이었다가 때로는 배신감만을 던져주는 삶들을 하나하나 관찰하고 지난날의 나와 지금의 나를 함께 성찰하는 것은 아마도 결코 끝나지 않는 소설 속의 시간여행일지도 모른다. 여기에서 작가는 지치기 시작한 것일까. '길이 끝나자 시작된 여행'을 그만 마감하고 서둘러 결론을 내리고 싶어한 것인지도 모른다.

그 결론이란 테제도 안티테제도 무화된 위안과 화해의 삶이다. 그의 본령은 테제도 안티테제도 아닌 것에 대한 천착이었지만 그것을 감당하기에 현실은 너무 버거웠던 것이 아닌가. 그래서 마시면 마실수록 그 맛에 대해 이렇다 하고 말할 것이 없어지는 소주 같은 삶들에게서 위안받고 싶은 것이다. 잊지 말아야 할 것은, 지켜보면 지켜볼수록 그 삶에 대해 이렇다 하고 말할 것이 없어지는 변화무쌍한 삶들에서 김소진은 시대를 읽고자 했다는 사실이다. 그런데 이제는 그 삶을 현재의 지친 삶의 위안으로 삼고 싶은 것이다.

쐬주는 마시면 마실수록 이런 말을 할 수 없게 된다. 하지만 사실 이렇듯 뭐라고 딱 부러지게 말할 수 없는 쐬주의 변화무쌍한 맛, 바로 그것이야말로 우리가 쐬주에 대해 딱 부러지게 말할 수 있는 본래의 맛이라는 게 동필 씨의 생각이다. 뭐라고 딱 부러지게 말할 수 있는 맛이 아예 정해져 있었다면 그런 술과 더불어 사십년을 오로지 한결같이 벗삼아 살아올 수 있는 사람이 나올 턱이 없는 노릇 아닌가.
(「쐬주」, 『눈사람 속의 검은 항아리』, 강 1997, 239~40면)

마라토너이거나 미라이거나 울프강의 삶을 지켜보던 다른 소설들에 어김없이 작가의 분신이라 여겨지는 관찰자들이 등장했던 것과는 달리, 「쐬주」가 동필 씨만을 주인공으로 설정하고 있는 것도 이와 무관하지 않다. 이제 그들의 삶을 관찰하고 그것과 자신의 삶을 대조하던 성실한 리얼리스트는 사라지고 있다. 적어도 김소진의 소설세계에서는. 동필 씨는 고아원에서 자라 도배일과 아파트 수위일을 하면서 중년을 넘긴 인물이다. 아무 죄 짓지 않고 자신의 삶을 성실하게 꾸려온 그에게 남은 위안은 소주뿐이다. 미치는 것보다는 취하는 게 백번 낫다고 속삭이는.

그것은 연약한 비명을 질러야 하는 사내의 혀를 마비시킴으로써 어떤 의미에선 단련시킨다. 그래서 비명 대신에 일순간이나마 함성을 지르게끔 한다. 고마운 일이다. 그런 사내의 가슴을 통과한 쐬주는 본디 그대로의 투명한 빛깔의 눈물로 남모르게 재생되기도 한다. 그게 거시키 두 쪽만 달랑 찬 사내들에게 내일을 견디는 힘이 돼주는 유일한 밑천임을 모르는 사람은 바보다. 그리고 속삭임이 있다. 미치는 것보다는 취하는 게 백번 낫다고. 나을 것도 없지만…… 혹 덧없는 사랑 때문에 혹 권태 때문에 혹 허영 때문에 속세를 저주하고 고통받는 이들이 있다면 쐬주만한 친구도 더이상 없을 성싶었다. (같은 글 254면)

힘든 삶의 기로에서 되돌아보는 추억은 아름답지만 현실은 예외없이 혹독하다. 김소진은 그 추억의 고통을 알고 있는 작가였다. 과거의 절망과 희망을 현재와 대조하면서 조금씩 조금씩 미래로 나아가고자 했던 작가였다. 아마도 이 리얼리즘의 고단한 역정에서 잠시 발걸음을 쉬었다가 다시 숨을 가다듬고 응시와 반성의 길을 계속하려 했는지도 모른다. 그러나 아쉽게도 그의 소설세계는 여기서 마감되었다. 그러나 그로부터 한참이 지난 지금도 그의 성실한 리얼리즘이 가졌던 빛은 바래지 않았다. 과거를 추억으로만 회상하지 않고, 현실을 쉽게 화해하고 위안받는 것으로 얼버무리지 않고, 찬찬히 그 의미를 되새겨보는 일은 이 첨단과 속도의 시대에도 여전히 중요한 미덕이다. 그가 부딪쳤던 벽, 지난날의 '경복여관'과 지금의 '경복여관' 사이에 존재하는 벽을 돌파하는 쇄신과 진정성은 여전히 그 사이에 우두망찰 서 있는 우리들의 몫인지도 모른다.

— 『사람의 문학』 2000년 여름호

제 2 부

충돌하는 차이들의 심층

물화된 세계, 소외된 꿈

■

황석영의 중단편

1

　황석영(黃晳暎)의 중단편에 대해 본격적으로 말하기 전에 우선 널리 알려진 두 가지 사실을 떠올려본다. 그중 하나는 황석영이 철저한 3인칭의 작가라는 것이고 또 하나는 황석영의 중단편들이 1970년대의 정곡을 찌르는 걸작들이라는 점이다. 작가 스스로도 "기술방법에 있어서 객관성과 구체성을 가장 중요하게 생각"(『『심판의 집』 작가 서문」, 『황석영 중단편전집』 3, 창작과비평사 2000, 305면. 이하 『전집』)한다고 밝히고 있거니와 건조하고도 간결한 문체, 구체적이고 선명한 상황묘사는 황석영 문학의 특징으로 이미 정평이 나 있다. 그리고 이 냉정하고도 선명한 관찰자의 눈은 한 시대의 핵심을 정확하고도 풍부하게, 군더더기 없이 포착해낸다. 「한씨연대기」 「객지」 「삼포 가는 길」 「돼지꿈」으로 이어지는 황석영의 대표적 중단편들은 70년대에 대한 유려하고 치밀한 보고서들이다. 황석영으로 인해 주관적 내면의 상처를 넘어선 곳에 존재하는 현실을 다시 발견하고 그 현실이 얼마나 풍부하고도 복잡한 인과관계에 의해 구성되는지를 새삼 깨닫게 되었다고 말해도 전혀 과장이 아니다.

그러나 황석영을 말하기 위해서는 이것만으로는 뭔가 부족하다. 그의 작품들에서 끊임없이 뿜어져나오는 정서적 울림에 대해서, 그 쓸쓸하고 아름답고 따뜻한 비애에 대해서 아직 더 말해야 할 것이 남아 있기 때문이다. 동어반복을 무릅쓰고 다시 말하자면, 황석영의 냉정한 객관성은 그 간결함 속에서 좀처럼 속내를 드러내지 않고 웅크리고 있는 비감의 정서 때문에 슬프다. 날카롭고 정확하게 현실을 읽어내는 그의 눈길은, 그 현실에 얽히고설켜 발목을 잡히고 달아나고 주저앉으면서 삶을 엮어내는 이들에 대한 연민 때문에 따뜻하다. 이미 숱한 평자들에 의해 우리 문학의 현대적 고전으로 인정받은 그의 작품을 다시 읽어야 한다면, 아마도 이 다층적 정서의 울림을 그리고 그것이 현실과 교감하면서 빚어내는 다성성을 더 깊이 들여다보아야 하기 때문이 아닐까.

그러므로 작가 황석영과 70년대를 함께 언급하는 것은 그의 문학이 지닌 시대적 의미와 전형성을 다시 말하기 위해서도 아니며, 이 작업이 그의 작품들을 과거의 기록으로 정리하고자 하는 의도를 갖고 있는 것도 아니다. 더 중요한 것은 시대와 문학의 섬세한 교감, 그 주고받음이 작품을 풍성하고도 다면적으로 채워나가는 과정에 있다. 그리고 이 과정은 작가 황석영의 개성이 시대 속에서 독특하게 정립되어가는 과정이기도 하며 이후의 작품세계에도 일정한 영향력을 행사한다. 간략하게 말하자면 황석영의 중단편은 한 시대를 우울과 절망 속에서 바라보는 개인이 어떻게 시대의 구체성과 만나 그 시대를 성찰하면서 새로운 감수성을 발굴하고 그 속에서 문학의 방향을 잡아나가는지에 관한 복잡한 기록이다. 대중들에게 널리 알려진 작품을 통해 봤을 때, 시대를 짚어가는 작가의 시선은 매우 정돈된 것처럼 보이지만 그의 중단편 전체를 겹쳐놓고 본다면 작가 황석영이 70년대라는 시대에 반응하는 모습은 매우 복잡하고도 중층적이다. 그것은 혼란의 와중에서 그 혼란을 이기고 넘어설 길을 스스로 발견해나가는 고투의 기록이기도 하다. 현실의 한 국면에 집중해서 파고들고 그래서 그 포착의 부분적이고도 불완전한 순간을 내적 완결로 이끌어내야 하는 것이 중단편의 특성인바, 불완전함으로 완전함을 빚어내는 여러 단편들의 겹침 속에서 작가 황석영이 자신의 개성을 다듬어나가고 시대와의 불화마저도 교감의 근거로 엮어나가는 과정을 짚어보는 일은 흥미롭다.

2

　성장과 개발 일변도의 사회에서 개인의 꿈은 평균화된다. 쪼들리는 생활을 견디며 악착같이 봉급을 모아 집 한칸을 마련하거나(「줄자」, 『전집』 1), 남보다 먼저 성공하여 개업의가 되거나(「심판의 집」), 그럴듯한 집안의 청년과 결혼하여 안락하고 풍요한 가정을 꾸리거나(「섬섬옥수」, 『전집』 2) 그 정도의 차이는 있지만 오로지 이 꿈들의 척도는 경제적 가치이며 그러므로 이 꿈들의 성취여부는 사회가 용인하는 지위와 부를 얼마나 획득하느냐에 달려 있다. 평균화되고 수치화된 꿈과는 다른 꿈을 꾸는 자에게, 물질적 성장과는 다른 성장을 꿈꾸는 자에게 세계는 넘어설 수 없는 장벽이며 거대한 성채이고 미로이다. 연인과의 사랑이든, 소박한 일상의 여유이든 혹은 타인과의 진정한 관계이든 저마다 다른 꿈들은 그 미로 속을 헤매는 동안 어느덧 집평수로, 월수입으로 일반화된다. 그 세계가 거대한 성채인 이유는 이러한 경제수치와 경쟁의 질서에 동의하고 그것을 위해 매진하는 자들이 견고한 메커니즘을 구축해나가고 있기 때문이다. 그래서 그 질서를 거스르며 다른 꿈을 간직한 자들은 거대한 장벽 앞에 서 있듯 암연하다. 황석영 문학은 이 고독한 개인과 거대한 장벽이 막막하게 맞닥뜨려진 곳에서 출발한다.

단편 「가화(假花)」는 이러한 황석영 문학의 출발점을 짐작할 수 있게 하는 작품이다. 이 작품은 구체적 현실을 반영하고 형상화하기보다는 세계의 위력과 개인의 고독에 대한 주관적 정서를 강조하고 있으며 그 래서 그 대립을 다소 추상적으로 유형화하는 알레고리의 형태를 띠고 있다. 흉포한 미로를 내장한 거대한 성채는 너무나 위력적이어서 쉽게 파악할 수 없고 그래서 개인의 꿈은 여전히 미로 속을 헤매고 있는 것이 다. 그러나 그렇기 때문에 황석영 문학이 파악하는 현실의 구도가 더 선 명하게 드러나 있기도 하다.

환상처럼 옛 애인이 왔다 간 날의 아침, 나이트클럽 악사인 무(茂)는 그녀를 찾는다면 처음부터 다시 시작할 수 있을지도 모른다고 생각하며 그녀가 있다는 골든힐에 들어선다. 골든힐에서 그녀를 찾아 다시 시작 할 수 있다면, 삶을 잘 몰라 유치하고 성급했던 과거와는 다르게 타인과 관계맺고 그것을 통해 자신의 삶과 세계를 이해하면서 살아갈 수 있다 고 무는 생각한다. 그런 무에게 골든힐은 그것을 통과함으로써 이전과 는 다른 삶을 얻어낼 수 있는 공간이다. "영화관에 들어가 시작과 끝이 빤한 영화를 두번 세번 보면서 오후 시간을 죽"이며 "버스 노선을 바꿔 타며 교외의 종점에서 종점을 내왕하다보면 해가 저물"고, "많은 사람 들이 하루종일 일을 하고 나서 피곤한 어깨를 축 늘어뜨리고 귀가하는 때에 기타를 옆구리에 끼고" 출근하는, "중요한 어떤 짓도 하게 되어먹 지 않은"(「가화」, 『전집』 1, 136면) 삶과는 다른 삶을 살기 위해 찾아간 골 든힐은 그러나 무가 기대했던 곳이 아니었다.

회원권이 없으면 출입할 수 없고, 사람을 찾기 위해서 그 목적과는 아무 상관 없는 어떤 모임엔가 소속되어야만 하는 그곳, 그녀의 환영을 좇아 거액의 입회금을 내고 들어왔지만 엘리베이터를 타고 지하층과 지 상층을 쉴새없이 오르내려도 그녀는 없다. 사람들은 모두 끼리끼리 모 여서 무슨 일인가를 쉴새없이 꾸미고 수행하고 있으며 그녀를 찾아 기웃거리는 무는 그곳에서 이방인이다. 어떤 방에는 쉴새없이 회의를 하는 사람들이 모여 있고, 어떤 방에는 쉴새없이 타자기를 치는 여자들이 나란히 열맞춰 앉아 있으며, 레스또랑에서는 제각기 먹고 마시며 무슨 말인가를 열심히 나누고 있다. 자신이 하는 일과 맡은 직분에 따라 나누어진 방에서 자신의 임무를 열심히 수행하고 있는 그들 중 누구도 사랑을 찾아 헤매는 무 따위에게는 관심이 없다. 모두가 무언가를 찾기 위해 골든힐에 들어섰겠지만, 이름과 색깔이 다른 방에 저마다 소속되어 회의하고 일하고 웃고 떠드는 그들에게서 이미 그들이 애초에 찾았던 그 무언가는 떠나가버렸다. 서로 연결된 세 개의 건물, 미로와 같은 복도와 그 옆으로 늘어선 용도가 다른 방들, 방들마다 가득 찬 토론자와 사무원과 댄서들과 흥행사들. 회원권이 있어야만 출입할 수 있는 골든힐은 서로 다른 꿈들을 배정된 방과 복장으로 일반화시키고 평균화시키는 이 세계, 혹은 지금과 별로 다를 것 없는 70년대의 가파른 성장의 질서와 그것을 바탕으로 이룩된 산업국가체제의 한 상징물이다.

그러니 어울리지 않게 포켓에 꽃을 꽂고 골든힐에 들어선 무가 찾는 사랑, 골든힐의 댄서 마리아는 그곳에 없을 수밖에 없다. 나이트클럽에서 밤늦도록 유흥의 도구가 되어주고 돌아오는 무에게 "아직 젊으니까, 사랑할 수 있거든"(같은 글 124면)이라며 한 노파가 건네준 꽃은 그래서 가짜 꽃, 가화(假花)이다. 그 꽃을 받아들고 취해서 귀가하는 무를 기다리고 있던 그녀 마리아도 이미 오래전 그가 사랑했던 여자가 아니며 골든힐에서 춤을 추다가 어느날 바다에 몸을 던져버린 그녀의 환영일 뿐이다. 꽃을 건네준 추악하게 늙은 꽃장수 노파는 어릴 적 종기를 입으로 빨아주었던 외할머니나 그를 업어 재웠던 유모와 닮았지만 그들도 이미 이 세상 사람이 아니다. 무는 이 세상에 없는 사람들의 힘으로 이 세상에서 가능하지 않은 꿈을 꾸었던 것이다. 그 꿈이 가짜였음을 알게 되는 것은 이 세상을 응축해놓고 있는 골든힐을 경험한 이후이다. 그래서 골든힐을 나선 무는 가슴에 꽃을 꽂고 가능하지 않은 사랑을 꿈꾸었던 그 무가 아니다. 그리고 무로 하여금 그 가짜 꽃을 던져버리게 한 것은 골든힐의 엘리베이터가 하강할 때 찾아온 현기증이며 또한 골든힐을 나왔을 때 아득하게 들려오는 승냥이의 울부짖는 소리이다.

언젠가, 무가 매일 올가미를 만들어놓고 목을 들이밀면서 삶을 견디던 그때에도 들려온 승냥이의 울음소리는 무로 하여금 참으로 오랜만에 방을 나와 시장길로 나서게 했다. 그리고 무는 본다. 청소부의 리어카에 얹혀 있던 동사자의 빨갛게 부어오른 손발을. 그 추운 한밤에 공중변소에서 죽어가며 그는 승냥이 울음소리를 냈던 것일까. 그렇다면 골든힐을 나서는 무가 들은 승냥이의 울음소리는 또 어디선가 죽어가고 있을 누군가의 울음소리였을까. 부적처럼 들보에 매달린 올가미를 풀어버리게 했던 그 울음소리를 다시 들으며 무는 가슴에 꽂혀 있던 가짜 꽃을 내던진다. 너무나 견고하고 거대한 골든힐, 그 안에서 모든 일이 이루어지고 그곳에 들어서는 모든 사람들을 내부의 질서로 흡수해버린, 그래서 그곳 이전의 삶과 이외의 삶을 기억하지 못하게 한 골든힐이 결코 이세계의 전부가 아니라는 것을 그 울음소리는 일깨운다. 골든힐 안에서, 그곳의 안내와 질서에 따르고서는 어떤 사랑도 관계도 얻을 수 없다는 것을, 그래서 꽃을 찾기 위해서는 그곳을 나와야 함을 알려주는 이 신호음은 아득하고 처연하다. 허위의 성채를 벗어나면 진짜 꽃이 보일 것인데 그것은 그가 사랑에, 생활에, 삶의 고통에 시달릴 때 함께 시달리고 고통받는 누군가가 있기 때문이다. 그러므로 무가 가짜 꽃을 던져버린 후 찾은 것은 꽃이라기보다는 꽃의 가능성이다.

황석영의 중단편들은 「가화」가 그려내는 공식의 반경을 크게 벗어나지 않는다. 예컨대 「장사의 꿈」(『전집』 3)의 일봉이 용솟음치는 근육과 야생의 생명력을 탕진하며 전전했던 목욕탕이나 포르노 사진 촬영장이나 약장수의 장바닥은 또다른 골든힐이다. "자수성가해서 남부럽잖은 사람이 되어 식구들을 호강시키리라 결심했던"(「이웃 사람」,『전집』 2, 164 면), 그러나 피를 팔며 시들어갈 수밖에 없었던 그를 '이웃 사람'이라고 불러주는 이유는 그에게서 승냥이의 울음소리를 들었기 때문이다. 주인 공들은 방과 업무로 유형화된 그 골든힐을 다시 되새김으로써 골든힐의 폭력과 질서를, 골든힐에서 잃어버린 것들에게서 울려오는 비애를 더욱 깊숙이 탐사하며, 그리고 그사이에도 얼어죽고 굶어죽고 있는 승냥이떼의 처연한 울음소리 속에서 꽃을 찾아나선다.

3

「가화」는 황석영 문학의 구도를 분명히 보여주기는 했지만 앞에서도 언급했다시피 골든힐이라는 추상화된 공간 속에서 현실을 다소간 모호하게 유형화한다는 문제점을 지닌다. 그래서 골든힐은 현대사회의 한 상징이나 알레고리는 될 수 있어도 70년대의 현실을 명확하게 지시하는 것이라고 보기는 힘들다. 물론 골든힐은 상처입은 개인과 견고한 사회의 맞부딪침이라는 한 출발점일 뿐이며 그래서 이 골든힐이라는 추상적 공간은 다시 구체적 서사를 불러오는 촉매제이기도 하다. 자신의 성공을 위해 다른 사람들을 연이어 살해할 수도 있는 자들로 인한 공포(「심판의 집」), 이미 구획지워진 신분사회에서 벗어날 수 없는 이들의 절망감과 소외감(「섬섬옥수」)은 골든힐이 불러온 당대 사회에 대한 구체적 정서라 할 만하다.

「가화」의 골든힐은 「심판의 집」의 고립된 산장과 연결되어 있다. 골든힐이 외부의 방문자 무에 의해 관찰되고 그곳에 들어서기 전의 무와 나온 후의 무를 전제하고 있는 반면에 산장은 외부의 방문자가 차단된 상황에서 절대적으로 고립된 공간 자체로 존재한다. 폭우로 고립된 산중의 산장에서 연이어 일어나는 살인사건은 그 공간의 폐쇄성으로 인해 더욱 공포를 자아낸다. 사실 「심판의 집」은 추리소설의 형식을 띠고 있지만 사건을 해결해가는 논리적 과정이나 심리적 게임의 요소가 충분히 제공되고 있지는 않다. 오히려 강조되는 것은 고립된 공간에서 살해자와 함께 있어야 한다는 공포, 자신이 언제 희생자가 될지 알 수 없다는 것에서 오는 공포감이다. 그리고 범인이 밝혀지는 결말에 이르면 이 공포는 당대 현실의 문제와 연결되면서 매우 현실적인 실감을 확보한다. 사장 비서로 출발하여 재벌가의 며느리가 된 입지전적 인물 나은경은 과거의 불륜을 남편에게 들키지 않기 위해서 최초의 살인을 저지른다. 더 빨리 성공하려는 야심으로 나은경과 협상한 강민우가 합세함으로써 살인은 또다른 살인을 불러일으킨다. 그렇다면 「심판의 집」 전반을 지배하고 있는 공포와 긴장감은 단지 살인의 위험에서 오는 것이 아니라 자신의 안락을 지키기 위해 다른 사람을 살해하는, 성공을 이루기 위해 무관한 사람들을 얼마든지 살해할 수 있는 사람들에 대한 공포, 그리고 그것을 가능하게 하는, 이 위험한 사람들을 용인할 뿐만 아니라 그들이 성공과 지위를 누리며 살아갈 수 있도록 보장하고 있는 사회에 대한 공포로 확대된다. 미모의 나은경과 치밀한 논리와 냉정한 판단력을 지닌 의사 강민우에게서 느껴지는 섬뜩한 공포감은 70년대의 현실, 비정한 경쟁의 질서와 가파른 성장의 신화가 가져다준 공포감이기도 하다.

"환상이란 없"는 사람들, "필요는 성공의 어머니"라는 것을 알고 있으며 그 성공을 이루기 위해 "거북이처럼 침착하고 뱀처럼 냉정"한(「심판의 집」 134면) 강민우와 나은경을 제외한 주변 인물들의 성격이 불분명하고 그래서 범인들과 나머지 인물들과의 관계가 구체적으로 의미화되기 힘들다는 것은 「심판의 집」이 전달하는 메씨지의 성격과도 관련이 있다. 부와 성공이라는 목표를 지니고 있고 그것을 위해 자신의 삶에 박차를 가해온 강민우와 나은경이 당대의 기형적 현실에 적응하고 그 질서를 자신의 삶의 발판으로 삼는 구체성을 지니고 있다면, 나머지 사람들은 그들의 살의 앞에 노출된 불특정 다수일 뿐이다. 이 불특정 다수는 강민우와 나은경의 삶과 어떤 구체적 관계도 맺고 있지 않지만 또한 그들로부터 언제든지 위해를 입을 수 있는 인물들이다. 구체적 관계 없이도 단지 한 공간에서 우연히 마주쳤다는 사실만으로도 생존을 위협당할 수 있는 삶, 기형적 사회구조 속에서 별다른 혜택을 입지 못하면서도 어느새 그 사회구조의 톱니 속에 끼여 돌아갈 수밖에 없는 삶이야말로 거대한 익명의 성채 속에서 하루하루를 살아갈 수밖에 없는 당대인의 삶인 것이다. 그러므로 이들의 삶은 무관한 것처럼 보이지만 유관하다. 아니 단지 유관한 정도에 그치는 것이 아니라 같은 사회에 살고 있다는 것만으로도 그 관계는 죽음과 삶을 가로지를 수 있을 만치 결정적이다. 그렇다면 전혀 무관한 것처럼 보이지만 어느 하나가 살기 위해서는 다른 하나가 죽을 수밖에 없을 정도로 명백하게 적대적인 이 관계, 자신의 노력으로 얻은 것처럼 보이는 지위와 성공이 결국은 다른 사람의 희생에 의한 것이거나 혹은 그 희생을 전제로 한 것이라는 지극히 구체적이고도 치열할 수밖에 없는 인간관계는 더 탐구될 필요가 있다.

그러나 음악교사 정광현이나, 나은경의 비밀을 알았기에 살해될 수밖에 없었던 산장 관리인은 단지 사건의 추리자나 희생자로 얼버무려질 따름이다. 강민우와 나은경이 범인임이 밝혀지는 소설의 결말이 그간의 공포와의 결별이 아니라 또다른 공포의 시작이며, 또한 범인의 응징이나 인과응보가 아니라 새로운 탐구의 출발점이 되는 이유가 여기에 있다. 그리고 시대의 축소판으로서의 상징적 공간이라는 의미에서나, 그 상징성 때문에 당대적 구체성이 다소 희생되고 있다는 점에서나, 「심판의 집」의 청운산장은 골든힐에서 그리 멀지 않은 곳에 있다.

자신의 성공을 위해 다른 사람을 죽일 수도 있다는 비정한 논리가 성립하는 것은 그만큼 성공을 이루거나 그것을 유지하는 일이 살벌한 경쟁의 질서 속에서 이루어지기 때문이다. 그리고 이 과정에서 개인의 꿈은 평균화되고 물화된다. 이 살벌하고도 비정한 성 안에서는 그 어디에서도 연인과의 따뜻한 사랑이나 설렘, 가족간의 애정과 우애, 이웃과의 연대가 숨쉴 틈이 없다. 강민우의 말처럼 그것을 꿈꾼다는 것은 환상에 불과하고 이 환상을 버릴 때에 그들은 비로소 성공할 수 있다. 「섬섬옥수」에서 섬세하게 확인되고 있다시피 사랑의 궁극이고 완성이라고 믿어지는 결혼조차도 자신의 신분을 유지하기 위한 끼리끼리의 연합이거나, 혹은 어떤 노력으로도 불가능해 보이는 신분상승을 위한 마지막 출구에 불과하다. 좋은 집안에서 태어나 이미 성공을 보장받은 남자에게 결혼과 아내는 자신의 성공을 확인하는 액세서리일 따름이다. 주경야독으로 성공만을 위해 매진하는 남자에게 그것은 돌진하여 쟁취해야 할 목표물이다. 여기에서 그럴듯한 결혼과 미모와 재력을 갖춘 아내는 성공을 표상하는 교환가치가 될 뿐이다. 「섬섬옥수」의 미리가 좋은 집안과 능력을 갖춘 장만오에게 파혼을 선언하는 것은 이처럼 교환가치로 전락해버린 결혼과 사랑, 그리고 그 교환에 의지하여 살아가야 하는 자신의 삶에 대한 염증 때문이었을 것이다. "결혼을 해서 남의 아내가 된다는 사실이 눈앞에 닥쳐왔으나 그것은 너무나 맥빠진 관계에 지나지 않"으며 "사랑이 무미건조한 일상생활로 직결되는 입구라는 것을 알게"(「섬섬옥수」 336면) 되었기 때문이다. 가난한 집안 출신이 이룰 수 있는 성공에는 한계가 있다는 것을 절망적으로 깨닫고, 성공을 위한 굽히지 않는 의지를 미리에 대한 집착과 바꾸어버린 김장환. 이런 김장환의 존재를 자신의 명예를 더럽히는 오점처럼 취급하면서 사람을 시켜 죽도록 패주는 장만오. 그들에게 사랑에 대한 환상은 없다. 그들의 사랑은 사랑이라기보다는 집착이거나 폭력이며 이것은 교환가치가 지배하는 사회에서 도구화된 사랑의 대표적 형태일 것이다.

미리가 짐짓 "끈에 매어진 개의 코밑에 닿을까말까 하는 거리에다 먹이를 던져주고 즐기던 놀이"(같은 글 309면)라고 하면서 아파트 수리공 상수에게 관심을 가지는 것은 아마도 교환가치로 치밀하게 짜여진 삶에 대한 염증과 일탈욕구에서 비롯되는 것일 터이다. 그러나 이러한 일탈과 유희 역시도 "소가 닭을 보는 것처럼, 전혀 살아온 환경과 계층이 다른 사람들끼리 상대를 피차의 입장대로 인정해야 한다는 약속"의 질서 내에 있으며 그러므로 상수가 미리를 쳐다보는 "그 시선은 벌써 약속을 깨뜨리기 시작"(같은 글 310면)하는 것이다. 다만 상수와 미리 사이의 거리가 너무도 멀기 때문에 미리가 자신의 유희를 '심리적인 놀이'로 생각하는 한, 상수의 경우는 장환의 경우처럼 위험하지 않을 따름이다. 그러나 미리는 상수를 통해 곧 위험해진다. 미리가 던지는 미끼에 단순하게 반응하고 다른 교환이나 보상을 기대하지 않는 상수의 순수한 욕망은 미리를 잠시 편안하게 하지만 그 때문에 미리는 자신이 "정말로 볼품없는 여자라는 걸" 깨닫게 되기 때문이다. 상수의 "손놀림은 무의식적이고 기계적이어서 청결"했지만 "여러가지 책무며 세상에서 내게 요구하는 사항들"을 떠올린 미리는 "다시 찌꺼기를 주워모아서"(같은 글 351면) 전신에 휘감을 수밖에 없었던 것이다. 스스로가 그 체제의 혜택을 입고 있으며 그로 인해 우월감을 누리며 살고 있는 미리에게는 잠깐의 유희나 일탈도 위험하다. 의도하지 않았더라도 자신의 삶이 다른 이들에게 상처가 될 수 있는 삶은 환멸스럽기 그지없으며 그 환멸에서 벗어나기 위해서는 엄청난 선택과 결단을 각오해야 하기 때문이다. 자신의 신분과 삶에 대한 환멸과, 그 환멸에 길들여진 육체를 부끄럽고 참담하게 지켜보아야 하므로, 심지어 미리에게조차 이 평균화된 사회의 질서는 행복하지 않다. 아마도 미리는 80년대의, 화려하고 대단한 집안을 뿌리치고 비장하게 공장을 기웃거려야 했던, 혹은 90년대, 안락한 일상 속에서 불안과 분열에 시달려야 했던 여성들의 심리적 언니이며 어머니라 할 수 있을 것이다. 황석영 문학의 뛰어남은 이처럼 각층의 인물들의 정서와 심리를 섬세하게 포착하면서 그것들을 모아 당대의 사회를 재구성해내는 능력에 있다. 장만오의 오만과 김장환의 비애, 미리의 부끄러움과 상수의 단순함은 서로 어울려 성장신화의 산업사회를 재구성한다. 골든힐과 청운산장이 경쟁과 성장의 질서로 구축된 거대한 성채를 내부에서 조망했다면 「섬섬옥수」를 통해 이 조망은 성의 안팎을 아우르는 출구를 만난다. 그것은 성 밖의 세계로 나서는 출구이기도 하다.

4

성 밖에는, 분주한 업무와 비정한 경쟁에 몰두하는 성 안 사람들에게는 결코 보이지 않는, 상처입고 좌절한 사람들의 고통과 분노가, 연민과 연대가 있다. 골든힐의 바깥에서 얼어죽은 동사자의 손발, 아무리 발버둥을 쳐도 결코 미리와 만오의 세계에 진입할 수 없는 장환의 비애, 「삼포 가는 길」(『전집』 2)의 눈길을 따라 펼쳐진 영달과 백화의 소통, 어린 군인들의 좌절과 결핍을 제것처럼 돌본 「몰개월의 새」(『전집』 3)의 미자, 느닷없이 찾아온 불행을 어느새 새로운 활력의 「돼지꿈」(『전집』 2)으로 바꿔놓는 빈민촌 사람들이 있다.

이들의 소통과 연대는, 활력과 생에 대한 긍정은 이들이 역사적 공간에 있기 때문에 더욱 빛을 발한다. 「삼포 가는 길」에서 영달과 백화, 정씨 같은 밑바닥 인생들이 서로의 삶이 거쳐온 스산한 편력을 이해하고 마음을 나누는 과정은 아름답다. 그리고 이 아름다운 서정성은 개발과 산업화의 현실에 발을 대고 있기 때문에 단순한 낭만이나 감정적 위안의 경지를 넘어선다. 백화는 드세고 당돌하며 영달은 불량스럽고 유들유들하지만 겉으로 보이는 이 성품들 속에는 누구의 것보다 더 아름다운 소망이 숨어 있다. 고향에 돌아가 동생들이나 돌보며 살겠다는, 긴밤을 자고 나면 언제나 마음은 고향으로 가는 찻간에 앉아 있다는 백화의 꿈, 공사장을 떠돌아다니는 뜨내기지만 언젠가 한곳에 정착하여 착한 여자와 살림을 차리고 살고 싶다는 영달의 꿈. 그 꿈들은 정씨의 삼포, 한적하고 살기좋은 고향마을에서의 평화로운 삶으로 이어져 있다. 도시를 떠도는 동안 그 꿈들을 마음속에만 담아놓고 강퍅한 삶을 연명할 수밖에 없었던 그들은 그러한 삶의 비애를 알고 있기 때문에 상대가 같은 종류의 사람임을 알아본다. 모두의 꿈들이 쉽사리 실현되지 않을 것이라는 것을 알고 있으면서도 상대를 쉽게 비웃지 않으며, 마음 한편에 숨겨둔 꿈들이 얼마나 소중하게 삶을 버텨내는지 알고 있기에 백화는 금세 악다구니를 버리고 영달도 거친 말투 속에 애정과 연민을 담아낸다.

　"살아가는 게 얼마나 소중한가를 아는 자들"(「몰개월의 새」 192면)은 그래서 빼앗고 경쟁하고 이겨야만 삶을 얻을 수 있다고 생각하는 사람들이 만들어놓은 질서를 조금씩 허물어뜨린다. 집평수와 월수입으로 일반화된 삶의 가치는 이들에 의해서 다시 본래의 가치를 회복한다. 그것은 그들이 날품으로 죽도록 일해도 집 한칸 마련하기 힘든 사람들이며 하루 벌어 하루 살기에 급급한 사람들이기에 가능한 일이기도 하다. 월수입과 집평수를 수치화할 수 없는 사람들에게 하루의 벌이는 불가능해 보이는 꿈을 연명하는 소중한 양식이 되고, 무허가 판잣집이나마 몸을 쉴 수 있고 이웃을 만날 수 있는 집 한칸은 재산으로 바꿀 수 없는 삶의 터전이다. 남루하고 보잘것없지만 이들이 보여주는 삶의 이해와 타인에 대한 존중은 이미 지배적 질서로 자리잡은 당대 사회의 부당성을 우회적으로, 그러나 효과적으로 환기한다. 죽은 셰퍼드 한마리로도 동네 잔치를 벌일 수 있는 「돼지꿈」의 소박하고 건강한 마을을 불도저로 갈아엎는 도시개발의 기획은 그러므로 얼마나 폭력적인가. 짐보따리 하나로 전전하는 뜨내기 인생들이 품고 있는 '마음의 정처'를 관광호텔의 군락지로 만들어버리는, 그래서 고향 삼포로 가는 길을 다시 어디론가 달아나는 길로 만들어버리는 자본의 횡포는 또 얼마나 비인간적인가. 연인과 사랑하고 가족들과 끼니걱정 없이 살고 싶다는 소박한 꿈들마저 불가능한 것으로 만들어버리는 세계는 견고하고 거대해 보이지만 실상은 너무도 허술하고 황폐한 세계이다. 「삼포 가는 길」의 서정이나 「돼지꿈」의 활력과 여유가 가치를 지니는 이유는 우회적으로 현실의 위력과 부당성을 동시에 환기하고 있기 때문이다. 그래서 피해갈 수 없는 현실의 아픔을 아픈 만큼, 잃어버린 꿈의 간절함을 그 간절함만큼 절실하게 되새기는 일은 아름답고 처연한 비판이 된다. 그런 의미에서 「삼포 가는 길」의 가없는 눈길과 인물들간의 연민과 소통이 삼포의 파괴와 맞물리는 과정, 「돼지꿈」의 이웃들이 벌이는 떠들썩한 잔치와 빈민촌의 철거소식이 맞물리는 과정은 매우 탁월한 문학적 장치이다. 어떤 정서적 위안과 주관적 긍정도 현실의 비정하고도 폭력적인 조건을 벗어나 존재할 수 없다는 것, 혹은 역으로 현실의 핍박과 곤궁이 아무리 위력적이라 할지라도 그 속에서 삶을 유지하고 가꾸어나가는 희망은 포기될 수 없다는 사실이 서로 충돌하면서 또한 중첩된다. 이 속에는 당대 현실을 날카롭게 가로지르는 관찰의 시선에 연민과 비애의 정서가 스며들면서 은밀하게 빛을 발하는, 비극적 아이러니의 순간이 있다.

5

황석영 문학의 대부분은 분노와 투쟁보다는 연민과 소통을 통한 위무의 세계를 즐겨 선택한다. 물론 앞에서 언급했다시피 이 위안이 현실을 잊고 자기만의 환상을 창출하는 위안은 결코 아니다. 오히려 연민과 소통을 통해 서로 위무하며 힘든 삶을 견뎌나가는 모습은 당대 사회의 비정하고도 메마른 현실과 맞물려 있기 때문에 더욱 쓸쓸하다. 그렇다고 해서 이 쓸쓸한 위무와 연대의 세계가 경쟁과 성장의 질서를 극복할 대안의 역할을 담당하는 것도 아니다. 「몰개월의 새」나 「삼포 가는 길」 「돼지꿈」이 구축하는 세계는 언제나 정처없이 떠나고 손가락이 잘리고 집을 빼앗기면서 살아갈 수밖에 없는 이들을 양산해내는 당대 사회를 되비추어내고 있을 뿐이다.

「가화」의 골든힐이나 「심판의 집」의 청운산장이 구현하는 세계, 그리고 몰개월과 「돼지꿈」의 빈민촌은 치열하게 적대적인 모순이지만, 그래서 충돌하고 갈등할 수밖에 없지만, 이 두 세계가 부딪치는 장면을 직접적으로 담아낸 작품은 의외로 그리 많지 않다. 아마도 중단편 중에는 「객지」(『전집』1)가 유일하지 않은가 싶은데 이러한 「객지」에서도 쓸쓸한 인정(認定)과 비애의 색깔이 강하게 드리워져 있다. 물론 간척공사장 인부들의 열악하고도 참담한 노동조건이나 그들을 억누르고 착취하는 사용자 측의 행태는 매우 사실적이고도 구체적인 대립을 형상화하며 이는 「객지」의 가장 중요한 미덕이기도 하다. 그럼에도 「객지」가 비애의 색깔을 띠게 되는 것은 현장사업소 사람들의 술수에 속아 노동자들이 다 내려간 언덕에 혼자 남아 있는 동혁의 마지막 독백, 그리고 자폭을 암시하는 결말 때문일 것이다. 물론 간척공사장의 노동현실과 쟁의과정에 대한 치밀하고도 구체적인 묘사와 그 상황에 대한 실감은 결말에 의해 쉽게 상쇄되지 않기 때문에 동혁의 독백이 쟁의의 실패와 노동자들의 패배를 은폐하거나 포장하는 것은 아니다. 「객지」의 쓸쓸함과 비애는 현실의 모순과 부당성을 거부하려는 강력한 의지, "걸인 한사람이 이 겨울에 얼어죽어도 그것은 우리의 탓"(「아우를 위하여」, 『전집』1, 314면)이라는 윤리성에도 불구하고 그것이 쉽게 실현될 수 없는 현실의 견고함에서 비롯되는 것이다. 등단작 「입석 부근」에서는 세상 속에 섞여들기를 두려워하는 고독한 개인이었던 '나'가 동료를 만나고 산행을 통해 자연을 만나면서 그 윤리성을 실현한다. 그러나 개인의 차원을 넘어선 구체적인 현실의 공간에서 이 감동적인 연대의 경험은 쉽게 찾아오지 않는다. 「삼포 가는 길」과 「돼지꿈」에서 이루어진 연대는 소외되고 배제된 사람들끼리의, 그들만의 연대일 뿐이며 그것은 비정하고 견고한 현실의 그늘진 이면이기도 하다. 산업화가 만들어낸 수많은 불우한 사람들, 노동자, 빈민, 떠돌이들의 인간적 유대와 소통은 그것 자체로 따뜻하고 훈훈하지만 역시 비감의 정서를 동반할 수밖에 없는 것도 이 때문이다. 「낙타누깔」(『전집』 2)이나 「탑」(『전집』 1)처럼 월남전을 소재로 한 작품들에서 전쟁의 거대한 전체주의와 폭력에 노출된 개인들이 하나같이 허무주의적 감상에 빠지는 것도 이와 연관되어 있다.

그래서 황석영의 중단편은 대결과 투쟁보다는 비감과 소외의 정서를 유려하고 섬세하게 표현해내는 데서 더 공감을 확보한다. 그리고 이 공감은 자신의 성공에 다른 이들이 희생자가 되어서는 안된다는 것, 누구든 성실히 노력한다면 인생에서 소중한 것들을 지켜나갈 수 있어야 한다는 것, 살아간다는 것은 누구에게나 소중하며 그러므로 쉽게 일반화되거나 무시되어서는 안된다는 것, 이러한 원칙들을 개인적 고뇌의 수준이 아니라 당대 사회의 질서 속에서 찾아내고자 하는 기나긴 고투에 의해 확보된 것이다. 이와 같은 원칙이 지켜지지 않는 사회에서는 누구나 가해자이며 피해자인 동시대성을 짐지고 살아갈 수밖에 없다. 이러한 개인의 고뇌를 현실 속에 투사하고 이것이 다시 현실의 다양한 국면들에서 분사되는 과정이 황석영 중단편의 여정이라고 할 수 있다. 대립되어 있던 두 세계, 생존경쟁과 성공신화의 삭막한 정글과 그것 이전의, 그리고 이외의 소외된 곳에서 펼쳐지는 비감어린 연대와 소통의 공동체는 서로를 비추면서 70년대의 사회를 총체적으로 환기한다. 화해할 수 없는 적대적 관계 속에서 황석영 문학이 지켜온 윤리적 원칙은 결국 구체적 대립과 투쟁의 과정으로 진행될 수밖에 없겠지만 적어도 중단편의 세계에서 이 과정은 명시적으로 드러나지 않는다. 이후 황석영은 작품을 통해서보다는 작가 자신이 현실의 모순과 부당성 속으로 투신함으로써 이러한 대립과 투쟁을 수행해낸다. 이것은 독자의 입장에서 그리 불행한 일이라고만 할 수는 없을 것이다. 여전히 황석영은 현재의 작가이며 그의 초기작들이 보여준 섬세한 관찰과 정서적 환기력은, 현실에 투신했던 작가적 경력은 새로운 문학적 성과물로, 한층 더 깊은 울림과 감동으로 되살아날 것이기 때문이다.

— 최원식·임홍배 엮음 『황석영 문학의 세계』, 창비 2003

나와 타자의 불편하고 간절한 거리

신경숙론

1

90년대에 들어서 본격적인 주목을 받은 신경숙(申京淑)의 작품세계는 90년대적 담론에 긍정적으로로든 부정적으로로든 상당한 영향력을 끼쳐 왔다. 분위기와 이미지로 대변되는 소설의 색채, 여성적 감수성으로 세계를 감싸 안으려는 태도, 스치고 사라지는 것들의 존재에 대한 미세한 주목과 글쓰기의 진정성 문제 등 신경숙이 가지고 있는 작품세계는 90년대를 대표하는 감수성으로 평가되어, 한 시대의 문학을 개괄하고 그 윤곽을 짚어내는 하나의 출발점이 되기도 했다. 그리고 이러한 신경숙식의 글쓰기는 비평적 글쓰기에도 영향을 미쳐 작품의 서사보다는 부분 부분에서 스치고 미끄러져 사라지는 이미지를 섬세하게 포착하고 그것의 가치를 평가하는 경향을 불러오기도 했다. 미시적인 것들에 대한 관심과 애정이 시대를 설명하는 하나의 거대담론으로 자리잡게 된 것인데, 이는 신경숙의 독특한 작품세계와 이전과는 달라졌다고 감지되는 시대를 설명하려는 비평적 필요가 만나는 지점이기도 하다. 새로운 시대를 확고히 규정하고 비평적 담론이 설득력을 확보하기 위해서는 그 시대를 지난 시대와 구분짓는 작업이 필요하다. 실제로 정치적 삶에서 일상적 삶으로, 남성중심적 논리에서 여성적 감수성과 싸안기의 정서로, 거대담론에서 미시담론으로, 90년대의 담론은 지난 80년대와의 차별성을 열거하는 방식으로 규정되어왔다. 신경숙에 대한 분분한 해석은 이러한 80년대와 90년대의 구분짓기, 90년대적 담론의 설득력 얻기와 깊이 관련되어 있으며 신경숙이 90년대를 통틀어 대중과 비평의 관심에서 멀어져본 적이 없는 이유도 많은 부분 이것과 관련맺고 있다. 그래서 신경숙의 작품세계에 대한 해석은 이제 한 개인 작가론의 차원이 아니라 한 시대의 문학적 경향과 담론에 대한 해석행위의 차원으로 옮겨지게 된다.

그런데 신경숙의 소설을 읽고 해석하고 가치를 매기는 작업이 그리 만만하지는 않다. 그것은 신경숙 소설의 독특함에서 이미 예견되어 있는 곤혹이기도 하다. 그의 서사는 처음과 끝을 가지지만 그 과정에서 벗어나 일탈하는 이미지들로 인해 완결되지 않는다. 구체적이라고 하기에는 너무 아련하고 추상적이라고 하기에는 그 감수성들이 너무 손에 잡히게 생생해서 그것들에 의미를 부여하고 어떤 총괄적인 정리를 해내는 일이 몹시 버겁다. 그래서 신경숙 소설에 대한 평가들이 부분적으로는 아주 정확하고 감탄할 만한 공감을 자아내기도 하지만 여전히 그것이 신경숙이다,라고 말하기에는 미진한 구석이 있다. 존재의 심연과 일상에 대한 섬세한 포착이라는 찬탄과 심미적 강박과 소녀취향적 감상주의라는 혹독한 비판의 양 극단을 오가는 평가들이 공존하는 것도 이러한 곤혹에서 비롯된 것이라고 할 수 있다. 두 극단 사이에 존재한 다양한 비평적 담론들이 모두 나름대로의 일면적 타당성을 가지고 있다는 것은 신경숙 소설의 다양한 의미망을 증거하는 것이기도 하다. 신경숙 소설을 읽는 이러한 곤혹은 전체서사가 아닌 부분으로부터 추출된 이미지비평, 미시적 해석의 필요성과 정당성을 주장하는 한 근거가 되기도 했다. 그리고 또 다르게는 이러한 90년대적 대세를 거슬러 우리 시대의 문학적 노력의 긍정성과 전시대와의 관계맺기를 가능하게 하는 성과물로 신경숙 소설을 읽고자 하는 시도의 발판이 되기도 했다.

그의 소설에는 전시대의 관습과 이 시대의 감수성이, 부분묘사에서 뿜어져나오는 감각과 전체서사의 논리가 복잡하게 결합되어 있으며 이 시대 문학의 중요한 존재방식이 함축되어 있다. 그래서 신경숙 소설의 풍부한 함의와 문제성을 그것이 가진 만큼 밝혀내고 의미부여하기 위해서라도 신경숙 소설 전체의 기반을 꼼꼼하게 따져 읽고 일관되는 흐름을 지적해볼 필요가 있다. 그리고 이러한 작업은 소설의 처음과 끝을 잇는 서사의 골격과 부분의 이미지와 분위기를 모두 놓치지 않으면서 둘 사이의 관계를 파악하는 방식으로 진행되어야 할 것이다. 자칫 작품 전체를 관통하는 서사의 논리를 파악하려는 시도가 작품의 섬세한 읽기를 방해하고 서사에 스민 분위기의 힘들이 가지는 의미를 일축하는 폭력으로 작용할 수 있기 때문이다.

이 글은 개별 작품과 작품, 그리고 한 작품 내에서도 특유의 섬세한 발견과 이미지로 곳곳에 흩어져 존재하고 있는 신경숙 소설의 의미를 한자리에 모으고 거기서 발견할 수 있는 공통된 구도와 존재방식을 설명해보려는 시도이다. 이러한 시도는 시대적 감수성의 존재방식과 이데올로기를 분석하는 작업과도 관련되어 있다.

2

신경숙은 80년대에 등단해 90년대가 본격적으로 시작하기 전에 이미 한권의 작품집을 낸 바 있지만 우리는 1993년 출간된 『풍금이 있던 자리』로 그녀를 기억한다.

'풍금이 있던 자리'는 과거형의 진술이다. 지금은 풍금이 없는 자리에 이전에 풍금이 있던 분위기와 여운이 남아 있으며, 다른 것으로 메워지고 난 이후에도 풍금에서 흘러나왔던 소리가 여전히 배어 있다. 사라지고 없는 것들, 사라질 수밖에 없는 것들이 가지는 존재의 의미와 아름답고 슬픈 여운들이, 사라지지 않고 굳세게 남아 있는 것들을 감돌며 음악처럼 그림처럼 번져나온다. 사라질 수밖에 없는 것과 사라지게 하는 것이 부딪쳤을 때의 적의와 안타까움이 아름답고 부드러운 이미지 속에서 팽팽하게 긴장력을 간직하고 있는 소설이 「풍금이 있던 자리」이며 이 소설의 힘은 그 긴장력에서 나온다.

사라진 것은 언젠가 어머니가 나가신 자리를 열흘간쯤 서투르게, 그러나 아름답게 채우다 떠나간 그 여자의 이미지이며 또한 가정이 있는 남자를 사랑한 나의 말할 수 없는 안타까움일 것이다. '당신'이 '비행기를 타고 떠나버리자'며 나와의 사랑을 선택했을 때, '너무 환해서 이게 꿈인가' 싶었던 나는 부모님께 작별인사를 하기 위해 고향으로 돌아온다. 그러나 고향은 내가 작별인사를 하러 스스럼없이 찾아오고 또 손을 흔들고 다시 떠날 수 있는 공간이 아니다. 고향은 그 여자가 왔다가 떠나갈 수밖에 없었던 나의 가족이 터를 잡은 곳이며 또한 당신의 그 '가족'을 환기시킬 수밖에 없는 곳이기 때문이다. 그래서 나는 진달래가 피고 개나리가 피고 산벚꽃이 피어서 그림처럼 아름다운 고향으로 섣불리 발을 들여놓을 수가 없다. 나와 고향 사이에는 이미 훌쩍 뛰어넘어버릴 수 없는 심연이 존재하고 있으며 그 경계가 나를 서성이게 한다.

저는, 집으로 바로 들어가질 못하고, 송두리째 텅 빈 것 같은 마을을 한바퀴 돌고도…… 또 들어가질 못하고…… 서성대다가 시끄러운 새소리를 들었어요. 미루나무를 올려다보니 부부일까? 두 마리의 까치가, 참으로 부지런히 둥지를…… 둥지를 틀고 있었어요.

(「풍금이 있던 자리」, 『풍금이 있던 자리』, 문학과지성사 1993, 12면)

　마을에 들어서서 처음 보게 된 것은 부부인 듯한 두 마리의 까치가 '둥지'를 만들고 있는 모습이다. '둥지'를 깨려는 내가 '둥지'와 '둥지'의 기억으로 만들어진 마을로 들어서고 있는 것이다. 그 '둥지'를 깰 수 없기에 사랑을 포기하려는 나의 마음을 '당신'께 전하는 편지가 이 소설의 골격이다. 그리고 여기에서 남편을 다른 여자에게 빼앗기고 불편한 다리로 줄넘기를 하던 점촌 할머니와 또 에어로빅을 하러 와서 바닥에 주저앉아 울음을 터뜨렸던 어떤 여자의 기억이 돋아오르고 동시에 아버지의 오래전 '그 여자'가 떠오른다. 나는 그래서 자랑할 만한 것이 아닌 나의 사랑을, 다른 사람을 아프게 하고야 얻을 수 있는 나의 사랑을 포기하려 하는 것인데 그것이 그렇게 단순하지가 않다.

　사랑하지만 포기하는, 그래서 당신에게로 돌아가지 않겠다는 결심과 행동의 서사를 끊임없이 교란시키는 것은 나의 망설임이고 나의 이러한 마음에 당신의 사랑까지도 훼손될 수 있기에 나는 글쓰기를 통해 내 마음의 빛깔과 결을 정확히 전하고자 한다. 그리고 여전히 기억되는 그 여자의 아름다움이 나를 머뭇거리게 한다. 나의 결심이 그 여자의 아름다움까지도 훼손시킬 수 있기 때문에. 점촌 할머니의 그 여자, 에어로빅을 하던 아주머니의 그 여자인 아버지의 '그 여자'는 타인에게 그런 참담한 고통을 안겨주었지만, 그럼에도 불구하고 참 아름다웠기 때문이다.

　그 여자의 아름다움은 그녀 자신만의 빛깔과 향기로 자신이 선 자리를 채우고 변화하게 하는 그 여자의 이미지로부터 온다. 그 여자는 어린 내가 여지껏 보아온 여자들이 가질 수 없는 뽀얀 환함과 은은하고 어지럼증나는 향기와 배춧잎처럼 팟잎처럼 고운 자신만의 빛깔을 가졌다. 어린 내가 여지껏 보아온 여자들이란 노동에 시달려 검게 타고 땟물이 흐르는, 깨벌레에도 거머리에도 놀라지 않는 무감각함으로 늙어가는 여자들이다.

마을을 단 한번 벗어나본 적이 없는 어린 저는, 머리에 땀이 밴 수건을 쓴 여자, 제사상에 오를 홍어 껍질을 억척스럽게 벗기고 있는 여자, 얼굴의 주름 사이로까지 땟국물이 흐르는 여자, 호박 구덩이에 똥물을 붓고 있는 여자, 뙤약볕 아래 고추 모종하는 여자, 된장 속에 들끓는 장벌레를 아무렇지도 않게 집어내는 여자, (…) 이렇듯 일에 찌들어 손금이 쩍쩍 갈라진 강팍한 여자들만 보아왔던 것이니, 그 여자의 뽀얌에 눈이 둥그렇게 되었던 건 당연한 것이었는지도 모릅니다. (같은 글 15면)

그렇다면 어린 나를 사로잡았던 건 그 여자의 도시적 화사함이었을까. 노동 속에서 자신의 삶을 꾸려가는 마을의 여자들은 왜 아름답지 않았던 것일까. 그 여자의 아름다움은 노동에 대비된 여유, 가난에 대비된 부티 때문만이 아니다. 그 여자도 아이를 돌보고 음식을 만드는 노동을 한다. 그 여자의 아름다움은 단지 마을의 여자들에 비해 노동의 강도가 낮기 때문에 가능한 아름다움이 아니다. 그 아름다움은 노동이 향하는 삶의 맛을 알고 또 재현해낼 수 있으며 그래서 자신의 존재를 알릴 수 있는 데서 오는 아름다움이다. 그리고 마을의 여자들이 아름답지 않은 것은 그들의 노동이 시달린 노동이며 찌들린 노동이고 노동이 향하는 삶을 잃어버린 노동이기 때문이다. 그 여자가 만든 음식은 그 음식을 맛보고 즐기는 것에 바쳐진다. 그 여자로 인해 국수 위에 얹힌 고명이며 찹쌀의 찰기로 만들어낼 수 있는 감각의 다양한 즐거움들이 살아나고, 아기의 뽀송뽀송함이 얹힐 만한 병아릿빛이 만들어진다. 그리고 그러한 그 여자의 아름다움은 오빠들 틈에 끼여서 아무도 알아봐주지 않던 나를 알아보게 하고 아버지와의 관계를 사랑으로 엮이게 한다.

　아버지는 그 여자를 정말 사랑했습니다. 아버지는 그 여자가 저녁
설거지를 마치고 들어오면 손크림을 발라주셨지요. 왜 그것만이 유
난히 생각나는지 모르겠어요. 저는 아버지의 손과 그 여자의 손이 전
혀 스스럼없이 서로 엉키는 것이 꼭 꿈결인 것만 같았어요. 손크림을
통에서 찍어내 그 여자의 손에 골고루 펴 발라주실 때 아버지의 그
환한 모습을, 그 이후에도 그 이전에도 본 적이 없는 것 같아요.

(같은 글 38면)

　그 여자의 다소 몽환적이기까지 한 아름다움은 삶의 결핍감을, 노동
과 사랑의 소외를 날카롭게 포착한다. 삶을 향하지 못하고 과중하게 우
리들의 어깨를 짓누르는 노동은, 그리고 그 노동의 가치를 알아봐주지
않는 관계는 우리의 삶을 아름답게 만들지 못하고 사랑으로 맺어지고
꾸려가야 할 우리들의 가족을 붕괴시킨다. 서로의 존재의미를 알아보고
또 그것을 아끼는 관계에 대한 그리움 때문에 그 여자를 더욱 아프도록
아름답게 기억하는 것이고 나의 사랑은 그토록 간절하게 가슴아프다.
"그 여자가 그때 떠나주지 않"다면 "우리 가족들이 지금 이만한 평온
을 얻어낼 수" 없었으리라는 것을 알지만 또 그 여자가 없었더라면 가
족이 누려야 할 사랑과 공유가, 서로를 알아보고 아끼는 관계가 얼마나
소중한 것인지가 나의 어린 마음에 그렇게 각인되지도 않았을 것이며,
나의 가족과 인간관계의 결핍감들이 그렇게 날카롭게 드러나지도 않았
을 것이다. 소설의 결론은 '눈 먼 송아지에게서 뒤늦게 발견한 튼튼함'
과 '가족의 확고부동한 존재'에 많은 것이 바쳐지지만, 소설은 내내 그
여자의 이미지와 나의 끊어질 듯 이어지는 호소와 고백을 통해 그 확고
부동함의 허술한 존재기반을 떠올리고 있다.

남편과 아내와 여러 아들과 딸들이 그 속에서 서로 엉켜 삽니다. 그들은 거의 알몸입니다. 햇볕에 그을린 살갗은 희지 않습니다. 그들의 머리결은 검고 윤기가 흐르며 숱이 많습니다. 종아리와 팔뚝엔 알통이 불쑥 나와 있으며, 가족들 모두 엉덩이가 바람이 빵빵한 공처럼 둥글어서, 걸을 때마다 누가 발로 차내는 듯이 실룩거리는 겁니다. 그런 그들이 모두 함께 사냥을 나갑니다. 짐승을 동그랗게 둘러싸 몰려면 숫자가 많을수록 좋습니다. 그때, 여자들은 누구나 자식을 덩실덩실 여럿 낳고 싶어했을 거라고 저는 생각하는 것입니다. 그들은 산맥같이 얽혀서 사냥해온 멧돼지나 오소리, 때로는 곰을 그 움막집 앞의 불길에 굽는 겁니다. 사냥이란 모름지기 이런 것이라야 하지 않을까요. (같은 글 34~35면)

늙고 야윈 아버지의 새사냥을 따라 나서서 아버지의 쓸쓸한 뒷모습을 바라보며 떠올린 사냥의 이미지는 아버지의 것과 상반된다. 아버지의 사냥이 쓸쓸하고 연민을 자아내는 것이라면 내가 떠올린 사냥의 이미지는 삶의 활기와 생동감으로 가득 차 있다. 아버지의 사냥이 고되게 지켜온 삶 속에서 잃어버린 것들을 위안하는 쓸쓸한 보상이라면 내가 떠올린 사냥은 어떤 위안도 보상도 필요치 않은 삶 자체로 충만해 있다. 원시의 사냥 이미지는 노동과 생산이 삶과 일치되고 그것으로부터 가족의 영위와 관계가 결정되며 또한 어떠한 결핍도 감지되지 않는 생명력 있는 충족감으로 넘쳐흐른다. 거기에서 가족과 부족의 친밀감과 공동체적 기반이 생기는 것이고 또 그것이 그들의 삶을 꾸릴 수 있게 한다.

그러나 그 여자의 이미지와 사냥의 원시적 이미지는 풍요하지만 안타깝게 서사를 채웠다가 사라진다. 그 결핍감 없는 충족의 이미지들이 얼핏 떠올랐다가 사라진 곳에 내가 있으며 그곳은 결핍과 쓸쓸함으로 가득 차 있지만 외면할 수 없는 현실이다. 그 충족감을 희생한 댓가로 커가는 자식들과 고향의 가족을 지킨 아버지, 한때 당신의 자리를 잃었던 어머니와 그런 부모님이 돌보는 눈먼 송아지가 있는 고향인 것이다. 그리고 그곳에는 당신과 떠나기로 한 날짜를 어기며 가슴속에서 치받치는 숯불 같은 뜨거움을 어쩌지 못해 방바닥에 가슴을 대고 있어야 하는, 그리고 떠날 날짜가 한참 지난 후에도 당신의 가족과 나물 같은 이름을 가진 딸이 당신의 곁에 건재하고 있음을 확인할 수밖에 없는 내가 있다. 그 여자에 대한 회상과 아버지의 쓸쓸함에 대한 연민이, 당신에 대한 나의 간절함이 그 완강함을 가리고는 있지만 소설의 결말은 여전히 존재하는 것, 사라지지 않는 가족제도의 힘과 지배력에서 그리 멀리 벗어나지 않는다. 그 여자가 흔들어놓았던, 그 여자의 이미지가 날카롭게 각인시켰던 가족관계의 결핍감과 허술한 존재기반에도 불구하고 지금의 삶은 큰 변화를 겪지 않으며, 그래서 지금까지의 삶을 총체적으로 재구성하고 성찰하는 시간은 완강한 결말에 의해 유보된다.

물론 이러한 판단은 서사에서 결말이 가지는 의미와 그러한 결말을 이끌어내는 이데올로기적 동인을 전제로 할 때 내릴 수 있는 결론이다. 이 소설에서 이러한 결말의 완강함과 그것이 의미하는 바는 그렇게 호락호락 드러나지 않는다. 그것은 그 여자의 이미지가 소설의 결말로 끊임없이 넘쳐들면서 그 안정적 결론을 교란시키고 있기 때문이다. 가족은 지켜져야 하고 누구에게나 심리적 안정감의 모태가 되지만 가족을 흔들었던 그 여자는 그럼에도 불구하고 아름다웠기 때문이다. 그 여자가 내 어린 뇌리에 남겨놓은 빛깔과 소리와 향기는 너무나 환하고 아름다워서 도저히 그것을 거부하고 편안하게 지금의 가족관계에 편입할 수 없게 한다. 그리고 당신의 가족과 타인을 위해 내 사랑을 포기하지만 그 여자의 아름다움은 여전히 내 사랑을 존재할 수 있게 하는 이유가 된다. 서사의 시간적 흐름을, 나의 회상과 글쓰기를 순간순간 중단하게 하면서 그 여자의 이미지는 서사의 빈 곳을 채우고 넘쳐흐른다. 사라진 것의 존재감이 지금 존재하고 있는 것을 불편하게 하는 것이다.

사실 그 여자의 아름다움은 그녀를 사라지게 한 서사적 결말에 대한 하나의 보상물이기도 하다. 어쩌면 그 여자는 사라졌기 때문에 아름다운 것인지도 모른다. 견고한 지배적 통념을 깨지 않는다면, 그래서 순간 순간 그 결말을 유보시키고 교란하기도 하지만 자신이 결국은 사라져야 하는 존재임을 알고 있다면, 그것은 안타깝고 간절하며 그만큼 아름답다. 이미 하나의 질서로 자리잡은 존재를 그 아름다움이 위협하고 축출하려 할 때 그것은 이미 아름다움이라기보다는 공격이며 도발이고 불온이 될 터이기 때문이다. 불온함도 하나의 빛나는 아름다움일 수 있지만 적어도 신경숙 식의 아름다움은 아니다. 그 여자의 아름다움의 기반을 묻지 않는 한, 그 여자가 흔들어놓은 가족의 의미와 그럼에도 불구하고 그 가족이 건재해야 하는 이유를 묻지 않는 한, 그래서 지금의 삶을 총체적으로 성찰하고 재구성하지 않는 한, 그 여자의 아름다움이 주는 빛나는 이미지와 결국은 돌아올 수밖에 없는 가족이라는 결말은 최선의 타협점일 것이다.

신경숙 특유의 이미지와 분위기는 그녀 소설이 가지고 있는 모순의 출발점이다. 그 이미지와 분위기가 가지는 감각성과 위력은 그것이 사라지는 아름다움일 수밖에 없는 우리 삶의 공허함을 날카롭게 지적한다. 그러나 역설적으로 그것은 아름다움을 통해 보상받고 아름다움으로 인해서 스스로가 지적했던 우리 삶의 모순을 비껴간다. 이 모순과 공백을 메우고 있는 것이 글쓰기이다. 어쩔 수 없는 결말에도 불구하고 끊임없이 그 이미지들을 되살리고 그 이미지들을 파기하지 않으면서 다음 이미지를 불러내는, 타자의 삶에 끊임없이 나의 감수성을 접속시키는 행위로 인해 아름다움이라는 타협점은 그 자체의 모순성을 은폐하면서 또한 드러낸다. 태작이 별로 없는 작가이지만 글쓰기의 문제가 중요한 화두로 드러나고 그 자체가 형식이 되는 소설들이 그녀의 대표작으로 자리잡게 되는 이유가 여기에 있다.

3

'글쓰기'와 '진정성'이라는 말은 이 시대의 문학적 지형도를 그려내는 중요한 꼭지점이다. 지난 시대의 문학적 화두가 '진보 혹은 비판'이었다면 지금은 '진정성'이다. '진보'가 '보수'의 대척점에 서 있었다면 '진정성'이 대척점으로 삼고 있는 것은 '상업성'이다. 정치적 억압과 권위에 대한 대항이 문학의 몫이었던 시절에 '진보'는 그 문학의 옳고 그름을 파악하는 기준이었는데 이제는 이미지로 포장된 상업주의에 대항하는 글쓰기의 진정성이 중요한 문젯거리가 된다. 물론 우리의 삶을 짓누르는 억압이 사라지지 않았고 삶의 질을 높이기 위해 싸워야 할 대상도 여전히 존재하고 있다. 그러나 무차별적으로 삶을 이미지화하여 상업성의 잣대로 삶의 질을 결정하려는 대세 앞에서 정치적 모순을 문화적 모순, 일상의 모순으로 변환해 사고할 필요성을 절감하게 된다. 모순의 구도가 달라진 곳에서 적대 역시 다르게 형성된다. 진보와 보수의 적대관계는 억압과 자유, 상업성과 진정성의 적대관계로 변환되며 정치적 적대관계는 문화적 적대관계, 미학적 적대관계로 재편된다. 신경숙의 소설은 이러한 적대관계의 재편 속에 자리잡고 있다. 그래서 신경숙의 소설은 변화된 현실의 문제를 우리의 일상 속에서 섬세하게 사고할 기회를 제공하면서 또한 여전히 존재하는 현실의 구체적 억압과 모순들을 개인의 감수성이나 미의식의 문제로 치환해버릴 위험도 동시에 갖고 있다. '글쓰기'와 '진정성'의 문제는 이 기회와 위험의 경계선을 위태롭게 통과하는 긴장감 속에 자리잡고 있다는 점에서 의미심장하다.

『외딴 방』은 일견 지난 시대에 대한 회고이며 여전히 지난 시대적 가치를 부여잡으려는 모습처럼 보이지만 달라진 시대의 적대관계에 철저하게 의존하고 있는 90년대의 산물이다.

신문과 잡지에 자신의 얼굴과 책광고가 나기도 하는 성공한 작가에게는 깊숙이 묻어두었던 한 시절이 있다. 여공으로 산업체 학교를 다니며 작가의 꿈을 키웠던 시절. 그녀는 그 시절을 누구에게도 말하지 않았고 알듯말듯한 암시로만 작품화했다. 그녀는 왜 그 시절을 그토록 숨겨왔던 것일까. 무엇이 그녀로 하여금 그 시절을 옮겨놓는 일을 미루도록 한 것일까. 부끄러웠던 것이냐고 작중의 작가는 여러 번 자기자신에게 묻는다. 성공한 작가의 남루한 지난 시절이, 그가 고뇌와 절망 속에서 지낸 시절이 그럴듯한 수사가 아니라 지독한 가난과 하층신분의 적나라한 모습으로 드러나는 것이 두려웠던 것이냐고. 서사가 진행되면서 단지 부끄러웠기 때문에 작중의 작가가 그 시절을 숨겨놓지는 않았음이 드러난다. 그것은 표면적으로는 그가 마음을 나누었던 한 여공, 희재 언니의 죽음이 준 충격을 극복하지 못했기 때문이다. 그리고 심층적으로는 그 시절의 노동이라는 소재가 주는 무게 때문이다. 노동이 얼마나 치열한 삶의 조건이었고 문학적 화두였는지, 그 시절을 지나오고 그 시절의 문학을 지켜본 작가는 알고 있다. 열악한 임금과 노동조건, 인간 이하의 대접을 받던 노동자들의 삶은 바로 우리 사회의 추악함을 증명하는 것이었고 인간답게, 행복하게 살기 위해서는 그 인간 이하의 노동조건을 지속되게 하는 사회의 구조를 파악하고 그 노동을 착취하는 자들과 싸워야 했다. 전체에 대한 인식과 싸움은 노동을 문제삼는 한 필수적인 조건이었던 것이고 그것은 단숨에 파악되고 형상화될 수 있는 성질의 것이 아니다. 노동이라는 소재가 함축하는 치열한 싸움과 열정을 그려내는 일이 작가에게는 버거웠던 것이다.

이후, 육년의 세월이 더 흘러 지금이 되었고, 그동안에도 나는 그때의 이야기가 문장으로 튀어나오려 하면 심호흡을 하며 밀어넣고 뚜껑을 닫았다. 그들과 다른 삶을 살고 있어서가 아니다. 나는 그들이 어떻게 살고 있었는지조차 모르고 지냈으니까. 어떻게 그녀들이 이끌어내진다 해도, 나는 그 속의 어디에 서 있어야 할지 감이 잡히지 않았다. 무슨 일이든 한번 자신을 잃으면 다시 회복하기는 힘들어지는 것이다. (『외딴 방』 1, 문학동네 1995, 85면)

억압과 저항, 각성과 투쟁의 코드로는 작가의 개인적 경험을 담아낼 수 없었기에 그 시절을 기록하는 일은 미루어질 수밖에 없었다. 그리고 이제 그 노동이 가난으로 변환되고 견딤 속에 꽃피워낼 꿈의 배경으로 등장하는 것이 가능해지자 그 시절은 비로소 기록될 기회를 맞게 된다.

물론 그 시절의 삶에 대한 기록과 재현을 이상실현의 한 배경으로만 취급하는 것은 작품에 대한 지나친 무례이며 폄하이다. 삶의 조건을 바꾸려는 치열한 투쟁과 각성으로 기록된 노동현실을 '무언가 순결한 것'을 꿈꾸는 소녀의 눈으로 바라보는 것은 분명 새로운 경험이고 그 속에서 미처 보지 못한 지난 시절의 풍부한 자산들을 확인할 수 있다. 컨베이어 벨트 속에서 자신의 존재를 규정받아야 한 삶의 소외, 지독한 가난이 늘 마음을 아프게 한 시절의 우울, 평범한 여공의 눈으로 본 YH사건과 광주, 가난과 치욕과 모멸로 상처받은 인간성에 대한 기록은 그것대로의 감동을 지니며 선명한 총체성에 갇혀 있던 일상적 진실을 발견하게 한다. 이것은 지난 시절을 있는 그대로, 될 수 있으면 다른 과장과 장식을 섞지 않고 재현해내려는 작가의 혼신의 노력 때문에 가능한 일이다. 글쓰기의 진정성이 의미하는 것은 바로 이런 것들이다. 고통은 고통대로, 일상은 일상대로, 부끄러움은 부끄러움대로 재현해내고자 하는 노력. 섣불리 이미지화하거나 추상화하지 않고, 자신이 어디쯤 서 있어야 할지 알지 못하더라도 외면하지 않고 기록해내려는 작가적 성실성이 '유신말기 산업역군의 풍속화'로서의 한 시절의 모습을 훌륭하게 재현해내고 있다.

그런데 이 산업역군의 풍속화는 풍속화일 뿐 아니라 한 개인의 성장소설이기도 하다. 그리고 이 개인의 성장의 동인은 풍속화 속의 노동현실이라기보다는 '무언가 순결한 것'을 찾고야 말겠다는 이상주의적 꿈에 있다. 여기서 진실하게 혼신의 힘으로 끌어낸 과거의 기억은 갈등을 일으킨다. 노동현장의 현실과 작가가 되고야 말겠다는 꿈은 하나의 장 속에서 결합되어 서로의 자양분을 주고 받지 못하는 것처럼 보인다. 노동이 힘겨울 때, 가난이 견디기 힘들 때, 인간적 모욕과 부끄러움으로 상처받을 때, 어린 내가 떠올리는 것은 고향을 떠나올 때 외사촌의 화보에서 본 흰 새들의 모습이다.

풍속화 속의 고독의 날들 속에서 내가 자주 힘겹게 떠올린 건 도시로 나오던 그날 밤, 외사촌이 보여준 사진집 속의, 아득한 밤하늘 아래, 별을 향해 높고 아름답게 잠든 새들이었다. 나, 그들을 내 눈으로 보러 갈 날이 있을 것임을 힘겹게 나에게 기약하며, 그 풍속화 속에서의 나날들을 살아내곤 했다. (같은 책 55면)

백로의 꿈을 버리지 않았기에 나는 작가가 되어 그 시절을 기록할 수 있지만, 그 시절의 나는 백로의 꿈 때문에 내가 겪은 경험과 정면으로 대결하지 못한다. 저임금에 시달리면서 임금인상 투쟁을 벌일 때, 학교에 가야 하기 때문에, 회사의 강압이 무서워서 노조가입 원서를 되찾아와야 할 때도 나는 그 고통과 부끄러움에서 백로의 꿈으로 비약한다. 그리고 고향의 창에게 편지를 쓰고 『난장이가 쏘아올린 작은 공』을 베껴쓴다. 그래서 자신이 받는 저임금이 얼마나 비인간적인 것인지, 인간답게 살기 위해서 노조가 얼마나 필요한 것인지에 대해, 자신의 꿈이 무엇을 위한 것인지, 이 고통과 상처를 감내하게 하는 학교가 나에게 무슨 의미인지 근본적인 질문을 던지지는 못하는 것이다. 나의 고통과 상처는 분노와 싸움이 아니라 백로의 꿈이라는 이상주의로, 가난이라는 일반화로 통합된다. 노조원들은 가난 때문에 데모도 할 수 없었던 오빠처럼 믿음직한 사람들로, 무언가 자신의 것만이 아닌 남을 위해 노력하는 따뜻한 사람들로 어린 나에게 인식된다.

이러한 인식에 대한 자신없음 때문에 서사는 과거의 사건과 현재를, 그때의 삶과 글쓰기의 문제를 끊임없이 교차하는 방식으로 진행된다. 그리고 과거의 사건은 선명한 기억과 나름대로의 의미부여로 빛나기는 하지만 군데군데 공백을 드러낸다. 희재 언니의 죽음은 창백한 여공의 힘겨운 삶의 과정이라기보다는 어려서 경험한 죽음에 대한 충격으로, 그 외딴 방을 뛰쳐나오게 하는 사건으로 기억되며 광주와 YH사건은 신문기사와 수기를 옮겨놓는 것으로 대치된다. 사건을 그대로 옮기는 문자 기록의 결핍을 글쓰기에 대한 의문의 과정 속에서 제기하면서도 당시의 경험과 인식으로는 풍부한 삶의 재현에 근접할 수 없었던 것이다. 그 시절의 가장 원초적인 삶의 현장이라는 소재가 주는 규정력은 풍속화로서의 작품의 의미에 대해 끊임없이 의식하게 하지만 그 풍속화는 낭만적 이상주의와 가난이라는 일반화된 의미 때문에 깊이있게 탐색되지 못한다. 물론 이러한 인식은 어린 나의 인식이며 그때의 내가 이 질문들을 던지고 답하며 모색하는 인물이 되기를 강요하는 것은 부당해 보인다. 그러나 또 한편으로는 성장소설이 보여주는 성장의 과정에는 어린 나의 의식뿐 아니라 그때를 되돌아보는 성인이 된 나의 의식 역시 함께하고 있다는 것도 잊어서는 안 된다.

거칠게 말하자면 『외딴 방』은 노동이라는 소재가, 그리고 그에 대한 전시대의 문학적 성과가 주는 부담이 소설쓰기의 정신적 성숙이라는 낭만주의적 이미지나 일반화된 가난과 결합되고 갈등을 일으키는 접점에 서 있다. 가난 속에서 눈물겹게 자신의 꿈을 이루려는 나와 가족들의 삶, 당시의 가난한 이웃들에 대한 회상과 기억은 그 시절의 치열함과 구체성을 희석시킨다. 그러나 그 시절이 역사의 한 단면으로서 지금의 우리들을 존재하게 하고 있는 한 그것이 품고 있는 모순과 상처는 그 구체성을 외면하지 못하게 한다. 그래서 풍속화라는 자기규정 속에서 때로는 빈곤하고 자신없을지라도 애써 당시의 중요한 사건들을 새겨넣으려는 피나는 노력을 계속하게 하는 것이다. 이 둘 사이에서 글쓰기가 긴장을 가지지 못했더라면 소설은 입지전적 성공의 낭만주의적 드라마나, 이제는 달라진 곳에서 어려운 시절을 되돌아보는 회고취향의 시대물 이상이 되지는 못했을 것이다. 그리고 이러한 노력의 결과는 예의 그 백로 이미지로 눈부시게 형상화된다.

자, 망설이지 말고 날아가라, 저 숲속으로. 눈앞을 가로막는 능선을 넘어서 가라. 아득한 밤하늘 아래 별을 향해 높고 아름다이 잠들어라.

연년세세 잊지 않을 것이니 언젠가 다시 새로운 문장이 되어 돌아오렴. 돌아와서 내 숨결이 닿지 않는 곳에서 발생했다 사라진 진실을 들려주렴. 이제 우리 작별인사를 하자. 그땐 우리 변변히 작별인사도 못했으니. 창틀에 내려놓았던 팔을 거두어 일어섰다. 소년을 따라나가듯 출입구로 나갔다. 초원을 내달리는 것 같았지. 플랫폼을 거침없이 달려나갔던 소년의 단련된 다리가 잠시 머물렀을 자리에 서서 출입문을 힘껏 밀쳤다. 문 바깥으로 손을 내밀어 공기를 한주먹 쥐었다가 놓았다. (『외딴 방』 2, 261면)

그 시절 울며 뛰쳐나온 그곳을, 그때 이후로 한번도 가보지 않은 그 근처를 지나며 나는 나의 과거와 그리고 그 시절의 백로에게 작별인사를 한다. 나를 버티게 해준 그 백로들이 사실은 나로 하여금 그 시절을 똑바로 보지 못하게 했으며 그래서 지금의 글쓰기는 숱한 결핍감으로 메워질 수밖에 없지만 또한 그 시절이 나로 하여금 글을 쓰고 그들을 옮겨놓는 일을 계속하게 하는 힘이다. 그래서 그 시절의 백로를 보내고 지금 다시 새로운 백로를 맞이하는 것이고, 이 새로운 백로는 결핍과 자신 없음 속에서도 지난 시절을 기억하고 그 시절을 채웠던 것들을 기록하려는 안간힘 속에서 태어날 수 있다. 꿈은 멀리 있는 것이 아니라 과거를 기억하고 현재를 생산해내고자 하는 과정 속에서 탄탄히 자기의 몸을 다져가는 것이다. 글쓰기와 미학의 문제가 지난 시절의 모순을 통과하는 장면이다. 그러므로 『외딴 방』은 철저하게 90년대적 문화현실 속에 자리잡고 있는 소설이지만 또한 80년대적 인식체계가 주는 유산과 가치를 외면하지 않고 있다는 점에서 의미있는 문학적 성취가 된다. 80년대의 체험이 작가의 개인적이고 낭만적인 감수성 속에서 희석되고 있는 것이 사실이지만 그것은 그만큼의 존재감으로 소설에 지속적으로 영향을 미친다. 타자의 개입에 의해 소설의 균열이 드러나며, 그것을 외면하지 않는 데서 글쓰기의 진정성은 긴장력을 확보하는 것이다.

4

신경숙 소설이 가지는 성과는 대부분 글쓰기를 통해 진실에 육박하려는 노력과 타자의 삶에 대한 관심에서 오며, 이 두 가지는 서로 긴밀하게 관계맺고 있다. 「풍금이 있던 자리」가 드러내는 것은 그 여자의 아름다움 자체만도, 가족의 현실적 존재 자체만도 아니다. 소설은 둘 사이에서 힘겹게 다리를 벌리고 서 있다. 그래서 그 여자의 아름다움은 눈부신 이미지만으로는 헤쳐갈 수 없는 삶의 무게를 함께 드러낸다. 또한 그 여자를 사라지게 한 가족의 엄연한 현존은 가족이 주는 안정감과 삶을 함께 꾸려나온 관계가 가지는 힘을, 결국은 그 여자를 사라지게 했던 쓸쓸한 지배력을 보여준다. 그것은 그 여자와 나의 가족을 향해 글쓰기를 들이대고 있는 '나'에 의해 가능하다. 나는 그 여자의 아름다움을 기억하지만 동시에 그 여자로 인해 흔들리는 가족의 일원이므로 그 여자를 온전히 받아들일 수는 없었고, 또한 당신과의 불륜의 사랑을 통해 가족에 온전히 편입할 수 없다. 이러한 나의 위치는 내가 아닌 타자에게 나의 감수성을 접속하게 하고, 나의 글쓰기는 그 여자를 통해 가족을 읽고 가족을 통해 그 여자를 읽는 내가 이 타자들의 의미와 그들의 관계를 최대한 그것대로 재현해내려는 노력이다. 『외딴 방』 역시 마찬가지다. 나는 가난이라는 공통분모로 공장의 그녀들과 얼마간의 삶을 공유하고 있지만 또한 백로의 꿈 때문에 그녀들과 다른 사람이다. 이런 내가 공장의 그녀들과 백로 사이를 끊임없이 오가며, 나와 그녀들과 백로 사이의 거리와 긴장관계를 어떻게 하면 가장 진실에 가깝게 보여줄 수 있는가를 고민한다. 결국 백로는 하나의 꿈이 아니라 그 긴장관계 속에서 타자들을 읽고 그것을 재현하려 한 나의 글쓰기 속에서 다시 한번 눈부신 이미지로 형상화될 수 있었다. 그런데 최근의 소설 『기차는 7시에 떠나네』는 놀라울 만치 이 타자들의 존재를 서사 속에서 지워버리고 있다. 그래서 타자와의 관계와 거리는 사라지고, 나는 타자와 빈틈없이 결합되어, 결국 타자는 소설 속에서 의미를 잃는다.

　나와 항상 거리를 가질 수밖에 없는 타자의 존재는 나의 내면만이 아니라 나의 외부를 돌아보게 하고 그래서 내가 서 있는 자리의 관계성을 발견하게 하는 존재이다. 이 타자에 의해 나는 나의 내면에서만 생산된 가상적 충족물로부터 벗어날 수 있다. 『기차는 7시에 떠나네』에서 나의 가장 강력한 타자는 내가 기억할 수 없는 과거, 혹은 내가 과거를 기억할 수 없다는 사실 자체이다. 나는 과거를 기억할 수 없기 때문에 현재의 나에게서 결락감을 느끼고 현실의 세계에 온전히 편입할 수 없다. 무언가 그리우면서도 그것을 알 수 없으므로 느낄 수밖에 없는 공허함은 전적으로 내가 기억할 수 없는 과거로부터 온다. 그래서 이 소설은 잃어버린 과거를 찾아나서는 추리소설의 형식을 띠고 있다. 나는 어렴풋한 기억의 단편들에서 현실의 결락감의 원인이 되는 과거를 찾아내고 그 과거를 온전한 기억으로 완결시키려 한다. 그런데 이 과거의 기억을 하나하나 찾아 맞추는 동안 과거는 현재에 대한 타자의 위치를 상실한다. 현재의 나에게, 과거의 한 시절을 잃어버린 나에게 문득문득 기억의 단편들이 떠오르는데, 이 기억들은 잃어버린 모습을 통해 현재의 나를 새로운 모습으로 규정하는 것이 아니다. 그 기억들이 드러나서 한 시절의 이미지를 갖추어나갈수록 그 시절의 나는 현재의 나와, 나의 바람과 다르지 않다는 것이 밝혀진다.

어떤 인생이 좋은 인생이라고 생각하는가, 라는 질문이 차례로 돌아왔다. 자기가 하고 싶은 일을 할 수 있고, 사랑하는 사람과 가족이 되어 사는 인생이라고 나는 대답했다. 그건 평소의 나의 생각이었다. 두 가지가 동시에 이루어지는 인생이라면 뭘 더 바라서는 안될 것만 같았다.
나는 그를 사랑한다. 그를 사랑한다고 말해본 적은 없지만 그렇게 느낀다. 그의 체취가 나는 좋다. 면도하지 않은 날의 가무스름한 그의 턱도. (『기차는 7시에 떠나네』, 문학과지성사 1999, 21면)

그 여자는 나였던 것 같다.
흩날리던 눈이 함박눈으로 바뀌어 소담스럽게 골목에 쌓여갈 때

장난감으로라도 좋으니 이 진열장에 정착해서 아이를 학교에 보내고 닭을 기르며 한켠엔 조그만 꽃들을 심었으면 하고 바랐던 여자는. 눈발 아래 잠든 골목을 내다보고 있을 때는 아무런 염려가 없었던 듯하다. 더이상 난데없는 일에 부닥치지 않고 닭이 알을 낳는 여름이 올 것이라고, 마당의 꽃이 지는 가을이 올 것이라고…… 우리는 단순하고 조용한 가족으로 살아갈 수 있으리라고. (같은 책 111면)

현재의 나와 다를 것 없는 과거는 그것을 기억해내는 순간 이미 타자가 아니다. 그래서 나로 하여금 나의 내면, 나의 가상적 욕망충족을 방해하고 현실을 알게 한, 그래서 외부적 현실과 그 관계들을 드러나게 한 타자는 소설이 진행될수록 사라진다. 이것은 과거를 기억해내는 모티프들이 현재의 나, 사랑하는 사람이 있으면서도 무언가 두려운 것이 그 사랑을 막고 있다는 사실과 관련을 맺고 있으며, 그 외의 것들은 기억해내는 행위나 내용에서 별반 중요성을 가지지 못하기 때문이기도 하다. 노동운동을 했던 과거의 애인을 따라 야학활동을 한 나의 과거는 그 애인을 안타깝게 사랑했던 경험을 중심으로 기억된다. 과거의 그때 나는 사랑을 잃었으며 그래서 현재의 사랑에 두려운 것이었다. 그리고 그 과거의 사람들은 지금 아이를 낳고 서로 사랑하고 존경하면서 삶을 이루고 살아가고 있으니 나 역시 내 사랑을 이루고 두려움 없이 가족을 이루고 살아갈 수 있다.

기관에 끌려가 모진 고문을 받은 사실 역시 그로 인해 나의 아이를 잃은 충격의 기억으로 대치된다. 현재의 사랑, 그리고 과거의 사랑에 타자로 등장할 수 있었던 변혁운동과 노동운동의 경험은 이 사랑의 기억 속에서 거세되고 의미를 잃는다. 물론 노동운동이나 변혁운동이 모든 서사의 중심에 서야 한다는 강박을 가질 필요는 없다. 그러나 이러한 경험이 삶을 읽는 데 중요한 부분임을 간과해서도 안되며 또한 강력한 의미를 내포했던 경험의 영역이 사랑이라는 코드로 변환되는 지점을 눈여겨볼 필요도 있다. 이 지점은 『외딴 방』과 『기차는 7시에 떠나네』가 분명하게 갈라지는 지점이기도 하다.

내가 이해하는, 내가 기억하기를 원하는 것말고도 타자들이 주장하던 그것대로의 진실, 그것이 현재에 남아 있는 것과 대립하고 갈등하더라도 그 진실의 목소리를 옮겨놓고자 하는 재현의 욕망은 과거를 기억하는 행위 속에서 힘을 잃는다. 그래서 과거를 추리해나가는 동안 과거의 사실은 현재의 사랑의 서사와 결합하고, 내가 과거의 한 시절을 잃어버리면서 나에게서 빠져나갔던 미래를 읽는 능력도 다시 돌아온다. 소설 속에서 시간이 의미를 가지는 것은 그것이 현재의 삶과 고통스러운 거리를 가지고 있기 때문이다. 현재의 삶이 고통스럽고 견디기 어려울 때 우리는 쉬운 위안과 화해의 길로 접어들 수 있다. 그러나 지금의 현재를 있게 한 연원인 과거를 탐색할 때 현재의 고통은 그것으로부터 지금의 현실을 다시 읽고 재구성할 수 있는 재료로서 작용할 수 있다. 미래 역시 알 수 없는 다가올 시간이지만 그것이 달라질 수 있고, 또한 달라지기 위해 알고 바꾸어야 할 현재가 있기 때문에 소설 속에서 의미를 가진다. 소설 속에서 과거와 현재와 미래가 서로로부터 거리를 가진 그 자신의 존재감으로 자리잡으면서 관계맺는 방식을 드러낼 때 우리는 시간 속에서 현재의 삶을 찾고 해석하려는 길을 찾아나설 수 있게 된다. 그런데 『기차는 7시에 떠나네』에서 과거는 그 전모가 밝혀질수록 오히려 현재와 한치의 빈틈도 가질 수 없는 동일성으로 존재하며 그 과거를 밝히는 것과 미래를 보는 것 역시 거의 동일선상에서 이루어진다. 그래서 드디어 과거를 모두 알게 되고 내가 현재의 삶에 돌아와 뿌리내리게 되었을 때 나의 눈앞에 언뜻언뜻 스치곤 했던 미래의 형상들은 더 구체적인 모습으로 나와 함께하게 되는 것이다.

현재의 시간에 타자로 작용하던 과거가 현재와의 거리를 점점 좁히

고 마침내 빈틈없는 동일성으로 합치되는 것처럼 인물간의 관계 역시
그러하다. 이 소설에서 나와 거리를 가질 수밖에 없는, 그래서 그의 존
재감이 나의 삶의 기반을 흔들거나 나로 하여금 몇번을 되짚어 생각하
게 하는 타자는 존재하지 않는다. 이른바 나의 분신이랄 수밖에 없는 미
란은 나와 마찬가지로 친구에게, 믿었던 사람에게 애인을 빼앗기고 순
간적으로 과거를 망각하려 한다. 그리고 나의 과거를 찾아나가는 추리
의 도정에 미란은 동행하고 그 과정에서 미란 역시 사랑의 상처에서 벗
어나 자신의 삶의 길을 찾는다. 죽음마저도 나와 타자를 갈라놓지 못한
다. 아버지의 빈틈없이 넘쳐나는 사랑의 대상이었던 어머니는 사향노루
라는 신비한 존재로 환생하여 아버지의 곁에서 자신이 있던 자리를 지
킨다. 윤은 공허함 때문에 내가 힘들어할 때 언제나 나에게 따뜻한 음식
을 준비하고 내가 웃을 수 있도록 유머를 준비한다. 사랑하는 남편을 잃
고 밤마다 전화를 걸어오던 그녀와 나는 서로를 위안하는 존재가 되며
그녀의 목소리로 인해 나는 삶의 활기를 다시 찾는다.

　타자들은 언제나 나와 다른 자리에 있었으므로, 오히려 그 존재감을
인정하고 최대한 그 존재감들을 있는 그대로 재현하려는 노력을 가능하
게 했다. 덕분에 그 타자들을 통해 삶의 한 단면을 날카롭게 통찰할 수
있었는데, 이제 그 타자들과의 긴장을 지켜가는 것이 힘겨워진 것일까.
타자의 존재감을 인정하고 그것대로의 진실을 살려내기 위해 내 감수성
을 끊임없이 타자에게 접속하려 했던 행위는 타자와의 빈틈없는 친밀감
을 욕망하게 한다. 신경숙의 소설은 그 타자와의 친밀감이라는 욕망과
그 빈틈없는 친밀감이 결코 충족될 수 없는 현실의 기반을 날카롭게 대
립시켜왔다. 그리고 그것이 아름다움이라는 미학적 욕망이나 글쓰기의
재현욕망을 통해 통합되었다 하더라도 타자와의 거리는 온전히 화해되
거나 통합되지 않고 나와 세계의 관계를, 거리를 각인시킬 수 있었다.
그런데 타자와의 거리와 그것이 가져오는 긴장감은 친밀감과 애정에 의

한 충일한 결합에의 욕망을 이길 수 없었던 것 같다.「풍금이 있던 자리」나『외딴 방』에서 불안하게 그림자를 내비쳤던 결합에의 욕망은『기차는 7시에 떠나네』에 와서는 보다 전면적으로 서사의 중심을 차지한다. 그래서『기차는 7시에 떠나네』에서 모든 타자들은 그 빛을 잃고 단지 나의 또다른 모습으로서, 현재의 욕망을 충일하게 채워주는 상상적 장치로서 작용하고 있는 것이다.

타자, 그리고 세계와의 거리, 그로부터 소외된 나와의 관계, 타자의 숨과 결을 함께 느낄 수 없는 결핍은 그 현실의 존재조건을 성찰하고 새로운 해법을 찾지 않고는 해결될 수 없다.『기차는 7시에 떠나네』는 서사의 흐름으로는 빈틈없고 충일한 욕망충족으로 나아가고 있지만 사실은 현실의 존재감을 망각하는 불안한 길을 내비치고 있다. 90년대의 새로운 감수성이라는 이름으로 존재하는 모든 것들의 존재감을 혼신의 힘으로 떠올리려 했던, 그래서 불안하고 결핍된 우리의 삶을 힘겹게 읽게 해주었던 신경숙의 글쓰기가 그녀 특유의 흡입력으로 다시 건재할 수 있기를 기대한다. 그것이 90년대적 진정성의 화두가 화려한 합일과 욕망충족의 해피엔딩에, 손쉬운 통속성의 유혹에 맞서는 올바른 적대를 형성하는 방식이 될 것이다. 불행한 결핍이 힘겹더라도 현실이 우리에게 유토피아를 제공하지 않는 한 그것이야말로 가장 구체적인, 그것대로의 진실을 드러내는 글쓰기가 아닐까.

— 미발표 1999

나비의 날개로 건너는 기억의 바다

■

김인숙론

1. 기억의 위력

어느날 문득, 자신이 아무것도 아닌 존재라는 사실을 깨닫는 인물들, 그리하여 '나는 누구인가'라는 새삼스러운 질문 속에 빠져든 인물들의 공허함과 방황, 그리고 고독함은 우리 소설에서 그리 낯선 주제가 아니다. 관계의 단절 속에서 헤매는 인물들, 그들의 내면으로 가득 찬 서사란 실상 90년대의 우리 소설이 택한 가장 보편적 주제일 것이기 때문이다. 1983년에 등단하여 20년 넘게 소설을 써온 작가 김인숙(金仁淑)의 근작들 역시 이러한 경향에서 멀리 벗어나 있지 않다. 『칼날과 사랑』(창작과비평사 1993) 이후, 자신도 모르는 사이에 '아무것도 아닌 존재'가 되어버린 인물들의 방황을 김인숙은 아주 오랫동안 이야기하고 있다. 『79-80 겨울에서 봄 사이』(세계 1987), 『함께 걷는 길』(세계 1989)을 기억하는 독자라면 이 '아무것도 아닌 존재'들의 망연한 얼굴에서 '세상을 변화시키는 일에 전부를 걸었던 시절'의 기억을 읽을 수 있을 것이다. 한때 세상을 향해 뜨겁게 달려들었던 그들은 스스로의 존재를 공동의 열망과 투쟁을 통해 확인받았고, 그래서 자신이 아무것도 아닌 존재라는, 현실에서 사라져버린 존재라는 자각은 더욱 뼈아프다. '존재 탐구'라는 90년대 소설의 경향에 김인숙이 합류해 있으면서도 또한 벗어나 있는 것도 이 때문이며, 그래서 그의 존재 탐구는 현대사회의 고독이라는 일반적 주제 속에서가 아닌 특정한 우리 시대의 한 초상으로 현실적 근거를 갖는다. 물론 작가의 과거 이력이 현재의 작품을 설명하는 안일한 근거가 될 수는 없다. 무엇이 한 작가로 하여금 '아무것도 아닌 삶'에 대해서 그토록 오랫동안, 그토록 절박하게 이야기하게 했을까. 정말로 과거의 기억 때문에 현재의 삶은 더욱 무력한 것일까. 그렇다면 그 과거의 기억은 어떤 방식으로 현재의 삶에 개입하고 있는가. 김인숙의 근작들, 90년대의 소설들을 검토하기 위한 이 글은 이러한 질문에서 시작해야 할 것 같다.[1]

작품집 『유리구두』에서 현재의 삶은 무미건조한 결혼생활의 무력감으로(「풍경」), 소음을 이유로 일상의 삶을 침범하는 이웃의 폭력적 행동에 대한 당혹감으로(「문」), 시도 때도 없는 건망증으로 인한 삶의 망실감으로(「그림 그리는 여자」), 그 밖의 무료하고 지표없는 삶의 다양한 표상들로 채워져 있다. 그리고 그 무기력감에 빠진 인물들의 섬세한 내면 속에서, 갑갑하게 현재의 삶을 내리누르는 불안함과 고립감의 한 귀퉁이에서 과거의 '그때'가 섬광처럼 날카롭게, 단편적 기억으로 존재하고 있다. 물론 단편적 기억 속의 '그때'는 왜곡된 역사와 부당한 권력에 대한 항의, 노동자의 권리와 민중의 힘에 대한 신념, 그것을 위한 싸움의 나날 등의 구체적 서사를 가지고 있지 않다. 단지 '그때'는 "한때는 그래

---

1) 90년대 이후 김인숙의 문학을 검토하기 위해 이 글이 주로 대상으로 삼은 텍스트는 작품집 『유리구두』(창작과비평사 1998), 『브라스밴드를 기다리며』(문학동네 2001), 「숨은 샘」(『문학동네』 2002년 여름호), 「바다와 나비」(『실천문학』 2002년 겨울호)이다.

도 세상에 희망을 품은 바 있던 시퍼런 청춘"(「그 여자의 자전거」), "타도해야 할 그 무언가가 있었던 그 젊음"(「바다에서」)에 대한 간절한 그리움으로 기억 속에 존재할 뿐이다.

그러나 그 기억들은 얼마나 위력적인가. 한때 무엇인가에 모든 것을 걸고 내달린 열정의 시절은, 아무 일도 일어나지 않고 무의미한 관계 속에서 지쳐갈 뿐인 현재의 남루함을 더욱 극명하게 조명한다. 어쩌면 그 열정의 시절에 대한 기억이 없었다면 현재의 남루함은 아무 일도 일어나지 않는 삶에 대한 안도감으로, 또는 삶이란 누구에게나 그저 그런 것이라는 평범한 깨달음으로 귀결될 수 있었을지도 모른다. 그러나 '한때'의 너무나 명징한 기억들이 존재하고 있는 한, 적어도 그렇게 살았던 시절이 존재하고 있는 한 지금의 무기력과 무의미는 더욱 견딜 수도 없고 용서할 수도 없는 것이 되고 만다. 과거의 기억은 부재함으로써 더욱 강력히 '그 시절'의 존재감을 일깨운다. 김인숙에게 과거의 '그때'로 표상되는 시절은 이처럼 그저 기억할 시절이 있다는 것만으로도 현재의 삶을 뒤흔드는 방황의 근거가 되는 것이다.

단편 「유리구두」는 아마도 그의 단편 중에서 과거의 그때와 지금을 가장 극명하게 대비하는, 그리고 현재의 불안함과 무료함을 해명할 수 있는 근거를 가장 명확하게 보여주는 작품이라고 할 수 있을 것이다. 낙천성과 평범함을 자신의 장점으로 여기며 대학을 나오고 취직을 하고 그날의 일상에 별 불만 없이 살아가는 그가 만나는 유선과 경윤은 과거의 삶과 현재의 삶을 대표하는 두 여자이다. "타락까지도 열정"인 시절이 있었으나, "어느날 아침 눈떠보니 그들은 추억 밖의 세상에 던져져 있었"음을 알게 된, 그래서 "나이 삼십에 내게 남은 마지막 가능성이 섹스밖에 없"다고 말하는 유선은 과거의 그 열정들로 인해 현재의 삶이 더욱 절망적인 여자다. 그가 만나는 또 한 여자 경윤은 그로 하여금 결혼이라는 절차를 빨리 해치우고 "좀더 편안한 생의 안정감 속으로 빠져들" 수 있게 할 여자이다. 과거의 기억을 공유하고 있다는 사실말고는 어떤 소통도 없이 그저 열렬한 섹스만으로 존재하는 유선과의 관계, 자기 주장을 지나치게 내세우지만 그것은 귀여운 허세에 불과하며 그래서 안전한 일상을 넘어설 일이 없는 경윤과의 관계. 그는 주어진 삶의 절차 이상을 꿈꿀 필요가 없는 안전한 삶과 그 삶 바깥에 있는 '파격과 열정' 사이에 서 있는 것이다. 소아마비로 두 다리의 길이가 다른 유선은 불구의 다리로 과거와 현재, 이상과 현실 사이에 절뚝거리며 서 있다. 불구의 다리를 화려하게 빛내줄 유리구두를 더이상 찾을 수 없는 삶이 유선을 그토록 깊은 절망과 환멸 속에 있게 하는 것이다. 엘리베이터에서의 느닷없는 키스 이후 더 가까워진 경윤을 앞에 두고 그는 혼잣말로 유선에게 사랑한다고 말하지만, "섹스말고도 아직 가능성이 있는 게 있"으며 그것이 사랑이라고 말하지만, 유선을 사랑할 방법을 모른다. 유선과 자신의 그 열렬했던 한때를 현재의 삶 속에서 떠올릴 방법을 모르고 그래서 '유리구두'의 빛나는 상징으로만 남은 과거와 다시 만날 방법을 그는 알지 못한다. 이제 삶은 '그때'의 기억과 현재의 안전한 삶으로 뚜렷하게 구분된다. 그리고 김인숙 소설의 대부분은 이 현재의 안전한 삶을 선택한 사람들의 고립과 방황의 이야기이다.

아마도 김인숙이 '아무것도 아닌 삶'을 그토록 오랫동안 이야기할 수밖에 없는 이유는 「유리구두」가 유선과 경윤 사이에서 어쩌지도 못하고 난감하게 마무리되는 것과 같은 이유일 것이다. 언제나 서사의 한 틈바구니에 불편한 증거처럼 끼어들어 있는 과거의 기억들, 김인숙은 그 기억을 구체적으로 떠올리지 못하고 언제나 '무언가 빛나던 청춘의 한때'라고만 말할 수밖에 없으므로 오히려 과거와 결별하지도 과거를 적극적으로 껴안지도 못한다. 이제 그때란 존재하지 않는다고 말하지만, 그것이 없어진 세계가 너무도 참혹한 일상의 감옥이기에 그 시절은 '유리구두'나 '황금다리', 혹은 '브라스밴드'라는 상징으로, 빛나던 추억의 한 자락으로 은근슬쩍 서사 속에 끼어들 수밖에 없다. 기억은 '그때'의 한 시절로 남아 있는 것이 아니라 아직도 알 수 없는 어떤 것으로 현재의 삶 속에 흔적을 남기고 있다. 현재화되지 못한 과거의 기억은 현재의 삶을 부정하게 하며 그렇기 때문에 현재의 삶은 끊임없이 무의미의 연속으로 반추될 수밖에 없다.

2. 현재와 만나는 멀고 먼 길

작품집 『브라스밴드를 기다리며』의 인물들 역시도 자신의 현재 속에서 존재의미를 찾을 수 없는, 무료하고 변화없는 일상들에 고통받고 있다. 그리고 이 일상을 더욱 고통스럽게 하는 것은 여전히 "살아 있음에 대한…… 그 강렬하고도 뻐근한 충동"(「어느 해의 봄날」), "삶이 펄떡이는 생선 몸통의 은빛 비늘처럼 찬란하고 비리던 때"(「바위 위에 눕다」)에 대한 그리움이다. 이제 모든 것을 걸고 내달린 과거의 한 시절은 일상이라는 현실 속에서 자신의 존재의미를 찾으려는 간절한 몸부림으로 인해 흐릿해졌다. 물론 그 기억은 불륜으로도, 카지노의 잭팟으로도 보상받을 수 없는 진부하고 통속적인 일상 속에서 여전히 그 위력을 발휘하고 있다고 보아도 좋을 것이다. 그러나 『브라스밴드를 기다리며』에서 그 기억은 돌이킬 수 없게 되어버린 현재의 무기력하고 안전한 삶 속으로 더욱 깊숙이 파고들며, 그 속에서 타인과의 관계의 가능성을 조심스럽게 타진한다.

실상 김인숙의 소설은 등장인물이 '그'이든 '나'이든에 상관없이 대체로 1인칭의 내면 속에 잠겨 있다. "옛 훗날의 희망과 현실의 고통을 다시는 맞바꾸고 싶지가 않"(「그림 그리는 여자」)아서 선택한 안전한 삶의 길, "긴 숨을 짧게 끊어 쉬면서"(「문」) 살아온 삶, 자신의 존재를 찾을 수조차 없도록 만들어버리며 의미없이 흘러온 이 삶을 되새기고 또 되새기는 인물의 내면은 타인을 돌아볼 여유가 없다. 과거의 기억에 저당잡힌, 현재의 불행마저도 과거의 찬란했던 한때로 증명해야 하는 삶은 여전히 불완전한 현재이고 그 불완전한 현재를 3인칭의 눈으로 바라보기 위해서는 과거를 기억하면서 넘어서는 길고 긴 모색과 응시가 필요할 것이기 때문이다. 그래서 김인숙의 소설 속 인물들은 꽤 오랜 기간 자신이 아무것도 아니라는 '사실'을 반복해서 말해왔다. 그리고 그 오랜 기간을 거치며 인물들은 비로소 현실에서 자신의 존재가 사라져버렸다는 기막힌 상실감을 바탕으로 다시, 무엇인가를 말할 준비를 한다.

단편 「길」에서 '나'가 나서는 길은 그래서 의미심장하다. 구조조정 바람에, 이미 관행이 되어 자신이 어떻게 저항할 수도 없었던 커미션의 구조가 새삼스럽게 뒷덜미를 덮쳐 하루아침에 직장을 잃어버린 나는 "여전히 아무것도 아닌 인생, 그 무엇도 될 수 없는 목숨"이다. 아내는 퇴직을 기다렸다는 듯이 '이제 당신의 일을 해보라'고 말하지만 기막힌 것은 그가 무엇을 하고 싶은지도 알 수 없다는 사실이다. 그러므로 오래전에 매형이었던 자를 보러 떠난 길에서 만난 것은 간암 선고를 받고 누운 매형이 아니라 바로 그 자신이다.

> 지금에 와서야 나는 그 모멸을 견딜 수가 없다. 이렇게 팽개쳐져도 되는가. 아무것도 건 게 없었는데, 도박 같은 건 조금도 하고 싶지 않았는데…… 난간 없는 길은 걸으려고도 하지 않았는데…… 열정이나 믿음에 대한 모든 신뢰도 버렸는데…… 나 자신 이외에는 어떤 세월도, 어떤 희망도 믿지 않았는데…… (「브라스밴드를 기다리며」, 『브라스밴드를 기다리며』, 148면)

열정이나 믿음이 주는 불안한 희망을 버린다고 해서, 도박 같은 것은 하지 않고 안전한 길만 내디딘다고 해서 그 삶이 결코 안전한 것은 아니다. 차와 집과 아내와 직장은 편안하게 길을 걷게 했지만 또한 그 길을 읽을 수 없게 만들어버렸다. 이제 무언가를 걸었던 기억마저도 까마득한 길에서 그는 다시금 불안한 길을 떠나야만 하는 것이다. 그 길에서 그는 잃어버린 자신을 돌아본다. 또한 자신을 잃어버리면서 함께 잃어버린 관계들을 찾아나간다. 나의 내면 속에 침잠해 있던 1인칭의 자아가 자신을 넘어 나오지 않는다면 자신의 주변을 만나지 못할 것이며, 자신을 넘어 나오기 위해서는 자신을 다시 돌아보아야 한다. 그래서 「길」의 서사는 끊임없이 과거의 자신을, 그리고 현재의 상실감을, 그리고 거기에까지 이른 길을 되돌아보는 나의 기억 속에 하나씩 하나씩 주변의 인물들이 드러나고 끼어드는 복잡한 결을 갖고 있다.

　매형이 죽음을 앞에 두고 있다는 소식은 현재의 내가 처한 상실감에 맞닿아 있고 그 매형을 찾아나선 길에서 또 매형의 여자를 만난다. 뜨내기 공사장 인부들이 드나드는 허름한 밥집, 매형을 병원에 눕혀두고 장사를 준비하고 술을 팔며 '죽는 것보다 더 힘든 것은 사는 것'이라고 말하는 여자. 그 여자의 밥집에서 휘말린 싸움판에서 떠오른 어린 시절의 기억, 친구가 훌쩍 뛰어내려버린 지붕에 홀로 남아 시달리던 공포, 뛰어내릴 지붕마저 갖지 못한 지금의 비애, 무미한 대화와 이해할 수 없는 행동들이 중첩된 이후 그 여자의 오랜 소망을 보고 나서야 「길」의 서사는 비로소 완성된다. 길고 긴 우회로, 나의 내면으로 끝없이 되돌아가는 반복의 서사 끝에서 '손님이 아니라 내 식구들에게 밥을 해먹이고 싶었다'는 여자의 소망을 만나게 되는 것이다. 그리고 그 여자의 소망을 만난 길에서 그는 비로소 과거를 끊임없이 되돌아보던 자신의 시선을 현재로 돌린다. 여전히 아무것도 아닌 채로 삶 앞에 내팽개쳐져 있는 자신, 아득하지만 누군가를 만나기 위해 준비된 길에 서 있는 자신의 모습을 비로소 마주하게 되는 것이다.

「브라스밴드를 기다리며」의 '브라스밴드'라는 상징은 현재 속에서 더욱 빛난다. 아내가 암에 걸려 죽음을 앞두고 있다는 사실, 그리고 그것을 아내의 애인에게 들어야 하는 충격 앞에서 그는 자신이 아내에 대해 아무것도 모르고 있다는 사실을 깨닫는다. "그 여자가 내 아내라는 사실 이외에는, 아무것도 거의 아무것도, 아니, 완전히 아무것도 알지 못하고 있"는 나의 삶은 역시나 아무것도 아닌 것이 된다. 아내는 내가 관계맺을 수 있는 가장 가까운 타인 중의 한 사람이며, 그런 아내에 대해 아무것도 알지 못하고 살아왔다는 것은 그 관계 속에 있는 그의 삶역시 아무것도 아니라는 자각으로 이어지기 때문이다.

그러나 이 아무것도 아닌 삶이 주는 상실감에 침잠해 있을 수 없는 이유는 가혹하게도 아내가 죽음을 앞두고 있기 때문이다. 아무것도 아닌 채로 죽어버린다면 정말로 아내의 존재는 현실에서 완전히 사라져 버리는 것이 아닌가. 그렇다면 아내에 관해 아무것도 모른 채 살아온 자신의 삶 역시 사라져버릴 것이 아닌. 죽어가는 아내를 위해 할 수 있는 유일한 일은 그녀의 '존재증명'이다. 이제 몸에서 영혼이 빠져나가 허깨비처럼 소멸해가고 있는 아내의 현재를 위해 그녀의 과거를 찾고, 그녀의 죽어가는 나날들을 카메라에 기록한다. 과거는 현재를 증명하기 위해 추적되고, 기록을 통해 현재는 미래를 위한 과거가 된다. 아내의 사진첩과, 아내의 친지와, 친구들, 학창시절을 미친 듯이 찾아 헤매어 발견한 것은 '브라스밴드'이다. 아내가 죽은 후 열어본 카메라 속에서 아내는 단정하고 평온한 얼굴로 '브라스밴드'를 말한다. 발병 사실을 알고 삶이 너무나 허망해서 질주하는 차 속으로 뛰어들려는 순간, 그 길에서 눈부시게 빛나던 브라스밴드의 환영, 찬란하고 쨍한 햇살 속에서 걸어온 브라스밴드의 찬란한 연주. 그것은 죽음의 순간에 발견한, 아무것도 아니었지만 살아가는 일이 주는 눈부신 환희일 수도 있을 것이고, 또는 아무것도 아닌 삶이 강렬히 꿈꾸었던 어떤 열망의 현현일 수도 있을 것이다. 그리고 아내의 죽음과 함께 하면서 '나'는 비로소 그 아무것도 아닌 삶의 소중함을, 그 관계의 역사와 기억을 되돌아본다. "태어나서 처음으로 나는 나를 응시"하게 된 것이다.

현재를 응시하는 일은 여전히 고통스럽다. 그래서 『브라스밴드를 기다리며』에는 현재를 응시하기 위해 죽음을 마주놓은 작품들이 많다. 자신의 삶이 아무것도 아니라서 허망한 이들에게 죽음이야말로 진정한 소멸이 무엇인지를 알려주며 그래서 그 죽음은 다시 허망하고 아득한 눈을 들어 현재의 삶을 바라보게 한다. 과거의 갈피를 찾아 헤매는 기억의 심연, 그것이 기록의 열망으로 불타오르는 것도 그 때문이다. 이제 아무것도 아닌 삶은 거꾸로 그 삶의 존재증명을 위해 절박하게 다시 기억을 헤집는 길로 들어서는 것이다.

3. 오랜 흔들림 속에, 숨은 샘

불확실한 희망에 미래를 걸었던 시절의 좌절은 안전한 삶으로 그들을 이끌었지만 그 안전한 삶이란 광장에서 스크럼을 짰던 그때의 공동체가 주었던 강렬한 존재증명을 확인해주지 않는다. 모험과 열정과 이상을 헌납하고 얻은 안전한 삶은 고립된 삶 속에서 먹고살기 위해, 좀더 좋은 차와 집을 얻기 위해 전전긍긍해야 하는 남루한 나날들을 만들어냈을 뿐이다. 김인숙은 그 열정과 모험의 과거와 안전한 수렁의 허망함 사이에서 버티면서 그의 복잡하고도 섬세한 서사를 지켜온 셈이다.

「유리구두」의 '나'가 '유선' 대신에 선택한 '경윤'과의 안전한 삶이 그다지 안전하지 않음을 알게 되었을 때, 그리고 그 삶들을 선택한 댓가들을 참혹하게 확인하고 거기서부터 다시 출발할 때, 이제 '열정과 신념으로 빛나던 청춘의 한때'는 더이상 '그때'의 기억으로만 존재하지 않는다. 그 기억은 현재의 삶으로 다시 호명되며 그래서 현재의 삶과 과거의 그것을 이어주고 '그때'는 알지 못했던 것들을 새로이 발견하게 한다. 최근작 「바다와 나비」 「숨은 샘」에서 이제 과거는 부재를 통해 현재를 조명하는 기억의 그림자 속에 더이상 놓여 있지 않다. 「바다와 나비」는 "그때 우리들에게" "금단의 나라였으나, 또한 금지된 이상이기도 했"던 중국을 배경으로 하고 있으며, 「숨은 샘」은 모두가 시위 행렬 속에 있을 때 도서관에 있었던 동창의 현재를 이야기하고 있다. 이제 현재로 삼투한 과거의 기억이 서사의 중심으로 들어서고 있는 것이다.

　「바다와 나비」의 중국은 더이상 "암호를 대고서야 들어갈 수 있었던 밀실"에서 공부했던 '중국혁명사'의 그 중국이 아니다. 그것을 호칭하는 방식은 다르지만 "빠른 것, 간단한 것, 포장된 환상, 결국 자본주의적인 것"으로 맥도날드가 존재하는 거리이다. 그곳에 마흔이 넘은 남자와 결혼을 해서라도 한국으로 가려고 하는 25살의 채금이, 그리고 아들이 죽고 남편이 절름발이가 되어도 돌아오지 않는 채금의 어머니가 있다. 채금이 기를 쓰고 한국어를 공부하며 한국으로 가려 하는 것은 결국 한국에 있는 돈 때문일 것이다. 그러나 그 한국에서 '나'의 남편은 실업자로 3년을 보낸 후 술과 일에 시달리며 모욕과 비굴 속에 지쳐가고 있다. "이 지랄 같은 나라에서 밥 벌어먹고 산다는" 것에 매달려 시간도 성욕도, 아내와의 관계도 잃어버린 그 남편과 함께 사는 삶이 끔찍해서 나는 아이를 핑계로 중국으로 건너와버렸다.

　그러니 그곳이 중국이든 한국이든 혹은 지상 어느 곳이든, 밥 벌어먹고 살기 위해서는 자존심도, 사랑도 성욕도 모두 포기해야 하는 땅이긴 마찬가지이다. 영혼을 팔아서야 살 수 있는 안전한 삶은, 어린 날개를 가진 나비가 건너기에는 너무 가혹하고 거친 바다이다. "남은 것은 날개가 젖고, 젖다 못해 갈기갈기 찢어"진 채로, "한 목숨쯤은 족히 다 절여버릴 만큼 짠 소금 냄새"를 견디면서 사는 일이다. 그래서 남편의 모욕과 비굴과 함께 자신의 존재도 사라져버렸다고 여기는 '나'는 그 바다와 나비의 환영 속에서 몸통만 남은 남편의 얼굴을 다시 본다. 지난날의 이상이었던 혁명의 땅 중국에 와서야 죽어라고 견딜 수밖에 없는 삶의 가혹한 바다를 보게 되는 것이다. 그리고 그 바다 앞에서 이제 '빛나던 청춘의 한때'는 빛을 잃는다. 그것은 더이상 현재를 견딜, 혹은 현재의 망실을 보상해줄 기억이 아니다. 이 거친 바다를 건너기에 기억의 날개는 너무 가냘프다. 그래서 순정했으나 여렸던 시절의 기억은 이제 가혹한 견딤의 나날을 응시하는 시선이 된다. 그 시선은 전부를 내걸었던 열정, 살아 있음의 뻐근한 현존감에 대한 갈망 대신 현재의 좌절과 고통을 바라본다. 아무것도 아닌 삶에 대한 자기연민과 그로 인한 오랜 흔들림을 가다듬고 다시 바라본 그곳에 자신과 마찬가지로 함께 고통받는 타인들이 새로이 발견됨은 물론이다.

「숨은 샘」의 이영호, 하루가 멀다하고 집회와 시위가 이루어지던 그 시절, 도서관을 지키는 학구파였던 그는 '그때'에는 누구도 눈여겨보지 않던 경계 밖의 사람, 완벽한 타자였다. 그래서 세월이 지나 그때의 투사였던 친구들이 모두 그렇고 그런 일상 속에 파묻혔을 때, 놀랄 만큼 살이 찐 중년으로 나타난 그에 대한 나의 기억이 이제야 다시 재구성되는 것은 이상한 일이 아니다. 그에 관한 불완전한 기억들을 재구성하며 나는 그렇게 말할 수 있을 것이다. 도서관에 있든 시위현장에 있든 그들은 모두 애써 의연함을 가장했던 어린아이들일 뿐이었다고. '그때' 도서관에 있던 그는 이해하기 힘든 타자였으나 그러나 그 역시 자기 인생의 해피엔딩을 믿으며 애써 견디고 있었으며 누구보다도 멀리 뛰고 근사하게 착지하는 눈부신 순간들을 가지고 있었다고. 그런 그 역시 세월이 흘렀을 때 파업현장의 선봉에 설 수밖에 없었던 것 또한 그 시대의 진실이었다고. 파업현장에 있었던 때가 자기 인생의 가장 화려한 시절이었다고 말하는 그가, 아무도 반기지 않는 보험모집인이 되어 있다고 하더라도 그 역시도 함께 한 시절을 살고 함께 모욕의 세월을 견디었던 또다른 우리임이 분명하다는 것을 이제는 안다. 그리하여 눈부신 한때의 기억은 이제 현재의 남루함을 증명하는 불꽃이 아니라 누구나 숨죽이며 견디면서 기를 쓰고 살아온 삶을 공유하는 따뜻한 연민이 된다. 그를 '숨은 샘'이라 호명하는 김인숙의 행보는 오랜 흔들림과 헤맴의 서사에 비해 안정감있게 현재를 조명한다. 김인숙이 과거의 기억과 현재의 허망함 사이의 심연을 견디며 이끌어온 서사는 여기까지이다.

4. 다시, 칼날 같은 사랑을 위해

90년대 이후 김인숙의 소설은 투쟁과 열망의 기억에 기반해 있다고 해도 좋을 것이다. 그가 그토록 과거의 기억에 오래 연연한 것은 그 기억이 너무도 강렬했기 때문일 수도 있지만 또한 그가 과거를 그저 '순정한 한때'의 상징으로만 묶어놓았기 때문이기도 하다. '청춘의 빛나던 한때'로부터 벗어나 현재를 만나기까지의 과정은 그래서 더욱 길고 오랜 시간이 필요했던 것인지도 모른다. 「바다와 나비」나 「숨은 샘」은 이제는 변해버린 현재 속에서 과거의 빛나던 열망들이 스러져가고 있음을 확인하는 아픈 기록들이다. 「바다와 나비」의 남편이나 「숨은 샘」의 이영호를 다시 만나는 과정은 경우는 다르지만 관계불능의 단절감 속에서 벗어나와 새롭게 타자를 발견해가는 과정이라는 점에서는 동일하며 그래서 김인숙 소설의 새로운 출발점이 될 수 있다.

그러나 누구에게나 삶은 고통스럽지만 또한 누구나 한때 빛나던 시절을 안고 있다는 결론은 지나치게 일반화될 우려가 있다. 「바다와 나비」의 맥도날드와 중국, 채금의 삶은 여전히 우리가 맞아 싸우고 검토해야 할 현재의 삶이지만, 그 서사는 죽음을 본 순간 삶을 멈춰버린 채금이 아버지의 고통스러운 관조에 압도당한다. 도서관에 있던 이영호나 시위현장에 있던 '나'나 모두가 삶의 거친 바다를 함께 건너온 나약한 나비임은 분명하지만, 그 과정에서 이영호의 현재와 과거는 그 삶 바깥에서 그를 회고하는 '나'의 시선에만 한정된다.

'나'의 시선, 혹은 삶의 바깥에서 삶을 다 보아버린 자들의 한계를 벗어나 맹렬하게 자기 존재를 주장했던 타자를 우리는 오래전에 김인숙의 소설에서 만난 적이 있다. 거창한 사명감도 신념도 없었지만, 현실의 부당함에 분노하는 것만으로 전교조 교사가 될 수밖에 없었던 성실한 교사, 그런 남편의 삶에 동의하고 그와 함께하고 싶지만 생활의 부담이 떠안기는 악역을 맡을 수밖에 없는 억울함을 당차게 주장했던 「당신」의 윤영, 그들은 얼마나 매혹적인 타자였던가. 「칼날과 사랑」에서 헤어질 이유도 미워할 이유도 없는 남편과 절대로 화해하지 않겠다고 전의를 불태웠던 '나'는 그렇게 말했다. "어차피 쓸모없을 수밖에 없는, 이 부부라는 관계에 조금이라도 그럴듯한 의미를 갖기 위하여" 절대로 양보하지 않고 맹렬하게 싸울 것이라고. 사랑은 무기력한 관계를 포장하기 위해 애써 찾는 환상이 아니라 가슴의 피를 흘리며 싸우는 칼날이어야 한다고.

그래서 독자는 이 관록있는 작가의 과거를 기억하면서 또다른 현재를 기다린다. 채금과 채금이 어머니, 그리고 이영호가 좀더 펄떡이는 현재의 열망과 자기증명으로 구체화되기를. 그리고 거칠고 비정한 삶의 바다를 지켜보는 연민어린 '나'의 시선이 좀더 적극적으로 그들의 삶에 개입하고 관계맺기를. 그렇지 않다면 김인숙은 그가 힘겹게 되찾은 현재의 삶을 다시 관조와 연민 속에 떠나보내야 할 것이며, 그의 서사를 떠받쳤던 과거의 기억은 영원히 '한때'의 상징으로 박제화될 수밖에 없을 것이다. 그러나 또한 기억해야 할 것이다. 김인숙이 현재의 삶에 와닿기까지 참으로 오랜 시간이 걸렸다는 것을. 끝없이 밀려드는 낯선 기억들이 갈피갈피 숨겨진 그의 복잡한 서사는 그만큼이나 흔들리며 삶을 이해하기 위해 애썼던 흔적이라는 것도. 그렇다면 그의 소설이 다시, 죽음을 보아버린 눈으로 삶과 화해하지 않고 현재의 삶 속으로 맹렬하게 파고들어 뒤엉키는 날들은 더 오랜 기다림 끝에야 맞이할 수 있는 진경이 될지도 모른다. 그가 '빛나던 청춘의 한때'를 넘어서되 잊지는 않기를, 그리고 너무 빨리 늙어버리지 않기를 바랄 뿐이다.

— 『실천문학』 2004년 봄호

유폐된 내면의 행로

조경란론

1. 고립된 내면의 서사

등단 후 지금까지 조경란(趙京蘭)은 고립된 개인의 내면에 매우 집요하게 천착해왔다. 그의 소설에서 중심인물과 주변의 관계는 극히 제한적이며, 인물들은 제한된 관계 속에서 언제나 무심히 혼자 떠돈다. 이들이 홀로 보내는 일상, 혼자 생각과 내면의 파장만이 서사의 중심을 차지하고 있는 것이다. 화자와 외부 환경과의 격리, 그리고 그 세계를 그저 바라보기만 하는 인물의 시점, 이것이 이른바 "12자, 8자 통유리로 세상을 들여다보고 이해하는"(「불란서 안경원」, 『불란서 안경원』, 문학동네 1997, 303면) 조경란 특유의 독법인 셈이다. '불란서 안경원'의 통유리 안에서 '나'는 언제나 똑같은 옷을 입고 거리를 오가는 사람들을, 횡단보도를 건너 가게로 들어오는 고객들을 그저 바라본다. 세계는 '언제나' '어디선가' 본 듯한 사람들로 가득 차 있을 뿐이며, 그 무미건조함은 변화없이 지속되고 있다. '통유리'라는 투명한 차단막으로 자신과 외부와의 경계를 분명히 하고 그 안에서 꼼짝않고 버티면서, 칩거 이전을 회고하거나 칩거 이후를 상정하지 않는 태도. 이것이 조경란 소설의 집요한 내면성을 구성한다.

90년대 이후의 내면서사의 흐름에 조경란의 소설을 한 거점으로 놓을 수 있다면 그의 이러한 내면 자체에 대한 탐색을 중요한 근거로 들 수 있을 것이다. 내면 이후, 내면 이외의 것에 관해서는 최소한의 정보만을 남겨둔 채 내면 자체로 곧바로 육박해들어가는 자세는 이른바 '억압된 것들의 귀환'이라는 말 속에 전제되어 있던, 이념이나 현실의 구체성과 같은 대타항 없이 이미 당연한 경향으로 자리잡은 무심한 내면의 존재성을 은연중에 표상하고 있다. 그리고 이러한 내면에의 천착은 세계와의 소통은 애초부터 불가능하며 개인들은 각자 고립된 삶을 견뎌나갈 뿐이라는 의식, 그리고 그 의식 속에 고립을 보상해줄 어떤 전통이나 공동체적 위안에 대한 향수를 더이상 남겨놓지 않은 90년대 중·후반의 이른바 신세대 작가들의 세계관을 공유하고 있다. 이모가 사실은 자신의 생모라는 충격적인 사실 앞에서도 "달라질 것은 아무것도 없다"는 『식빵 굽는 시간』(문학동네 1996, 159면)의 강여진의 태도는 "왜 멀리 떠나도 변하는 것이 없을까. 인생이란"(『나는 나를 파괴할 권리가 있다』, 문학동네 1996, 141면)이라는 김영하의 발언과 닮은 데가 있다.

96년 등단 이래 3권의 작품집(『불란서 안경원』『나의 자줏빛 소파』(문학과지성사 2000), 『코끼리를 찾아서』(문학과지성사 2002))과 2권의 장편(『가족의 기원』(민음사 1999), 『우리는 만난 적이 있다』(문학과지성사 2001)), 1권의 중편(『움직임』(작가정신 1998)), 그리고 최근의 산문집(『조경란의 악어 이야기』(마음산책 2003))에 이르기까지 조경란은 시종일관 소통불능의 현실 속에서 자신의 내면 속에 유폐된 인물들을 그려왔다. 결코 짧지 않은 시간 동안 작가는 개인의 내면과 타인과의 소통, 세계와의 불화와 화해에 관한 일관된 보고서를 다양한 변주와 실험을 통해 보여주고 있다. 타인과의 격리감과 소통의 문제, 그 속에서 개인의 상처를 응시하고 치유하는 문제 들은 90년대의 소설을 이끌어온 중요한 동력 중 하나라고 할 수 있으며 이제 일정 정도의 귀착점에 도달해 있는 듯도 하다. 작가적 이력 전부에 이 주제에 관한 풍부한 서사를 담아온 조경란을 통해 우리는 우리 시대 내면서사의 한 흐름을 일별해볼 수 있을 것이다. 그러자면 우선 조경란의 소설이 제시하는 개인적 내면의 느리고도 우회적인 행보를 인내심을 갖고 뒤좇아볼 필요가 있다.

2. 변하지 않는 일상의 늪, 자폐적 내면

「환절기」(『불란서 안경원』)는 주변과 관계맺지 않고 홀로 고립되어 그 고립된 상태로부터 벗어나려 하지 않는 개인이 만들어내는 서사적 상황을 비교적 선명하게 드러내는 작품이다. 새로 집을 지어 팔기 위해 땅만 보고 산 집에서 '나'는 이년째 서로 말을 하지 않고 지내는 동생과 함께 겨울을 나야 한다. 봄이 오면 집을 헐고 다시 지을 테니 겨울 동안만 잘 지내보라는 말을 남기고 어머니와 아버지는 지방의 공사현장으로 떠나버렸다. 한방을 쓴다면 미쳐버리거나 죽을 수밖에 없을 것 같은 동생과 함께 겨울나기. 물건을 집어던지고 욕설을 퍼부으며 동생과 나는 이마가 터지고 피가 흐르는 불면의 밤들을 보낼 수밖에 없다. 동생을 이토록 증오하게 된 이유 같은 것은 기억나지도 않는다. 명백한 것은 이미 나는 동생과 돌이킬 수 없을 만치 심각한 불화의 상태에 빠져 있다는 사실이다. 그러므로 '나'의 고통과 부적응, 고독 역시도 이유없는, 처음부터 이미 주어진 것일 뿐이다. 버스 안에서 만난 미친 여자, 악취로 주위가 모두 코를 틀어막고 있지만 아랑곳 않고 오선지에 악보를 그려넣고 있었던 그 여자의 모습을 통해 "전생의 내 것이었을 듯한, 과학적이며 논리적으로는 도저히 설명될 수 없는 그런 불가해한 느낌에 휩싸인"(『불란서 안경원」281면) 것은 주변으로부터 철저하게 격리되어 있는 그 미친 여자에게서 동질감을 느꼈기 때문일 것이다. 주위의 상식이나 논리와는 아무 상관 없이 자신의 세계 속에만 칩거하는 자폐적 개인인 그 미친 여자야말로 바로 동생과조차도 한방에서 지낼 수 없는 '나'의 또다른 모습이었던 것이다.

고립과 자폐, 불화는 이미 선험적으로 주어진 것이므로 그것은 극복하거나 싸워나갈 것이 아니라 그저 이를 악물고 견뎌야 하는 것일 뿐이다. 그러므로 애당초 '봄이 오면'이라고 말했던 엄마의 약속은 의미없는 기약에 불과하다. 통로가 막혀버린 자폐의 공간, 그 끔찍한 폐쇄성은 계절이 바뀌고 새로운 관계가 찾아오리라는 희망이 얼마나 부질없는 것인지를 이미 증명하고 있다. 그러므로 희망에 대해서 '나'는 더욱 잔인하고 단호해진다. '나'는 이국의 고향으로 보내는 친구의 편지를 분쇄기에 넣어 뭉개버리고 미친 여자가 키우는 화분에 펄펄 끓는 물을 쏟아붓는다. 겨울이 결코 끝나지 않을 것이라고 믿는 이들에게 꽃을 피우고 소식을 전하는 봄이란, 그 앞에서 더욱 단단히 자신을 무장해야만 견딜 수 있는 가혹한 장벽이다.

원인과 근거가 존재하지 않으므로 조경란 소설이 집요하게 견지하는 내면성은 어떤 원리나 방법이라기보다 일종의 '태도'라고 할 수 있을 것이다. 그래서 조경란이 고수하는 내면성은 '무엇을 위한'이나 '무엇에 의한' 내면성이 아니라 애초부터 이미 존재하고 있었던 삶 그 자체이다. 원인을 탐구하지도, 방향을 정하지도 않은 채 묵묵히 삶을 견디는 태도는, 삶이란 언제나 느닷없는 불행의 연속이고 그것에 저항하는 것은 이미 불가능한 일이라는 의식 속에서 배태된 자기방어의 태도이기도 하다. 그러나 조경란 소설 속에서 소통불가능하고 관계불가능한 세계에 대한 인식과 자기방어적 내면의 고수는 정교하게 밀착해 있어서 새로운 출구를 위한 틈입을 쉽사리 허락하지 않는다. 그래서 조경란식의 '원래 처음부터 존재했고 이미 고정된 '내면'이 지나는 행로, 그리고 그것의 느리고도 지루한 방향성을 찾기 위해서는 그 출구 없는 폐쇄회로 속을 인내심을 갖고 더 주시해야 할 필요가 있다. 그리고 고정된 위치를 좀처럼 벗어나지 않는 한정된 폐쇄회로의 가장 중요한 거점은 바로 '가족'이다.

조경란의 소설에서 개인을 둘러싼 모든 주변의 환경은 내성적으로 침묵하며 견디고 참아나가야 할 어떤 곳이며, 지상에서 가장 친밀하고 안정적인 공동체라 불리우는 가족 역시 예외가 아니다. 가족 역시 화해하거나 소통할 수 없는, 내내 불편하게 시선을 피하면서 어쩔 수 없이 동거해야 하는 불가피한 삶의 조건일 뿐이다. 조경란의 소설 속에서 가족들은 이미 벗어날 수 없는 불운에 빠져 있다. 아버지의 파산이나 치매 같은 조건들은 하나같이 개인의 힘으로 어찌해볼 도리가 없는 불가항력적인 재난과도 같다. 가족들은 빚을 내서 빚을 막고, 수시로 집을 나가거나 옷을 벗어던지는 아버지를 지키느라 외출도 하지 못한다. 견디다 못한 자식들은 하나둘 집을 떠나고 아버지와 그 곁의 어머니는 점점 흐려진 눈빛으로 불안하게 넋을 잃어가고 있다. 「내 사랑 클레멘타인」(『불란서 안경원』)의 '그녀'는 집을 지키고 『가족의 기원』의 유정원은 집을 나가지만 그 둘의 본질은 크게 다르지 않다. 집을 나가거나 집을 지키거나 불운한 가족들의 암담한 몰락은 결코 그녀들의 곁을 떠나지 않으며, 그래서 그녀들은 도저히 탈출할 수 없는 일상 속에서 겨우 견디면서 삶을 지속시키고 있을 뿐이기 때문이다.

정원이 빚더미에 올라앉은 가족들을 버리고 짐을 싸는 데서부터 시작하는 『가족의 기원』은 무언가 새로운 방향을 암시하는 것처럼 보인다. 그러나 결론부터 말하자면 정원의 가출은 온전한 의미의 탈출도 새로운 출발도 아니다. 견딜 수 없어 떠나왔지만 떠나온 공간 속에서도 여전히 가족은 견뎌야 하는 짐이고 고립과 자폐의 환경은 조금도 달라지지 않았다. 가족으로부터 떠나왔으나 여전히 가족에게 얽매여 있는 정원의 상황은 가족을 떠나면서부터 좀더 가까워진 '그'와의 관계 속에서도 나타난다. 그녀가 집을 떠나는 것을 도와주고 새로 구한 집에 매주 두번씩 찾아와 함께 시간을 보내고 돌아가는 그. 그러나 그 역시 그녀가 떠나온 가족들과 그리 다르지 않다. 그는 아비나 오라비처럼 그녀를 돌보려 하고 그녀의 식사를 챙기고 가족과의 불화를 걱정한다. "생선 꼬리와 머리를 떼어내고 몸통 가운데 살을 부서지지 않도록 발라 내 밥그릇 위에 얹어주는" 그를 보며 정원은 "가끔 당신은 내 아버지와 엄마를 닮은 데가 있다."(『가족의 기원』 145면)고 생각한다. 아내와 두 아이들과 헤어질 작정을 하고 "나, 유정원이라는 여자와 또다른 가족을 만들고 싶어하는 그"(같은 책 149면)는 그러므로 가족의 또다른 대체물일 뿐이다. 가족을 떠난 곳에서 또다른 가족의 대체물을 만나서 일상이 이어지는 과정은 의미심장하다. 견딜 수 없어 떠나왔지만 새로운 시작은 이미 변화 없이 지속되는 삶의 일부분일 뿐인 것이다.

그래서 정원은 가족을 버리고, 그를 떠난다. 그러나 가족을 버리고 애인을 떠나도 그녀의 삶이 달라지지 않을 것은 이미 분명하다. 때문에 그녀가 타인들과 맺는 관계는 불구적일 수밖에 없다. 연립주택의 입구에 앉아 꼼짝도 않고 지팡이로 바닥을 두드리며 허공을 바라보던 노인. 그녀는 그를 데려와 씻기고 자신의 침대에 눕히고 그 옆에서 오랜만에 단잠을 잘 수 있었다. 그러나 외출한 사이 노인은 흔적도 없이 사라지고 얼마 후 그 노인은 옥상에서 투신한 사체로 발견된다. 정원이 유일하게 편안한 소통과 교감을 느꼈던 노인은 죽은 아내의 시체와 6개월을 살면서 이미 미쳐가고 있었고 마침내 스스로 생을 마감했다. 이 미친 노인은 「환절기」의 미친 여자와도 같은 존재이다. 스스로를 완벽하게 고립시키고 싶어하며 누구와도 소통하지 않고 자신만의 세계에서 침해받지 않고 살고 싶어하는 인물들은 이처럼 세상으로부터 이미 격리된 인물들에게 자신을 투사하고 있는 것이다.

조경란 소설의 가족 이야기는 답답하게 봉쇄된 가족 공간에서 끊임없이 탈출을 꿈꾸지만 결국 그 가족에 얽매여 가족으로 회귀할 수밖에 없는 인물들의 지루하고 끈질긴 잠행과 견딤에 의해 진행된다. 이 지루하고 끈질긴 잠행의 기록을 통해 가족 이데올로기의 좀처럼 변화하기 힘든 견고한 구조가 드러나며, 이는 조경란 소설의 지독한 자기유폐의 근거를 불충분하게나마 해명해주고 있다. 아버지의 치매나 가족의 파산이 가족을 점점 더 견딜 수 없는 것으로 만드는 근본적 원인이기는 하지만, 가족의 붕괴와 몰락은 가족들의 허영심과 가족에 대한 막연한 낙관에 의해 더욱 가중된다. 어떠한 외부적 고난이 있더라도 부모는 자식들을 안전하게 지키고 가꾸어야 한다는 의식, 부모와 소통하고 나누지 못하는 자식들이 일방적으로 짊어져야 하는 가족에 대한 의무들. 그 속에서 아무 일도 없다는 듯이, 가족은 안락하고 견고하게 늘 그 자리에서 흔들리지 않으리라는 근거없는 믿음들이 오히려 가족을 더욱 암담하게 파괴해나간다. 부모들은 사기를 당하고 부채에 시달리면서도 딸들에게 집안의 형편을 말하지 않았고, 딸들이 대학과 대학원을, 시시한 직장에서의 하잘것없는 사무원과는 다른 삶을 꿈꾸도록 내버려두었다. 이제 걷잡을 수 없게 되어버린 집안의 몰락 앞에서 딸들은 돌연 궁핍한 빈민이 되어 어디선가 돈을 꾸어와야 하고 생활정보지를 뒤적이며 얼마간의 생활비를 지급해줄 직장을 간절하게 찾아야 한다. 치매에 걸린 아버지와 허공만을 바라보며 자꾸 살이 쪄가는 어머니를 무감각하게 돌보고 부양하는 것은 자식들에게 주어진 의무이며 다른 돌파구는 아예 존재하지 않는다. 구성원들의 부양과 양육을 가족에게 전가하고 대신 혈육의 결속과 친밀이라는 이데올로기를 덧씌우는 씨스템이 가동되는 한 가족이라는 질곡은 쉽게 해결될 수 없을 것이기 때문이다. 더구나 이미 붕괴해가고 있는 가족 앞에서도 구성원들은 쉽게 그 이데올로기를 포기하지 않는다. 빚에 몰린 집안에 유일하게 월급을 가져다주는 딸의 유니폼을 다릴 때 엄마는 가장 즐거운 얼굴을 하며 할아버지의 제사음식을 장만할 때 가장 활력에 넘친다. 가족이라는 이름으로 지워진 의무와 근거없는 낙관들이 사실은 그 가족을 더 무참하게 무너뜨리고 있다 할지라도 구성원들은 그 가족 속에서 자신의 역할을 부여받을 때만 존재감을 느낄 수 있는 것이다. 스스로 가족 이데올로기에 동의하고 그것을 행사하는 일에 적극적인 구성원들은 가족의 붕괴와 몰락을 돌파할 새로운 가족관계를 생각하지 못한다.

그래서 허위적 가족 이데올로기를 응시하는 조경란의 시선은 매우 냉정하고 집요하다. 무참하게 무너진 가족 공동체의 극한에서 가족들은 집을 나간 맏딸에게 "그래도 너는 우리집 맏딸이잖니."(「유리 동물원」, 『나의 자줏빛 소파』 164면), "우린 가족이잖아. 게다가 언닌 맏딸이기도 하고. 어떻게 이렇게 무책임할 수가 있느냔 말야."(『가족의 기원』 115면)라며 가족 이데올로기를 주지시키지만 그녀들은 "가족은 하나의 이데올로기에 지나지 않는다. 그러나 그 이데올로기가 원하는 가족의 모습은 현실 어디에도 존재하지 않"(같은 책 41면)음을 결코 잊지 않는다. 그리고 지루하고 굼뜨게 현실을 견디면서 그 가족이 붕괴되어가는 과정을 확인한다. 모든 식구들이 떠나는 날만을 꿈꾸는 집, 지긋지긋한 견딤이 어서 종결되기만을 기다리면서 또한 그래도 우리는 가족이니까를 되뇌이며 어떻게든 함께 지내야 한다고 말하는 모순. 그 모순 앞에서 조경란 소설의 인물들은 모두 자신만의 내면으로 깊숙하게 칩거한 채 다른 관계와 소통의 방식을 거부한다. 그리고 이 거부는 지나친 자폐와 자기방어일 수도 있지만 또한 그 모순에 합류해서 그것을 합리화하기를 거부하는 태도이기도 하다. 조경란은 가족 이데올로기가 '왜' 예정된 불운일 수밖에 없으며 '왜' 이다지도 견고한지에 대해 충분히 말해주지는 않지만, 그것이 '얼마나' 견고하고 끈질긴지에 관해서는 반복해서, 아주 오랫동안 보여주고 있다. 그리고 이 지루하고 끈질긴 응시가 있기에 조경란의 소설은 회복불가능한 소통부재의 현실을 근거 없는 인간애나 육친애, 개인적 판타지로 봉합하지 않는다. 가족을 나왔으나 결국 가족으로 회귀했고 가족을 넘어선 곳에 또다른 가족이 기다리고 있었던 『가족의 기원』에서 확인할 수 있듯이 가족이라는 모순은 또한 인물들이 처해 있는 관계들의 모순이기도 하다. 그래서 오래 버티면서 쉽게 화해하지 않는 조경란의 소설은 개인의 내면에까지 육박해 있는 현실의 고통스러운 단절감과 희망부재의 상황을 더욱 절실하게 드러낸다.

3. 소통부재의 삶을 비껴가는 화해의 방법들

쉽사리 자신의 자폐를 거두지 않는 인물들, 그들은 홀로 밥을 해먹고 "퇴각하는 달팽이처럼 아주 느린 걸음으로 시내 이곳저곳을 배회"(「망원경」, 『나의 자줏빛 소파』 41면)하고 우주에 대한 이야기나 솔로이스트의 산행을 상상하면서 시간을 견딘다. 이 홀로 고립된 인물들이 타인과 관계 맺는 방식은 아주 조심스럽고도 제한적인데, 이는 이를테면 「환절기」의 미친 여자, 『가족의 기원』의 노인, 그리고 「불란서 안경원」의 죽은 할머니와의 관계처럼 쌍방향의 교신과 소통이 아니라 주로 일방적인 공유감에 의해 이루어진다. 그리고 이 대상들은 완벽하게 세계로부터 고립된 인물들이므로 이는 교신이나 관계맺기라기보다는 고립된 인물들의 '자기동일시' 혹은 '자기연민'과 더 유사하다. 이와 같은 불구적인 관계맺기와 소통 속에는 실현불가능한, 혹은 좌절된 욕망의 잔해들이 도사리고 있다. 자신의 내면으로 퇴각한 인물들이 관계와 소통에 대해 병적인 거부감을 보이는 것은 자신이 철저히 고립되어 있을 수밖에 없다는 것을 미리 알아버린 데서 비롯된다. 예컨대 "전문직도 아니었으므로 변변한 성취감도 느낄 수 없는 직장에 그저 아침이면 출근했다가 저녁이면

퇴근하는 단조로운 생활"(「식물들」, 『나의 자줏빛 소파』 193면) 속에서 "전화를 받거나 사장실 청소를 도맡아 하지 않으면 안되는 그런 일말고 다른 일들을 하고 싶"(『가족의 기원』 105면)다는 욕망은 쉽게 충족되지 않는다. 전문성도 경제력도 배경도 갖추지 못했으므로 단조로운 생활 외에 다른 선택의 여지가 없으며 그러므로 다른 삶으로 비약할 수 있는 계기 역시 쉽게 마련될 수 없을 것이기 때문이다. 주어진 조건으로는 충족시킬 수 없는 다른 삶에 대한 욕망은 필연적으로 거듭되는 좌절을 불러올 수밖에 없고 그것은 상처만 가중시킬 뿐이다. "유폐된 우리들의 일상은 아무것도 달라질 게 없"(「목이 긴 사내 이야기」, 『불란서 안경원』 234면)으므로 "삶이란 단지 오늘을 견디는 것, 바로 그것뿐"(『불란서 안경원』 304면)이라는 조경란 소설의 기본적인 태도는 이처럼 가능하지 않은 욕망들이 불러오는 상처와 좌절을 두려워하는 자기방어이기도 하다는 것을 다시 확인할 수 있다.

금지된 욕망은 더욱 간절하고 그것을 추구하기에는 실패와 좌절이 너무나 선명하게 예정되어 있다. 예정된 실패와 좌절이라는 막다른 벽 앞에서 작가는 도둑질과 거짓말 같은, 우회적 욕망충족의 방법을 제시한다. 격리된 존재들과의 일회적이고 한정된 소통이 상처받지 않고 욕망을 충족시키는 소극적인 방법이라면, 이에 비해 도둑질이나 거짓말로 욕망을 대리충족시키는 방법은 한층 더 적극적이다. "가질 수 없다면 훔치는 수밖에는 어쩔 도리가 없"(「우린 모두 천사」, 『코끼리를 찾아서』 110면)다는 말처럼 도둑질은 불가능한 욕망을 충족시키는 전도된 방법이다. 「우린 모두 천사」에서 김요옥의 화실에 모여든 인물들은 모두 서로 다른 상대를 욕망한다. 어디론가 떠나고 싶어하는 불안하고 고독한 인물들의 늘 어긋날 수밖에 없는 교신에의 욕망은 역시 어긋난 방법으로밖에는 충족되지 않는다. 그래서 가질 수 없는 것들, 자신이 아닌 타인을 바라보는 상대의 물건을 훔쳐냄으로써 그들은 합일과 교감의 욕망들을 대리충족시킨다. 「유리 동물원」의 '그녀' 역시 지루하고 전망 없는 일상을 견디는 방법으로 도둑질을 선택한다. 오피스텔의 관리인으로 취업한 남편과 함께 비어 있는 오피스텔에 숨어든 그녀는 비상열쇠를 가지고 이웃들의 집을 엿본다. 숨어들어온 오피스텔에서는 언제 쫓겨날지 모르고, 남편은 관리실 일말고도 매일 공사장 날일을 나간다. "지상에 방 한 칸 갖는 것"이 남편의 소박한 꿈이지만 "적금을 타게 돼도 한동안 이루기 힘든 꿈이라는 것을"(「유리 동물원」, 『나의 자줏빛 소파』 158면) 그도 잘 알고 있다. 퇴근하여 집이 울리도록 텔레비전을 틀어놓는 남편과 매일같이 돈이 필요하다고 전화를 거는 엄마. 더 좋아질 리는 없고 나빠질 일만 남은 일상 속에서 '그녀'는 이웃집 여자의 옷을 입고서 친정집의 골목을 헤매고 이웃집에 몰래 들어가 청소를 해놓고 거북이를 돌보고 신용카드를 훔친다. 이웃들과는 간단한 인사를 나눌 뿐이지만 그 집의 물건들을 손에 익히고 그들의 옷을 몸에 걸치면서 '그녀'는 다른 삶을 욕망하고 그것을 충족시키는 것이다. 여기에서 도둑질의 의미는 분명하다. 훔치는 것말고는 가질 수 있는 방법이 없다는 것, 그러나 훔치기라도 해서 갖고 싶을 만큼 간절히 욕망하는 무언가가 있다는 것. 그래서 도둑질이 지탱해나가는 삶에는 여전히 변화불가능한 삶의 조건에 대한 우울한 비관이 깔려 있지만, 욕망을 비틀어서라도 그 욕망을 이어나가기에, 훔치고 엿볼 것들이 남아 있는 한 적어도 그 욕망들은 좌절되지 않는다.

「마리의 집」(『코끼리를 찾아서』)에서 '장말희'는 도둑질뿐 아니라 거짓말을 자신의 불가능한 욕망을 충족시키는 방법으로 채택한다. 그녀를 떠나 돌아오지 않는 '그', 프랑스의 식당을 둘러보고 있을 그와 함께 있고 싶다는 욕망은 가지도 않은 휴가를 프랑스로 갔다 왔다고 거짓말을 하게 하고 그가 말한 프랑스산 채소를 실제로 먹어본 것처럼 말하게도 한다. 만년 조감독인 이성현은 그녀 앞에서 작품을 구상하고 있다고 거짓말을 하고 서로의 거짓말이 들통난 둘은 서로가 같은 종류의 사람인 것을 알아챈다. 가질 수 없는 것을 욕망하고 있으므로 거짓말을 할 수밖에 없는 사람들은 또한 가질 수 없는 것 때문에 고통스러운 삶을 이해한다. 그래서 서로의 거짓말을 알아챈 이후에도 이성현은 다음 작품을 이야기하고 장말희는 그것이 정말 궁금하다는 듯이 눈을 동그랗게 뜨고 그를 주목한다. 거짓말을 통해 비로소 소통의 길이 열리는 아이러니컬한 순간이라고 할 수 있는데, 이러한 소통과 교신은 진짜가 아니기에 그 불가능의 좌절감을 떠올릴 필요가 없고 그렇다고 그 거짓말에 은폐된 욕망의 진실성을 외면할 수 없기에 무시할 수도 없다. 도둑질과 거짓말이라는 전도된 욕망충족의 방법을 통해 조경란의 소설은 지나친 자기방어에서 오는 어두움에서 벗어난, 좌절을 인지하면서도 그 결정의 순간을 유보하는 균형감각을 확보하게 된다.

그러나 이 균형감각 속에는 아직 해결되지 않은 딜레마가 남아 있다. 현실은 변화하지 않는 일상의 지속이라는 전제에서 다른 삶에 대한 욕망이 출발했다면, 인물들이 욕망하는 다른 삶이란 과연 변화하지 않는 일상의 지속이라는 현실의 한계를 뛰어넘는 것인가에 대한 질문, 욕망의 근거와 구체성에 대한 질문이 빠져 있기 때문이다. 문제는 다른 삶을 엿보거나 가장하는 것이 아닌 다른 삶을 불가능하게 하는 조건에 대한 탐구와 질문 속에서만 해결될 수 있는 것이 아닌가. 실제로 「유리 동물원」의 그녀가 엿보는 이웃의 방들은 그녀의 방과 별로 다를 것이 없고 「우린 모두 천사」에서 다른 이를 바라보는 시선 속에서 새로운 삶의 계기를 발견할 가능성은 없다. 그들이 욕망하는 타인들 역시 그들 자신과 다를 것이 전혀 없기 때문이고 그렇다면 그들의 욕망은 가짜 욕망이다. 「유리 동물원」의 그녀가 비상열쇠를 던져버리거나 「우린 모두 천사」가 김요옥의 자살로 마감되는 이유는 이 전도된 욕망충족의 방법이 봉쇄된 삶을 열어줄 출구가 되지 못한다는 사실을 증명하는 것이기도 하다.

그래서 도둑질과 거짓말에는 가혹한 견딤과 자폐적 내면을 뛰어넘어 삶은 애당초 그런 것이며 고통스럽게 발버둥치고 스스로를 방어해도 결국은 어쩔 수 없는 것이라는 체념이 깃들어 있다. 그리고 이 체념은 가질 수 없는 것들을 만들어내는 삶의 조건에 대한 불편한 인정, 그리고 그 조건을 뛰어넘는 초월적 힘으로 현실과 상상적으로 화해하려는 욕망 사이의 가교가 된다. 헤어지고 죽어 사라졌다 하더라도 여전히 존재하는 인연과 교신을 이야기하는 「동시에」(『코끼리를 찾아서』)는 당혹스러울 정도로 평온하고 다정하게 그 불편한 인정과 불우함을 뛰어넘는, 초월의 자세를 취하고 있다. 「동시에」의 서사는 사고로 애인을 잃고 자살을 기도하다 혼수상태로 누워 있는 조카에게 전하는 이모의 혼잣말로 구성된다. 이모는 조카에게 오래전 헤어졌지만 평생을 그리워했던 애인에 대해, 그리고 얼마 전 그 애인의 자살소식을 듣고 방황했던 자신의 경험에 대해 이야기한다. 이모는 한 벌목꾼을 만나 그 방황에서 벗어나는데, 그 벌목꾼은 멀리 떨어져 있는 나무들 사이에서 서로 위험을 알리고 소멸을 준비하는 교신이 이루어짐을 가르쳐주면서 이모의 애인 역시 이모가 그를 기억하는 한 이모를 기억하며 떠올릴 거라고 말한다. 이모는 조카에게 조카의 애인이 "또다른 씨앗의 모습으로 너를 찾아올"(「동시에」13면) 거라고 나직이 속삭이면서 고통스러운 이별의 순간에도 결코 끊이지 않는 인연의 힘을 알려준다. 「동시에」의 인물들도 사랑을 잃고 그 상실감에 빠져 있다는 점에서는 전작의 인물들과 별반 다르지 않다. 그러나 전작들에서 사랑의 상실은 간략한 단문으로 요약되었고, 인물들은 잃어버린 사랑을 회고하지 않았으며, 그것이 그 인물들이 시달렸던 상실감과 공허감의 유일한 이유였던 것도 아니다. 「동시에」에서는 인물들의 상실감이 사랑으로 집중되고 있으며 화자는 매우 세밀하게 지난날의 사랑을 회고하고 있다는 점에서 전작들과 확실하게 차별된 모습을 보여준다. 무엇보다도 이모와 조카가 동시에 처한 이별이 영혼과 인연의 이름으로 위로받고 있으며 그래서 이들은 표면적인 고통에도 불구하고 지극히 평안하고 안정적이라는 점에서 전작들과 결정적으로 다르다.

「동시에」에서 초월적 힘으로 등장하는 나무의 교신처럼, 『코끼리를 찾아서』에는 눈으로 볼 수 없는, 그러나 기척과 흔적으로 존재하는 정령과 영혼이 자주 출몰한다. 「김영희가 흘린 눈물 한 방울」에서는 우연히 구해 들어간 집에서 어떤 보이지 않는 존재들이 '나'의 일상을 흔들어놓는다. 잠든 새 집안의 물건들이 어지럽혀져 있고, 느닷없이 수도와 전기가 끊겼다가 다시 들어오는 이상한 일들이 벌어지는 것이다. 선반에서 오래된 사진첩을 발견한 나는 그 광포한 기적의 주인이 오래전 자신이 장애에 대한 거리감 때문에 떠나온 한 남자임을 알게 된다. 나중에야 그녀는 그와의 일들이 사랑이었을 거라고 생각하지만, 그때의 그녀에게는 사랑보다도 쌀과 집이 더 필요했으므로, "사랑이 (…) 가벼운 입김에도 날아갈 정도로 사소한 공기라고 생각했"(「김영희가 흘린 눈물 한 방울」142면)던 것이다. 집안에 출몰한 그의 정령은 그녀를 공포에 휩싸이게도 했지만 한시적 결별과 어긋남을 초월하여 영원으로 이어지는 인연과 관계의 위력을 증명하는 것이기도 하다. 「코끼리를 찾아서」에서는 이 보이지 않는 존재들이 코끼리라는 상징으로 표현된다. 일상 속에서 누군가 늘 곁에서 자신을 지켜보고 있다는 느낌. '나'는 그 기적의 주인을 코끼리라 이름 붙였지만, 그것은 처음에 짐작했듯이 '이 집의 정령들'이기도 할 것이고 혹은 '죽은 할머니나 고모나 삼촌들'이기도 할 것이다. 그리고 이 코끼리들에 의해 답답하게 정체된 일상과 유폐된 내면은 견딜 만한 것이 된다.

변화하지 않고 지속되는 무의미한 일상을 견디기 위해 고집스럽게 자신만의 세계 속으로 유폐되어갔던, 충족되지 않는 욕망을 보상하기 위해 거짓말과 도둑질로 짐짓 삶의 무게를 가볍게 하기도 했던 우울하고 불우한 인물들의 존재감은 정령들에 의해 약화된다. 그들을 괴롭히던 선험적인 불행과 세계의 위해는 이 정령들에 의해 위로받고 그래서 그들은 내내 불화했던 삶의 조건들과 화해한다. 코끼리가 가져다준 안정감은 일그러지고 왜곡되었던 교신을 평온하고 처연하게 바로잡는다. 그래서 조경란의 소설은 독자들과도 더욱 안정감있게 교신할 길을 찾을 수 있을지도 모른다. 그러나 날카롭고 우울한 내면들이 강렬하게 전해주었던, 조경란 특유의 어둡고 피폐한 현실의 이미지가 전하던 매력이 코끼리에 떠밀려 얼마간 퇴색된 것도 사실이다.

4. 유폐된 내면의 행로

변화불가능한 현실에 던져졌다는 불행한 개인의식, 그래서 관계로부터 스스로를 단절시키고 내면으로 유폐되는 태도에 의해 견지되는 서사는 한편으로는 고립된 개인의 소외감을 통해 관계불능의 현실을 침착하고 집요하게 환기하는 힘을 지니지만, 한편으로는 애초부터 출구가 봉쇄되었다는 점에서 지루한 동어반복에 빠질 우려가 있다. 조경란의 소설에서 드러나는 일련의 변화, 봉쇄된 현실에서 한발 물러나와 짐짓 위악을 가장하면서 도둑질이나 거짓말 같은 일탈의 장치를 도입하거나, 초월적 영혼을 불러와 유한하고 불구적인 관계를 이어놓으려는 시도는 정체될 수 있는 서사의 한계를 넘어서기 위한 모색의 산물로 볼 수 있다. 문제는 이 과정에서 스스로를 절대적 자폐로 몰아넣을 만큼 단단했던 개인과 외부세계와의 격리감, 관계불능의 조건들이 충분한 해명 없이 와해되어버렸다는 점이다. 정착해 안주할 집이란 없다며 음울하게 집밖을 헤매던 인물들이 타인의 집을 엿보고 훔치며 그것을 욕망하거나, 초월적 영혼의 힘으로 영원한 인연의 집을 짓게 되는 그 '계기들'에 관한 충분한 탐색이 없다면, 이 모색과 시도는 손쉬운 타협에 그칠 우려가 있다. 실상 조경란의 이러한 모색이 전혀 낯설지는 않은 것은 내면서사의 새로운 지평을 열었다고 평가되는 은희경과 신경숙에게서 체념과 초월이라고 말해도 좋을 만한 이러한 경향을 이미 확인한 바가 있기 때문이다. 은희경과 신경숙이 개인의 내면이 현실과 소통하고 갈등하는 접점들에 관해 매우 풍요하고 다면적인 성찰을 감당해냈다는 점은 널리 인정되어온 사실이다. 그러나 이들의 관점이 스스로의 긴장력을 확보하지 않을 때 그것은 현실에 대한 체념과 냉소의 포즈에, 신화적 사랑의 위안효과에 머물러버릴 수 있다는 우려가 얼마간 현실화된 것도 사실이다. 실제로 소통부재가 불러온 개인의 내면에 집중하는 관점은 그것의 주관성을 과장하거나 자기증식시킬 수 있다는 점에서 한계를 내장할 수밖에 없다. 조경란의 변모가 신경숙이나 은희경이 보여준 일정한 패턴에서 크게 벗어나지 못하는 것처럼 보인다면 그것은 이 주관성의 자기설득력을 충분히 확보하지 못했기 때문일 수 있다. 그리고 조경란과 유사한 세계관 속에서 고립된 내면의 움직임을 느리게 주시했던 윤성희나 강영숙 같은 젊은 작가들이 최근 변화불가능한 삶의 무게에서 벗어나기 위해 농담과 아이러니를 소설 속에 자주 도입하는 것도 같은 맥락에 있다고 할 수 있다.

　조경란은 내밀한 소통과 친교적 관계들에 대해 신경숙보다 훨씬 비관적이며 이 비관성의 무게를 은희경보다 더 의식한다는 점에서 이들 작가와 일정한 차별성을 지니고 있다. 현재 조경란은 이러한 차별성을 근거로 자신의 내면서사를 밀고 나가면서 새로운 가능성을 찾아야 하는 싯점에 서 있으며 그의 변화에 대해 구체적인 단정을 내리기는 아직 이르다. 체념과 초월의 경향은 확정된 사실이라기보다는 징후에 가깝고 거기에 드리워진 불우함의 그림자는 아직도 세심하다. 엄밀히 말하자면 조경란은 타인과의 소통은 불가능하며 세계는 변하지 않는 일상의 연속이라는 전제에서 아직 한발도 나가지 않았다. 저마다 다른 상처와 저마다 다른 사연들. 그 개별의 내면이 지닌 고유의 세계를 스스로의 진정성으로 납득하고 그것을 다시 타인의 세계 속에서 소통시키는 일은 소설이 감당해야 할 소중한 영역이기도 하다. 조경란은 내면에 깊이 천착함으로써 외부 세계의 피폐함을, 소통불능의 현실을 환기하는 힘을 가진 작가이고 그런 의미에서 내면서사의 또다른 방향을 제시할 수 있는 가능성을 지닌 작가이다. 그래서 그의 최근 소설이 보여주는 안정감에도 불구하고, 이전의 불안하고도 폐쇄적인 인물들이 초월을 통한 화해의 유혹에 버티면서 더 질긴 생명력을 발휘하기를 기대하게 된다. 그리고 나아가 이미 선험적이라고 단정지었던, 인물들의 고독한 내면을 불러온 원인에 대해서 아직 말하지 않은 것들이 많이 남아 있다는 것도 기억해주었으면 좋겠다. 그 고독한 내면들을 통해 우리 시대의 삭막한 삶을 집요하게 응시하면서, 우리가 '왜 이렇게 단자적 개인으로 소외되어 있을 수밖에 없는가'를, '우리의 일상은 왜 이렇게 지루하고 감동 없이 반복될 수밖에 없는가'를 밝혀낼 때, 그 '왜'에 의해 우리 문학의 새로운 길이 열릴 것이라고 믿기 때문이다.

—『창작과비평』 2003년 겨울호

'쿨'한 일상의 딜레마

김영하론

1. 김영하가 돌아왔다

사실 이런 표현은 좀 그렇다. 김영하(金英夏)는 돌아온 것이 아니라 이미 오래전부터 여기 있었다. 그는 떠난 적이 없었던 것이다. 1995년에 「거울에 관한 명상」으로 등단하고 1996년에 『나는 나를 파괴할 권리가 있다』로 문학동네 신인작가상을 받으면서 우리 문학의 새로운 기대주로 떠오른 후 그는 줄곧 새로운 시대의 새로운 문화를 담당할 대표주자로 주목받아왔다. 이제는 진부해져버린 이야기지만 그는 이념의 후광을 벗어버린, 현란하지만 비루한 메트로폴리스의 감수성을 대변하는 작가였다. '대중문화 시대의 복제된 이미지를 소설 속에 능숙하게 담아내는 작가' '나르씨시즘과 허무주의로 현대사회의 황막함을 역주하는 작가' '열정과 낭만을 말끔히 지워버린 쿨한 신세대' 그러나 또한 '지난 시대의 상흔 속에서 태어나고 그것의 변주와 전도를 자신의 정체성으로 삼는 작가.' 이 새로운 작가의 시대적 의미를 증명해온 비평적 목소리는 그가 잠시도 우리 문학의 현재를 떠난 적이 없는 작가임을 웅변하는 증거물이기도 하다.

　그러나 나의 입장에서 말한다면 김영하에게 바쳐진 수많은 비평적 수사들에 대해서 절반은 수긍하면서도 또한 절반은 늘 미심쩍어하면서 미적거리고 있었던 편이다. 김영하의 문학이 비평적 평가와 일치하는 부분이 있다고 생각하면서도, 한편에 과연 그럴까 하는 의혹을 불만처럼 남겨두고 있었던 것이다. 신인류의 탄생을 알리는 신호음들은 김영하 문학이 달라진 시대의 우리 삶을 예민하게 포착하고 있으며 그것은 또한 한 시대의 표상이면서 거부이기도 하다고 말해왔다. 그러나 나는 그의 경쾌한 문체와 날렵한 반전에 경탄하면서도, 새로운 형식과 다채로운 문화적 교양을 신선한 문화충격으로 받아들이면서도 어쩐지 그의 존재가 스스로에 의해서가 아니라 비평에 의해서 해명되고 있다는 생각을 버릴 수 없었다. 이를테면 나는 김영하가 즐겨 활용하는 대중문화의 이미지들이 서사의 본체를 이루지 못하고 겉돌고 있다고 생각했고, 그의 소설이 보여주는 반전과 새로운 기법들이 어쩐지 작위적이라고 생각했다. 그것이 기존의 인과율과 도덕성에 익숙해진 늦된 독자의 어색함일 뿐이라고 할지라도 나는 이 껄끄러움이 주는 불편함을 털어버릴 수 없었다. 기존의 문법을 낯설게 하기 위한 의도적인 위반과 전복이라 할지라도, 그래서 그것이 당연히 기존의 방식이 주는 자연스러움과 단호히 결별한다고 하더라도 그렇기 때문에 더욱 그것대로의 자연스러움과 당위성은 필요하기 마련이다. 김영하의 소설이 그것을 갖추었다고 말하기에 소설 속의 인물은 지나치게 자폐적이었고 독백이 길었다. 나르씨시즘은 작위적 상황 속에서 항상 인물의 목소리를 빌려 장황하게 설명되었고 서사를 통해 구현되어야 할 이미지들은 신화와 예술품과 영화와 대중음악에 관한 개인적 감상으로 대치되었을 뿐이다. 그의 소설은 「마라의 죽음」과 「유디트」, 로댕의 조각과 팻 메스니의 음악 등에서 촉발되었으며 인물과 사건은 이 작품들에 매혹된 작가의 인상을 설명하기 위해 어색하게 동원되어 있는 것은 아닌가 하는 생각마저 들었다. 뿐만 아니라 자신의 현재를 증명하기 위해서 과거를 불러오는 방식도 그다지 새롭지도, 또 충분하지도 않아 보였다. 여러 우회와 암시를 동반하고 있기는 하지만 과거와 현재를 집단의 강압과 개인의 자유, 무모한 열정과 뻔뻔한 변절, 이념의 강파름과 실존의 무게로 이분화하는 방식은 우리 시대의 소설들이 숱하게 반복해온 상투적 기법이 아닌가. 물론 그것을 말하는 어법과 색조가 다르기는 하지만 예컨대 거식증으로 홀로 죽어간 친구와 거리의 시위를 대비한 신경숙, 지하세계에 모여 은밀한 개인성을 교환하는 통신자들과 강퍅한 이데올로기의 신봉자들을 대비한 윤대녕이 김영하와 얼마나 다른 것일까. 후일담의 회한과, 망각을 위한 복수의 공격성을 탈색시켰다 하더라도 단순화된 과거를 조롱하고 경멸하는 것으로 현재를 증명하는 방식은 여전히 의존적으로 느껴졌다.

물론 이러한 불만은 '절반의 인정'을 바탕으로 한 '절반의 불만'이다. 김영하에 대한 세간의 평가에 온전히 동의할 수 없는 불편함이 있지만 김영하가 이전과는 달라진 문화지형, 새로운 세대가 현실을 보는 방식을 전형적으로 보여주고 있다는 사실까지 부정할 생각은 없다. 그러므로 '김영하가 돌아왔다'라는 다소 선언적인 문구는 이 절반의 인정과 절반의 불만 이후의 김영하를 말하기 위한 서두인 셈이다. 그는 늘 여기에 있었지만 또한 다시 돌아왔다. 초기의 그의 소설은 일상으로부터 스스로를 격리시킨 도발적이고 특이한 개인의 세계로 수많은 다른 개인들의 삶을 환기하는 방식을 택했다. 이제 그는 좀더 평이한 문법으로 그 개인들의 이후를, 그리고 우리들의 삶을 이야기한다. 그 증거물이 『오빠가 돌아왔다』(창비 2004)라는 소설집이다. 그는 애초에 일상을 떠난 곳에서 출발했지만 그곳에서는 항상 일상의 그림자가 어른거렸다. 그러므로 그가 돌아온 곳은 그림자로 어른거렸던 우리들 삶의 일상이다. 물론 그가 일상을 말하는 방식은 자신만의 색조를 가지고 있다. 『오빠가 돌아왔다』를 중심에 놓은 이 글은 김영하 소설의 일상, 그리고 그 일상을 말하는 방식에 관한 글이다. 그는 전작인『엘리베이터에 낀 그 남자는 어떻게 되었나』(문학과지성사 1999, 이하『엘리베이터』)에서 이미 일상과 마주친 개인의 판타지, 혹은 일상과 그 너머의 판타지가 어떻게 조우하는가에 대해 말하기 시작했다.『오빠가 돌아왔다』는 그 이후의 어느 지점에 서 있다. 그러나 이 일상과 김영하식 판타지의 관계를 말하는 일은 그리 간단치가 않다.

2. 쿨(cool)의 불안

'쿨'이라는 말은 현대적 인간관계를 표상하는 하나의 유행어가 되어 버렸다. '쿨'은 경제개발의 와중에서 태어나고 상대적인 풍요를 경험한 신세대들의 개인주의를 지칭하는 말이기도 하지만 또한 자신의 이상과 욕망이 결코 현실에서 실현될 수 없음을 체득한 자들의 허무와 체념을 보상하는 것이기도 하다. 평생을 거는 지고지순한 사랑이 허구라는 것을 알아버린 현대인들이, 인간관계의 끈끈한 얽힘이 사실은 자신의 개성과 욕망을 억압하는 족쇄이기도 하다는 것을 수많은 배신과 모욕을 거쳐 체득한 현대인들이 그 세파에 상처받지 않기 위해 선택한 삶의 방식이 바로 '쿨'이다. 예컨대 불우한 이웃에 대한 순수한 연민이 매스컴의 연중행사를 장식할 뿐이라는 것을 알아버린 자, 청춘을 걸었던 연인이 학군과 부동산과 바겐쎄일에 목숨을 거는 우아한 속물로 늙어가는 것을 목격한 자, 민중을 구하기 위해 자신의 삶을 내던졌던 투사가 속셈학원의 봉고맨이 되어 있는 것을 경험한 자. '쿨'은 그들이 선택할 수 있는 삶의 방식이다. '쿨'한 신세대를 대표하는 작가인 김영하 역시 이와 다르지 않다. 인생을 걸고 얻을 만한 것이 이미 이 세계에 남아 있지 않음을, 인간과 인간 사이의 소통과 공유가 사실은 부정한 삶을 은폐하는 허구일 뿐임을 알기 때문에, 혹은 개인의 소망과 세상의 질서가 예상과 기대와는 달리 뜻밖의 사연으로 가득 차 있기 때문에 김영하 소설의 인물은 '쿨'하다. 그러나 이는 또한 일상적 인간관계의 삭막함과 속물성에 상처받지 않기 위하여, 혹은 거기에 섞여들어 타락하지 않기 위하여 선택한 방법이라는 점에서 도피와 외면의 의미를 가진다. 이를 백지연은 '자기방어의 수사학'[1]이라고 명명했거니와 요컨대 김영하식 '쿨'은 삶에 냉연하지만 그 냉연함은 소통불가능한 삶, 더이상 순정한 삶이 불가능한 세계에 대한 절망을 숨기고 있다. 다만 김영하는 그 절망을 비통해하지 않을 뿐이다. 비통해한다고 해서 달라질 것은 아무것도 없으며, 또한 비통과 분노 정도로 달라질 만한 세상이 더이상 아님을 알기 때문이다.

김영하의 소설에서 자주 등장한 일종의 페티시즘, 즉 총이나 십자 드라이버, 이성의 시선과 규율을 벗어난 손이나 발 등의 신체부위에 대한 애착, 시신과 죽음에 대한 경도는 '쿨'에 억압된 욕망이 표출되는 막다른 출구이기도 하다. 인간의 의지가 개입되지 않은, 상호소통과 간섭의 과정이 필요치 않은 죽은 사물들, 혹은 죽음에 대한 애착은 물신화된 인간관계와 세계질서에 대한 거부를 의미하며 거기에 바치는 집착과 애정은 충족되지 못한 소통욕망, 관계욕망을 왜곡된 형태로 드러낸다. 김영하 소설의 주된 서술전략인 판타지 역시 마찬가지이다. 판매실적을 들먹이며 무능한 쎄일즈맨을 모욕하는 영업소장, 자신의 고객을 가로채는 선배, 과거의 운동경력으로 이미 타락한 자신들의 현재를 은폐하는 친구들. '삼국지 게임'은 그들을 외면하고 회피하기 위해 만든 가상의 판타지이다(「삼국지라는 이름의 천국」, 『호출』, 문학동네 1997). 그 게임 속에서

---

1) 백지연 「허무주의와 싸우는 문학」, 『미로 속을 질주하는 문학』 창작과비평사 2001 참조.

'그'는 자신을 배신한 동지, 영악한 모사꾼, 기회주의자들을 징벌하고 승리를 얻고자 한다. 게임에서 결국 패배하지만 그들과 치열하게 싸우고 온갖 전략을 동원하는 그는 명백히 그 게임의 주인이다. '삼국지'는 편입하지도 전복하지도 못하는 현실세계를 벗어난 곳에 세워진 하나의 가상천국인 셈이다. 세상의 모든 현상에 대해 해박한 지식과 교양을 갖추었으며 그래서 천박한 세상에서 벌어지는 협잡과 위선을 냉소하고 스스로를 관 속으로 밀어넣는 '흡혈귀'(「흡혈귀」, 『엘리베이터』)와 같은 존재들. 그들은 비록 현실세계에서는 거세되었지만, 자신만의 세계에 칩거해 가상의 왕국을 세움으로써 그 거세를 보상하고 자신을 거세한 세상을 조롱한다. 철지난 유행어를 빌려 말하자면 이것은 '혼자놀기의 진수'다.

그러나 자신이 애호하는 물건들로 가득 찬 이 판타지 세계의 쿨한 군주는 불안하다. 자신이 구축한 가상세계가 현실세계와 몸을 섞지 않는 자신만의 왕국이지만 또한 그것은 부정(不淨)하고 환멸스러운 현실세계에 의해 태어난 곳이기 때문이다. 한번도 부딪쳐 싸우지 않았으므로 승리도 패배도 해본 적이 없는, 심지어 배신조차도 하지 못한 자가 세운 왕국이란 너무도 허약하고 일면적이다. 컴퓨터 게임이거나 관 속이거나 혹은 자신만이 주재할 수 있는 자살인 경우 그 판타지는 매혹적인 자기완결성을 갖추지만, 자신이 외면한 세계가 조금이라도 틈입할 여지가 생길 경우 그 완결성은 이미 위험해진다. 사랑 때문에 투명인간이 되어버린 인물에 관한 이야기인 「고압선」(『엘리베이터』)은 이 '쿨'이 감당해야 할 이중적 불안을 보여준다. 구제금융시대에 가혹한 생존경쟁을 벌여야 하는 은행원, 자동차 할부금과 아파트 융자와 카드값 같은 나날이 갚아야 하는 빚 속에서 살아가는 힘겨운 가장, 아들의 생활을 감시하는 어머니 때문에 맘놓고 아내와 섹스조차 할 수 없는 '그'가 택한 판타지는 대학시절 짝사랑했던 여자와의 불륜, 혹은 섹스이다. 그러나 그가 여자와의 섹스에 몰두하면 할수록 그의 몸은 점점 투명해진다. 사실 회사에서는 살인적인 업무를 처리하는 기계일 뿐이고 집에서는 갚아야 할 숱한 빚을 메우는 기계일 뿐인 그는 진작부터 투명인간이다. 그러나 그 기계의 역할을 거부하거나 소홀히하는 순간 그는 이 세계에서 사라진다. 그가 몰두했던 여자는 그가 사라진 곳에서, 그를 열광시켰던 섹스를, 그의 친구와 재연하고 있다. 숨막히게 압박해오는 생활을 피해 판타지를 만들었지만 그 판타지는 그의 존재를 없애버렸다. 사라지는 것은 한편 통쾌하지만 한편 불안하고, 거리를 떠돌아야 하는 그는 춥다. 그의 사라짐을 보상해줄 수 있는 판타지는 더이상 자신만의 것이 아니다. 현실세계 대신 판타지를 택하지만 그가 현실세계에서 사라지는 순간 판타지도 사라진다. 이것이 '쿨'이 처한 이중적 불안이다. 사라지면서도 존재하기 위해서, 허구인 줄 알면서도 판타지를 붙잡기 위해서 그가 취할 행동은 한발씩만 세상에 걸쳐놓는 것이다. '쿨'하게. 열정적으로 몰입하지도 전적으로 거부하지도 않으면서. 경멸하고 조소하면서도 완전히 연을 끊지는 않으면서.

부정한 현실세계와 자족적 가상세계, 내폐적 개인과 속물적 관계의 경계에 오래 서 있어서 어느새 그 경계인의 자세를 일상화한, 세사(世事)에 동요하지 않으며 고요히 혼자 밥먹고 혼자 청소하고 혼자 잠드는 '쿨'한 그가 운다.

그렇게 누군가와 옥닥복닥 부대끼며 지내다보면, 어쩌면 내게도 그림자가 생길지 모른다. 그렇게 멋진 그림자가 생기면 사제관으로 불쑥 찾아가 얄밉도록 잘생긴 바오로 신부의 뒤통수를 한대 툭 치며 내 아이의 영세를 부탁하게 될지도 모른다. 멋진 세례명 하나 지어줘. 바오로 같은 거 말고. 일년에 한번은 정식의 제사도 지내주리라. 자식도 없이 죽은 녀석이 아닌가. 그 생각을 하는 사이 거대한 새 그

림자가 내 머리 위를 지나간다. 하늘을 본다. 이상하다. 달도 없는 밤
에 웬 새 그림자. 몸이 다시 움츠러든다. 덕분에 쓸데없는 상상은 끝.
나는 옷만 벗어던지고 침대 속으로 들어간다.

그리고 운다. (「그림자를 판 사나이」, 『오빠가 돌아왔다』 38~39면)

평범한 일상을 상상하다 문득 머리 위를 스쳐지나는 그림자 때문에
'나'는 운다. 이 지점에서 우리는 "어둠과 빛과 대기와 땅이 내 몸을 통
해 하나가 되는, 고통과 쾌감이 동시에 교차하는"(「피뢰침」, 『엘리베이터』
128면) 순간을 찾아 탐뢰여행을 떠났던 자들을 기억해낸다. 대지의 전기
가 내 몸을 통과하는 그 절대적 순간의 빛은 당연히 그림자를 남기지 않
는다. 공포를 통해 자아를 뛰어넘는 황홀경으로 내 몸을 태워버릴 뿐이
다. 광원은 그 초월의 순간을 잊지 못하는 몸으로 흡수되므로 대지에 흔
적을 남기지 않는다. 그러나 일상의 미미한 빛들은 그림자를 남긴다. 이
일상의 미미한 빛이 남기는 그림자를 인식하는 순간 판타지는 일면적일
뿐인 스스로의 허구성을 드러낸다. 전격세례 같은 절대적 충일의 체험
역시 결핍된 일상의 욕망을 보상하는 판타지임이 분명하며 그 판타지는
언제나 평범하고 진부한 일상을 대립항으로 가지고 있기 때문이다. 그
리고 그 일상에 대한 면역력을 갖추지 못한 판타지들은 일상세계와 부
딪치는 순간 자신의 허약성을 드러낸다. 그래서 일상으로 육박해 들어
오는 관계의 틀 속에 놓인 자들은 비록 새처럼 날렵하게 일상으로부터
거리를 두려 할지라도 우울한 그림자 속에서 흔들린다. 그리고 그 관계
속에서 판타지는 최소화되고, 경멸과 조롱의 대상, 혹은 배제와 거부의
대상일 뿐이었던 일상은 조금씩 제 목소리를 낸다.

뭇 여학생들이 선망하는 대상이었던 잘생긴 바오로는 신을 택했지만
그 신성의 영역을 침범하는 청춘의 회한들, 고통스럽게 감각을 자극하
는 욕망으로 또한 일상을 산다. 첫사랑이 신부가 되어 떠나도 미경은 애

써 의연했지만 평범한 남자와 결혼하여 자기가 좋아하는 음악 따위는 한번도 나오지 않는 프로그램을 만들며 살아간다. 친구들의 절반 이상이 시위현장에 있을 때에도 도서관에서 공부하여 회계사가 된 친구는 밥먹을 새도 없이 바쁜 연말에 승용차 안에서 죽었다. 사인은 화상이었고 발화점은 그의 심장이었다(「그림자를 판 사나이」). 물론 이들과 적당한 거리를 두며 살아온 화자의 시선 때문에 이들의 일상과 욕망과 죽음은 무척이나 건조하고도 간결하게 서술된다. 그렇지만 이들의 일상은 쉽게 경멸할 수도 외면할 수도 없는, 평범하지만 거부할 수 없는 무게를 지닌다. 바오로 신부의 이야기는 욕망과 신성의 경계에서, 이제 온전히 어느 하나를 택할 수 없게 되어버린 자의 갑갑한 무게를 독자에게 전달한다. 미경과 죽은 정식의 평범하고 진부하기 짝이 없는 부부의 일상은 그 평범함 가운데 살면서 가슴속으로 불을 키운 정식의 죽음 때문에 단순하게 폄하될 수 없다. 판타지가 사라진 곳에 일상의 무게가 비로소 스며드는 것이다. 물론 이 작품에서도 심장을 발화점으로 한 의문의 죽음은 하나의 작은 판타지이지만 이 판타지는 서사 전체를 장악하지 않는다. 그리고 이 판타지는 외면과 배제를 통해 구축된 자족적 영역이 아니라 관계 속에서 존재하며, 일상을 거부하는 것이 아니라 일상을 응축하고 있다는 점에서 이전의 판타지와 다르다. 미경은 건조하고 분주한 부부생활밖에 남긴 것이 없는 정식을 죽음을 통해 다시 읽는다. 신성과 욕망 속에서 흔들리던 바오로 신부는 '해줄 수 있는 것이 그것밖에 없어서' 미경과 잔다. 이 위로의 욕망은 예컨대 탄탄하게 출렁이던 여대생의 엉덩이에 가슴이 내려앉는 욕망과는 같으면서도 다른 욕망이다. 그리고 그 그림자 속에서 '나'는 운다. 쿨하게 거리를 두어도 외면할 수 없는 일상의 무게 때문에, 그림자를 이미 팔아버렸지만 타인의 그림자가 드리우는 희미한 우울 때문에 운다. 이 지점에서 김영하는 다시 "왜 멀리 떠나도 변하는 것이 없을까, 인생이란."(『나는 나를 파괴할 권리가 있다』, 문학동네 1996, 141면)이라고 말했던 『나는 나를 파괴할 권리가 있다』의 세계로 '돌아온다.' 판타지의 세계로 떠나도 일상은 변하지 않는다. 다시 돌아온 일상은 쉽게 변할 수 없는 관습과 그 속에서 어쩔 수 없이 부여잡고 살아야만 하는 생의 그림자로 가득 찬 우울한 늪이다. 부재원인으로 흔적을 남기는 일상은 판타지의 세계를 위협하고, 그 경계에서 무장된 '쿨'한 삶은 일상을 음울하고 고요하게 관조한다. 이것이 김영하가 전하는 '쿨'한 일상의 딜레마이다.

3. 일상의 원환

전작들에 비해 『오빠가 돌아왔다』는 일상을 더욱 전면적으로 다루고 있으며 그 속에서 김영하는 일상을 보는 자신만의 방법론을 안정적으로 확보해가고 있는 것 같다. 물론 김영하 소설에서 드러나는 일상의 모습은 현실세계에 대한 반영으로 즉각 치환시킬 수 있는 것이 아니며, 이는 전작들에 대한 비평에서도 지적되어왔다. "김영하의 소설이 일상의 디테일을 강화한 것을 두고 '리얼리즘으로의 진입'이라 해석하는 것은 명백한 오독"[2]이며, 심지어 김영하의 소설은 "구체적인 현실상황과는 아무런 관련도 없다."[3] 그러나 김영하가 그려내는 일상이 현실을 반영하고 재현하려는 의도나 독자들이 기대하는 익숙한 감동을 전달하려는 의도를 전혀 포함하지 않고 있다고 하더라도, 소설을 구성하는 한 요소로 명백하게 개입해 있는 현실의 모습까지 외면할 필요는 없을 것이다. 이런 관점에서 볼 때 김영하의 소설에 깊숙이 개입해 있는 일상이 현대의

---

2) 백지연 「소설의 '비상구'는 어디인가」, 『엘리베이터』 269면.
3) 신수정 「푸줏간에 걸린 고기」, 『푸줏간에 걸린 고기』, 문학동네 2003, 66면.

대중들이 겪고 있는 현실의 중요한 요소들을 정확하게 지적하고 있다는 점은 주목할 만하다. 이는 김영하가 현대인이 처해 있는 모순들, 그것이 생산해내는 환상과 이데올로기를 상당히 예리한 눈으로 포착하고 있음을 의미한다. 작품 속에서 주로 다루어지는 일상이 사랑, 가족, 돈에 관한 내용인 것은 우연이 아니다. 일확천금의 꿈, 미인과의 데이트, 단란하고 행복한 가정은 자본주의 사회의 현대인들이 꿈꾸는 가장 대중적이고도 상투적인 환상이 아닌가. 오래된 환상은 그만큼 오래된 열망에 의해 구축되며 또한 오래된 열망은 그것이 웬만해서는 현실에서 이루어질 수 없는 것임을 의미한다. 오랫동안 꿈꾸었으되 오랫동안 충족되지 않는 열망이란 그만큼의 격렬한 모순을 내장하고 있는 것이기도 하다. 물론 김영하는 이 환상이 어디에서 비롯되었으며 그것이 좀처럼 충족되지 않는 이유는 무엇인가를 탐구하는 것보다는 그 환상이 얼마나 터무니없는 이데올로기인가를 밝히는 데 더 관심이 많다. 그리고 이러한 관점에 의해 김영하가 일상을 다루는 독특한 방법론이 결정된다.

이전의 작품들에서 판타지가 주로 개인과 현실을 가로막는 장벽으로 존재했다면 이번 작품집에서 개인과 현실세계는 뚜렷이 구분되지 않는다. 그러므로 판타지는 더이상 개인의 것이 아니라 일상세계를 구성하는 대다수의 것이 된다. 판타지가 독립적 가상세계로서가 아니라 혼란스러운 일상 자체를 의미하게 됨으로써 김영하 소설에서 판타지의 독자적 영역은 더이상 존재하지 않는다. 현대인의 행복하고 단란한 가정에 관한 꿈을 비틀고 있는 「이사」의 경우를 보자. 「이사」에서 이사갈 집을 마련하고 그 집을 꾸미고, 이사를 대행할 업체를 선정하는 과정, 이사를 진행하는 과정 등은 지극히 일상적이고 사실적인 내용으로 채워져 있다. 이러한 이사의 과정을 문득 낯설고 기괴하게 만드는 것은 이사업체의 직원들이 부리는 행패와 무례이다. "이사는 저희에게 맡기고 여행이나 다녀오세요."(「이사」 129면)라는 이사업체의 선전문구와는 딴판으로 직원들은 조금의 성의도 없고, 한 가족이 살림을 꾸려나가는 공간에 대한 조금의 존중도 없다. 황사까지 자욱해서 한치 앞도 보이지 않고 집 앞의 엘리베이터는 고장나서 "거대한 공동으로 변해버렸다."(같은 글 129면) 이사의 과정은 공포와 적의, 불안으로 가득 차 있다. 여기에 이사를 앞두고 가구를 사들이고 벽지를 바르고 장판을 깔면서 행복에 젖어 있었던 '진수' 부부의 달콤한 기대를 대비한다면 이 작품이 전달하고자 하는 바는 분명해 보인다. "이사가 아니라 신혼살림을 차리는 것 같"다고 아내는 행복해하고 "소파에 누워서 텔레비전을 보겠다는 그 소박한 꿈을 실현"(같은 글 130면)할 날이 머지않았음을 떠올리며 진수는 기대에 부푼다. 그러나 소박한 일상인들의 기대와 꿈은 무례하고 거친 직원들에 의해 무참히 깨져버린다. 자신들만의 단란하고 충족된 세계를 가꾸려는 인물들과 그에 대립되는 외부세계의 폭력성과의 대비 정도로 작품을 읽게 하는 것이다. 거기에다가 사람이 깃들여 사는 공간이 지니는 신성함은 전혀 존중되지 않는 세태, 그저 기계적이고 상업적인 작업으로 화해버린 이사는 삭막하고 거친 우리들 일상의 한 면모를 보여주는 것처럼 보이기도 한다.

그런데 여기에 진수가 사들여온 가야토기가 끼어들면 문제는 좀 복잡해진다. 천년도 더 전의 물건인 가야토기는 잡다하고 소란한 일상에 무언가 안정감과 외경심을 부여해주는 신성함 자체였고 집에 그러한 의미를 담아두고 싶어하는 진수의 소망이기도 했다. 그 가야토기가 무례한 직원들이 마구잡이로 이사를 해치우는 동안에 산산조각으로 박살나버린다. 그렇다면 이것은 집에 신성하고 영험한 정신이 깃들이기를 바라는 소망이 상업적이고 기계적인 이사, 또는 외부에서 침입한 기괴한 인물들에 의해 산산이 깨어져버림을 의미하는 것일까. 그러나 이 작품은 그렇게 단순하지가 않다. 가야토기를 들여온 이후 아내는 이상한 사내가 나타나 자기를 들여다보는 악몽에 시달리며, 그 이상한 사내는 이

사업체의 귀머거리 직원과 닮았다. 아늑한 가정의 행복을 꿈꾸는 아내는 가야토기와 연결되며 가야토기는 아내의 꿈을 박살낸 이사업체의 직원과 연결된다. 이 가운데에 가야토기가 존재하고 있는데 이는 말하자면 진수 부부가 바란 아취와 영험함의 상징이기도 하지만 또한 그것을 깨뜨리는 위협이고 불길한 징후이기도 하다.

그렇다면 문제는 소박하고 평범한 일상과 거칠고 공격적인 외부세계의 대립에 있지 않다. 오히려 문제는 백화점 바겐쎄일을 이용해 물건을 사고 사은품을 더 받기 위해 주문을 나누어 하는 이들의 일상에, 모델하우스 같은 집을 행복이라 상정하면서도 아파트라는 집단 주거공간의 속물성을 일거에 무화시키는 아취와 고풍을 동시에 기대하는 진수 부부에게 있다. 이 모순적 욕망의 기묘한 공존이 공격적이고 무례한 이사업체의 직원들을 불러들이고 마침내 집을 불안하고 음산하기조차 한 공간으로 만드는 것이다.

이제 배신과 협잡, 불신과 이기적 욕망으로 가득 찬 현실세계에 대한 공격성을 자신만의 판타지로 재구성하는 개인은 없다. 쿨하고 냉소적인 개인이 사라진 곳을 차지하는 것은 일상의 원환이다. 진수 부부가 바란 것은 적당히 넓고 아늑한 자신들만의 공간이다. 그리고 그 공간은 가야토기가 불러온 무례한 외부인들에 의해 깨어진다. 그런데 가야토기를 들여놓고 그것을 아낀 자들은 바로 진수 부부이다. 진수 부부의 소망, 이들이 이사를 진행해가는 과정은 지극히 상식적인 실감 속에서 진행된다. 이사업체의 직원들이 다소 거칠기는 하지만 이는 좀 과장되었다고 할 수는 있을지라도 비현실적이라 하기는 어렵다. 아내의 가위눌림 역시 마찬가지이다. 상식의 선을 벗어나지 않으면서도 상당히 정밀한 일상의 면면들은 서로 꼬리에 꼬리를 무는 원환 속에 존재하며 그래서 이 작품의 사실성은 하나의 미궁이 된다. 세부의 사실은 분명한 구체성을 지니지만 그것이 모여 이루는 서사는, 일상이란 알 수 없는 위험과 불안에 노출되어 있을 뿐임을 전달하는 하나의 미궁인 것이다. 그리고 삶을 냉소하는 인물들의 개인적 독백과 내폐성은, 사실을 장악하면서도 그것을 끊임없는 원환 속으로 밀어넣는 창작자의 권능으로 변환된다.

이러한 원환적 구조는 다른 작품에서도 자주 드러난다. 「너의 의미」에서는 진실한 사랑이란 존재하지 않으며 그저 거래일 뿐이라고 생각하는 냉소적 영화감독과 낭만적 사랑이라는 환상을 스스로 만들면서 그것이 진실임을 믿어 의심치 않는 소설가가 맞물린다. 「보물선」의 펀드매니저 재만은 실물은 사라지고 루머와 투기만 남은 자본시장에서 실물에 대한 연민 따위를 일찌감치 청산한 인물이다. 그리고 그의 동창인 형식은 충무공 동상이 토요또미의 얼굴을 하고 있으며 일본의 군함이 금괴를 안고 가라앉았다는 전설 같은 이야기를 집요하게 믿는 편집광 민족주의자이다. 이 둘은 전혀 다른 세계에 속해 있으면서도 서로의 이익을 위해 연합하며 또한 서로의 발목을 잡는 덫이 된다. 이 마주놓인 대립쌍들은 모두 평등하게 영악하고 평등하게 순진하다. 영화감독은 사랑의 가치를 부정함으로써 자신의 속물성으로부터 자유롭지만 그것마저도 낭만적 사랑으로 윤색하는 소설가 앞에서 속수무책이다. 소설가는 영화감독과의 낭만적인 사랑을 완벽한 씨나리오로 구축하지만 그것은 그녀의 환상일 뿐이고 그녀는 고작 영화감독의 냉소와 자만을 당혹스럽게 할 수 있을 뿐이다. 자본의 권능이 자신에게 파라다이스를 만들어준다고 믿었던 재만은 형식의 어이없는 집착과 과대망상 때문에 모든 것을 잃는다. 그렇다고 형식이 그가 믿는 대로 충무공 동상을 폭파하고 보물선을 찾고, 전국의 혈맥에 꽂힌 쇠말뚝을 뽑아내어 민족정기를 되살릴 수 있는 것도 아니다. 그는 사기꾼으로 전국을 떠돌 뿐이며 역시 재만의 자만과 냉소에 타격을 입힐 뿐이다. 스스로가 만든 환상을 진실이라 믿는 이들은 서로서로 영향을 미치고 그것은 한 사람을 파멸로 이끌 수도 있지만, 세상은 아무것도 달라지지 않는다. 비웃고 경멸했던 대상이 치명적 타격이 되고 그로 인해 삶이 온통 흐트러진다 하더라도 그들은 자신이 만들어놓은 가공의 환상을 반성하지 않는다. 환상은 계속되면서 어느새 사실이 되고 환상이 아닌 어떤 실재가 우리 삶에 존재하는지에 대해서 우리는 알 수 없거나 알려고 하지 않는다.

　일상의 그림자를 두려워하던 소설가는 일상을 정밀하게 서사 속에 새겨넣음으로써 그 그림자의 우울한 암시를 잊는다. 그리고 그 일상 속에서 날카롭게 포착되었던 우리 시대의 환상, 우리 시대의 환멸은 모두 평등하게 균질화된다. 이데올로기의 허구성이 지적되고 그 허구성이 재생산되는 사회구조가 드러나면서도 그것이 전혀 비판적 환기력을 지니지 않는 것은 그 때문이다. 이제 쿨한 것은 인물이 아니라 작가이다. 인물들은 명백하게 대립적인 위치에 마주놓여 있지만 결코 서로 싸우거나 갈등하지 않으며 그러므로 변화하지도 않는다. 그들은 일상의 원환 속에서 자신이 맡은 배역을 충실히 소화해낼 뿐이다. 어느 쪽도 편들지 않으면서 침착하게 정밀한 허구를 조립하는, 그리고 마침내 일상의 사실성이 자신의 무의미함을 스스로 증명하게 만드는 작가의 권능은 놀랍도록 차갑고 오만하다.

4. 서사, 실현된 허무주의

　독자는 『오빠가 돌아왔다』에서 내폐적 판타지의 세계를 허물고 일상적 실감을 녹여넣은 김영하의 서사를 만난다. 그리고 전작들에서 한정적인 판단 하에 배제의 대상이 되었을 뿐인 많은 타자들은 각자 저마다의 목소리를 가지고 자기 자리를 찾는다. 예컨대 「베를 가르다」(『호출』)에서 인물 수려하고 달변인 총학생회장은 배신과 변절의 추문만을 남기고 정치에 투신, 야당 국회의원의 보좌관이 되어 서사에서 사라진 적이 있다. 이 보좌관은 「너를 사랑하고도」(『오빠가 돌아왔다』)에서 냉소와 환멸로 자신의 비굴을 버티는 피로한 삶의 주인이 되어 돌아왔다. 그는 이제 더이상 배신이나 변절의 상징어가 아니다. 여전히 달라질 것 없는 일상 속에서 최소한의 자존심마저 짓뭉개지는 삶의 모욕을 겪어가야 할 뿐이다. 또한 우리 사회에 만연해 있는 여러 달콤한 환상들의 허구성이 폭로되는 순간은 독자들에게 씁쓸함과 통쾌함을 함께 선사한다. 단란한 가정, 낭만적 사랑, 자본의 윤택한 향연이 어느새 일상의 건조한 허방 속으로 빠지는 광경은 삶에서 더이상 초월적 가치를 기대하지 않는 자들만이 즐길 수 있는 유머이기도 하다. 그러나 현대의 삶이 생산해 내는 각종의 이데올로기를 해부하는 대신 저마다의 자족적 환상에 둘러쌓여 살아갈 뿐인 일상의 원환을 결론으로 얻는 과정은 허탈하다. 지금껏 진실이라 믿고 있었던 환상을 바로 알게 될지도 모른다는 기대로 서사에 동참했으나 결국 그것도 또 하나의 환상임을, 무언가를 인식하고 그것을 기반으로 하여 변화의 국면을 맞이할 수 있을 것이라는 기대 자체가 하나의 미망임을 확인해야 하는 과정. 일상이 원환이듯이 서사 역시 네버엔딩 스토리의 미궁이다. 불평을 터뜨릴지도 모르는 독자들에게 작가는 말한다. "여기는 매트릭스지. 당신들은 이미 빨간 알약을 먹었어." 근작 『검은 꽃』(문학동네 2003)은 작가의 이러한 세계관과 소설쓰기의 방법론이 어느 정점에 이르렀음을 알려주는 증거물이다. 『검은 꽃』이 "무엇을 기대하든 더이상의 것을 보게 될 것이다."라는 영화 매트릭스의 광고문구를 채택하고 있는 것은 우연이 아니다.

작가는 이제 현실을 환멸하는 인물의 입을 빌려 허무주의를 말하지 않는다. 그것은 그가 환멸해 마지않는 현실세계로부터 스스로를 격리시킬 수 있을 때만 가능한 허무주의라는 점에서 한정적이다. 대신 작가는 소설쓰기의 과정 자체를 통해 이 허무주의를 실현한다. 우리가 살아가는 일상의 정밀한 사실성을 재료로 사용했으되 그것과 전혀 다른 또다른 세계로서의 소설. 스스로의 자족적 구조를 가지고, 현실을 참고하거나 현실에 개입할 필요를 전혀 느끼지 않는 소설. 현실과 비슷해 보이지만 현실과 전혀 다른 자족적 세계 속에서 독자는 그저 즐기면 된다. 계몽과 감동의 의무감으로부터 자유로운 소설은 그것이 어떻게 더욱 완벽한 몸을 갖출 것인가를 고민하면 된다. 어떤 소설도 현실을 반영하거나 그것을 변화시키지 않는다. 소설은 그저 소설로 존재할 뿐이다. 소설이 현실에 부단히 개입하고 그것을 되비추며 그래서 삶을 반성하거나 비판한다는 기존의 통념은 유쾌하게 해체된다. 그리고 이러한 소설이 남기는 것은, 일상은 계속되는 원환 속에서 지루하게 반복될 뿐이므로 그 일상을 묵묵히 살며 대신 일상과 닮은 소설을 즐기라는 메씨지이다. 이것은 가볍지만 신랄하며 지독하게 냉소적인 허무주의이다. 나는 허무가 지닌 강렬한 부정정신과 냉소의 싸늘한 관찰력을 신뢰하는 편이다. 그래서 김영하의 허무주의를 비난할 생각도 없고 그에게 다른 일을 하라고 주문할 생각도 없다. 그러나 나는 이것이 '급진적 허무주의'[4]라는 데는 동의하지 않는다. 허무주의가 급진적이 되기 위해서는 현실 세계의 모든 달콤한 꿈과 환상에 대한 강렬한 증오와 분노를 품고 있어야 하며, 그것을 통해 현실의 허위를 다시 읽을 수 있게 하는 동력을 지녀야 한다. 김영하의 허무주의는 현실을 냉소하지만 그것이 바뀌지 않는다는 전제 하에 또다른 출구를 찾아 안착한다. 그것은 점점 더 능숙한 자생력과 유기성을 갖추어가고 있는 소설의 세계이다.

우리는 「매트릭스」 1편이 전해주었던 우리 삶에 대한 알레고리를 기억하고 있다. 그것은 풍요와 편리의 나팔을 부는 멋진 신세계가 지하세계의 비참한 삶을 감추는 선전음에 불과하다는 것을 깨닫게 해주는 듯했다. 그러나 이후에 계속된 「매트릭스」 연작은 그 고통스러운 자각의

---

4) 남진우 「나르시시즘/죽음/급진적 허무주의」, 『숲으로 된 성벽』, 문학동네 1999 참조.

순간을 현란한 비주얼과 스펙터클로 대치했으며 결국은 메시아의 부활과 신의 목소리에 의한 평화라는 상투성으로 귀환했다. 「매트릭스」의 새로운 상상력에 열광한 대중들은 이건 결국 영화일 뿐이라고 냉정하게 내뱉는 영화를 보며 씁쓸하게 배신감을 곱씹어야 했다. 그러나 영화에는 죄가 없다. 죄는 영화와 현실을 혼동하며 섣불리 열광한 대중들에게 있을 뿐이다. 김영하가 구축해가는 능숙하고 현란한 새로운 서사 앞에서 독자들이 가져야 할 기대란 과연 어떤 것인지를 쉽게 결정하기가 어려운 것은 이 때문이다.

— 『내일을 여는 작가』 2004년 가을호

'슈퍼'한 세상을 향해 날리는 적막한 유머

박민규론

1. KIN의 세계관

KIN이라는 말이 있다. 이것을 보고 '뜨거운 가슴, 타는 갈증'의 유구한 전통을 가진 사이다 상표 같은 것을 떠올린다면 그건 정말 곤란하다. 다들 아시겠지만 이왕 말이 나온 김이니까 주제넘은 설명을 덧붙이자면 사연인즉슨 이렇다. 일단 고개를 90도 정도 돌려서 이 이상한 기호를 찬찬히 살펴보면 대문자로 표기된 영문자가 한글문자로 변하게 되는 매직아이를 경험하게 될 것이다. 그렇다. KIN은 사이다 상표도 아니고 물 건너온 상품의 제작사 로고도 아닌 '즐'이라는 한국어이다. 줄임말의 천국이라 할 수 있는 인터넷 채팅에서 이 단어는 본래 '즐겁게 채팅하세요' '즐겁게 게임하세요' '즐거운 하루 보내세요' 등등의 이별의 아쉬움과 정감을 담뿍 담은 인사말이었다. 그러던 것이 '즐챗' '즐겜' 등으로 줄어들더니 어느새 '즐'이라는 한 글자 단어로 정착되었다. 여기다 약간의 추임새와 여운을 실어주면 단어의 의미는 더욱 풍부해진다. 예컨대 '즐~~'이라거나 '즐 +' 같은. 글자의 자수가 줄어들면서 거꾸로 의미는 진화했는데, 이 다정한 인사말은 어느새 상대와 별로 대화하고 싶지 않다는 의사표시로 변했다. 일상어로 번역하자면 '잘 먹고 잘 살아'라든가, '나가 있어' 쯤 되지 않을까 싶다. 지나치게 자상한 설명을 하고 있다는 감이 없지 않지만 내친 김에 용례를 들어보자면 제 딴에는 농담을 곁들인 하이 코미디나 풍자를 하고 있는데 느닷없이 끼어들어 진지하게 이론적 설명을 늘어놓는 대화자라든가, 혹은 자신과 의견이 다르다고 생뚱맞게 상대를 무시하려는 대화자를 만났을 때 이런저런 언쟁없이 상황을 깨끗이 종료시켜주는 편리한 단어가 바로 'KIN'이다.

그런데 '즐'이 'KIN'으로 기호화하는 과정, 일종의 상징화, 보편화 과정의 맥락을 생각해보면 이는 단순한 인터넷 용어 이상의 의미를 지니지 않는가 하는 생각을 하게 된다. 인터넷을 대화와 생활의 한 세계로 삼는 네티즌의 세계관과 같은 것을 'KIN'이 표상하고 있지 않을까. 상대의 무례나 침해에 방해받지 않고 자기 생각대로 놀고 즐기겠다는 생각, 군이 끼어들거나 싸우고 싶지 않다는 생각, 그렇다고 해서 상대를 온전히 무시하지도 않는, 그냥 당신은 당신대로 놀다 가시라는 뜻. 이를테면 'KIN'은 '그랬거나 말거나'의 세계관과 통한다. '그랬거나 말거나' 하면 또 빼놓지 않고 생각나는 소설이 있으니 2003년 한겨레문학상을 받으면서 화제를 불러일으켰던 『삼미 슈퍼스타즈의 마지막 팬클럽』(한겨레신문사 2003, 이하 『슈퍼스타즈』)이 아닌가. 『슈퍼스타즈』는 1, 2, 3부 제목으로 '그랬거나 말거나'를 내세우고 있으니 『슈퍼스타즈』는 이를테면 '그랬거나 말거나'로 이루어진 소설이다. 『슈퍼스타즈』의 작가 박민규(朴玟奎)를 주목하는 이유는 그가 단지 『슈퍼스타즈』 이외에도 『지구영웅전설』(문학동네 2003)로 문학동네 신인작가상까지 동시에 수상하며 유수의 신인등용문을 통과했기 때문만은 아니다. '그랬거나 말거나'로 요약되는 박민규의 소설이 새로운 시대의 의사소통방식, 혹은 사유방식을 확연하게 드러내며 그것을 새로운 시대의 소설문법으로 등재시켰다는 점이 주목의 더 중요한 이유가 될 것이다.

언어는 곧 사회성의 한 지표라는 진단은 이제 더 이상 새로울 것도 없는 명제이지만 하나의 언어가 탄생하고 그것이 공감을 통해 확산되는 배경에는 그만한 이유가 있기 마련이다. 상대의 사고방식과 행동방식에 필요 이상으로 개입하지 않겠다는 'KIN'의 더치페이 문화는 사실은 타인과의 교감과 대화가 어느 한도 이상으로는 가능하지 않다는 생각, 나아가 세상이 토론과 합의를 통해 움직이지 않으며 개인의 노력과 분투 여하에 상관없이 세상은 변하지 않는 질서로 이미 결정되어 있다는 생각에 기반하고 있다. 부패와 타락이라는 말로는 절대로 충분치 않은 현실의 강고함, 변화불가능성에 대한 자각은 냉소를 낳고 그 냉소가 또한 유머를 낳는다. 그 냉소와 유머는 타인과 세계에 대한 거리두기, 또는 불안정한 인정과 공존을 표방하는 태도이기도 하다. 이 거리두기는 강박없는 통찰을 이끌어내기도 하고 때로 눈치보지 않는 열정과 의사표현의 발화점이 되기도 하지만 또한 비관과 방관과 냉소의 칩거를 낳기도 한다. 육체는 문체를 바꾸고 다른 세계관은 다른 글쓰기를 요구한다. 박민규의 소설세계는 인터넷과 대중문화를 우리 문학의 중요한 참고조항으로 부상시키면서 독특한 글쓰기의 문을 연다.

2. 펌질, 리플, 혹시 짤방?

물론 인터넷과 대중문화가 새로운 문학의 한 징후로 드러난 것을 박민규를 통해서 처음 경험한 것은 아니다. 인터넷 글쓰기라 하면 견우의 '엽기적인 그녀'의 신화로부터 시작해서 최근 귀여니의 '그놈은 멋있었다'까지, 이른바 본격문학의 경계와 범주를 고민하게 만드는 논란의 대상들이 있다. 대중문화야 더 말할 것도 없는데 대충 짚어보더라도 최진실과 심혜진에 대한 새로운 고찰을 내놓은 유하, 전태일과 쇼걸의 동시 상영으로 한 시대를 명징하게 대비한 김영하, 바그다드 까페, 베티 블루 같은 텍스트로 소설을 쓴 김경욱 등이 주섬주섬 떠오른다. 그러니 박민규가 그다지 새로울 것이 없다고 할 수도 있겠다. 그러나 당연하게도 박민규에게는 또다른 무엇이 있다. 물론 견우에게도, 귀여니에게도, 유하, 김영하, 김경욱에게도 다른 무엇이 있겠지만.

박민규의 다름이란 이 모든 문화적 징후들을 한데 뒤섞어놓은 '잡종의 글쓰기'에 있다. 인터넷 소설이 청소년들의 인터넷 문화현상의 솔직한 반영이며 대중문화를 토양으로 한 작가들의 글쓰기가 문화를 중요한 상징으로 활용한다면 박민규는 글쎄, '대략 난감'이다. 그의 소설에는 만화인지, 스포츠인지, 영화인지, 광고인지, 홈쇼핑인지가 한데 뒤섞여 법석을 떠는 그래서 이것을 딱히 징후라거나 상징이라 하기 힘든 문화적 체험이 가로놓여 있다. 말하자면 박민규는 각종 대중문화와 산업사회의 온갖 시각매체들을 마치 쌍절봉을 휘두르듯 자유자재로 움직이면서 소설의 얼개를 짜나간다. 자신의 대뇌 속에 애초부터 존재했던 말이고 표정이고 제스처였던 것처럼 그 잡종의 글쓰기는 자연스럽고 천연덕스럽다. 삼미 슈퍼스타즈가 『슈퍼스타즈』의 골간을 이루고 슈퍼맨과 그의 친구들로 구성된 '슈퍼특공대'가 『지구영웅전설』의 이야기를 끌고 나가지만 삼미 슈퍼스타즈와 슈퍼맨들에게 그 공을 돌린다면 아마도 '잭필드 3종 바지세트'나 '어허야 둥기둥기' 'CNN'과 '핫칠리 스파게티 소스', 그리고 기타 등등은 몹시 섭섭해할 것이다. 삼미 슈퍼스타즈나 슈퍼맨과 그의 친구들이 지니는 중요한 의미를 외면하겠다는 것이 아니다. 그 중요한 모티프 중에서도 그 밖의 기타 등등은 박민규의 입담에 섞여 뜬금없이 개입하고 사라졌다 다시 나타나면서 이야기의 사이사이로 미끄러진다. 예컨대, 『지구영웅전설』의 서두는 마이애미의 정신병원에서 눈을 뜬 바나나맨으로부터 시작한다. 그리고 그의 존재에 대한 호기심을 유발하는 몇개의 장면들이 빠른 속도로 겹쳐지고 '프랭키와 데비'라는 약간은 코믹하고 어쩐지 의미심장해 보이는 환자들이 등장한다. 어느날 어딘지 알 수 없는 곳에서 눈을 뜬 주인공의 표정에서 'Fade In'해서(간혹 어두운 화면에서 주인공의 내레이션이나 효과음이 먼저 들려오기도 한다) 몇개의 빠른 장면전환을 거쳐 그의 의문의 과거로 돌아가는 수법은 할리우드 영화의 전형적인 오프닝이다. 또는, 『슈퍼스타즈』의 서두는 프로야구가 출범한 1982년에 일어난 각종 사건사고들을 늘어놓는 것에서 시작한다. 잡지나 신문의 '오늘의 역사'란이나 인터넷 검색을 통해 찾을 수 있는 '캘린더 역사'의 조합인 셈이다. 이처럼 박민규의 '기타 등등'은 내용과 형식을 불문하고 종횡무진이다.

이것은 신문, 영화, 광고, 만화, 대중가요를 가리지 않고 필요한 요소를 잘라내고 그것을 조합, 배열하는 것으로 하나의 글쓰기가 완성되는, 그야말로 각종 자료의 '브리꼴라주'라 할 만하다. 흩어져 있는 자료는 저마다 제각각 생경한데 그것들이 소설 속에 모여 나름대로 비뚤비뚤 티격태격 의미망을 형성하고 있는 것이다. 그러므로 박민규의 글쓰기는 키보드의 자판 중 ctrl키를 유난히 자주 활용하는 글쓰기이고 비유컨대 '펌질'의 글쓰기와도 같다. 시간과 속도의 제약을 극복하고 정보의 바다를 항해하기 위해, 재미있거나 의미있는, 혹은 화제를 불러일으키는 글들을 복사해서 자신이 출입하는 인터넷 싸이트나 게시판으로 부지런히 퍼나르는 행위를 일컫는 것이 펌질인데, 이것으로 박민규 소설의 반은 완성된다. 글쓰기의 수고를 거치지 않은 단순한 중개에 불과할 뿐이라고 할 수도 있지만 자료를 읽고 의미있는 것들을 분별하는 편집자적 능력과 그것을 속도감있게 수행하는 순발력을 무시할 수는 없다. 박민규의 소설에서 비유가 아니라 말 그대로의 펌질을 발견하는 것도 별로 어려운 일이 아닌데, 예컨대 「몰라몰라, 개복치라니」(『문학동네』 2004년 겨울호)의 지식까지 찾아주는 검색엔진 출신의 백과사전 인용이라든가,

「야쿠르트 아줌마」(『한국문학』 2004년 겨울호)의 변비의 고통으로 모인 인터넷 커뮤니티 게시글 인용(혹은 모방)이 그렇다. 냉장의 역사나 아담 스미스의 『국부론』 인용 같은 것은 평범한 예에 속한다.

펌질만으로 소설이 완성되지 않는다는 것은 말하나 마나다. 박민규 소설을 완성하는 나머지 반은 소설이 자료로 삼은 각종의 기존 텍스트에 대한 재해석, 이를테면 '리플 달기'이다. 또 예를 든다면 '삼미 슈퍼스타즈는 정말 웃긴 팀이었어요. 어쩌구저쩌구'라는 글에 대한 '그것이 실은 정부의 프로화 조장을 통한 삶의 에너지 착취라는 사실을 아십니까'라는 리플이 『슈퍼스타즈』라 할 수 있을 것이고, '클립튼 행성에서 태어난 슈퍼맨, 그는 어린 시절 모두의 영웅이었어요. 운운'이라는 글에 대한 '거기에는 미국의 세계지배전략이 담겨 있답니다. DC코믹스와 마블의 만화는 사실 가장 미국적인 세계관을 표상하지요'라는 리플이 『지구영웅전설』인 셈이다. 페스티쉬나 패러디라는, 익숙하지만 종종 헷갈리는 진지한 용어 대신 굳이 '펌질'이나 '리플'이라는 생소할 뿐만 아니라 경박해 보이기까지 한 단어를 쓰는 이유는, 전문적인 용어의 짐짓 진지한 사용이 박민규의 글쓰기가 지닌 유쾌발랄한 가벼움을 짓누르고, 뿐더러 그 글쓰기의 특성을 어쩐지 고리타분한 관습어로 돌려놓음으로써, 급기야 그 글쓰기를 충분히 해명하지 못할 것 같다는 생각 때문이다.

그런데 여기서 생각해볼 것은 근본적으로 '펌질'이나 '리플'은 서사를 지향하지 않는다는 점이다. 퍼온 글과 거기에 대한 리플, 퍼온 사람의 생각 등등을 논리적 인과관계와 서사적 합리성을 생각하며 조합하다가는 당장 '스크롤의 압박'이라는 원성 속에 퇴출당하기 십상이다. 그래서 퍼온 글은 근본적으로 연속적이기보다는 '단절'과 '접붙이기'이고, 리플은 최대한 간략하게 자신의 생각을 '함축'한다. 박민규의 소설이 논리적 인과나 내면의 충실한 드러냄보다는 재기발랄한 인용과 차용, 그리고 재치있는 논평과 말유희에 치중하는 것은 이러한 인터넷스러운 글쓰기 방식의 결과인지도 모른다.

그래서 박민규의 소설은 서사의 연속성보다는 단절과 생략, 전환의 구성방식을 택한다. 『슈퍼스타즈』의 구성은 이러한 방식을 단적으로 보여준다. 일단 소설은 82년, 88년, 98년이라는 시간대를 기준으로 끊어져 있다. 그 사이의 사건들은 과감하게 축약된다. 물론 이 시기는 공히 프로야구의 출범——전두환 정권의 본격적 작동시기, 88년 서울 올림픽, IMF 사태 직후라는 획시기적 중요성으로 선택의 정당성을 가진다. 그러나 이러한 장 구성뿐만 아니라 소설 속의 사건 역시 단절과 생략의 문법으로 유지된다면 이야기는 조금 달라진다. 삼미 슈퍼스타즈가 매각되자 어느날 문득 '세상을 살아가는 데 중요한 것은 소속'이라는 것을 깨닫게 되며, 일류대학에 들어갔지만 거기서도 소속될 수 없는 소외감 때문에 배회하고, 그러다 문득 그녀를 만나며, 그러다 보니 조성훈이 떠나고 그래서 밤을 새다 보니 그녀와 자고, 그녀와 자다 보니 그녀는 결혼하고, 그랬는데 아버지가 쓰러지고, 군대를 갔다오니 취직을 하고 구조조정을 당하고 보니 조성훈이 난데없이 나타나고, 또 하늘은 눈물나게 푸르고 그래서 삼미 슈퍼스타즈의 마지막 팬클럽이 창단된다. '나'가 세상의 변화에 대해 환멸을 느끼는 과정은 언제나 몇개의 거대한 단절의 '마디' 속에서 진행된다. 세상을 뒤집어엎을 것 같던 시위와 그것이 뿜어냈던 혁명의 열기는 어이없는 대통령선거 결과 이후에도 잠잠하다. 철거촌의 무자비한 폭력과 살기 위한 아비규환, 그 와중에서 이삿짐쎈터를 홍보하는 무서운 세상을 목격한 이후 그 처참한 광경에 대한 충격은 갑자기 환멸로 전환한다. 이 사건의 날랜 전환 사이에는 그러나 어떤 아득한 심연 같은 것이 존재한다. 혁명의 열기와 선거 이후의 침묵이 충돌하는 지점의 모순, 철거민의 처참한 삶과 이삿짐쎈터의 비인간성 사이의 내력과 사연을 작가는 가볍게 건너뛴다. 문득 나타나고 문득 깨닫고, 느닷없었지만 생각해보니 알 것도 같은 사건들, 그 문득과 문득의 사이, 생각해보니 알 것도 같은 그 깨달음의 정체는 서사 속에서 충분히 해명되지 않는다. 펴온 글과 해석의 사이 역시 마찬가지이다.『지구영 웅전설』에서 슈퍼맨과 그의 친구들이라는 텍스트가 지니는 미국적 제 국주의의 지배전략, 그 면면히 이어지는 끈질긴 방법전환의 역사는 사 건들을 통해, 혹은 인물의 관계 속에서 밝혀지지 않는다. 슈퍼맨의 설명 에 의해, 로빈의 설명에 의해, 또는 바나나맨의 독백 속에서 드러날 뿐 이다. 말하자면 이 사건들 사이에서 고민하고 관계맺고 성찰하는 주체 가 사라져버린 셈이다. 펴온 글에서 주체가 희미해지는 것은 당연하고 리플이 충분한 내면을 가질 여유란 없는 것이다.

그래서 자본과 속도로 세상을 지배하는, 어차피 가진 것 없는 사람들 의 허리띠를 숨막히게 졸라댔던 프로화를, 느리게 살기의 철학을 내세 워 비판하는『슈퍼스타즈』의 결말에서 독자는 잠시 주춤한다. 갑자기 나타나 삼미 슈퍼스타즈의 역사적 의의를 역설하는 조성훈의 존재가 부 담스럽기 때문이기도 하지만(도대체 지금까지의 유쾌발랄에 비해 너무 진지하고 설명이 길지 않은가), '치기 힘든 공은 치지 않고, 잡기 힘든 공은 잡지 않던' 이 팬클럽 회원들을 믿을 수 없기 때문이기도 하다. 이 들이 언제 갑자기 느닷없는 깨달음으로, 다시 이탈해온 저 지배질서의 속도 속으로 뛰어들지 알 수 없지 않은가. 삼미 슈퍼스타즈가 매각되었 을 때, 일류대학에 들어갔으나 여전히 방황할 때, 그녀가 어느날 문득 결혼해버렸을 때, 의지와 무관하게 아버지가 쓰러지는 것으로 삶의 진 로가 결정되었을 때, 그때도 기회는 충분히 있었지만 작가는 그 단절의 시간을 사뿐히 뛰어넘지 않았던가. 역시나 '삼미 슈퍼스타즈의 마지막 팬클럽'을 사뿐히 뛰어넘으며 '그랬거나 말거나' 한다면 어떡하지?

그런데 여기서 잠깐, 혹시 이 유쾌한 입담과 날렵한 풍자, 종횡무진 하는 풍속의 장면들은 '짤방'*이 아닐까? 물론 그것 자체로도 충분히 의미있지만 작가는 아직 하지 못했거나 하고 싶은 이야기들이 더 있는 것은 아닐까?

3. 기린과 카스테라의 눈물

『슈퍼스타즈』가 출간되었을 때 80년대에 대한 새로운 해석이라는 평가가 자주 등장했던 것을 기억한다. 정치의 시대로 자리매김되었던 80년대를 개인의 기억 속에 각인된 문화적 체험으로 재조명했다는 것이다. 물론 '삼미 슈퍼스타즈'와 '슈퍼특공대'가, 그리고 '애마부인'과 '무릎과 무릎 사이'가 화염병과 최루탄이 뿜어내는 연기로 자욱했던 80년대를 다른 색깔로 복원해놓은 것은 사실이다. 그러나 그렇다고 해서 '정치와 문화'를 바나나껍질 벗기듯 분리해낼 필요는 없지 않은가. 괜히 벗겨냈다가 그 껍질만 지레 밟고 미끄러진다면 '대략 낭패'다. '삼미 슈퍼스타즈'와 '슈퍼특공대'는 열광하고 환호하며 즐겼던 일상의 문화 배후에 자리잡은 정치와 사회경제에 대한 통찰을 시도하게 하며 그러므로 '정치 VS 문화'의 대립구도와는 거리가 멀다. '문화를 통해 정치'를 보게 하는 서사의 복합성이야말로 『슈퍼스타즈』의 가치이며 매력이다. 『슈퍼스타즈』에서 프로화라는 지배전략이, 『지구영웅전설』에서 세계질서를 지배하는 미국이라는 잔인한 권력이 얼마나 강력하게 서사를 장악하고 있는가를 보라. 오히려 그것은 너무 강조돼서 탈일 지경이다.

어쩌면 개인의 노력으로는 어찌할 수 없는, 오히려 개인의 노력마저도 그 지배관계 속에 흡수해버리는 '울트라 슈퍼'한 사회구조야말로 '삼

---

* '짤림 방지'의 줄임말. 게시판의 글이 그다지 흥미롭지 않거나 지루해 보여서 독자들이 읽지 않고 통과해버리는 것을 미연에 방지하기 위해 글의 서두에 올리는 사진을 말한다. 이어지는 게시글과 연관이 있는 경우도 있고 없는 경우도 있으며, 하고 싶은 이야기에 시선을 끌어두기 위한 사전장치의 역할을 한다.

미 슈퍼스타즈'와 '슈퍼특공대'라는 '짤방' 아래 감추어진 본론일지도 모른다. 프로야구와 TV씨리즈에 열광하더라도, 술과 여자와 청춘의 고민 속에서 방황하더라도, 어느새 세상이 만들어놓은 소속과 계급 속으로 미끄러져들어가는, 그리고 이미 들어선 이상 허리띠를 졸라매고 졸라매며 그 속도를 따라잡기 위해 전력질주를 해야 하는 개인들의 고독한 표정은 유쾌하고 재치 넘치는 '짤방'을 거쳐 도달하게 되는 또 하나의 얼굴이다.

그리고 작가는 이 개인들의 고독에 대해서 상당히 단호하고 선명한 태도를 취한다. 그에게 있어 개인의 고독은 존재 본연의 슬픔이거나 상황마다 다르고 사람마다 달라서 어떻게 해볼 도리없이 끙끙 짊어지고 가야 하는 짐이 아니다. 아니 끙끙 짊어지고 가야 하는 짐인 것은 맞지만 어디서 왔다가 어디로 가는지 모르게 모호해지는 섬세하고 예민한 감정선에 기대고 있는 짐은 아니다. 아버지의 부도로 집안 식구가 뿔뿔이 흩어지고 친구의 집을 거쳐 도달한 '갑을 고시원'에서 친구는 묻는다. "여기서 사람이 살 수 있을까?" "듣는 사람에 따라 화가 나거나 서운하거나 서러움이 북받치기에 충분한 말이었다." 그러나 "나는 화가 나거나 서운하거나 서럽지 않고, 대신 외로웠다."(「갑을고시원 체류기」, 현대문학 2004년 6월호 168면) 이 외로움은 어느날 갑자기 좁고 허름하다는 표현 자체가 어색할 정도로 한심한 고시원에서 살아야 할 자신의 처지 때문에 오는 것도 아니고 기댈 곳 하나 갖지 못한 혈혈단신의 막막함 때문도 아니다. 그랬다면 '나'는 서운하거나 서러웠을 것이다. 빨간색 스포츠카로 찢어지게 가난한 친구를 태워다주는 놈과 월 9만원의, 찢어질까봐 발도 못 뻗는 고시원에서 살아야 할 놈 사이에 놓인 까마득하게 멀고 먼 거리와 차이에 외로움은 근거하고 있다. 청동보일러와 스포츠카와 미스코리아 부인으로 이어지는 삶과, 부도와 갑을고시원과 임대아파트로 이어지는 삶이 절대로 뒤섞일 수 없는 이 막막하고 광활하고 견고한 세계의 한복판에 홀로 서 있는 인간만이 느낄 수 있는 외로움이다. 이 외로움은. 그리하여 이 외로운 인간들은 시간당 1000원, 1500원을 받는 주유소와 편의점에서 일하며 그것으로 수입을 계산하는 '산수'가 삶의 기반에 놓여 있음을 안다. 시급이 3000원으로 오르면 그만큼 더 "수많은 사람들의 고통을 목격"(「그렇습니까? 기린입니다」, 『창작과비평』 2004 가을호 242면)해야 한다. 지하철 '푸쉬맨'이 그 일자리이다. 거기서 출근 시간을 놓쳐 울부짖는 시민들을 밀어넣고, 산수 경시대회에 나가야 하는 초등학생을 밀어넣고, 그리고 을씨년스러운 사무실로 도시락을 먹으러 출근하는 아버지를 밀어넣는다. 아버지가 방에 들어가시든, 아버지 가방에 들어가시든 알 바 아니지만, 아버지를 지하철에 밀어넣는 일은 외롭다. 아버지의 산수가 아들의 산수로 상속되고 그래서 아버지의 고통은 아무리 가벼워지려 해도 애초부터 삶이 무거울 수밖에 없는 아들의 고통으로 이어진다. 메탈이나 숑카나 본드 같은 것은 이 '산수의 법칙'을 알아버린 소년들에게는 더이상 매혹적인 환상이 되지 못한다. 이 소년들의 고독에 대해 작가는 무척 단호하다. 그래서 소년들은 부조리한 세상에 적응하지 못하고 방황하는, 이유없는 반항이나 일탈로 문제의 핵심을 흐리지 않는다. 자신들의 삶의 토대에 '산수의 법칙'이 놓여 있다는 것을, 그리고 그 '산수'는 대를 이어 계승된다는 것을 일찍부터 알아버린 소년들은 본드도 마음대로 못 분다. 혹자는 이것을 '경제적 계급구조'나 '물적 토대의 중요성'이라는 말로 표현하기도 한다.

그렇다고 작가가 느닷없이 진지해지는 것은 아니다. 그는 여전히 '냉장고에 코끼리를 넣는 방법' 같은 것에 골몰하면서 냉장고를 친구로 삼으며 논다. 아니 사실 "늘 불쾌할 정도로 외로웠"으므로, "그런 연유로 냉장고와 나는 친구가 되었다."(「카스테라」, 『문학동네』 2003년 겨울호 128면) 친구가 된 냉장고는 보통 냉장고가 아니므로 당연히 '나'는 냉장고를 소유하는 것이 아니라 냉장고와 함께 산다. 게다가 전생이 훌리건이 아닌가 싶을 정도로 엄청난 소음까지 내고 있으니 이 냉장고는 '강한 발언권'을 가지고 있는 하나의 '인격'이 된다. 부패와의 전쟁이라는 역사적 사명까지 부여하고 보니(그 사이에 '냉장의 원리' '냉장고의 구조' '냉장의 역사' 등등이 줄줄이 인용되었음은 물론이다.) 냉장고는 이제 세계사적 물건이 된다. 감히 친구가 될 수 없을 정도로 위대해진 물건에다가 김치나 계란 같은 것을 담아두는 것은 인류의 도리가 아닐 터, '소중한 것'과 '세상의 해악'이 어쩌다 헷갈릴 때는 '일단 뭐든지' 차곡차곡 냉장고로 들어간다. 오래오래 보관하는 것은 냉장고의 특기가 아닌가. 각종의 명작과 영화들, 아버지와 어머니, 학교와 동사무소와 국회위원과 대통령, 미국과 중국인까지 담아놓고 나니 맙소사 냉장고는 하나의 '세계'가 되었다. 냉장고에 대한 상상은 참으로 종횡무진, 주마가편인데다 이미 고삐까지 풀려버려서, 그야말로 점입가경이다.

"늘 불쾌할 정도로 외로웠"던 한 친구의 상상은 냉장고를 하나의 세계로 만들었지만, 어느날 조용해진 냉장고 안에는 네모난 카스테라 한 조각이 들어 있을 뿐이었다. 냉장고를 친구로 두고 온갖 상상으로 그 속에 세계를 담아두지만 다시, 냉장고 문을 여는 순간 그 속은 텅 비어 있다. 텅 빈 냉장고 속에 들어 있는 유일한 세계, "그 따뜻하고 부드러운 카스테라를 씹으며" "나는 눈물을 흘렸"던 까닭은 냉장고만이 친구였던 그의 삶, "불쾌할 정도로 외로웠"다는, 상상과 유희의 연원이 그 카스테라에 녹아 있기 때문일 터이다. 혹은 세계를 담아두었던 냉장고가 단 한 조각의 카스테라 앞에서 갑자기 적막해지는 것을 경험하는, 그 비현실적이게 현실적인 실물감 때문일 것이다. 그 카스테라는 오갈 데 없는 이들이 베니어판을 사이에 두고 옹기종기 동거했던 갑을고시원이고, 푸쉬맨인 아들에게 떠밀려 지하철을 타고 실종되었다가 기린이 되어 나타난 아버지이기도 할 것이다. 냉장고의 문은 이제 유희와 상상의 가벼움과 외롭고 무거운 삶이 만나는 경계선이 된다. 박민규의 재치와 풍자와 유희가 마냥 가볍지만은 않은 또 하나의 이유다.

이제 소설은 카스테라의 눈물만큼, 기린의 눈물만큼, 딱 그만큼 무거워졌다. 그리고 딱 그만큼의 무거움은 박민규 소설의 무게중심을 잡아주는 중심추가 되기도 할 것이다. 펌질과 리플과 짤방으로 시끌시끌하던 소설이 카스테라와 갑을고시원과 기린 앞에서 적막해지는 이 기상천외한 긴장감을 가끔, 그래도 오래 만나볼 수 있었으면 좋겠다. 이 긴장감으로 인해 날래고 가벼운 단절과 전환 사이에 가로놓였던 심연이, 너스레와 허풍과 포복절도와 촌철살인을 헤치면서 한층 더 의미심장해질 것이다. 그런데 어디서 '이거야 원, 이 무슨 주제넘은 주접이람' 하는 소리가 들린다. DC 크리에이터들이 지정해준 '시큰둥 포즈'를 취하고 있는 바나나맨이 얼핏 보이는 것 같기도 하다.

─『실천문학』 2005년 봄호

우리 시대의 리얼리즘, 유쾌하거나 혹은 아득하거나

■

김종광 『경찰서여, 안녕』, 문학동네 2000

1. 대낮의 진실, 대낮의 소설

김종광(金鍾光)의 소설은 우선 재미있다. 그 재미는 우리들 생활의 주변, 왁자하고 돌발적인, 그러나 지극히 평범하여 소설적 사건이랄 것도 없는 일상의 나날들에서 나온다. 소도시 근처와 농촌, 별로 부유하지도 않지만 그렇다고 찢어지게 가난하지도 않은, 고만고만한 근심과 고만고만한 기쁨으로 사는 우리 이웃들의 그렇고 그런 하루들을 김종광은 때로 능청스럽고 때로 발랄하게 소설로 엮어올린다. 소설이란 것이 원래 우리들의 삶을 옮겨놓고 압축하는 것이라고 할 때 그것이 뭐 별다른 것이냐고 반문할 수도 있겠다. 그러나 보통 사람들의 평범한 이야기를 소설 속에서 만나는 일 자체가 퍽 드물게 되어버린 요즈음을 생각해볼 때 김종광의 소설이 주는 재미는 도리어 각별하다.

직장에 나가고 일을 하고 이웃과 만나고 세상과 만나 부딪치고 상처받으며 그래도 기대를 버릴 수 없는 낮이 있다면, 소설을 쓰거나 게임을 하고 비디오를 보거나 음악을 들으며 꿈을 꾸는 밤이 있다. 낮 동안이 우리가 현실이라 일컫는 생활로 채워지는 시간이라면, 밤은 그 생활에서부터 되물려진 욕망이 주관적 질서로 새롭게 재편되는 시간이다. 요즈음의 젊은 작가들의 소설은 낮보다는 이 밤의 에너지에서 산출되는 것이 아닌가 한다. 무표정한 얼굴로 회계보고서를 작성하거나 누군가와 악수를 나누며 거리를 배회하던 피곤한 개인들은 돌연 밤의 이불 속에서 눈빛을 빛내며 사적 판타지의 세계를 건설한다. 밤의 나는 지리멸렬한 사무실 앞을 매일 같은 시간 지나는 이름모를 당신에게 연애편지를 쓰고, 친절하고 자상하지만 사랑하지는 않는 남편 혹은 아내의 등에 칼을 꽂고, 돌연 괴물로 변한 이웃 아이와 더불어 어두운 밤거리를 광속으로 질주한다. 이 주체못할 엽기발랄한 상상력의 출생기반을 따지는 일이 부질없을지도 모르지만, 애인보다 더 친밀하고 다정한 익명의 채팅 상대나 다양한 무기와 전술로 무장한 게임의 각축전, 세상의 이면에 이미 온갖 이미지들의 이름을 붙여둔 영상물들이 아니라면 이 밤의 공화국은 아마도 쉽게 건설될 수 없었으리라. 어디 그뿐이겠는가. 온갖 제도와 금기, 협잡과 이기로 얼룩진, 누구도 나의 존재를 눈치채지 못하고, 어디에서도 나를 건강하게 지켜줄 보람을 찾을 수 없는 저 지리멸렬한 고독의 낮이 아니라면 이 찬란하고 섬뜩한 밤이 이토록 매혹적일 수 있을까. 그래서 소설은 일상의 허를 뚫는 상상력의 내공이거나 누구도 눈치채지 못할 고독한 개인의 내면에서 펼쳐지는 장광설이거나 아니면 숱한 예술가들이 먼저 뿌려놓은 걸작들에 주석을 다는 2차 텍스트가 된다. 이 상상력과 이미지의 또는 내면의 독백 속에서 낮 동안의 우리의 삶들은 더욱 지리멸렬해지고 마침내 그것의 존재는 깜박 잊혀져 관심 밖으로 사라지기도 한다. 그러나 이 엄연한 대낮의 진실은 우리가 그것의 존재를 명명하지 않더라도 늘 우리 삶의 주변을 감싸고 있는 법이다. 삶을 운용하는 현실원리를 뛰어넘는 저 내면과 상상력의 소설들을 비유하건대 밤의 소설이라고 부른다면, 김종광의 소설은 성실하게 이 대낮의 일상들을 뒤좇고 수합하는 대낮의 소설이라고 불러도 좋을 것 같다.

그렇다고 해서 이 글의 제목에서 거창하게 이름붙였듯 김종광의 소설을 리얼리즘이라고 쉽게 말할 수 있는 것은 아니다. 근래에 들어 그 증거물을 확보하기가 무척 힘들게 되어버렸기는 하지만 리얼리즘은 일상의 세태를 소설 속에 재현하는 것만으로 충족될 수 없는 개념이 아닌가. 여기에는 우리의 삶을 충실하게 재현·반영하는 문학, 낱낱이 흩어진 일상의 조각조각이 아니라 그 일상을 통어하고 이끄는 구조의 핵심을, 우리가 사는 세계를 움직이는 원리를 꿰뚫어보는 총체적 안목에 대한 요구가 굳건하게 자리잡고 있다. 그런 의미에서 볼 때 김종광의 소설은 현실이라기보다는 세태에, 총체성이라기보다는 개별 삶들의 조합에 더 가까워 보인다. 그렇지만 한편으로 김종광 소설의 이런 면모는 우리 시대의 리얼리즘이 부닥친 한계를 드러내고 있다고 볼 수도 있다. 세계를 이끄는 진리라든가 우리 삶의 총체성이라든가 혹은 미래에의 전망이라는 개념들이 오히려 그것의 발견을 가능하게 했던 개별의 삶 자체를 무시하거나 혹은 축약한 결과일 수도 있다는 우려 때문에. 그래서 리얼리즘이란 말 그대로의 의미, 즉 현실의 인정과 그것에 대한 충실하고 겸손한 탐색이라는 의미에서 벗어나 역설적이게도 욕망의 성급한 상상적 충족행위가 아니었느냐는 비판에서 우리는 우리 시대의 리얼리즘에 드리워진 어두운 그림자를 본다. 당연히 있는 어떤 본질, 거기로 나아갈 것이 틀림없다는 목적, 당신과 내가 의심할 수 없이 하나의 몸 속에 있다는 총체성에 대한 믿음들은 이제 끊임없는 회의의 대상이 되고 있으며 심지어는 조롱과 자학의 대상이 되고 있기까지 하다. 우리들이 생활하고 기반을 두고 있는 이 현실을 부인할 수도 없고 부인해서도 안되겠지만 그렇다고 그것의 형상을 미리 짐작하고 고정해서도 안된다. 섣부른 믿음보다는 성실한 장인적 탐색과 확인이 필요하며 그래서 거룩한 이념과 개념어를 앞세운 연역법보다는 귀납적 경험적 방법론이 더욱 절박한 과제인지도 모른다. 얼핏 보면 어수선하고 요란스러운 일상 옮겨 놓기, 서운하고 박력없는 결론, 그러나 그것들을 재치있게 꾸려내는 김종광의 세련된 솜씨와 다양한 형식시도는 현실을 포기할 수는 없지만 섣불리 믿을 수도 없는 우리 시대의 현실읽기에 대한 방법적 고민을 담고 있다고 생각된다. 이것이 김종광의 첫 소설집 『경찰서여, 안녕』에 대해 '우리 시대의 리얼리즘'이라는 자못 거창한 표제를 붙인 이유이다.

2. 사소하고 잡다한 삶의 옹호

김종광의 소설을 읽다보면 우선 눈에 들어오는 특징이 있는데 작중 인물의 이름 뒤에다 나이를 적어넣는 방식이 그것이다. 이를테면 이런 식이다.

남들은 국물부터 한 수저 떠먹어보는데, 준칠(63세)은 꼴찌로 온 소주병부터 잡았다. "젊은 사람은 많이 마셔야 뎌." 동해(28세)에게 물 비운 컵 찰랑찰랑하게 따라주며 하는 소리였다. 동해는 술이라면 우선 마시고 보는 성격이었으므로 군소리 없이 받았다. "간이 안 좋아서 얼마 뭇 혀요." 술맛 떨어지는 소리를 하는 시현(57세)에게는 반 잔만 따라주었다. "요샌 아줌씨들이 술 더 잘 마시던디, 한잔들 하셔야지?" 술하고는 태평양을 사이에 두고 살아온 말숙(56세)은 준칠이 내미는 소주병을 숫제 외면했고, 옥자(42세)는 짧은 망설임 끝에 "맥주라면 자신 있는디" 해보았지만 아무도 호응해주지 않아 그냥 해본 말로 묻혀버렸다. "그럼 나머진 다 내 거여." 준칠이 선언했다.

（「모종하는 사람들」 123~24면）

도로변에 꽃모종을 심는 공공근로에 나선 사람들의 점심시간 한 때를 속도감 있게 옮겨놓고 있는 장면이다. 변죽좋고 술 좋아하는 준칠이 모인 사람들에게 수선스럽게 한잔씩 권하고는 나머지를 얼른 자기 몫으로 챙겨버리는 모습이 눈에 선하고 또한 공공근로로 모인 사람들 사이의 어색한 친밀감이나 쑥스러운 수다 같은 것도 떠올릴 수 있다. 여기서 인물의 이름 뒤에 나이가 괄호로 표시되는 방식은 장면묘사를 더욱 경쾌하고 리듬감 있게 살려주고 있다. 이런 방법은 「모종하는 사람들」뿐 아니라 다른 소설들에도 김종광이 즐겨 활용하는 수법인데 적게는 10명 안팎에서 많게는 30명이 넘는 등장인물들을 관리하는 데도 편리한 방법이겠고, 속도감 있고 발랄한 김종광의 문체를 살려나가기에도 아주 효과적이다. 수많은 인물들에게 소설에 등장한 대접이라도 해주려면 짧게나마 나이나 직업, 간략한 외모묘사 등을 붙여주어야 하는데 유난히 등장인물 수가 많은 김종광의 소설에서 어느 세월에 일일이 그들 인물에 대해 설명을 붙이고 있을 것인가. 간결함과 압축이 생명인 단편형식의 특성을 생각해보아도 이 방식은 썩 유용한 방법임에는 틀림이 없다. 물론 작품해설에서 설명하고 있는 것처럼(김만수 「농촌과 주변을 향한 리얼리즘적 시각의 복원을 위하여」) 군소인물들에게 잠시나마 시선을 둘 수 있는 '낯설게 하기'의 효과를 거둘 수도 있을 것이다.

그런데 이 약간은 낯선 방식이 단지 소설 구성의 경제성이나 효율성에 그치는 것이 아니라 김종광이 현실을 보는 관점, 그리고 소설에 대한 생각을 은연중에 드러내고 있는 것은 아닐까. 사실 이런 식의 표기는 소설에서야 낯설지만 신문의 사건기사에서는 익숙하게 발견할 수 있는 표기법이다. 이를테면 "이 아무개씨(25, 학생)는 모월 모일 ㄱ대학교 앞을 지나다가"하는 식으로 서술되는 사건기사를 떠올린다면 김종광의 소설에서 발견할 수 있는 인물표기법은 신문기사투와 연관을 맺고 있다는 것을 쉽게 유추할 수 있다. 신문기사에서 인물은 주인공이 아니다. 물론 저명인사들이 등장하는 기사들에서는 그 인물이 주인공이 되기도 하지만 사회면에 자주 등장하는, 나이와 직업이 괄호 속에 표기되는 인물들은 사실상 익명의 인물이고 그 인물 개인의 특성이나 내력은 별 의미가 없다. 기사의 주인공은 어디까지나 사건이며 또는 그 사건들이 일어나고 있는 세태이다. 신문을 읽는 독자에게도 마찬가지다. 그 기사의 주인공이 누구인가보다는 어떤어떤 사건이 일어났다는 사실이 중요하고, 더 중요한 것은 이런 사건들이 일어났다 사라지는, 내가 살고 있는 세계의 한 단면을 읽는다는 사실이다. 그에 비해 소설의 주인공은 그 이름이 부여되는 순간 소설에서 절대적인 의미를 가지는 것이 일반적이다. 소설이 타락한 세계와 맞서 싸우는 문제적 개인의 여행이라고 말했던 한 고전적 정의를 떠올려보더라도 소설 속의 인물은 누구여도 좋은 사람이 아니라 '바로 그 사람'이어야 하는 것이다. 무언가 의미를 발견하고 그것을 구체화할 사명이 태어날 때부터 주어진 사람, 그가 바로 소설의 주인공이다.

그렇다면 김종광은 특별한 의미를 찾아야 할 사명을 띠고 태어난 주인공을 거부하고 대신 복수의 주인공, 또는 등장인물 모두가 주인공이며 동시에 조연인 방식을 택한 것이라고 볼 수 있겠다. 등장인물들은 이름 뒤에 나이를 달고 나오면서부터 개별성보다는 전체 집단의 한 성원이며, 그래서 누구라도 사실 별 상관이 없는 사람이 된다. 그리고 소설의 촛점은 한 대표적 인물이라기보다는 사건의 현장에, 세태의 한 단면에 놓이게 되는 것이다.

「모종하는 사람들」에서 공공근로는 구조조정 시대에 실업자 구제와 고용창출을 위해 고안되었지만 거기에 모인 사람들은 그런 정책적 목적에 개의치 않는다. 거기에는 그저 들쭉날쭉한 나름대로의 삶이 모여들어 있을 뿐이다. 물론 인물들은 나름대로의 내력과 생활을 가지고 있다. 중소업체라고 하기에도 낯부끄러운 영세한 공장이 문을 닫자 실업자가 된 목수 준칠, 대학을 졸업하고 사회에 적응하지 못해 고향으로 찾아들어온 동해, 공익근무를 하면서 밤에는 단란주점에서 아르바이트를 하느라 늘 잠이 부족한 지영 등등. 그런데 소설에서 중요한 것은 그들이 가지고 있는 구체적 사연이 아니라 누구든 나름대로 사연이 있고 삶의 고달픔이 있다는 일반화된 사실, 그리고 그들이 모여 이러쿵저러쿵 떠들면서 또 하루해를 함께 보내며 일한다는 사실 그 자체에 있다.

우리는 일단짜리 사회면 기사를 읽듯이 참 저마다 사연도 구구하고 기상천외한 세상살이의 잡다한 면면들을 보게 되는 것이다. 농촌 주변의 풍속을 시장바닥처럼 왁자하게 얽어놓은 「많이 많이 축하드려유」 역시 마찬가지이다. 원동기 면허시험장에서 교통질서와 안전을 위해 자격을 검사하고 부여하는 본연의 목적에 따라 움직이는 사람은 없다. 신문배달을 위해 면허를 따려는 소녀가장에서부터 우유배달과 커피배달을 위해, 그저 폼나는 일이기 때문에, 경찰들에게 자존심 세워보려고 저마다의 목적은 참 다양하기도 하고 야단스럽기도 하다. 우리는 세상 갖가지 일에 사회정의와 질서를 내세우면서 거창한 목적을 걸어두지만 세상 사는 그 목적에 아랑곳없이 저마다의 진실로 옆구리 터지듯이 줄레줄레 쏟아져나오는 것이다.

지역구 주민의 삶의 질에 대해서 도통 관심이 없는 집권당 국회의원의 당사를 타격하려는 학생들의 시위현장도 예외가 아니다. 우리는 「편안한 밤이 오기 전에」에서 엉뚱하게도 학생들이 던진 화염병이 집권당당사에 하꼬방처럼 붙어 있는 슈퍼로 날아들까 전전긍긍하는 한 능청스러운 노인을 만난다. 이 소설의 중심화두는 사회정의도 올바른 정치도건강한 비판정신도 아닌 그 노인의 절박한 근심거리이다. 그런데 이 노인은 그 와중에서도 복덕방 노인들과 고스톱을 치고 다방 레지의 치마속을 들여다보며 시위현장을 대단한 구경거리의 건수로 여기고 들락날락 정신이 없다. 이 엉뚱하고도 사소한 삶이 전혀 어울리지 않게 모이고 만나 이루는 것이 소설이며 작가는 정신사나운 저마다의 진실들을 솜씨 있는 모자이크로 모아놓는다. 삶은 한 물꼬로 모여 흐르는 것이 아니라 좌충우돌 어디서 터질지 모르는, 의미조차 불분명한 그 나날들의 실체일 뿐이다. 사는 게 본래 그런 것인 줄 이제야 알았냐는 듯이 짐짓 의뭉을 떨며 의미부여의 강박관념에 느릿느릿 딴지를 거는 여유, 그것이 김종광의 소설에서 만나는 재미라면 재미인 셈이다.

그렇다면 신문기사의 인물표기 방식을 원용한 김종광의 시도는 예사로운 것이 아니다. 1면 머릿기사나 정치면에 굵직굵직하게 헤드라인으로 뽑혀나온 유명인사들의 거창한 삶이 아니라 아무도 이름을 알지 못하고 알려고도 하지 않는 자잘한 기삿거리들이야말로 우리가 사는 세계를 이루는 소중한 사건들이 아닌지. 이 사건들을 모아놓은 곳에 크고 유명한 희대의 사건들에만 주목하는 우리의 과대망상 때문에 잊고 있는 삶의 진실들이 있는 것은 아닌지, 작가는 짐짓 별일 아닌 듯 능청을 떨면서, 그러나 사실은 아주 조심스럽게 타진해보고 있는 것은 아닐까. 역시 이름모를 삶들의 다양성과 소중함에 누구보다도 진지했던 작고한 작가 김소진(金昭晉)의 작품에서 이와 유사한 신문기사적 글쓰기의 기억을 떠올릴 수 있는 것은 결코 우연만은 아닐 것이다.

"(…) 삼십일일 새벽 세시 삼십분께 서울시 중구 저동 백병원 앞의 저동건물 신축 공사장에서 박상선 씨, 괄호 열고, 이십팔 무직 주거부정, 괄호 닫고, 가 이 건물 지하 사층 바닥에 떨어져 이마 등에 피를 흘리고 숨져 있는 채 발견됐다. 줄 바꾸고, 경찰은 이날 새벽까지 근처에서 시민, 학생 등 삼십여명이 모닥불을 피우고 밤을 새우고 있었다는 목격자의 진술에 따라 (…) 박씨를 처음 발견한 성균관대생 설경훈 군, 괄호 열고, 이십이 유교학과 삼년, 괄호 닫고, 을 불러 정확한 사인을 조사중이다. 예, 이상입니다." (김소진 「열린 사회와 그 적

들」,『열린 사회와 그 적들』, 솔 1993, 89면)

3. 유쾌한 세태 이면에 숨겨진 아득한 진실

김종광이 사소하고 잡다한 삶에 숨겨진 여유와 재미에 일차적 관심을 두고 있는 것은 사실이지만, 그리고 그것이 충분한 소설적 재미를 자아내고 있지만, 그렇다고 해서 그의 소설이 단지 세태 옮겨놓기에만 그치고 있는 것은 아니다. 주제나 의도를 종잡을 수 없게 종횡무진 갑남을녀들의 삶을 휘젓고 다니는 일 자체가 소설이 되어 있는 와중에도 김종광은 뼈아픈 일침을 슬쩍 끼워넣기를 즐겨하는데, 이를테면 교통초소 단속 의경들이 법규위반자를 검문하는 과정에서 오고가는 뒷돈거래를 소재로 삼은 「검문」도 그렇다.

톨게이트 교통검문이라는 게 교통체증만 불러일으킬 뿐 별 의미없는 단속이다 보니 근무 의경들은 술이나 마시며 잡담이나 하면서 하루하루를 때워나갈 뿐이다. 그런데 근래 며칠간 '실적'이 시원치 않아 심기가 불편한 초소장 성 순경이 근무태만을 이유로 의경들에게 신경질을 부리자 이 수경은 원칙을 갖다대면서 반항을 한다. 한바탕 불편한 설전이 오가고 초소내의 분위기는 냉랭해진다. 하지만 교통법규위반자들을 상대로 용돈을 조달해온 공범들끼리 무슨 결론이 날 리도 없고, 하루아침에 그런 뒷거래를 반성하고 새로운 근무태세를 갖출 리도 없다. 결국 이 속보이는 분쟁은 무면허운전자를 잡아 크게 '한건' 올리고 용돈을 나누어 가짐으로써 싱겁고 찜찜하게 일단락된다. 오늘도 뒷거래의 하루는 그렇게 지나가고 내일은 또 오늘과 다름없는 하루가 될 것이라는 밑바닥 부정부패의 한 현장을 보여주는 것으로 소설은 마무리된다. 이런 식의 결론은 어떤 변화도 비판도 의미없다고 생각하는 허무주의나 비관주의에 기대고 있는 것처럼 보인다. 그러나 세상일이 그런 것을 어쩌랴. 이미 말단 의경과 순경들에게까지 일상화된 부정은 한 개인의 의기나 각성으로 변화될 수 없는 것이고 그러므로 이것이 이들만의 잘못도 아닌 것이다.

교통사고의 주범인 무면허운전자와 수배자를 잡아들이고 있으니 조국을 위해 큰일 한다는 긍지를 가질 만도 했었다. 짬밥이 쌓이면서 수배자는 끽해야, 벌금미납자들로 재수가 없어 걸린 사람들에 불과하다는 것을 깨우치게 되었다. 진짜로 이 사회를 위해하는, 진짜로 나쁜 새끼들은 자신들 같은 얼간이들의 불심검문 따위에 걸리지 않는 것이다. (「검문」 267면)

검문의 속보이는 부정행위에 시비를 걸어놓고 성 순경이 내미는 지폐를 받아넣는 자신의 비겁을 한탄하는 이 수경, 신경질을 냈지만 떳떳지 못한 일의 공범들을 야단칠 명분이 없으므로 수습에 쩔쩔매는 성 순경, 둘다 웃기는 짓거리를 하고 있다고 비웃는 양 수경, 고참들의 때아닌 냉전에 눈치보느라, 톨게이트 창구직원에게 연애거느라 바쁜 서 상경. 이들의 형편은 제각각 실감나게 살아움직이는데 그들이 모여 있는 곳은 공동의 생활기반인 교통검문 초소이고 또한 그곳은 말단까지 부도덕과 비양심이 편재한 우리 사회의 한 단면이다. 멀리서 보면 은은하고 부드러운 조화를 이루지만 가까이서 보면 원색의 자기 색깔이 선명한 점들로 이루어진 점묘화처럼 사방으로 흩어지는 인물들의 세태는 결국 우리 삶의 공동기반과 구조를 은연중 드러내고 있는 것이다. 그러니 독자는 인물들의 엉뚱한 분쟁에 피식 웃고 말 수밖에 없다. 그들의 부도덕이 아니고 그들의 비양심이 아닌데 그들을 비판하거나 냉소할 수 없는 노릇이고 결국 문제는 우리가 이렇게 살 수밖에 없는 우리 사회의 운용

법칙이 아닌가.

「편안한 밤이 오기 전에」의 그 능청스럽고 오지랖 넓은 노인의 말을 한번 더 빌려와보자. 우루과이 라운드에 반대하며 집권당을 타격하는 학생들의 시위는 분명 신문에 날 일이고 사회적으로 중요한 사건이기는 하지만 이 노인의 집 앞에서 벌어질 때 그것은 일상의 걱정거리이고 구경거리일 뿐이다. 그렇다면 이 노인은 우루과이 라운드나 집권당 타격의 집회가 그저 강건너 불구경일 뿐이라고 생각하는 무지렁이이고 작가는 그런 거창한 이야길랑 아무 쓸모없는 공염불이라고 말하고 싶어하는 것일까. 그러나 구어체의 신명나는 입담과 분주한 인물들의 뜬금없는 군소리들이 설왕설래 시끄러운 와중에도 이들의 딴짓이 분명히 이유있는 딴짓이라는 항변이 은근슬쩍 끼어든다. 그것도 슈퍼 최씨 영감에게 늘 무식하다고 구박받는 할망구의 입을 통해.

> "소 잃은 다음이 외양간 고치면 뭐 한대유?" "소가 있기나 했었남. 외양간만 있었지." "그럼 소를 잡아야지 외양간이다 왜 시비래유?" "무슨 뜻여?" "언제 내 말이 뜻이 있었간유. 그냥 나오는 대로 지껄였슈." "그려? 나오는 대로 지껄여두 간혹 뼈 있는 말이 나오는구만." "어련하겠슈. 누구 마누란디." (「편안한 밤이 오기 전에」 189면)

학생들은 집권당의 실정을 규탄하며 돌과 화염병을 던지고 전경들은 그들을 진압하느라 쩔쩔매지만, 집권당 당사가 부서져도 선거기간이 아니면 당사에 코빼기도 보이지 않는 집권당 국회의원은 아무 타격 없이 안전하다. 타격의 성공적인 성과와 진압의 의무만이 남은 이 시위가 일과성의 해프닝 이상으로 받아들여지지 못하는 것은 우루과이 라운드로 인한 농민의 고통이라는 집회의 궁극적 원인이 뒷전으로 밀려나 있으며, 타격의 대상자인 국회의원들은 학생들이 대표하는 이런 민의에 별로 관심을 기울이지 않기 때문이다. 그러니 최씨 노인의 생각에는 명분과 권위만 남은 집권당사, 비어 있는 외양간에다 항의하고 또 그것을 진압하기 위해 전전긍긍하는 일이 장미다방 미스양의 속옷색깔을 확인하는 일보다 더 나을 것도 없는 소동에 불과하지 않겠는가. 엄숙한 정치적 사건이 해프닝으로 희화화되고 그 위에서 어수선한 일상사들이 피어나는데, 여기에는 언제나 정작 중요한 문제의 핵심은 이래저래 희석되고 마는 우리 삶의 모양새에 대한 문제의식이 가로놓여 있는 것은 아닐까.

이런 맥락에서 교실 안의 어처구니없는 해프닝에 시시콜콜 천착하고 있는 것처럼 보이는 「분필 교향곡」은 사실 김종광 소설의 주제를 압축하는 의미심장한 풍자를 담고 있는 작품이다. 비오는 날 어느 고등학교의 점심시간, 익히 상상할 수 있다시피 교실 안은 난장판이다. 삼치기를 하는 아이들, 영어단어를 외우는 아이, 『사람의 아들』을 두고 말장난 중인 아이들, 『정석 수학』을 풀고, 낙서를 하고, 도색잡지를 보고 담배를 피는 아이들, 분필 던져 맞히기를 하고 있는 아이들, 아이들은 5교시 종이 치는 것에 아랑곳없이 저마다의 사무에 법석이다. 비가 와서 교실에서 체육을 해야 되는 5교시, 문을 열고 들어오던 체육선생의 발치에 아이들이 던진 분필이 떨어진다. 분필 던진 아이를 찾았으나 아무도 대답이 없자 그때부터 한시간 동안의 어처구니없는 해프닝이 벌어진다. 아이들은 교사의 호령에 따라 책상 위에 올라갔다 내려갔다 하며 교사의 말도 안되는 설교를 듣고 기름을 먹인 지시봉에 허벅지를 맞고 팔을 들어올려 벌을 서야 한다. 체육복 검사에 교과서 검사, 그리고 분필 한도막에 양심을 파는 양심불량에, 체육과목을 우습게 아는 죄에, 교사에 대한 예의없음까지 교사의 체벌이유는 찾아보자면 끝이 없다. 급기야 체육교사는 참교육을 주장하던 담임선생의 교육방침에까지 시비를 걸고, 몇몇 학생은 이런 부당한 폭력에 항의하지만 또 모든 학생들이 그 항의에 동의하는 것도 아니다. 그 와중에도 아이들은 짬짬이 낙서를 하고 영어단어를 외우고 도색잡지를 보면서 히죽 웃다가 졸기도 하고 언제 수업을 마치는 종이 울려 이 고역이 끝날까 지루해한다. 일관성없는 교사의 체벌에다 팔을 들고 매를 맞으면서도 생각은 다 각각인 아이들, 아무런 합의도 없지만 교실 안은 이 무질서와 어처구니없음으로 일사불란한 조화를 이루고 있다. 이것이 바로 완전한 협화음의 세계 '분필 교향곡'인 것이다.

그런데 분필 한도막으로 야기된 교실 안의 교향곡은 이면에 다른 사건을 숨기고 있다. 정확한 사건의 내막은 드러나 있지 않으나 짐작컨대 전교조 가입교사로 여겨지는 담임선생의 의문사, 혹은 실종 사건이 그것이다. 무슨 이유인지 알 수 없는 담임선생의 결근이 이 교실 안의 학생들을 교육하는 철학이나 실천과 밀접한 관련이 있을 텐데도 학생들이나 체육교사는 아무 일도 없는 듯 분필 한도막에 집착하여 때리고 맞고 설교하고 딴짓하며 소란스럽기 그지없는 것이다. 독자들은 이 어수선하고 뜬금없는 소동을 인내심을 갖고 지켜보며 도대체 담임선생은 어떻게 된 것이며 이들은 왜 이렇게 난리를 치는 것인지 어리둥절하다. 그리고 이 의문은 소설의 결론에서도 풀리지 않는다. 웬 맷집좋은 녀석이 자기가 분필을 던졌다고 말함으로써 선생에게 반항 아닌 반항을 하고 한 학생이 발작을 일으키고 마침종이 울리면서 그냥 허무하게 사건은 끝난다. 그렇다면 이 교실 안의 소동은 문제의 본질이나 촉발된 계기와는 아무 상관 없이 꼬리를 물고 번져나가는 세상사의 소란스러움을 빗댄 것은 아닌지, 그리고 그 소란스러움 아래에는 사실은 우리가 정말 예의주시하고 문제삼아야 할 중요한 일들이 늘 파묻혀 있는 것은 아닌지 의문을 가져볼 수 있다.

거기다가 스무명 가까이 되는 등장인물들의 이름이 종필, 회창, 일성, 대중, 두환으로부터 건희, 우중에 주영, 심지어 찬호, 동렬, 남준에 봉주까지 망라하고 있음을 눈치챈 독자들은 여기에 예상치 못한 풍자가 숨어 있음을 발견할 수 있다. 물론 종필이는 서종필이고 대중은 이대중이고 찬호는 지찬호이므로 우리가 이름에서 연상할 수 있는 고유명사와이 인물들의 이름이 일대일의 연관관계를 맺는 것은 아니다. 이건 그냥작중인물들의 이름일 뿐이지만 독자는 우리사회의 저명인사들과 이 교실 안의 해프닝을 연결시켜 연상하게 되고 그러면서 묘한 유비관계를성립시킬 수 있게 된다. 다시 한번 신문기사의 예를 들어보자면 신문의정치, 경제, 문화예술 면을 장식하는 저명인사들의 활동 역시 이처럼 문제의 핵심과 관련없이 겉도는 해프닝일 뿐이고 우리는 이런 해프닝에좌지우지되면서 정작 우리 사회의 중요한 문제들은 현안으로 고려하고생각해보지 못하는 삶을 살고 있는 것은 아닐까. 이 싯점에서 문득 얼마전 신문 정치면을 장식했던 해프닝이 떠오르는 것이 뜬금없는 일은 아닌 것 같다. 야당 총재가 민심살피기의 일환으로 지하철에 탑승했을 때우연히 만난 여대생이 한달 전에도 같은 행사에서 만났던 여대생이란것을 들어 여당에서는 연출극이라고 비난했고 야당에서는 연출극이 아님을 해명하면서 여당을 명예훼손으로 역비난했던 사건. 이것이 저 교실 안의 어처구니없는 '교향곡'과 얼마나 다를까. 도대체 그것이 연출극이면 어떻고 아니면 또 어때서 그 일의 진위여부에 그렇게나 열을 올리는 것일까. 정작 문제는 진짜 민심에 대해서는 전혀 신중하지 않으면서일과성 행사나 하고 정쟁이나 일삼는 정치권의 행태가 아닌가.

이렇게 볼 때 짐짓 너스레를 떨면서 김종광은 이중의 비판을 감행하고 있는 셈이다. 하나는 전혀 중요하지 않은 일들에 사활을 걸고 매달리면서도 거기에 대단한 의미를 부여하려 안달을 내는 어떤 중심들에 대해서, 둘은 그럼에도 불구하고 여전히 그 사소한 일에 목숨을 거는 삶은전 사회에 걸쳐 구조화되고 있으며 아무 일도 없었다는 듯 그렇게 삶은계속 유지된다는 사실에 대해서. 그래서 독자는 김종광의 입담과 정형화되지 않은 다각다기한 인물들의 해프닝에 때로 낄낄거리면서 때로 한 심해하고 어리둥절해하면서 책장을 넘기다가 어느 순간 뒤통수를 후려치는 우리 삶의 비애를 만나고 가슴 서늘해지는 것이다. 예컨대 「분필 교향곡」의 마지막 장면, 선생은 나가고 아이들은 언제 그런 일이 있었냐는 듯 다시 자신들의 장난에 골몰할 때, 그 야단스러운 해프닝을 불러일으킨 분필 한도막의 어처구니없는 사소함 앞에서.

봉주의 발바닥에 무엇인가가 밟혔다. 분필이었다. 봉주는 분필을 주워들었다. 봉주는 창가로 갔다. 창문을 열었다. 비가 쏟아져들어왔다. "문 닫어! 씹새끼야!" 누군가 윽박질렀다. 봉주는 힘껏 분필 도막을 던졌다. 분필 도막이 비가 무섭게 퍼붓고 있는 허공 속으로 날아갔다. 봉주의 눈에는 그 분필 도막이 갑자기 사라지는 것처럼 보였다.
한순간에, 흔적도 없이. (「분필 교향곡」 57~58면)

4. 유쾌함과 아득함 사이에서

김종광은 분명 거창한 주제나 일관된 서사보다는 사소하고 잡다하며 산발적인 이야기를 옹호한다. 그런데 이 사소한 이야기들은 자기 멋대로 지껄이고 웅성거리면서도 어느 결에 우리 삶의 모양새로 소설의 윤곽을 잡는다. 마치 정해진 자리 없이 자기 색깔대로 빛나는 별들이 멀리서 보면 하나의 성좌를 이루고 어떤 모양을 드러내듯이. 그 별들이 미리 정해진 자리에 가서 정해진 만큼의 빛을 내며 운동하지 않지만 제 멋대로의 별들이 모인 자리는 뭐라고 꼭 집어 말할 수 없는 어떤 모양을 어렴풋이 드러내기 마련이다. 김종광의 이야기가 모여 드러나는 성좌의 윤곽은 이중적인데 하나는 나름대로의 활기와 의미로 빛나는 사소한 삶들의 소중함에 대한 경의, 둘은 우리의 소란한 삶이 무언가 정말 중요한 것들을 은폐하거나 놓치면서 허방을 짚듯이 겉돌고 있을지도 모른다는 경고. 그런데 이 둘 사이에는 언뜻 동의할 수 없는 모순이 존재하고 있다. 사소하고 산발적인 일상들은 혹시 중요한 것들을 놓치고 겉도는 삶과 동일한 삶이 아닌가. 그렇지 않다면 작은 일상의 소란스러운 구체성과 이 허전하게 겉도는 삶의 비애 사이에는 어떤 차이가 존재하는가.

김종광의 소설에서 그 질문에 대한 답을 찾기에는 아직 시기상조인 것 같아 보인다. 그의 소설에는 때로 기층민중에 대한 옹호와 넉넉한 신뢰가, 때로 그 삶에 대한 불만과 회의가 겹쳐진다. 다양한 일상과 인심이 세태와 풍자 사이를 오가고 있는 것도 이 때문이다. 그런 의미에서 그의 소설에 농촌과 그 주변의 인심과 풍속에서 한발 떨어진 이방인의 눈이 늘 존재하고 있다는 사실은 기억할 만하다. 이 인물들이 다양성에 대한 옹호와 그 사소함과 순간성에 대한 회의 사이에서 무언가를 찾고 있는 작가를 대변하고 있다고 볼 수 있기 때문이다.

작품집에 실린 거의 모든 작품에는 대학생이거나, 의경복무 중인 휴학생이거나 또는 대학을 졸업하고 도시생활에 적응하지 못해서 농촌에 내려온 인물들이 그 바닥 사람들의 삶 사이에 어색하게 끼여 있다. 「짚가리, 비릇다」에서처럼 그 인물의 회의 자체가 소설의 주제가 되는 경우도 있지만 대개의 경우에 이들 인물은 작품 구석구석에 엑스트라로 그냥 잠시 나타났다가 사라진다. 이를 작가 자신이라고 보아도 좋지만 아니라고 하더라도 여하튼 이들이 농촌이나 그 주변의 삶을 긍정적으로 바라보고 있으나 거기에 온전히 동화되지 못하고, 그래서 그것을 어떤 방식으로 의미화해야 하는지를 고민하고 있는 것만은 틀림이 없다. 이들은 잡다하고 사소한 일상들이 어우러져 있는 것이 삶이라는 것을 어렴풋이 짐작하며, 생활과 일상이 던져주는 거역할 수 없는 진실이 있다는 것도 알고 있지만, 그렇다고 하더라도 그 사소하고 예측불가능한 진실을 어떻게 자신의 삶에서 불러내올지 알지 못한다.

예컨대 「중소기업 상품설명회」는 농촌을 돌며 한바탕 노래자랑과 유흥을 제공하고 품질이 의심스러운 상품을 팔아먹는 뜨내기 사기꾼들의 사기행각과 그로 인해 빚어지는 마을의 이상스러운 흥청거림에 대한 이야기이다. 이 장사꾼들의 장사는 말 그대로 불법이고 사기이며 이 사기에 놀아나 매일밤 외출을 하고 그 난장판에서 경쟁을 하듯 물건을 사고 이상스러운 열기에 몸을 흔들어대는 부녀자들도 결코 긍정적이지는 않다. 그런데 밤마다 벌어지는 행사 아닌 행사를 사기꾼과 그에게 당하는 무식한 농민 아낙들의 해프닝이라고 한마디로 찍어넘길 수 없는 것은, 별다른 오락과 유흥이 없는 농촌에서 아낙네들은 나름대로의 삶의 활기를 찾아 이 사기성 행사를 천연덕스럽게 즐기고 있기 때문이다. 한밤의 신명나는 오락판에서의 열기와 수다를 위해서라면 푼돈을 사기당하는 것은 별로 아깝지 않은 일이 된다. 그러니 대학생 아들은 엄마의 밤외출이 못마땅하지만 그렇다고 엄마를 비난할 수도 없어서 그냥 어색하게 웃어넘길 수밖에 없는 것이다.

간만에 걸려오는 불법 타령 전화였다. 사흘도 못 되어 도로 서울로 기어갈 놈이 시골 사는 제 어머니의 즐거움을 알겠는가. 방금 전화를 걸어온 대학생은 적법인지 불법인지는 선무당 점치듯 따져보겠지만, 제 어머니가, 동네 아주머니들이, 면의 여인들이, 그 자리에 밤마다 모여 왜 그토록 기꺼워하는지는 조금도 따져보지 않을 것이다.

(「중소기업 상품설명회」 292면)

삶이 불법이나 적법으로 편가르듯 딱 갈라지는 것이 아님을, 삶의 에너지나 진실은 짐작할 수 없는 어느 구석에서 돌연 솟아나기도 하는 것임을 어렴풋이 인정할 수밖에 없지만 그것에 전적으로 동의할 수도 없다. 왜냐하면 그 에너지는 그들의 것인지는 몰라도 온전히 나의 것일 수는 없고 나는 그 풍속과 인심을 전적으로 신뢰할 수 없어서 배회하고 있기 때문이다. 김종광이 충청지역의 사투리를 남다르게 능숙하게 구사하면서 그 구어체로 소설쓰기에 골몰하고 있는 것도 실상은 이러한 모색의 한 방법일 수 있을 것이다. 단지 토속어의 되살림이나 생활어의 구체성을 살린다는 목적의식 때문이 아니라, 그들의 언어로 그들의 삶에 더욱 육박해봄으로써 그들의 종잡을 수 없는 삶을 이해하고 그 속에서 살아가는 일의 진실을 떠올려보고 싶은 욕망이 실감있는 언어의 재현에 기대고 있는 것이 아닐까. 언어가, 말이 단지 의사소통의 수단에 그치지 않으며, 살아온 시간과 관계맺어온 인간들만큼의 살과 피와 숨결로 피어나는 우리들 삶의 육체라고 할 수 있다면, 그들의 언어를 구사하려는 노력은 그들의 삶을 따라잡고 그 속에 동화될 수 있는 가장 가능성있는 방법일 수 있으리라. 그리고 그 노력의 결과는 아직 확언할 수는 없지만 도시사람이 농촌을 보는 낭만적 기대, 공동체적 윤리나 삶의 지혜, 푸근한 인심과 여유 같은 추상적인 삶의 덕목을 넘어서는 것일 터이다.

김종광의 소설쓰기는 다양하고 잡다한 삶의 나름대로의 형태를 솜씨있게 모아놓고, 그것으로 도시의 현란한 삶이나 개념과 명목의 삶이 잊고 있는 '생활'의 건강함을 떠올리는 데에는 일정한 성공을 거둔 것 같다. 그러나 그 잡다한 삶의 의미를 구체화하고 그 속에서 우리가 살고 있는 이곳의 질서를 찾는 일, 그 질서를 밀고나가는 활력의 가능성을 찾는 일은 아직 노력중이다. 거창한 의미나 동일성에 대한 강박관념 없이 사소한 개별의 삶을 돌아다니는 일은 유쾌하고 발랄하다. 천지가 개벽할 날벼락이 떨어져도 언제 어느 곳에서든 계속되기 마련인 삶을 앞에 두고 반짝이는 의미를 발견할 수 없다고 궁상을 떠는 일은 아마도 삶에 대한 예의가 아닐 것이고 그래서 우리가 유쾌하면 안될 이유란 없다. 그러나 그 삶들 하나하나에 이름을 붙여주고 싶은 욕망, 그 이름들을 따라 우리 사는 이곳의 질서와 앞날을 가늠해보고 싶은 욕망, 혹시 그 욕망이 유쾌하고 발랄한 삶들을 억압할까봐 엑스트라처럼 슬쩍 나타났다 사라지면서도 어김없이 그 현장 언저리를 맴도는 작가의 눈길이 가닿는 곳은 아득하다.

표제작 「경찰서여, 안녕」에서 경찰서에 붙잡힌 소매치기 소년의 탈출은 그래서 작가의 출발과 같은 의미로 읽힌다. 가족이 돌보지도 않고, 구속도 할 수 없고, 나이가 어려 소년원에도 보낼 수 없는 소매치기 상습범 소년 강수를 경찰들은 결국 경찰서에 가두어두기로 한다. 소매치기로 거리를 떠돌다가 경찰서에서 생활하게 된 강수는 그 경찰서의 다양한 인간과 사건들 속에서 흥미를 느끼기도 하고 또한 예상 못한 인정에 감동하기도 한다. 그러나 그는 그 인정에 주저앉고 싶은 욕망을 뿌리치고 결국은 자유를 찾아 경찰서에서 도망친다. 온갖 소동이 벌어지는 왁자지껄한 시장바닥 같은 삶, 그것이 삶의 본질이고 그 속에서 사람 사이의 인정과 세상 사는 지혜가 흘러나오는 것일지도 모른다. 그곳은 충분히 아름답고 또한 감동적이지만 소설은 그 소박한 감동을 넘어 다시 길을 나선다. 그래서 등단작 「경찰서여, 안녕」에서부터 지금까지 김종광은 여전히 출발중이다.

— 『사람의 문학』 2001년 봄호

신비화된 농촌, 위안의 고향을 넘어서

■

전성태 『매향(埋香)』, 실천문학 1999

1

전성태(全成太) 소설은 도시문명의 고립된 자아를 그리는 일이 대부분인 요즈음의 소설경향에 비추어볼 때 단연 이채를 띤다. 우선은 농촌의 삶을 소설의 기반으로 삼고 있다는 데서도 그러하고 탄탄한 구성과 꼼꼼한 묘사, 풍부한 우리말 구사력 역시도 같은 연배의 소설가들에게서는 쉽게 찾아볼 수 없는 면모이다. 이런 전성태의 이채로움은 한편으로 생각할 때 다소 아이러니컬하기도 한데, 열거한 전성태 소설의 특징적 면모는 우리가 소설에서 전통적으로 기대해온 덕목이기 때문이다. 바야흐로 익숙한 것, 전통적으로 당연하다고 믿어온 것들이 문득 낯설어지는 때의 길목에 우리는 서 있는 셈인데, 전성태 소설 읽기는 이처럼 전통적인 것들의 와해라는 국면에서 출발해야 할 것 같다. 전통적이고 익숙한 것들이 무너져가고 있는 자리를 새롭고 낯선 것들이 채워나가고 있는 형편이고 이는 소설에만 국한되는 것이 아니기도 한데, 그렇다면 전통적인 것들은 여전히 고수해야 할 소중한 가치인가 아니면 변화의 대세를 감지하면서 무언가 일신해야 할 것들을 우리는 여전히 고집하고 있는 것은 아닌가를 물어야 하기 때문이다. 소설이 시대의 산물이라면 변화하는 시대에 소설 역시 얼마든지 몸을 바꿀 수 있는 가변적인 것은 아닌가라는 질문을 앞에 두고 보면 여전히 전통적 덕목을 견지하고 있는 전성태의 소설은 사뭇 읽기 불편한 존재가 되고 만다.

김유정(金裕貞)과 이문구(李文求)를 앞세우면서 농촌세태를 기반으로 공동체적 정서를 담아내고자 하며 삶에 대한 낙관과 해학을 드러내는 농민소설의 계보 속에 전성태를 넣고자 하는 그간의 평가에 다소간의 껄끄러움을 느낄 수밖에 없는 것도 이런 사정에서 비롯된다. 농촌 인심의 푼근함과 넉넉한 낙관이 여전히 우리가 찾아 일구어야 할 미덕인가, 그것이 우리가 농촌사회에 기대하는 허구적인 이미지는 아닌가 하는 의혹을 거둘 수 없기 때문이다. 그간 소설 속의 농촌과 도시라는 공간적 배경이 지나치게 이분화되어 드러나고 있는 경향도 사실은 농촌이라는 또 하나의 삶의 기반을 너무 미화하고 신비화한 데 원인이 있을 것이다. 도시적 삶이 외롭고 쓸쓸하며, 구제할 수 없는 파편적 삶이라면 농촌은 푼근하고 정다우며 다소간 쓸쓸하더라도 다시 삶에의 의지가 산과 들에 돋는 새싹처럼 어느 구석에선가 고개를 내밀기 마련인 것처럼 그려진다. 그러나 농촌이라고 언제나 푼근한 인심과 자연친화의 낙관이 무한정 솟아나는 보고로 끄떡없이 건재할 수 있을 것인가. 산업화, 도시화의 체제 속에서 농촌은 언제나 밀려나고 소외되어 그 삶이란 팍팍하기 그지없는 곳이 되어버린 지 오래고, 거기에도 자본주의의 거센 물결이 속속들이 침투하여 사람살이의 인정을 당연히 존재하는 본질적인 것으로 낙관할 수 없는 형편이 되어버렸지 않은가 말이다. 혹시 농촌에 대한 지나친 기대와 낙관은 지금의 피폐한 도시적 삶, 단절된 관계에서 오는 피로감을 의탁하려는 무의식의 발로는 아닌지 점검해볼 일이다. 또한 농촌 소재 소설의 미덕으로 꼽는, 사람 사는 근본에 대한 통찰이나 푸근한 인심과 넉넉한 이해는 사실 그 이면에 엄연하게 존재하는 첨예한 현실적 모순을 두루뭉실 덮은 결과이기도 하며, 그래서 변화보다는 유지를 옹호하는 보수적 정서가 숨어 있음도 잊어서는 안될 것이다. 마음 붙일 곳 없이 언제나 떠날 것을 꿈꾸는 현대인들에게 '고향'이란 거부할 수 없는 마음의 안식처이긴 하지만, 사실 그 고향은 곤핍한 삶이 만들어낸 하나의 위안일 수 있다. 그러므로 현실을 방기한 향수와 복고는 언제나 위험하다.

따라서 전성태 소설의 의미를 따져묻기 위해서는 그의 소설이 농촌을 기반으로 하고 있다는 데서 오는 낭만적 기대나 호의로부터 단호히 단절할 필요가 있다. 그랬을 때 전성태 소설의 '농촌'은 우리 삶의 현장 중 하나로서 엄격하게 점검될 수 있을 것이며, 또한 그의 전통적 소설작법 역시 '지금, 여기'에 비추어 온전히 평가될 수 있을 것이기 때문이다.

2

해학적 필치나 능란한 말솜씨 등의 세간의 소문을 통해 기대했던 것과는 딴판으로 소설집 『매향』은 비극적 정서에 상당 부분 기대고 있다. 치밀한 구성을 통해 안주할 수 없는 삶의 고통을 애잔하게 보여주는 「길」과 「매향」은 이러한 비극성이 작품 전면을 지배하고 있는 대표적인 예에 해당한다.

「길」은 서두에서 우려했던 농촌에 대한 낭만적 기대를 거세하고 있다는 점이 우선 두드러지는데, 여기에서 우리는 농촌에 대해 천착하고 있는 전성태의 기본 태도를 살필 수 있다. 이 작품은 도로공사 현장에서 만난 뜨내기 남녀가 아무도 살지 않는 외딴 산골을 찾아 그곳에서 그들이 정주할 수 있는 터전을 꾸려나가려 하지만 결국은 좌절하고 마는 과정을 담고 있다. 도시에서의 떠돌이 삶을 청산하고 그들이 향하는 '절골'이 아무도 살지 않는 버려진 외딴 땅이라는 점은 의미심장한데, 그곳은 푸근한 인정이나 세태의 시끄러움과는 거리를 두고 있는, 오로지 땅과 노동뿐인 곳이다. 이 남녀에게 그곳은 도시적 삶의 상처와 과거의 기억으로부터 단절할 수 있다는 상징적 의미를 가지기는 하지만, 그곳 역시 황량하고 거친, 처음부터 다시 출발해야 하는 땅이며 그래서 회귀와 향수의 고향과는 거리가 멀다. 그들은 다시 시작한다는 사실만으로 기대에 부풀어 있지만 그곳에서의 정착 역시 순조롭지만은 않다. 길이 끊겨 세상에서 옮겨올 수 있는 유일한 문명기구인 경운기마저도 들여올 수 없는 곳에서 오로지 등짐으로 그 무거운 경운기의 몸체와 세간을 옮겨올 수밖에 없던 남자는 그예 노동에 치여 몸져 눕게 된다. 몸져 누운 남자는 결국 다시 일어나지 못하고, 세상을 등지고 떠나온 남녀는 병든 몸을 치유하기 위해 다시 세상으로 나올 수밖에 없다. 자기 땅에 뿌린 첫 씨앗인 보리가 익는 것도 보지 못하고 남자는 세상을 떴고, 여자는 '사내의 부재 앞에서 놀랄 만큼 강단지게 변해' 있으나 남자가 뿌려놓은 보리가 익어 일렁이는 들판에서 돌연 아득해진다.

보리밭에서 쏟아지는 황금빛과 짙은 적요에 여자는 고개를 들 수가 없었다. 바싹 마른 보릿대가 터지는지 밭에서는 틱틱, 삭정이 타는 소리가 났다. 여자가 머뭇머뭇 한 발을 내딛을 때, 발치에서 정적을 깨며 꿩이 푸드득 날아올랐다. 연이어 새들이, 복병처럼 보리밭에 숨어 있던 새떼가 하늘을 검게 뒤덮으며 날아올랐다.
여자는 아득해졌다. (「길」 25면)

이 아득함은 땅을 일구고 살림을 이루어 정착하는 일의 지난함이 주는 현기증 같은 것이다. 세상에 치이고 휘둘려 아무도 없는 땅을 찾아들어온 여자는 남자의 죽음과 뱃속의 아이로부터 얻은 강단으로 다시 세상에 나아가 어떻게든 살아낼 것이지만 더이상 고향과 정착의 헛된 꿈을 꾸지는 않을 것이다. 여자의 떠돌이 삶은 생명 부지하고 살아가는 일의 비애와 회한으로 깊이 잠겨 있으며 그녀가 평생을 지고 가야 할 운명 같은 것이다. 자연의 섭리야 거두지 않아도 보리를 자라게 하고 황금빛으로 들녘에 물결치지만 그 풍요는 더이상 인간의 것이 아니다. 이 적막과 적요야말로 안주와 소박한 살림살이의 행복은 존재하지 않으며, 씨뿌리고 거두는 농촌의 삶 역시 마찬가지라는 침묵의 전언이기도 하다. '절골'의 아득한 길은 외딴 산골뿐 아니라 농촌과 도시로, 우리 삶의 모든 현장들로 이어져 있다.

물론 이 신산한 살림살이에도 연대와 공유는 있다. 그러나 그것은 소멸해가는 것들이 가지는 삶의 덧없음에 대한 체념과 가혹하게 인간을 덮어 누르는, 산다는 것의 운명적인 고통을 기반으로 한 것이다. 「매향」에 등장하는 할멈의 생애 역시 운명이라 할 수밖에 없는 온갖 산전수전으로 점철된 생애이다. 유부남을 사모해 그의 아이를 낳았으나 전쟁통에 연인은 죽고 아들은 삶에 정착하지 못하고 평생을 떠돌다가 원양어선을 따라나선 뱃길에서 어미보다 먼저 덧없이 저세상으로 갔다. 아들의 보상금으로 여인숙을 열어놓고 뜨내기 인생들을 맞고 보내면서 사는 할멈의 낙은 우서리 영감이나 종덕어멈 같은 피곤에 전 이웃들이나, '술구신'이 들어 떠도는 막내동생과 지난한 삶의 넋두리를 주고받는 일이다. 폐광된 탄광촌에서 진폐증 걸린 남편의 병수발로 볕들 날 없는 삶을 사는 종덕어멈이나 징용으로 끌려가서부터 평생을 떠돌다 상갓집 진혼이나 해주는 걸로 연명하는 우서리영감이나 하나같이 별 볼일 없고 고단하기 짝이 없는 인생들이다. 향을 피워놓고 죽은 아들의 사연을 쏟아놓으며 눈물바람을 하는 할멈의 진혼은 그래서 애잔하기 그지없고 사는 것 자체가 끝이 보이지 않는 비극 같다. 종덕어멈은 남편이 병원 창에서 뛰어내렸다는 소식에 허둥지둥 밤길을 되짚어 달려간다. 늦게 들어선 애 때문에 아내를 의심하며 낮에도 한바탕 난리를 친 남편은 결국 병과 돌볼 수 없는 살림을 비관해 목숨을 놓으려 한 것이다. 그리고 대문 밖에는 아들과 다섯 동생을 먼저 보낸 할멈에게 유일하게 남아 있던 피붙이, 술바람으로 떠돌던 막내 동생의 부고장이 눈비에 젖어간다.

너무 운명적이지 않느냐고 탓하지는 말 일이다. 폐쇄된 운명에 갇혀 갈 길 모르는 사람들 같지만 이들의 운명을 구성하는 것은 탄광촌의 쇠락과 광부들의 노동조건, 전쟁과 이념분쟁의 역사들이다. 그래서 전성태가 보는 농촌은 추수의 흥성거림과 막걸리 인심의 푸짐함과는 거리가 먼 곳에 있다. 예컨대 「유자향기」 같은 작품은 이처럼 절망감을 감내하며 살 수밖에 없는 농촌의 실감있는 정경을 구성하고 있다.

3

없는 살림에도 지주의 눈치를 살펴 푸짐한 시제거리를 준비해야 하는 묘지기 소작농 기섭을 중심에 두고 있는 「유자향기」는 제목에서부터 비극적 아이러니로 가득 차 있다. 유자는 생긴 꼬락서니나 쓰임새에서 과일 축에도 못 드는 열매지만 그 향기만큼은 신선하고 향기롭기 그지없다. 동내에서도 종자 좋고 향내 진하기로 소문난 장군유자나무의 향기가 가시지 않는 기섭네이지만 살림살이는 고단하기만 하다. 대대로 묘지기집 자손으로 지주의 위세에 주눅들어 살아온 기섭은 올해따라 시제제물 준비에 더욱 신경을 쓴다. 지주집 아들이 빚에 몰려 집안이 망하게 되었다는 소문에 묘지기의 댓가로 얻은 땅이나마 떨려나갈까 걱정이기 때문이다. 소작이나마 농사를 거두어 부지런히 살아온 기섭이지만 근래 도시로 나갔던 자손들이 너나없이 망하고 퇴출당해 농촌으로 밀려

오자 땅 건사하기가 여간 어렵지 않다. 투박지고 못생겨서 과일로 치자면 유자행색의 아내는 공사판에서 트럭기사와 바람이 나서 도망을 갔다가 처제 집에 머물고 있다. 아내는 트럭기사의 말 한마디 때문에 바람이 났다. 유자향기가 난다는 것이다. 그녀의 몸에서. 동네 어디서나 싱그럽게 퍼져나가는 유자향기의 싱싱한 생명감과는 달리 살림은 시들고 처져 기댈 데가 없다. 그러니 기섭에게서도 농촌 사람 특유의 낙관과 해학이 깃들 여지는 없다. 기섭은 미움조차도 일지 않는 극도의 무기력 속에서 묵묵히 제 일을 해나갈 뿐이다.

기섭은 명실이 말했던 그 향기라는 게 무엇이었을까 궁금해진다. 그리고 그 향기를 지금도 품고 살고 있는지 묻고 싶다. 하지만 물을 자신이 없다. 소원해진 관계 때문이 아니다. 그렇다고 아내가 향기를 잃었다고 말할까 짐짓 두려워서도 아니다. 짐짓 생뚱맞은 것을 묻는다고 타박하는 그 피곤한 얼굴을 대하고 말 것 같기 때문이다.

(「유자향기」 109면)

도시에 먼저 몰아친 경제난국의 칼바람은 뒤이어 농촌으로 치고 들어온다. 도시에서 설 땅을 잃은 자손들이 하릴없이 낙향하자 알량한 임대농토도 그들 손에 내어주게 생겼으니 이쯤 되면 농촌은 도시와 떨어진 별세계가 아니라 함께 엮인 우리 삶의 피할 수 없는 구조 속에서 사고될 수밖에 없다. 마음속의 고향에서 불어오던 인심과 공동체 의식은 간데없고 이웃들은 제 몸 바빠지자 이웃 사정을 돌아보지 않고 임대농토나 통신회사 기지국 따위의 문제로 분쟁을 일으키기가 일쑤다. 천년을 누릴 것 같던 김씨문중의 땅주인도 아들이 사업을 들어먹자 노망이 나서 똥통 속을 뒹굴고 있다. 이 절망 가득한 농토에서 그래도 가지를 뻗어 열매맺는 것들이 풍겨대는 향기는 오히려 황량하고 피폐한 삶을 더욱 비극적으로 부각시킨다.

그러니 농촌의 추수절에 억압받은 생들이 펼치는 한바탕 굿판의 카니발은 더이상 해방의 웃음을 쏘아올리지 않는다. 「사육제」는 억압의 종국에 폭발하리라 믿어온 마지막 생명력의 축제에 부치는 비애섞인 풍자이고 애수라 할 만하다. 폐쇄된 탄광촌, 이곳의 정경은 처참하다. 사람들이 하나둘 떠난 읍 거리에는 버려진 사택들만 늘어가고 상점들도 죄다 문을 닫아서 거리는 괴기스럽기조차 하다. 그래도 떠나기 전 광부들과 상인들은 붉은 머리띠를 묶고 시위를 벌였으나 이미 폐쇄가 결정된 탄광은 다시 열리지 않고 고장은 황폐해져간다. 이 고장의 침체를 아랑곳하지 않는 사람은 읍내 여관의 주인 청년뿐이고 그는 남아도는 방에 고장 여자들을 불러들이고 전대를 차고 돌아다니면서 읍내의 왕으로 군림한다. 어느날 읍의 저수지에서는 괴울음 소리가 들려오는데 이무기의 울음소리라고도 하고 물에 빠져 죽은 처녀귀신의 울음소리라고도 하는 등 소문이 흉흉하다. 그리고 엉뚱하게도 이 망해가는 고장에 괴울음 소리를 들으러 구경꾼들이 몰려들고 여관집 청년은 여관업에 민박업, 그리고 노점상 자릿세까지 탐욕을 채우기에 혈안이 되어 있다. 괴울음 소리를 쫓기 위해 굿판이 벌어지고 고장은 흉흉한 흥성거림으로 가득 찬다. 이 불길한 북적거림 속을 불구의 인물들, 차에 치여 죽은 아이 때문에 정신이 나간 기복엄마, 말더듬이에 정신박약의 어린 '나'가 헤집고 다니는데 이들은 자신들의 불구와 모자람 때문에 고장의 비정상적인 움직임과는 거리를 둘 수밖에 없는 인물들이다. 기복엄마는 망해가는 고장의 뒤틀린 굿판을 두고 갑자기 '카니발이야!'라고 외친다. 죽은 아이 대신 푸른 야광눈의 인형을 업고 다니는 기복엄마는 가끔 맑은 정신을 가졌던 때의 언어들을 뜬금없이 내뱉기도 하는데 카니발도 아마 그 해체된 기억 속의 단어일 것이다. 카니발이라니, 망해가는 고장을 보다 못해 핵발전소라도 지어달라고 연판장을 돌리고 썩은 저수지물에서 들려오는 괴울음 소리를 들으러 온 관광객들이 북새통을 치는 이 난장판에서 카니발이라니. 이것도 카니발이라면 부패한 욕망과 썩은 절망들이 거품 괴듯 부글부글 끓어오르는, 죽음의 카니발이다. 저수지는 기복엄마를 삼키고 서울서 왔다는 웬 청년도 삼킨 채 소식이 없다. 거기에다 불구의 어린 '나'가 찾아 헤매던 왕개구리가 환경오염의 지표로 알려진 황소개구리임이 드러나는 결말은 섬뜩하다. 쇠망해가는 고장을 한때나마 이상한 열기로 들끓게 했던 그 괴울음 소리는 황소개구리떼의 울음 소리였던 것이다. 우리들이 기대해 마지않았던 고향은 이제 토종의 생명들이 발을 내릴 수 없을 정도로 오염되고 파괴되어 이국종의 기형 생물체만 들끓는 곳이 되었다. 안주하는 삶의 불가능성을 불길하게 내비친 비극성은 몰락의 굿판에서 지극히 현실적인 기괴함으로 불거지고, 땅과 함께 사는 삶의 푸근함은 충족시킬 수 없는 향수로나 남아 있을 뿐이다.

4

그러나 어떻게 할 것인가. 가난하고 보잘것없는 삶이라 할지라도, 때로 그 기반 자체가 송두리째 무너진다고 하더라도 어떻게든 살아야 하지 않는가. 어떻게든 살아야 한다는, 또는 살다보면 어떻게든 살아지게 마련이라는 사실은 피폐하고 힘든 현실에서 삶을 긍정하고 낙관할 수 있는 유일한 힘이 되기도 한다. 전성태 소설에서 간혹 내비치는 이러한 긍정과 낙관을 해학이나 유머로 불러도 좋겠지만 거기에는 결코 웃어넘길 수 없는 현실의 무게가 자리잡고 있다는 사실 또한 잊지 말아야 한다. 그러니 이 웃음은 비애의 웃음이고 체념의 웃음이기도 하다.

등단작 「닭몰이」의 서두에서 주인공 진호는 손아귀에서 벗어난 닭을 쫓느라고 애를 먹는다. 닭 한마리를 제대로 잡지 못해 쩔쩔매는 진호의 모습은 자못 우스꽝스럽기까지 한데 그러나 이 웃음 뒤에는 친구의 기막힌 죽음이 버티고 있다. 친구 상구는 일 욕심 때문에 지병인 폐병을 묵혀오다가 그예 농약병을 들었다. 폐병균이 뒤에 남은 사람들에게 옮겨가지 않게 하려고 액막음 닭을 시신 있는 방에 몰아넣어야 하는데 그래서 진호는 지금 친구의 시신을 방에 눕혀놓고 닭을 잡느라 그 야단을 겪고 있는 것이다. 그러나 그 운명을 아는지 닭은 한사코 잡히지 않고, 거기다 닭을 노리는 누렁이새끼까지 극성을 부려 닭잡기는 더욱 힘들다.

일 욕심으로 자신의 명을 단축하고 절망에 빠져 스스로의 손으로 목숨을 끊은 상구의 삶도 애잔하지만 진호의 삶 역시 별반 다를 것이 없다. 농사일로 천근만근이면서도 잠이 오지 않아 친구놈의 가겟방에 몰려들어 커피내기 노름이라도 해야 하는, 무기력하고 신명나지 않는 청춘이 바로 진호의 삶인 것이다. 호박농사가 전망이 밝다는 말에 호박농사로 밑천을 잡아 장가나 가볼까 하지만 땅을 빌릴 수도 없고 무슨 수가 난다 해도 농촌에는 이미 처녀가 씨가 말랐다. 그러니 이 볕들 날 없는 청춘에 삶을 놓아버린 상구의 죽음은 진호에게도 남의 일 같지 않고 그래서 그는 손님 없는 상갓집에 망연히 넋을 놓고 앉아 있다. 상여도 없이 경운기에 관을 싣고 가서 친구의 묏등에 허망하게 앉아 있던 진호가 문득 발견하는 것은 그래도 살아야 한다는 엄연한 생의 진실이고 그 당연하고 맥없는 진실에 죽음은 더욱 애달프다.

진호도 고개를 뒤로 빼 잔솔숲을 올려다보았다. 뱁뱁 틀어진 볼품 없는 솔이 촛대 같은 대강이를 세우고 들어차 있다. 솔잎마다 볕이 바늘처럼 촘촘히 꽂혔다. 솔이 뿜어내는 생기는 마음을 더 맥없이 한다. 저렇게 못난 솔도 살아 있으니 사무치게 아름답다는 생각이 들자 진호는 까닭 모르게 눈물이 괴었다. (「닭몰이」 132면)

병에 시달려 죽은 친구 앞에서 보람없는 농사일과 장가 못든 허전함이 대수일 것인가. 관을 싣고 묘로 가는 길에서, 마음에 두었던 마유다방 오양이 동네의 소문난 오입쟁이 차에 타고 있어도 진호는 잠시 힘이 빠질 뿐이다. 그리고 진호는 친구의 죽음을 뒤로 하고 삶을 준비한다. 못나고 뒤틀린 삶도 죽음 앞에서는 사무치게 아름다워 외경스러운 것이 아닌가. 살아 있는 사람들끼리, 죽은 친구보다 나을 것도 없는 삶들이 모여 남은 삶을 다시 추슬러야 할 것이다. 폐병균을 빨아들여 축 늘어진 닭을 기세좋게 넘보는 누렁이의 그악스러운 생명력을 제물로 하여 복날 염천에 이들은 개파티를 벌일 모양이다. 닭을 잡을 때부터 진호의 손길을 헛갈리게 했던 누렁이는 죽은 닭을 묻을 때도 곁을 떠나지 않고 닭을 넘보았다. 닭을 묻으며 꼼꼼하게 놓아두었던 덫에 지금쯤 누렁이는 잡혀 있을 것이다.

삶의 무게를 못 이겨 자살한 친구를 앞에 놓고 추스르는 삶은 그러나 절망적 현실을 가로지르는 낙관으로 연결되지는 못하는 맥빠진 것이다. 이들의 생의 긍정과 의지가 거미줄처럼 깔려 목을 옥죄는 현실의 모순을 돌파하는 힘이 되지 못하고 절망한 자의 '마음 다잡기'에 그치고 있기 때문이다. 하지만 이 낮은 목소리로 중얼거리는 긍정과 낙관은 그들의 삶을 짓누르는 현실의 무게를 끊임없이 환기시키며 그래서 절망적 현실을 덮는 위안으로 비약하지 않는다는 점에서 정직함의 미덕을 지닌다.

이에 비해 「새」나 「태풍이 오는 계절」은 「닭몰이」보다 훨씬 유쾌한 웃음을 보여주고 있지만, 그렇기 때문에 인물들이 지고 있는 삶의 무게를 제대로 부각시키지 못한다. 물론 이 소설의 웃음도 근거없는 낙관이나 해학은 아니며 벗어날 수 없는 현실의 질곡들을 고스란히 떠안고 있다. 「새」의 수동이 밤도망을 하려고 설레발을 치는 이면에는 농촌을 제대로 이해하고 그 삶을 개선시키려는 노력보다는 연대보증으로 대책없이 빚만 늘이는 농촌정책이 자리잡고 있으며, 「태풍이 오는 계절」의 '나'가 태풍이 온다는 소식에 썩어 무너지기 일보직전인 초가를 일부러 찍어넘기는 헤프닝은 자연재해에 미리 대처하기보다는 사후에 선심성 복구지원만 늘어놓는 정부정책을 겨냥하고 있다. 그런데도 이들 인물들의 행태가 이 절실한 배경들과 겉돌고 있다는 느낌을 지울 수 없다. 이들의 웃음이 서글픈 비애의 웃음이며, 그 아래에는 떠나지도 머물지도 못하는 삶의 비극성이 자리잡고 있다는 사실을 웃음과 더불어 효과적으로 환기시키지 못하고 있기 때문이다. 아마도 이것은 농촌의 삶을 지배하는 근본구조가 인물들의 일상에까지 깊숙이 침투하고 있지 못한 데 원인이 있을 것이고, 또한 예의 농촌현실의 척박함보다는 인물들의 천성적인 성품이 서사를 끌고 나가는 것도 한 원인이 될 것이다. 그렇지만 농촌의 일상세태를 소박한 인심과 함께 나열해놓거나 해학적인 낙관과 긍정을 순박한 농촌 사람들의 천성으로 되돌리는 일은 농촌을 고단한 삶의 현장으로 직시하는 데는 도움이 되지 않는다. 이는 오히려 이미 그곳이 해체되고 파괴되어가고 있음에도 불구하고 여전히 포용과 낙관의 이미지를 덧씌움으로써 마땅히 냉정하게 관찰하고 분노해야 할 현실을 애매하게 포장하여 은폐할 수도 있다.

5

이쯤에서 우리는 서두에서 제기한 문제, 전성태의 전통적 소설작법이 가지는 의미를 점검해볼 수 있을 것 같다. 전성태의 소설은 고단하고 척박한 삶의 기반으로 농촌을 묘사하려는 지향성을 분명히 하고 있으며, 그래서 자칫 오해되기 십상인 농촌배경의 소설들이 가지는 허약한 낙관성이나 풍요함의 선입견에서 거리를 두고 있다. 그렇다면 전성태의 풍부한 어휘 구사력이나 꼼꼼하고 맛깔진 묘사 역시 무의식적인 전통의 답습으로 쉽게 폄하해서는 안될 것 같다. 이러한 소설작법은 전통적 소설구성의 위압에 눌린 수련의 결과가 아니라, 삶의 현장에서 뿜어져나오는 다채로운 생생함을 건져올리려는 의식적 노력의 산물로 보이기 때문이다. 그의 묘사 하나하나는 어휘의 과잉으로 거북한 법이 없고 농촌 정경을 낭만적으로 포장해서 시선을 흐리는 일이 없다. 이는 작가가 일하고 땀흘리는 농촌의 모습과 거기에서 고단하게 삶을 엮어가는 인물들을 언제나 염두에 두고 있기에 가능한 일이다.

콩잎이 잔바람에 뒤척이며 포플러 잎사귀처럼 까불거리고, 불그죽죽하게 수염이 오른 밭가의 옥수수는 잎새가 축축 늘어졌다. 저쪽 도로 아래 밭자리에선 챙 넓은 모자 둘이 콩밭 속으로 들었다 났다 한다. 아내 재실댁이 콩이 웃자라서 벌써 꽃을 피운다고 하더니 오늘 딸애와 함께 나온 모양이다. 늦콩은 줄기가 웃자라면 이르게 꽃이 피고 콩깍지도 덜 열린다. 거기에 된바람이라도 맞게 되면 못 쓰게 자빠지기도 쉬웠다. 아침에도 둘러봤는데 아직 꽃핀 자리가 그리 넓지 않아 웃자란 줄기 솎아내기에는 그닥 늦지 않아 보였다.

「금굴배미 형제」 197면」

이 아름다운 정경묘사는 콩줄기 하나의 꽃핀 자리까지 노심초사해야 하는 농심의 세심한 관찰력과 마음씀으로 이루어진 것이며, 그러므로 들판에 자라는 생명 하나 그것을 거두는 땀방울 하나까지 소설 속에 오롯이 담아두려고 하는 현실감에서부터 오는 것이기도 하다. 이러한 꼼꼼한 묘사는 밭을 차지하고 앉은 둠벙땅까지 아까워 개간하려는 덕근의 무더운 한낮을 떠받치고 있으며, 이 묘사 덕분에 가난하고 보잘것없는 살림 때문에 금점꾼 아비가 묻어두었다는 금덩이에 헛된 기대를 버릴 수 없는 덕근의 심정이 그대로 묻어난다. 때문에 금덩이는 한뼘 땅을 아쉬워하는 천상 농사꾼 덕근보다 그 땅에서 금맥이 발견되었다는 헛소문으로 땅값을 올리는 부동산업자 동생 선근에게 더 가깝다는 아이러니는 더욱 효과적인 울림을 얻는다.

그러고 보면 인물이 나고 드는 싯점이나 제가끔의 내력담을 치밀하게 배치하고 계산하는 구성 역시도, 우리들 삶의 근간에 세밀하게 뿌리를 내린 사회적 관계망을 한정된 소설적 공간 속에서 가능한 한 풍부하게 담아내려는 노력의 소산으로 볼 수 있을 것 같다. 다른 작품들에서도 그러하지만 농촌공동체 놀이문화의 추억을 담고 있는 「가수」나 지역단합과 생활공동체의 의미를 새삼 더듬게 하는 「못난 부족이 그린 벽화」 같은 작품에서는 그 구성과 배치의 효과가 더욱 빛난다. 이 두 작품은 우리가 농촌배경의 소설에서 자주 기대하는, 그래서 어쩐지 상투적으로 여겨지기도 하는 걸쭉한 인심이나 공동체적 삶의 유대감 같은 것을 철저하게 과거로 돌리고 유년의 덜 여문 기억으로 떠올리게 함으로써 현재의 상실감이나 쇠락한 현실과 균형을 유지한다. 그리고 이 회상 속에서도 어김없이 정치사의 부침과 그에 따른 농촌의 변화과정, 또는 농촌정책의 작위성이 군데군데 개입되고, 그래서 농촌의 변화는 자연적 변화의 결과가 아니라 철저하게 사회적 삶으로부터 구성된 것임이 드러난다.

그러므로 우리는 너무나 전통적이고 교과서적이어서 오히려 낯선 전성태의 소설쓰기 방식에서 느낀 불편함을 잠시 묵혀두어도 좋을 것이다. 그것이 꼼꼼한 묘사이건 치밀한 구성이건 전성태의 소설작법은 농촌을 기존의 상투화된 이미지로서가 아니라 삶을 일구고 노동하는 현장으로 되돌려놓는 작업으로 이어진다. 이러한 과정에 의해 우리는 오랜동안 우리 삶의 중요한 기반이었고 또한 어떻게 보면 현대화의 숨가쁜 이력 속에 가장 상처받은 공간이었던 농촌을 숨을 고르며 다시 볼 수 있게 된다.

6

전성태는 이제 소설집 한권을 낸 신예작가이고 그의 소설 세계는 아직 형성중이다. 첫 작품집에서 그가 농촌의 삶을 첨예한 현실의 한 장으로 다루고자 함을 분명히 확인할 수 있으며 그것을 위해 그는 농촌의 절망과 소외를, 그 속에서 어렵게 이어나가는 고단한 삶들을 애정어린 시선으로 담아내고 있다. 물론 문제점이 없는 것은 아니다. 농촌의 정형화된 이미지를 벗겨내고 거기에 척박한 현실의 얼굴을 그려넣고자 하지만 작가 역시 풍요한 들녘과 노동하는 사람들의 천성적인 성품에 대한 향수로부터 완전히 단절하지는 못하고 있는 듯하다. 이는 간혹 농촌현실에 대한 다면적 분석과 그것을 있게 한 사회적 관계망들을 치밀하게 추적하는 대신 농촌의 일상세태나 인물들의 천성적 낙관과 순박성에 더 공을 들이는 모습으로 나타난다. 이러한 경향은 한편으로 농촌의 삶을 다소간 운명적인 것으로, 소외된 것들 일반이 가지는 어떤 쇠락의 쓸쓸함으로 일반화시키는 방식으로도 나타난다. 다른 것처럼 보이지만 이러한 문제들은 모두 일상의 이면, 천성적이거나 운명적인 것처럼 보이는 이면에 여전히 자리잡고 있는 현실의 관계구조를 깊이있게, 그리고 집요하게 탐색하지 못하기 때문에 생기는 문제들이다. 그의 소설작법이나 현실을 보는 관점은 지극히 전통적인 정공법이며 그렇다면 그의 앞으로의 길 역시도 우직한 정공법에 의해 더 충실한 열매를 맺을 수 있을 것이다. 그가 농촌 삶의 생생한 일상성을 놓치지 않으면서도 그 삶을 지배하는 사회구조의 관계성을 더욱 구체적으로 형상화해낼 수 있기를, 그래서 절망의 현실을 돌파할 적극적 비판과 대안적 삶을 형상화하기를 기대한다.

이제 우리의 농촌은 실개천이 흐르고 산아래 낮은 굴뚝에서 저녁연기가 피어오르는 아련한 고향의 이미지가 아니라 한철을 땀으로 가꾼 생산물을 밭째로 갈아엎는, 혹은 트랙터와 경운기를 몰고 도로로 나와 그것들을 쏟아버리고 집어던지는 분노의 장면으로 각인되어야 할 것이다. 그러기 위해서 우리의 향수와 열망으로 왜곡된 이미지와 더이상 풍요롭지 않은 농촌 현실 사이의 균열에 주목해야 한다. 도시에서 실패한, 지친 영혼이 돌아가 쉴 수 있는 고향과 잠시도 쉴 틈 없는 노동으로도 생계를 유지하기 힘든 고단한 현실 사이의, 순박한 인심이나 본성의 공동체와 자본과 상품의 위력에 여느 곳과 다름없이 노출된 삶 사이의 균열. 이 균열 속에서 현실을 읽으려는 긴장력은 독자뿐 아니라 작가 전성태 역시도 늘 기억하고 가다듬어야 할 긴장력이다. 그러지 않고서야 우리가 어떻게 농촌에서 소비와 경쟁의 삶을 회한어린 눈으로 질책하며 생산과 노동의 삶을 떠올리는, 풍요한 포용과 화해의 상상력을, 대지의 여신 가이아의 미소를 기대할 수 있을 것인가.

— 『비평과전망』 2001년 하반기

점묘, 혹은 성좌

삶의 빈틈, 의식의 뒷면

1

여름에 나온 문학지를 빠짐없이 챙기지 못했는데도 읽어야 한 소설
은 어림잡아 50편이 훨씬 넘었다. 때가 때인지라 이라크 전쟁에 관한
언급이 군데군데 끼어든 소설도 몇편 되었고 영화 「매트릭스」 이후에
일반화되다시피 한 가상현실에 대한 상상도 간혹 눈에 띄었으며 컴퓨터
게임을 소재로 한 작품들도 빠지지 않고 등장했다. 그렇지만 섣부르게
일반화할 수 없는 이야기들이 혹은 일상의 이름을 빌리고 혹은 상상의
힘을 빌려 매우 다양하게 전개되고 있었다. 참으로 많은 이야기들이 끊
이지 않고 쏟아져나오고 있음을 새삼 실감할 수밖에 없었다.

이렇게 많은 이야기들을 끊임없이 자아내는 힘은 아마도 한편으로는
우리들 삶의 단순함에서, 한편으로는 그럼에도 불구하고 쉽게 파악할
수 없는 삶의 불가해함 속에서 찾을 수 있을 것이다. 간단명료하게 요약
정리된 각종 사건과 사고들, 나라 안팎의 뉴스들에 둘러싸여 크게 다를
것 없는 업무와 일상사들을 처리하면서 하루를 열고 마감하는 우리들

모두의 삶이란 크게 다르지 않다. 학교나 직장, 혹은 가정 역시도 일반적으로 따라야 할 관습과 규칙들 속에서 쉽게 벗어날 수도, 쉽게 만족할 수도 없는 대동소이한 여건과 환경 속에 놓여 있으니 일상적 하루하루는 대체로 누구에게나 패턴화되어 있음도 물론이다. 이처럼 크게 다르지 않은 삶들 속에서 크게 다르지 않은 하루하루를 겪어가면서도 삶이 불가해한 까닭은 그럼에도 불구하고 우리는 그 비슷비슷하게 패턴화된 삶을 온전히 장악하지도 이해하지도 못하기 때문이다. 일상적 삶과 그것을 지배하는 규칙과 관습을 수용하고 그것에 순응하는 자에게 삶은 불가해하지 않다. 크게 달라질 것 없는 미래와 그저 고만고만한 사연을 품고 있을 뿐인 과거를 안고 변화없는 현재를 살아갈 수밖에 없는 것, 그것이 삶이라고 이해하는 자에게 삶은 크게 어렵지 않다. 정해진 행로를 벗어나 다른 삶을 꿈꾸는 자들, 그래서 일반화된 삶을 당연히 여기지 않는 자들에게만 삶은 불가해하다. 변화없는 일상을 수용하고 그것에 적응하는 과정에서 무감각해진 삶을 다시 돌아보면서 그것이 과연 당연한 것인가, 안정적으로 지속되리라 여기는 삶의 기반들이 사실은 전혀 당연하지도 않은 억측과 소문에 의해 구성된 것은 아닌가, 그리고 그러한 삶의 문법들은 대다수의 사람들에게 알게 모르게 강요되고 있는 일종의 폭력이 아닌가 하고 묻는 순간 삶은 불가해한 것이 된다.

소설은 이 단순하고 변화없는 삶과 그것에 묻혀 사라지고 숨겨진 여러 순간들이 불균등하게 맞부딪치는 지점들 속에서 발생한다. 그리고 소설은 이 불균등한 맞부딪침의 순간들을 극대화하고 그것을 의미화하면서 때로는 그 불균등함을 역전시킨다. 이 균열들 속에서 일반화되어 사라진, 무감각하게 잊혀진 사건들과 기억들이 새롭게 발견되며, 또한 그것은 이미 알고 있다고, 견고하게 구축되어 있다고 믿어 의심치 않던 삶의 규칙과 관습들을 의심하게 만든다. 이 의심과 그것이 유발하는 해부의 과정 속에서 소설은 삶을 새롭게 읽고 발견할 수 있게 하는 힘이 되기도 한다. 어쩌면 그것이 불가해함을 더욱 가중시키는 것이 될 수도 있지만 적어도 불가해함의 조건들을 응시하기 시작했다는 점에서 그것은 발견 이전의, 의심 이전의 불가해함과는 다르다. 이 불가해함을 구체적으로 바라보기 시작하는 소설들, 그리고 그 속에서 다른 삶을 위한 가능성을 타진해보는 과정을 추적하는 일은 흥미롭다.

2

불가해함에 관해 말하자면 '죽음'만한 것이 있을까. 사실 죽음은 시간이 흐르면 누구에게나 찾아오는 자연적인 현상이며 누구도 거부하거나 피해갈 수 없는 것이기 때문에 그 자체로서는 회의할 수도 해부할 수도 없는 자명한 사실이다. 정작 '죽음'에 의해 회의되고 해부되는 것은 역설적이게도 '삶'이다. 지나온 삶의 수많은 순간에 대한 기억들은 그것이 완전히 소멸되는 순간 앞에서 다시 되살아나며 그래서 아무 일 없이 지나왔던 삶이, 당연하게 스쳐 사라졌던 많은 일들이 새로운 의문 앞에 서게 되는 것이다. 뇌종양으로 투병하다 죽은 아내의 옆에서 그 죽음을 지켜보는 과정을 담은 김훈(金薰)의 「화장(火葬)」(『문학동네』 2003년 여름호)에도 이러한 회의와 성찰의 순간들이 있다.

아내의 후각 중추가 온전했을 때, 아내가 맡던 냄새가 음식의 본래 냄새였다고 말할 수도 없을 것이었다. 알 수는 없지만, 아내가 치를 떨던 그 구린내는 본래 음식 깊은 곳에 종양처럼 숨어 있던 냄새가 아니었을까. (같은 글 166면)

뇌종양 수술 과정에서 후각신경을 다친 아내는 모든 음식들에서 구린내를 맡는다. 냄새 때문에 어떤 음식도 먹지 못하는 아내 옆에서 그것을 지켜보는 남편은 오히려 그 냄새가 우리가 먹고 마시면서 즐겨왔던 음식들 속에 본래 숨어 있었던 것이 아닌가를 의심한다. 모든 신경을 관할하고 일사불란하게 감각하는 중추기관인 뇌 속에 그 신경을 치명적으로 마비시키는 종양이 숨어 있듯이 생명을 유지하게 하는 가장 기본적인 양분인 음식들 속에도 이미 구린내가 숨어 있지 않을까 하는 의심. 이 의심은 또한 당연하고 정당했던 삶의 모든 순간들이 사실은 고약한 냄새와 치명적인 독소를 숨겨놓고 있는 것은 아닌가 하는 의심이기도 하다. 그리고 이 의심은 화장품 회사의 이사인 남편의 일상적 업무 속에서 되살아난다. 그의 삶은 어쩔 수 없이 정당화되었던 수많은 부정과 모의들로 가득 차 있으며 애초에 어쩔 수 없어서 발을 들여놓았던 그 부정과 모의들, 꺼림칙함은 어느새 무감각하게 일상이 되고 업무가 되어버렸다. 화장(化粧)이란 본래 맨얼굴을 포장하고 가리기 위해 필요한 행위이며 가리기 위해 덧씌운 포장을 다시 벗겨낼 수 없어서 화장한 얼굴이 어느새 본얼굴이 되어버리는 가장(假裝)의 자동화를 단적으로 드러낸다. 화장품을 소비하게 하기 위하여 제작되는 광고는 욕망을 자극하고 그것을 자동화, 가속화하기 위해 허구의 이미지를 극대화한다. 아내의 죽음을 앞에 둔 순간에 다음 계절의 광고전략을 준비하면서 남편은 "헛것들이 사나운 기세로 세상을 휘저으며 어디론지 몰려가고 있는 느낌"(같은 글 163면)을 받는다.

그러나 삶이 헛것들로 가득 차 있다는 인식은 삶에 대한 새로운 발견으로 이어지기보다는 헛것이지만 감당하고 치러내면서 지속할 수밖에 없다는 순응으로 이어진다. 화자인 남편은 아내의 장례를 치러내는 것처럼 허구의 이미지 중 하나를 선택하여 광고를 준비하고 회사의 일상 업무들을 처리한다. 그래서 소설은 죽음과 소멸의 일상을 매우 섬세하게 관찰하고 그 속에 만만치 않은 성찰을 담아내기도 하지만 그것을 말하는 어조는 회한에 가득 차 있다. 그런 의미에서 아내의 병상을 지키면서 죽음과 삶을 쓸쓸하게 되짚는 서사 속에 끼어드는 난데없는 화자의 내레이션, 회사 여직원의 젊음과 관능을 탐하는 시선은 소멸의 정서인 회한과 대비되면서 서사를 자극하지만 또한 그 회한을 단지 위로하기만 하는 타자이기도 하다. 화자의 시선에 포착되는 그 여직원은 빗장뼈나 가슴선, 혹은 허리와 둔부를 잇는 완연한 곡선으로만 존재한다. 그녀의 젊음은 몸의 젊음이며 화자의 회한을 강조하고 또 위로하기는 하지만, 화자가 발견한 삶의 허위성과 관계맺지는 못한다. 그것은 오직 죽어가는 아내나 전립선의 약화로 소변을 배설하지 못하는 화자의 쇠잔한 몸에 대비되기 위해서만 존재한다. 오로지 화자의 시선에 의해 일방적으로 보여지기만 할 뿐이므로 그녀의 몸은 서사에서 배제된 타자의 몸이다. 그녀의 젊은 몸에 관한 서사가 죽음에 의해 발견된 삶의 불가해함을 파고들기보다는 화자의 관음적 욕망을 충족시키면서 위로하고 있는 것이다. 이 일시적 충족과 위로에 의해 죽음과 삶의 빈틈에서 솟아난, 삶의 방식과 세상살이의 관행들에 대한 회의의 시선은 회한으로 마무리된다. 죽음과 병, 헛것인 삶에 대한 응시와 이 관음적 시선이 서로 결합하면서 소설은, 삶은 불가해하고 그래서 헛것인 줄 알지만 또한 어쩔 수 없는 것이라는 수용과 관조의 주제를 전달하고 있는 것이다.

하성란(河成蘭)의 「무심결」(『창작과비평』 2003년 여름호)은 사소한 착각과 오해를 통해 견고하게 구축되어 있는 의식의 빈틈, 혹은 삶의 허약한 기반을 읽어내고 있는 작품이다. 화자가 '실랑이'를 '가랑이'로 읽는다든가, '두 자식을 앞세우고 뒤따라가는 산책길'을 자식의 죽음을 암시하는 것으로 읽는다든가 하는 것은 사소한 착각에 불과하다. 그러나 이 사소한 착각은 일상적 업무와 사고 아래에 숨겨져 있던 무의식의 강박이나 사물에 대한 관습적 시선에 대한 의심을 불러일으킨다. 예컨대 '실랑이'를 '가랑이'로 읽는 무심결의 착각은 남자와 여자 사이의 다툼을 성적인 코드로 일반화해 읽는 무의식에 의해 일어난 교란이다. 화자는 K 선생의 산문이 지닌 쓸쓸함과 회한의 색조 때문에 '두 자식을 앞세우고'를 자식의 죽음으로 읽지만, 이것은 삶의 쓸쓸함이 육체의 노쇠함이나 예기치 않은 사고에서 주로 기인한다는 화자의 고정관념에서 비롯된 것일 터이다. 그러나 아무런 사고나 충격이 없어도, 두 자식이 모두 건재하고 평온한 일상이 계속된다 하더라도 삶은 충분히 쓸쓸하고 서글플 수 있다. 그리고 남자와 여자 사이의 다툼은 '여자가 남자에게 가랑이를 벌리는' 일말고도 여러 국면에서, 여러 방식을 통해 여러 근거를 가지고 일어날 수 있다. 이 무심결의 착각은, 너무나 당연해서 전혀 의식조차할 수 없이 스쳐지나간 일들이 사실은 근거없는 확신에 의거한 오해일 뿐이라는 것을, 그래서 믿어 의심치 않았던 의식의 명료성이 얼마나 불안한 것인가를 일깨운다.

이 작품이 절묘한 것은 이러한 사소한 착각의 과정에 다른 이야기를 중첩하면서 착각이 불러낸 성찰을 심화하고 있기 때문이다. 화자가 살고 있는 상가골목은 한때의 호시절도 있었으나 이제 쇠락했으며, 상가마다 불을 밝혔던 간판의 글자들이 다 떨어져나간 자리에는 묵은 먼지들만 가득하다. 재개발 붐은 도로 건너편에서 멈추었으며 이제 상인들은 한때의 호시절을 기억하면서 그날그날을 겨우 연명해나갈 뿐이다. 몇해 연속으로 물난리를 입으면서 지역에는 상습침수지역이라는 딱지가 붙어버렸으며 수해는 상가의 쇠락을 더욱 가속화한다. 첫해의 수해때 사람들은 난리가 난 것처럼 법석을 떨고 우왕좌왕했으나 해를 거듭하면서 능숙하게 짐을 싸고 인근 초등학교로 신속하게 대피한다. 물난리가 지나간 후 사람들은 말없이 흙탕물을 씻어내고 벽지를 새로 바르면서 이 대책없는 재난에 익숙해진다. 그러나 재난이 일상사가 되어버리는 상황 속에서 화자는 삶의 기반을 뒤흔드는 빈틈을 발견한다.

빗물을 쓸어내다 방바닥에서 시작되는 틈을 발견했다. 틈으로 검지손가락이 쏙 들어갔다. 해마다 빗물에 지반이 쓸려가면서 집의 뿌리도 조금씩 드러나기 시작했다. 이제 몇해가 지나면 물위로 둥둥 떠다니는 건 플라스틱 의자나 소쿠리, 가벼운 가전제품이 아니라 집들이 될 것이다. (같은 글 197면)

표면적인 평온과 묵묵한 적응 속에서도 삶은 조금씩 균열을 일으키고 있고 그 균열로 말미암아 마침내 무너질지도 모른다. 그리고 이 재난이 자연적인 힘에 의해서만 일어나는 일이 아니기에 이 발견은 더욱 의미심장하다. "고지대에 자리잡은 아파트 단지에서 자체적으로 해결하지 못하는 빗물이 저지대인 이곳으로 모여"(같은 글 192면)들기 때문에 상가는 전에 없던 수해를 거듭 겪고 있는 것이다. 화자가 발견한 균열은 고지대 아파트와 재개발 붐이 불러온 성장과 번영, 그리고 그 그늘에서 푸석푸석한 먼지와 허망한 적응으로 쇠락해가는 상가골목 사이의 빈틈이다. 거듭되는 재난을 일상사로 안착시키는 사람들의 적응력은 놀랍지만 그것이 허망한 까닭은 이 적응이 절대로 일상을 평온하게 유지시킬 수 없기 때문이다. 그리고 결정적으로, 자발적으로 보이는 이 적응은 사실은 개발과 번영에 떠밀려 어쩔 수 없이 쇠멸해가야 하는 자들에게 강요된 불가피한 선택이다. 어쩌면 그 적응은 재난의 불운 속에서 살아남기 위한 안간힘일 수도 있겠지만, 그 안간힘 속에서도 삶은 어느새 틈새가 벌어지고 지반이 쓸려나가며 그래서 붕괴의 길로 향해 간다. 재난과 쇠락의 대척점에 고지대 아파트와 재개발 붐을 놓음으로써 소설은 삶의 지반을 불안하게 만드는 배경과 근거를 제시한다. 그리고 삶은 불가해하며 불가피하므로 그것에 적응하고 살아갈 수밖에 없다는 체념이 결코 삶을 그럭저럭 유지시킬 수 없다는 것, 쇠락과 번영은 함께 연결된 고리 속에서 불안하게 흔들리고 있는 삶의 양면이기도 하다는 것을 일깨운다. '가랑이'의 착각과 K선생에 대한 오해가 일상적인 평화와 적응이 지닌 불안한 기반을, 틈새가 벌어져 무너져가고 있는 삶의 불안정성을 암시하는 하나의 징후로 상가골목의 수난에 닿아 있는 것은 물론이다.

죽음이나 수해는 인간의 힘으로 어떻게 저항해볼 도리가 없는, 불가피한 쇠멸을 유도한다는 점에서 공통점을 지닌다. 또한 그것이 불가피한 것이기에 맞아들일 수밖에 없지만 그 불가항력적 위력 앞에서 삶을 다시 읽게 만든다는 공통점도 지닌다. 과연 김훈과 하성란의 소설은 쓸쓸한 쇠멸을 눈앞에 두고 삶에 대한 성찰의 기회를 섬세하게 제공한다. 그러나 이 성찰을 의미화하는 과정에서 두 작품은 차이를 드러낸다. 김훈의 소설이 죽음이 드러낸 삶의 불안정성과 불가해함을 젊은 여자의 육체를 통해 위로하고 그래서 회한에 가득 찬 눈으로 봉합하고 있다면 하성란의 소설은 사소한 기미와 예감마저도 삶의 불안정성을 드러내는 징후로 활용함으로써 그 불안정성을 끝까지 밀고 나가는 데 촛점을 두고 있다. 물론 하성란의 소설 역시 그러니 어떻게 할 것인가에 대한 대답을 준비하고 있지는 않다. 그러나 이 봉합되지 않은 빈틈들 속에서 안정화된 삶의 불가해함과 불안정성을 탐구하기 위한 다음의 서사가 준비되며, 그것을 통해 소설이 완결되더라도 결코 완결되지 않는 우리 삶의 지속성, 진지한 응시의 당위성을 환기할 수 있을 것이다.

3

도처에서 드러나는 균열들 때문에 삶은 불안하며 그 불안 속에 깃들어 있는 일상은 아무 일 없이 반복되는 것 같지만 또한 늘 불길하고 알 수 없는 징후 속에 휩싸여 있다. 평안하게 지속된다고 믿어온 일상이 사실은 불운과 행운의 반복 속에서 스스로를 적응시킨 결과물이라는 것을 우리는 문득 드러난 빈틈들을 통해 알 수 있게 된다. 기를 쓰고 노력한다 하더라도 삶은 어느새 기대와 예측에서 벗어나 있기 때문에 불가해하다. 불가해함의 발견은 견고하게 지속되리라 믿어 의심치 않았던 숱한 확신과 고정된 패턴들을 하나의 우연이나 온전히 동의할 수 없는 일시적 제도로 볼 수 있게 하므로 삶에 대한 새로운 탐구를 가능하게 한다. 그리고 이 새로운 탐구를 지속시키기 위해서는, 어떤 것도 아직 확정되지 않았으므로 절대적이지 않음을 분명하게 전제하는 태도, 불운과 행운에 일희일비하지 않는 거리두기의 태도가 필요하다. '농담'은 이러한 거리두기의 적절한 방법이 되기도 한다.

윤성희(尹成姬)의 「고독의 의무」(『문학동네』 2003년 여름호)는 삶의 불가해함에 대응하는 농담과 유머의 방법론을 간명하게 제시한다. 만우절에 태어난 저자에게 삶은 출생부터가 가벼운 거짓말이고 농담과도 같은 것이다. 만우절의 생일과 만우절의 결혼기념일은 한 사람의 인생에서 가장 중요하고도 진지한 사건들을 믿을 수 없는 거짓말로 만들어버린다. 그리고 이 진지한 사건들이 일종의 유머가 되는 것은 단지 만우절 때문이 아니라 언제나 교차되어 닥쳐오는 불운과 행운들 때문이다. 불운이 행운이 되고 행운이 다시 불운이 되는 과정 속에서 삶은 하나의 거짓말 같은 농담이 되어버린다. 아버지의 간암은 가족들을 통째로 시련 속에 빠뜨렸지만 또한 그것은 새로운 행운의 전조이기도 하다. 낙향한 시골에서 캐낸 약초로 아버지의 간암은 완치되었고 그 약초는 집안을 다시 일으킬 기반이 되기도 했던 것이다. 아버지의 간암과 어머니의 위암, 약초로 암을 완치하는 기적, 결혼식날의 교통사고 등의 다소 과장된 사건의 연속은 행운과 불운이 번갈아 덮치는 삶의 불안정함과 불가해함에 대한 하나의 우화로 보아야 하므로 개연성이나 현실성을 따질 성격의 것이 아니다. 그렇지만 간략하게 사건들을 스쳐지나가면서 요약된 이 남자의 일대기는 삶의 불가해성을 탐구하는 시선이 개입될 틈을 남겨놓지 않는다. 중요한 것은 삶은 불가해한 것이라는, 누구나 짐작하고 있는 사실을 다시 주지시키는 것이 아니라 그 불가해함이 어디서 비롯되었는가를 캐묻는, 혹은 이미 알고 있다고 믿어온 삶 자체가 지니는 빈틈들로 그 불가해함을 되돌리는 시선이다. 그러나 이 작품에서는 작위적으로 교차 편집된 불운과 행운들에 의해, 삶은 개인의 노력으로는 어쩔 수 없는 것이라는, 그래서 그 속에서 진지한 응시나 탐구 역시 하나의 유머가 될 뿐이라는 결론만 남는다. 그로 인해 이 불가해한 삶에 맞서는 하나의 방법론이 될 수도 있는 농담과 유머 역시 일종의 허무주의적 태도표명 이상을 넘어서지 못한다.

변화없는 일상이지만 그 속의 개인들은 언제나 이런저런 사건들과 마음속의 번민들을 안고 살아가고 있다. 진짜 농담은 사건과 사고들, 마음이 일으키는 삶의 균열들과 그것들이 일반화된 일상 속에 파묻혀 사라지는 광경들을 함께 볼 수 있는 시선을 확보할 때 그 효력을 발휘한다. 이만교(李萬敎)의 「농담을, 이해하다」(『세계의문학』 2003년 여름호)는 농담을 서술전략으로 사용하기보다는 농담 자체를 대상으로 삼아, 농담의 발생론적 근거, 그리고 농담으로 소통할 수밖에 없는 관계에 대해 말하고 있는 작품이다. 성실한 직장인이며 여자라고는 아내밖에 모르는 화자는 직장 동료들이 주고받는 농담에 적응하지 못하는 농치, 혹은 농맹이다. 주로 여자들, 아내 이외의 애인에 대한 직장 동료들의 농담을 그가 이해하지 못하는 까닭은 아내와 애인 사이를 오가는 마음 구조를 알지 못하기 때문이다. 그는 사랑하는 여자라고 할 수도 없고 장난삼아 만나는 여자라고 할 수도 없는 관계가 있음을 알게 되고 그것으로 인하여 숨겨야 할 비밀이 생길 때 비로소 농담과 진담의 경계를 오갈 수 있음을 알게 된다. 부하직원인 신입을 통해 신입의 첫사랑을 알게 되고 그녀에게 미묘한 감정을 느끼면서, 아내와 가정과 직장생활의 질서를 허물어뜨리지 않는 경계 속에 숨겨야 할 여자가 생기면서 그는 비로소 농

담을 이해하게 된다. 그가 "세상은 무서운 곳"이고 "그래서 세상이 하는
농담을, 알아도 못 알아듣는 척 혹은 못 알아들어도 알고 있는 듯이 적
절하게 넘어갈 줄을 알아야 한다"(「농담을, 이해하다」 79면)고 말할 때, 그
것은 세상을 원만하게 사는 지혜를 일러주는 것처럼 보이지만 작품은
여기에서 한발을 더 들여놓는다.

> 두 사람의 과거와 앞날을, 나는 환하게 들여다본 적이 없다. 때문
> 에 문제를 대충 봉합해서 두 사람을 헤어지지 않게 하는 것이, 그 두
> 사람에게 궁극적으로 도움이 될지 어떨지 무슨 수로 내가 장담할 것
> 인가. 엄밀히 말하자면 나는 두 사람 사이에 끼어들 어떤 지혜나 자
> 격도 갖고 있지 않았다. (같은 글 77~78면)

신입은 첫사랑을 못 잊어 술만 취하면 그녀를 찾아가지만 그녀는 남
편과 별거중이므로 그와 이루어질 수 없는 관계이고, 그래서 신입은 그
녀를 두고 직장동료와 결혼직전까지 가 있다. 아직 첫사랑의 존재를 모
르는 결혼상대자와 신입이 술버릇 때문에 다툼이 벌어지면 '나'는 신입
과 친하다는 이유로 그녀를 설득하고 달랜다. 그러나 신입의 마음속에
공존하는 두 여자를 알고 있는 나는 그녀를 설득하는 것이 좋은 일인지
어쩐지 알 수가 없다. 통속적으로 말하자면 진정한 사랑을 찾기 위해서
는 수없는 난관을 겪어야 하고 안정적인 결혼생활을 누리기 위해서는
마음속에 딴 여자를 두고 번민해야 함을 알기 때문이다. 그러니 회사 앞
까페마담과 애인 사이인 팀장, 엘리뜨 여사원과 애인 사이인 본부장에
대해서도 어떻게 왈가왈부할 수 있을 것인가. 아무 일 아닌 것처럼, 그
냥 스쳐지나며 한번 던져본 것처럼 농담이 오고갈 수밖에 없는 것은, 일
반화, 평균화할 수 없는 관계의 다면성 때문이고 진지한 일반성에 개인
의 사연과 마음의 비밀을 다치지 않게 하기 위해서이다.

「농담을, 이해하다」는 '세상살이 만만치 않으니 말조심해라'라는 상투어를 농담을 화두로 삼아 다시 풀어내고 그 속에서 개인적 삶의 다면성과 견고하게 구축된 관계의 위험한 경직성을 함께 발견한다. 개인과 사회의 충돌과 불화는 문학의 오래된 소재이며, 또한 그 갈등관계의 권력구조와 위계를 첨예하게 밝혀낼 때 여전히 낡지 않은 주제일 수 있다. 농담의 화법을 적절하게 활용하면서 이 작품은 첨예한 갈등과 권력관계를 능숙하게 스치고 지나가며, 그래서 누구도 상처입지 않고 누구도 소외되지 않는다. 이는 얼핏 견고한 관계구조를 건드리지 않고 세상과 화해하는 자기방어의 방법론으로 농담이 제시되고 있는 것처럼 보이기도 한다. 하지만 그것은 또한 지나치게 진지한 몰입과 엄숙한 비판 속에서 사라질 수 있는 개인적 사연의 다면성들을 옹호하기 위한 전략이기도 하다. 다소 애매한 이 전략의 수행과정에서 개인적 사연과 집단적 일반화를, 농담의 가벼움과 그 속에 담긴 진지한 균형잡기를 함께 읽는다면 이 작품을 통해 삶의 빈틈과 그 사이에 담긴 성찰의 가능성을 찾을 수 있을 것이다.

이만교의 작품이 농담에 관해 말하는, 농담의 사회학적 존재론과 발생론에 대한 소설이라면, 성석제(成碩濟)의 「내 고운 벗님」(『문학판』 2003년 여름호)은 소설을 서술하는 방법론으로 농담을 제시하고 있는 작품이다. 익히 알려져 있다시피 성석제의 소설은 농담처럼 웃고 떠들면서 엄숙하고 진지한 모든 것들을 뒤집어놓는다. 「내 고운 벗님」 역시 예외가 아닌데 나라를 들었다 놓을 만한 무기거래의 에이전트인 대위가 휴식을 위해 소읍의 낚시터로 내려오고 그를 접대하기 위해 벌어지는 한바탕 해프닝은 무기거래나 권력적 인간관계, 강한 자에 약하고 약한 자에 강한 속물성을 유쾌하게 풍자하고 조롱한다. 대위는 접대도 준비도 필요없는 조용한 휴식을 원한다지만 그 앞에서 '그저 즐기다 가시라'고 무신경할 수 있는 사람은 아무도 없다. 그래서 요란스런 접대를 준비하면서 또한 그것을 눈치채지 못하게 하기 위해 더욱 법석을 떨어야 하는 마을 사람들이나, 짐짓 알면서도 모른 채 그 소동을 즐기는 대위나 우스꽝스럽기는 마찬가지이다. 조용한 휴식을 모토로 한 이 야단스러운 소동은 마치 우아한 백조의 부산하고 경망스런 발놀림처럼 기존의 이미지를 뒤집는 풍자의 매력을 지닌다. 소설을 시정잡사의 기록이라고 한다면 성석제의 소설은 이러한 정의에 가장 가깝게 가 있다고 할 수 있겠다.

소설은 시끌벅적한 소동과 해프닝으로 가득 차 있고 모든 등장인물들을 희화화함으로써 대위도 시정의 장사꾼도 이 해프닝의 한 등장인물로 만든다. 그러나 우스꽝스럽기는 마찬가지인 속물적 인물로 소읍 사람들과 대위를 동등하게 풍자하는 과정에서 엄연하게 존재하는 그들 사이의 권력관계가 희석될 우려가 있다. 표나지 않게 감동적인 접대를 준비하는 소읍 사람들의 노력은 대위의 변덕과 신경질에 의해 한순간에 물거품으로 변해버리고 이는 이 소동의 와중에서도 대위와 소읍 사람들 사이의 권력관계가 여전히 작동하고 있음을 의미한다. 그러나 휴식과 명상이 목적이며 시정의 수확 따위는 중요하지 않다고 근엄하게 말하면서도, 수확없는 낚시에 대해 엉뚱하게 신경질을 풀어놓고 횡하니 떠난 대위의 위선을 다시 풍자하는 과정에서 이 권력관계는 분명하게 부각되지 못한다. 권력 자체가 풍자되어버렸으니 권력관계에 대한 더욱 엄밀하고 구체적인 풍자는 더이상 진행될 수가 없는 것이다. 「내 고운 벗님」은 권력관계를 서사화하면서도 또한 그것 자체를 똑같이 풍자의 대상으로 삼아버림으로써 그 권력관계의 엄연한 현실성을 무화시킨다. 성석제의 소설은 모든 대상을 풍자의 대상으로 삼아 익숙한 고정관념들을 해체한다. 그러나 그 해체가 무차별적 평균화가 되지 않으려면, 번뜩이는 입담과 전방위적 풍자는 그 대상을 좀더 정교하게 위계화할 필요가 있다. 그랬을 때 이 해학 넘치는 해프닝들은 독자로 하여금 천진하고 낙관적이면서 또 위선덩어리인 개인들과 그들에 의해 구조화되고 위계화된 이 세계의 이해할 수 없는 견고성을 더욱 눈여겨보게 할 것이다.

4

김영도의 「나와 함께 춤을」(『작가』 2003년 여름호)은 앞에서 언급된 것과는 좀 다른 각도에서 우리 삶의 빈틈과 균열에 대해 이야기한다. 이 작품은 드물게 노동과 계급의 문제를 다루고 있다는 점에서 이채를 띤다. 그러나 이 작품은 기존의 노동소설처럼 노조의 결성이나 현장에서의 갈등, 쟁의의 과정 등을 중심에 두지도 않으며 노동문제를 다루는 방식도 이전의 소설들과는 다르다.

> "김형, 저, 우리 잠시 연기하는 게 어떻습니까?…… 아무래도 시기가 안 좋습니다…… 좀더 유연성을 가지고 대처하는…… 오죽하면 모택동이 일보전진 이보후퇴, 라고 하지 않았습니까……"
> 그냥 연기하자고 할걸. 웬 일보전진 이보후퇴냐. 다 쓸데없는 사족이다. 김영도가 뭐라 할까?
> "오형, 그럽시다."
> 김영도는 말을 끝내자마자 돌아갔다. 나는 김영도가 한 말이 진심인지 아닌지 도저히 그 말의 의미를 분간할 수가 없었다.
> 그럼에도 불구하고 김영도와 나의 우호적인 관계는 변함이 없었다. (「나와 함께 춤을」 293면)

논문을 복사하고 제본하는 회사에서 공공근로로 일하는 오목토와 김영도는 노조를 결성하기로 하고 치밀한 계획을 세우지만 정작 행동개시

일에 오목토는 우물쭈물 연기를 제안한다. 공공근로 기간이 끝나면 한 차례의 정리를 거쳐 정식사원이 되느냐 해고되느냐가 결정될 것이고 오목토에게는 갚아야 할 빚과 병원에 가야 하는 어머니가 있다. 일상의 곤란과 불안한 신분이 노조결성을 망설이게 하는 것이다. 이념적 당위성과 일상의 요구가 부딪치지만 오목토는 그것을 심각하게 고민하거나 자책하지 않는다. 단지 자신의 비겁을 스스로 조롱하며 가볍게 스치고 지나간다. 소설은 현장에서의 투쟁이나 조직과 같은 문제보다는 오히려 일상의 부딪침들에 더 주목한다. '노동의 4번 타자' 용접공 출신의 해고 노동자 김영도와 오페라와 라틴 댄스에 열광하는 오목토는 기질의 차이 때문에 자주 부딪치지만 그렇다고 해서 그들의 '우호적인 관계'가 변하는 것은 아니다. 그들은 남북정상회담이 있던 날 서로 얼싸안으며 기쁨의 건배를 들고 비록 실행되지 못했지만 노조결성의 필요성에 대해서 의기투합하기도 한다.

취미와 기호가 명백히 다르지만 또한 의기투합하고 함께 분노하며 감격할 수 있는 이 동질성은 과연 무엇인가. 차이가 동질성을 더욱 돈독히 하고 동질성이 차이를 기꺼이 인정하게 할 수 있는 길은 어디에 있는가. 소설은 오목토가 몰두하고 있는 춤을 빌려 결코 만만치 않은 문제를 제기한다. 몸과 몸이 밀착하여 함께 리듬을 타는 춤은 이념과 정치적 입장으로 설명되지 않는 동질감과 소통을 가능하게 한다. 민노당 싸이트를 드나들고 남북통일과 노조결성에 대해서도 이데올로기적 편견을 가지지 않지만, 어릴 적의 기억 때문에 노동자라는 말을 입에 담지 않았던 오목토가 라틴춤을 설명하는 과정에서 자연스럽게 그것은 노동자의 춤이라고 말할 수 있는 것처럼. 육체와 이념 사이, 일상과 정치 사이에 길게 가로놓여진, 화해할 수 없는 것처럼 보이는 거리는 각각에 몰두하면서도 그것 사이의 관계를 세심하게 살피지 못하는 과정에서 조금씩 쌓여온 것일지도 모른다. 그래서 이 작품은 지나친 엄숙과 경직을 피하기 위해 시종 춤과 노조 사이, 오페라와 민중가요 사이를 가볍게 넘나든다. 그러나 이 가벼움 속에서 육체가 자연스럽게 이념을 불러오고 이념이 겸허하게 육체를 존중할 수 있는 지점을 고민한다. 그래서 돌연 직장을 그만둔 김영도 덕분에 정식사원이 된 오목토는 김영도에 대한 부채감과 비정하고 건조한 직장생활을 토로하지만 오래 비감에 젖지도 않는다. 직장을 그만두거나 생활을 유지하기 위해 살아남거나, 노동자라고 말하거나 말하지 않거나 육체와 이념 사이의 균열과 조우에 관한 고민은 오래 지속될 것이기 때문이다.

　육체와 이념, 삶과 죽음, 안정된 일상과 느닷없는 재난, 소문과 진실 사이에서 우리의 삶은 문득 불가해하고 불안정한 기반을 드러낸다. 소설은 이 사이와 차이, 그 균열의 틈새에서 새로운 성찰을 이끌어내고 익숙하게 받아들였던 현실의 견고한 구조를 회의한다. 소설의 가장 소중한 미덕은 이분법을 질타하거나 고정화를 혐오하는 것보다는 이 차이와 균열들을 발견하고 그 균열들이 어떻게 이어져 우리의 삶을 구성하는가를 검토하게 하는 데 있다. 차이들을 서둘러 화해시키고 봉합하지 않는 한, 그리고 그 균열이 삶을 이해하는 새로운 원동력이기도 하다는 사실을 잊지 않는 한, 이 빈틈들에서 솟아나오는 우리의 이야기들은 풍요롭다.

—『리토피아』 2003년 가을호

체험의 층위와 권역

1

최근 발간된 『비평과전망』 7호(2003년 하반기)는 '체험의 귀환과 꿈꿀 권리'라는 제목 하에 신작특집을 싣고 있다. 가상현실과 주관적 내면의 침잠이 풍미했던 시기를 지나 바야흐로 삶에서 길어올린 생생한 체험들이 소설의 육체를 구성하고 있음을 젊은 작가들의 신작을 통해 확인하겠다는 야심찬 기획의 산물이다. 같은 책에 실린 고명철(高明徹)의 「박병례론」도 같은 맥락에서 읽힌다. "주류적 서사로부터 소외되었던 '현실의 구체성'을 확보하려는 움직임"(145면)을 젊은 작가들의 서사에서 징후적으로 읽어내려 하고 있는 것이다. 그러나 유감스럽게도 신작특집에 실린 작품들의 면면은 야심찬 기획의도에 충실히 부합하지는 못하는 것으로 보인다. 이명랑의 신작은 예의 영등포 시장의 인물들을 등장시키고 있지만 『삼오식당』(시공사 2003)에서 보여주었던 질펀한 체험과 콧날 시큰한 감동을 되살리는 데 실패하고 있으며, 심윤경의 신작은 『나……의 아름다운……정원』(한겨레신문사 2002)이 전했던 어눌하지만 따뜻하고도 포용력 있는 시선을 떠올리기에는 어딘가 작위적이고도 황당한 면이 있다. 고명철이 거론하고 있는 신진작가들 중에서도 예컨대 전성태나 김종광, 박정애 같은 작가들의 근작은 체험의 생생함과 삶에의 새로운 천착이라고 보기에는 다소 그 활력이 떨어지는 것처럼 느껴진다.

오히려 오늘의 우리 문학에 대해서는 "한국소설이 격심한 변화의 와중에 일종의 조정 국면을 맞고 있는 것으로 해석되는 한편으로 신진작가들이 너무 쉽게 피로 현상을 보이고 있"(방민호 「변화하는 시대, 변화하는 소설」, 『문예중앙』 2003년 가을호 14면)다는 진단이 더 정확한 것이 아닐까 싶다. "신매체에 대한 환상, 가상현실에 대한 과도한 기대, 환상과 상상의 권능을 현실을 보는 눈에 대비시켜 강조하는 경향"(같은 글 16면) 속에서 종횡무진 질주했던 우리 소설들이 적절한 출구를 찾지 못하고 정체되어 있는 곳에서 서사의 일시 소강상태가 진행되고 있는 것은 아닌가. 현실의 구체성과 체험의 영역은 이 소강상태의 서사가 출구를 찾기 위해 타진하고 있는 여러 모색 중 하나로 파악할 수 있을 것이다.

그렇다면 『비평과전망』의 기획이나 고명철의 진단은 우리 서사의 징후를 발견하는 작업, 그 징후 속에서 새로운 서사를 찾고자 하는 기대의 표현이라고 보아야 할 것이다. 물론 이러한 진단과 기대가 당대의 작품들이 성취해낸 성과나 잠재력을 과대평가하는 것으로 진행되어서는 곤란하다. 하지만 언제나 비평이 문학의 새로운 영역을 개척하고 그것을 위한 구체적 터전을 준비해야 한다고 할 때, 혼란과 변화에 잠재된 징후에 촉각을 곤두세우고 그것의 의미를 되짚어보는 일을 소홀히해서는 안될 것이다. 그런 의미에서 그것이 징후나 기대라 할지라도 체험의 의미를 엄밀히 고민해보는 것은 이 싯점에서 분명 필요한 작업이라고 여겨진다. 그것을 '귀환'이라 해야 할지, 혹은 '회귀'라 해야 할지, 아니면 또다른 '혼란'의 시작이라 해야 할지는 명확하지 않다. 다만 분명한 것은 이 체험과 현실성의 영역이 소박한 의미의 경험주의나 소재론적 반영을 넘어서는, 실로 복잡하고도 섬세한 체험의 다면성을 환기하지 않는다면 그것의 재음미가 무색해지리라는 것이다. 아직 충분히 발아하지 않은 새로운 서사의 움직임을 기대하고 촉발한다는 의미에서, 지난 계절의 문학지에 발표된 소설들을 점검하면서 이 체험과 현실성의 의미를 확인해보고자 한다.

2

천운영(千雲寧)의 「멍게 뒷맛」(『파라 21』 2003년 가을호)은 여러 가지로 체험에 대한 착잡한 생각들을 곱씹게 하는 작품이다. 천운영은 입맛과 식욕이 가지는 화려하고도 미세한 감각을 소설의 강렬한 이미지로 전화시키는 데 남다른 솜씨를 가졌다고 정평이 나 있는 작가이다. 천운영이 이 소설에서 내세우는 '맛'은 제목에서 예견할 수 있듯이 멍게의 맛이다. 멍게를 가운데 두고 마주앉은 두 여자가 있다. 이 두 여자는 말없이 멍게를 음미한다. 그 맛에 대한 묘사와 감각의 섬세함이 소설을 풀어가는 중심화두가 될 것은 분명하다. 그렇다면 그 맛을 먼저 느껴보는 것이 순서일 듯하다.

멍게를 삼키는 당신의 얼굴에 작은 파랑이 일었다. 멍게 돌기를 오독오독 씹을 때는 바위에 부딪치는 거친 파도 소리가 들려왔다. 당신의 얼굴을 보는 것만으로도 내 입안에는 바다가 들이찼다. 멍게를 한 입 넣었다. 새콤한 맛이 콧구멍부터 목젖까지 아련하게 번져왔다. 나도 당신이 하는 것처럼 멍게를 삼킨 다음 물을 마셨다. 싸하고 신맛이 가시면서 단맛만 남았다. 열정적인 키스를 건네오는 연인의 혓바닥을 받아들이듯 나는 어느새 보드라운 멍게 살에 빠져들고 있었다.
(같은 글 166면)

멍게를 삼키는 얼굴에서 작은 파랑을 일으키는 '당신'은 확실히 '나'보다 멍게맛을 느끼는 데 있어서는 한수 위다. 당신이 전해주는 멍게의 맛, 그것의 요체는 '콧구멍부터 목젖까지 아련하게 번져'오는 첫맛의 강렬함, 그리고 그 뒤를 따르는 담백한 단맛이다. 그리고 이 맛을 느끼면서 "멍게를 먹으면 살고 싶어져요, 그것도 아주 잘살고 싶다는 생각이 들어요."(같은 글 166면)라고 말하는 '당신'의 삶과 이 멍게의 맛은 아마도 모종의 연관이 있을 것이다. 아닌게 아니라 당신의 삶은 이질적인 두 맛이 함께 녹아 있는 멍게처럼 신묘한 데가 있다. "당신은 행복할 줄밖에 모르는 여자"였고, "당신 얼굴에는 언제나 온화하고 부드러운 표정만 있을 뿐 어두운 그림자는 찾아볼 수 없"(같은 글 162면)다. 그런 당신을 나는 질투한다. 하루종일 우중충한 방 안에서 오징어를 자르고 구부려 폐백용 꽃을 만드는 '나'는 자신이 만드는 꽃이 가짜 꽃일 뿐임을 당신을 통해서 명백히 깨닫는다. 그래서 삶의 그림자라고는 찾아볼 수 없는 당신의 행복과 온화함과 평화로움을 질투한다. 분명 '나'가 아는 삶이란 어둡고 퀴퀴한, 냄새나는 가짜 꽃일 뿐이다. 그것과는 다른 세상에 살고 있는 그녀는 신비하고 부럽기 그지없지만 닿을 수 없는 곳에 있기에 그 행복과 평화가 질투의 대상일 수밖에 없다. 그래서 그녀가 남편에게 매일 구타당하고 슬픔 속에 살아가고 있다는 사실을 알게 된 후 나는 내심 흥분하고, 그 흥분은 알 수 없는 힘을 불러일으킨다.

「멍게 뒷맛」에서 천운영이 불러오는 이미지들은 화려하고 선연하다. 찝찔하고 퀴퀴한 오징어 꽃, 쓰레기 봉지에서 터져나오는 썩은 양파와 묵은 김치, 새빨간 동백꽃과 그 꽃송이를 닮은 새빨간 원피스, 당신의 하늘거리는 꽃무늬 치맛자락, 그리고 무엇보다도 멍게의 알싸하고 미묘한 맛. 소설은 서사가 이끌어내어야 할 모든 구체성을 너무나 감각적이고 구체적이어서 오히려 얼얼한 이미지로 대신한다. 그리고 이 구체적 감각들의 뒤편으로 정작 삶의 실재성, 그 체험의 구체성들은 흐려진다. 어머니로부터 버려진 당신의 과거, 사랑을 가장한 남편의 구타와 폭력, 그리고 그 슬픔과 어두움을 벗어던지고 평온과 행복 그 자체가 되어 있는 당신의 모습. 당신의 모습에는 멍게의 맛처럼 극단적인 체험이, 이미지가 맞붙어 있다. 그 사이에서 어떤 일이 일어나고 어떤 체험과 발견의 순간들이 오가고 스러지고 상처입고 다시 일어섰을까. 멍게의 아리고 달착지근한 맛을 반복해서 되씹으며 잘살고 싶다고 말하는 당신의 희망은 그 속에 어떤 이야기를 숨기고 있을까. 당신은 내가 부러움과 질투심으로 묘한 복수심과 광기에 사로잡혀 있는 동안 아파트의 난간에서 슬픈 눈빛으로 아래를 바라보다가 몸을 던져 사라져버렸다. '멍게 뒷맛'이 불러온 그녀에 대한 나의 복수심과 질투심은, 아마도 삶을 결코 아름답지 않으며 비루하고 우울하게 지속될 수밖에 없어서 근근히 버텨나갈 수밖에 없는 것이라고 생각하는 나와 대비되는, 그녀의 아름다움, 화사함에 대한 것일 터이다. 그리고 그것은 또한 자신의 비루함에 대한 분노, 음습하고 침침한 곳에서 꾸물거리는 삶의 남루함에 대한 분노일 것이다. 그렇지만 또한 그녀는 그 속에 무언가 신비로운 도약의 순간이 있을지도 모른다고 기대하게 만들기에 나는 그녀를 질투하고 욕망한다. 그녀가 사라진 순간 그 화사함에 대비되었던 칙칙함은, 분노와 부정이 살아 있기에 더 생생했던 비루함은 달라질 것도 대비될 것도 없는 그저 그런 일상이 되어버린다. 그녀가 사라진 후 혼자 먹는 멍게가 아린 신맛과 단맛의 짜릿하고 보드라운 감촉 대신에 역한 냄새만을 남기는 것은 그 때문일 터이다.

멍게의 싸한 신맛과 단맛에서 시작하여 상한 멍게의 쓰디쓴 맛으로 끝맺는 소설은 그러나 시종일관 나의 시선에, 나의 감각에만 사로잡혀 있다. 그래서 사라진 그녀, 타자의 구체적 삶은 더욱 아쉽다. 나의 시선에 잡힌 그녀말고 다른 삶이 있지 않겠는가. 그렇지 않다면 슬픈 눈빛과 하늘하늘한 옷자락, 화사하고 뽀얀 그녀의 웃음이 알고 있는 멍게의 맛이란 신비롭기만 해서, 오히려 그것이 위장과 환상에 불과한 것이 아닌가 하는 의혹을 남긴다. 감각적 체험은 강렬하고 선명하지만, 너무 가까이 있어서 읽을 수 없는 글자처럼 오히려 추상적이다. 그리고 그 강렬함 때문에 그 속에 숨어 움직이고 함축된 삶이 있다는 사실 자체를 잠깐 잊게 만든다. 이미지 뒤에 숨은 삶, 아마도 강렬한 감각을 불러 일깨우는 단초가 되고 근거가 되었을 삶들이 서사 속에서 더 구체적으로 몸을 드러낼 수 있을 때, 이미지들의 매혹은 그 삶들로 되돌아와 더 깊고 날카롭게 각인될 것이다.

천운영의 소설에서 감각적 체험의 강렬함이 삶의 실재성을 덮고 있다면, 박병례의 「화투공방을 놀아보자」(『리토피아』 2003년 가을호)에서는 구어의 능청맞음과 무심함 속에 서사의 맥락이 숨겨져 있다. 남편이 죽고 자식들도 떠나고, 한적하고 괴괴한 농촌의 빈방에서 늘그막의 여성들이 펼치는 화투공방의 현재성은 과거 속에 묻힌 기억들과 혼재되어 있고 그래서 서사는 언뜻 보기에 혼란스럽기 짝이 없다. 승패에는 관심 없이 툭툭 내던지는 화투장 같은 구어들은 그 사투리의 현장감과 말머리와 꼬리를 잡을 길 없는 뜬금없음으로 어지럽고, 그런 왁자한 대화로만 구성된 서사는 가닥잡기가 쉽지 않다.

"돼서 물 부니께 묽구 또 묽어서 가루 풀다보니께 이 화상이 됐구면. 그냥 저냥 먹어둬. 아까 저수지 너머 여편네들 왔을 때 먹고 남은 거라 퉁퉁 불긴 했어도 집이 가봐야 뭐 벨시럴 거여. 아침은 그럭저럭 입맛없어 안 먹었을 테고 저녁은 잘 때니께 구찮어서 건너뛸 거 아녀? 밀가루라 금방 삭어. 접때도 그 얘기했지만 늙긴 늙었나 가끔 그게 생각나. 허구헌날 남의 콩대 꺾어 구워 처먹지 않었어?"

"누구? 미친 것! 그 얘기는 뭐러 자꾸 할려고 그려."

"저녁이 누우면 잠은 안 오고 그게 죽었나 살았나 궁금하대."

"나 뜨거운 거 즐기는 줄 번연히 알면서 이렇게 차게 했뜌?"

"꼴에 또…… 여러 질이다! 여러 질!" (같은 글 240면)

아낙들의 대화는 두서없이 오가고 그 안에 숨겨진 삶의 만만치 않은 사연들은 알 듯 말 듯 슬쩍 단서만 남겨두고 사라진다. 작가는 이들의 대화를 지켜보는 관찰자의 시선과 각각의 인물들의 시선을 능숙하게 교차시키면서 그들이 떠올리는 기억을 근거로 숨겨진 사건들의 구체성을 조금씩 밝혀나간다. 사건의 전모를 알기 힘들게 했던 이 걸판진 구어체 대화들은 한편으로는 인물들의 기억속에 만만치 않은 사연들이 숨겨져 있으며, 또 한편으로는 그 사연들이 좀처럼 꺼내놓기 힘든 것들이어서 대화판에서 한참을 겉돈 끝에야 힘겹게 드러날 수밖에 없는 것임을 알려주는 장치이기도 하다. 순태네의 변덕과 성화는 오늘따라 극성맞아서 집과 텃밭을 남의 손에 넘기게 된 사정말고도 다른 연유가 있는 듯하다. 순태네가 곱지 않은 시선을 던지면서도 또 간간이 표나게 편을 들어주기도 하는 영분네와의 사이에는 무슨 사연이 있는 것일까. 이 둘 사이에 얽힌 기막힌 사연은 인물들의 대화와 기억을 통해 조금씩 단서를 드러내고, 이것을 조각조각 맞추어나가는 독자는 마침내 소설의 말미에 가서야 전모를 알 수 있게 된다.

미친 여자와 정분이 났다는 소문이 돌 만큼 여자문제가 시끄러웠던 순태네 남편은 영분네를 겁탈했고 영분네는 쌍둥이를 낳았다. 누가 알까 낳자마자 아비를 빼닮은 아들을 미친 여자의 손에 넘겼고, 그래서 순태는 순태 아버지가 미친 여자를 덮쳐 낳은 아이로 동네에 알려졌던 것이다. 순태네는 처음부터 그것을 알고 있었지만 머리채 쥐어뜯는 씨앗

싸움 한번 해보지 못한 채, 순태를 미친 여자의 아이로 만들기 위해 오히려 미친 여자와 남편의 관계를 윤색하여 떠벌리고 다녀야 했다. 이 두 여자 사이에 분노와 질투와 미안함과 억울함이, 배척과 연민과 증오가 뒤범벅이 되어 오랜 세월을 흘러왔음은 충분히 짐작할 수 있는 일이다. 실상 두 여자가 서로의 처지를 알고 이해하기만 해서, 같은 남자에게 다른 방식으로 당해온 피해자의 동질감으로 서로의 허물을 덮어주고 비밀을 지켰던 것은 아닐 것이다. 순태네는 소문 나쁘고 행세 더러운 남편이라도 거기에 기대 살 수밖에 없기에 진실을 숨겼고, 마을 사람들에게 몰매 맞아 쫓겨나지 않기 위해 끙끙대며 분노와 화를 삭였다. 영분네는 자신의 억울함과는 상관없이 행실 나쁜 여편네가 되지 않기 위해, 남편에게 알려질 경우 닥쳐올 고난을 피하기 위해 어쨌거나 제 속으로 난 자식이 남의 집에서 커나가는 모습을 지켜봐야 했을 것이다.

그래서 소설의 말미에서 두 여자가 이미 알고 있는 사건들을 넌지시 털어놓고 귀밑머리에 장다리꽃을 꽂고 헤어지는 장면은 흐뭇하지만, 이 화해는 마음놓고 감동받기에는 너무 무거운 화해이다. 뻘밭에 발목을 담그듯 그들의 나날을 죄어오는 삶의 무거움과 신산함 때문이다. 가족 이데올로기와, 무심하기에 더욱 치명적인 소문들 속에서 숨기고 억눌러야만 했던 그들의 분노와 한은 겹겹이 주름진 질곡의 상처로 남아 있다. 그리하여 삶의 구체성과 체험의 생생함이란, 고된 노동과 벗어날 수 없는 가난, 부당한 줄 알지만 감당할 수밖에 없는 가족제도의 모순, 여성성의 연대나 삶의 힘겨움에 대한 연민과 분노를 포함하지만 또한 그것을 넘어선다. 그래서 쉽게 화해할 수도 체념할 수도 싸울 수도 없는 그 삶들은, 체험과 체험이 꼬리를 물고 얽히고설키는 복잡함 속에서 조금씩 그 구체적 실감들을 만들어낸다. 마치 어디로 튀고 연결될지 알 수 없는 화투판 대화의 어지러움을 끈질기게 쫓아가듯이, 삶의 구체성을 탐구하는 작업은 그래서 끝나지 않는 미로 속을 끝없이 뒤쫓아가면서 조금씩 살을 붙이고 길을 찾아야 하는 것이다. 흔해 빠진 불륜과 운명의 장난들을 다소 작위적으로 구성한 것처럼 보이지만 박병례의 소설이 통속성과 상투성에 함몰되지 않는 것은 그 체험의 겹과 주름들을 이해하고 있고, 그것들을 쉽게 단순화시키지 않기 때문이다.

3

　'빨치산의 딸'이라는 신변적 요소가 늘 따라다니는 작가 정지아(鄭智我)의 소설, 그것도 자전적 요소가 짙은 「행복」(『창작과비평』 2003년 가을호)을 읽으면서 자연스레 시대적 체험, 역사적 체험의 문제를 생각하게 된다. 때로 개인적이고 신변적인 문제가 그것 자체로 한 시대와 역사를 대표하는 경우가 있고 우리는 그러한 체험의 주인공을 '문제적 개인'이라고 부르거니와, 「행복」의 '나'의 부모, 빨치산의 삶이 그러하다. 남북분단과 이념갈등에 관한 역사적 독법의 문제에서든, 일상적 삶과 이념적 삶의 접근성 문제에서든, 혹은 여전히 현재 남한사회 갈등구조의 한 핵심인 반공이데올로기의 문제에서든 빨치산의 존재는 우리의 시대와 역사를 읽는 핵심 코드의 역할을 하는 것이 분명하다.
　그러나 「행복」에 옮겨진 그들의 이야기는 이러한 역사적 존재로서의 빨치산들, 그들의 이념과 신념, 혹은 우리 시대의 상처와 모순에 관한 이야기에서 조금 비껴나 있다. 과거에 빨치산이었고 평생 빨치산으로서의 삶과 긍지를 버리지 않았던 부모는 이미 늙었고 그들을 바라보는 딸의 시선은 쓸쓸함과 착잡함으로 가득 차 있다. 그리고 딸은 그 늙은 부모를 바라보면서 '행복'에 관해 묻는다.

　웬일인지 가슴이 덜컹 내려앉았다. 사람들은 이렇게 사는 거구나

하는 소소하나 서서히 가슴을 파고드는 감동과 함께, 연탄재가 쌓인 골목길에서 아빠와 함께 썰매를 타고 한나절 신나게 놀 수 있었던 그, 고사리손으로 사진첩에 사진을 끼워넣고 그 밑에 '아빠와 썰매를'이라고 정성들여 써놓은 후 아버지가 그리울 때마다 눈물을 글썽거리며 사진 속의 한때를 추억했을 그가 갑자기 아득히 멀게 느껴졌다. 그때 나는 뭔가가 서걱거리며 무너져내리는 소리를 들은 것도 같았다. (같은 글 163면)

사상범으로 10여년을 복역한 아버지와 그 아버지의 부재를 메우기 위해 악으로 버티며 고된 농사일을 해야 한 어머니와 함께 보낸 생활은 평범한 가정의 소소한 행복이나 훈훈한 애정과는 거리가 먼 것이었다. 남편의 사진첩의 겉표지에는 'Happiness'라고 씌어 있었고 아마도 그것은 너무 평범해서 상투적이기조차 한 행복의 일상적 모습일 터이다. 그러나 그 행복은 이후 남편을 만나 가정을 이루고 자식을 낳고 그들과 사진을 찍고 사진첩을 만들어도 결코 맛볼 수 없는 행복이다. 삶이 그처럼 평안하고 소소한 감동과 따뜻한 추억으로 엮어지는 것이 아니라는 것을 너무나 일찍부터 알고 오랫동안 느껴온 사람들에게 행복은 그렇게 단순한 상징을 통해 찾아오지 않는다. 그러나 음식은 생명을 이어나가기 위한 소중하고도 엄숙한 먹거리이고, 술은 노동의 피로를 덜어주는 음료수일 뿐이며, 추억을 위한 사진은 영정사진을 찍을 때나 필요하다고 여기는 부모가, 대화가 오가는 따뜻한 식탁과 한잔의 술이 불러 일으키는 흥취와 여유, 일상의 작지만 소중한 즐거움을 기억하는 행위들을 모른다고 해서 그들을 불행하다고 할 수 있을 것인가. 그러나 침침한 눈으로 텔레비전 뉴스와 신문을 챙겨 보고 역사와 신념에 대해서 누구보다 또랑또랑한 목소리를 갖고 있다고 하더라도 "어디 가서 마음속의 말 한마디 제대로 하지 못하고 살아가는 모습" "슬픔을 넘어선 잔혹이라고

나 해야 적확할"(같은 글 186면) 모습을 지닌 그들은 행복하지도 않다. 이 행복도 불행도 아닌 곳에 우리 삶의 구체적 현실을 바라보는 작가의 쓸쓸하고도 착잡한 눈이 있다. 부모의 이념과 견결한 생활을 존중하지만, 돈과 간판과 잇속만이 절대적 가치가 되어버린 현실에서 그들의 삶은 무력하고, 경박한 삶의 위력은 동의할 수는 없지만 어느새 자신도 거기에 섞여들어 살아갈 수밖에 없는 현실 그 자체이다.

「행복」에는 부모의 삶과 현실의 세태를 마주놓고 그것을 착잡하게 바라보는 복합적 시선을 증명하는 다양한 상징들이 등장한다. 교사 초년 시절 아이들과 찾아간 폐사지의 침묵과 고요는 부박하고 살벌한 현실이 결코 삶의 전부가 아니라는, 자연과 삶의 엄숙함에 대한 비유일 테지만, 그것이 주는 울림과 위안은 현실을 이겨내는 힘이 되지 못한다. 어머니의 제2의 고향이라 할 만한 운포는 추억 속의 궁벽한 어촌 마을이 아니라 산과 들이 바뀌어버린 한물 간 관광지가 되어 있고 그래서 어머니는 추억마저도 가난하다. 늙고 지친 노인네들이 되어버린 부모들이 아름다웠던 과거를 떠올릴 수 있는 징표들은 이제 어디에도 존재하지 않는 것이다. 백일홍의 전설에서, 이무기의 붉은 피로 물들은 돛은 사실은 승리와 소망의 성취를 알리는 흰 돛이었으니, 처녀가 죽어서도 바랐던 소망은 이미 죽기 전에 이루어진 것이기도 하다. 그러나 부모의 삶에서 승리나 소망의 성취 여부는 중요한 게 아니었으며 그들의 인생은 "배신과 실패마저 제 심장과 동맥으로 삼아 앞으로든 뒤로든 뛰든 기든 여하튼 나아가지 않으면 안되는, 유토피아를 향한 멈출 수 없는 마라톤"(같은 글 208면) 같은 것이었을 뿐이다. 그리고 부모의 삶을 참혹하고도 고통스럽게 바라보며, 평범한 가정의 상투적 행복을 결코 느낄 수 없는 '나'는, 그런 소망조차도 갖고 있지 못할 뿐 아니라 부모가 가진 소망을 갖기에는 이 삭막한 현실이 너무나 위력적임을 잘 알고 있다.

견결한 혁명전사였던 빨치산도 늙고 그들이 함께했던 역사도 늙는다. 그러나 너무나 빨리 변하고 빨리 망각하는 현실 속에서 그들은 여전히 그들의 마라톤을 멈추지 않기에 역사적 체험은 오래 지속된다. 정지아의 「행복」은 부모의 삶을 과거의 것으로 돌리지 않고 그들의 현재 속에서 잡아내면서, 또한 그 부모와 함께 이룬 가정이 안고 살 수밖에 없었던 깊은 침묵을 체험한 '나'의 시선을 거기에 겹쳐놓음으로써, 역사적 체험을 풍부하고도 세밀한 일상의 감각으로 채워넣는다. 그래서 역사란 간명한 명제나 감동적 깨달음과 같은 것으로 정리될 수 없는, 착잡하고 쏠쏠하며 서운하고도 따뜻한 수많은 감정과 회한들이 오고 가는 다양한 삶들의 집적물이 되는 것이다.

　정지아의 또다른 단편 「민들레 화분」(『실천문학』 2003년 가을호)에서 아버지에게 분노와 배신감만 심어준 한씨의 삶이 다시 드러날 수 있었던 것도 이같은 시선이 있었기 때문일 것이다. 행세하는 가문의 종손임을 평생의 자존심으로 내세우면서 집안일은 뒷전이었던 아버지가 돈푼께나 모은 친족들에게 모욕을 당하고 얻은 직장은 소읍에 하나밖에 없는 흉물스런 고층 아파트의 경비실이다. 아버지는 집안의 대물림 종복이었던 한씨를 경비실 동료로 만난다. 좁은 경비실에서 집안 대소사에 종처럼 부렸던 한씨와 함께 지내야 한다는 사실은 이미 내팽개쳐진 아버지의 자존심을 다시 한번 참혹하게 짓밟았을 것이다. 관리비 논란 때문에 경비 월급을 깎는다는 통보가 오는 와중에 행동을 같이하기로 했던 한씨가 운영위원장에게 멧돼지를 갖다 바치고, 다툼 끝에 아버지를 밀쳐 넘어뜨리기까지 하자 아버지의 분노는 극에 달한다. 시간강사인 아들 또한 예전의 우등생, 가문의 종손으로서 받았던 예우와 존중을 잃어버린 지는 이미 오래다. 친척들에게 공부를 많이 했다거나 뼈대있는 집 자손이라는 것은 아무 의미가 없으며, 그는 그저 비전 없고 돈 안나오는 일에 미련하게 매달려 있는 궁색하고 초라한 인간일 뿐이다. 그러나 "나가 워디 가서 사십을 벌었능가?" "아부님이 뭐라 그래도 나는 할랑

마. 사십이 아니라 삼십이라도 나는 해야 써."(같은 글 233면)라는 한씨의 발언은 아버지의 헛된 자존심, 부박한 세태, 아들의 착잡하고 복잡한 심경을 넘어서는 어쩔 수 없는 삶의 무게를 담고 있다. 한씨의 절박함 앞에서 무너진 아버지의 자존심이나 아들의 쓸쓸함, 혹은 부당한 노동조건이나 아파트 주민들의 이기심에 대한 분노는 분출되지 못한다. 한씨의 절박한 항변 때문에 정당한 대우나 권리를 위한 연대는 깨질 수밖에 없지만 또한 그것은 더 깊은 연대의 시작이 될 수도 있다. 한씨의 속내를 이해하고 그의 삶을 인정한다면 한씨와 새롭게 만나 새로운 관계를 시작할 계기를 찾을 수도 있지 않겠는가.

정지아의 소설들은 '역사'나 '노동'에 대한 익숙한 문법을 비껴나 있다. 그것은 한 인물이나 사건, 의미에 고정되지 않은, 타자의 삶과 체험들을 깊이 살피고 이해하는 과정 속에서 이루어진다. 그리고 그 타자들과 대화하고 자신의 삶을 다시 반추하는 '나'에 의해 역사나 노동, 혹은 정의나 신념과 같은 단어들은 섬세하게 흔들리면서 그 속에 또다른 의미들을 축적해나간다. 때로는 타자들에 대한 이해가 너무 깊어서 모두가 나름대로 의미를 가진 저마다의 진정성이 지나치게 수평적으로 포용되는 것이 아닌가 싶기도 하고, 그래서 인물들의 돌이킬 수 없는 회한이 수동적으로 느껴지기도 한다. 그러나 이는 또한 정지아가 그려낸 결코 일축할 수 없는 삶의 다면성을 폭넓게 감상하기 위해 치러야 할 댓가이기도 하다. 이미 대화하고 이해하기 시작한 타자들이 그 존재를 드러낸 이상 그것은 무시할 수 없는 현실성을 이미 함축하고 있다. 웅성이며 그들의 존재를 드러내기 시작한 삶의 다양한 국면들이 맺는 관계를 엄밀히 되짚어보고, 부당함과 정당함의 층위를 가늠하는 일은 더 오랜 관찰과 숙고의 시간이 필요한 지난한 작업이 될 것 같다.

4

천운영의 '멍게 뒷맛'으로 시작했으니 한지혜의 '묵맛'으로 마무리해
보는 것은 어떨까. 「자전거 타는 여자」(『비평과전망』 2003년 하반기)에서
'나'가 맛본 묵맛은 죽음의 맛이자 삶의 맛이다. 쓰고도 떫은 묵맛, 그
것은 '나'가 죽음의 소식을 접할 때마다 떠올리는 맛이다. 그리고 내가
만난 최초의 죽음과 함께했던 맛이기도 하다. 어렸을 적 옆방에 살던 노
부부의 방 앞에 놓여 있던 밥상, 그 위에 올려져 있던 묵이 탐나서 몰래
집어삼켰지만 그 묵의 맛은 기대했던 맛이 아니었다. 찰지고 말캉말캉
한 감칠맛 대신 쓰고도 텁텁한 맛으로 목구멍을 역류했다. 마침 그 맛을
본 날에 그 방에 살던 노인이 죽었다. 보드라운 감칠맛에 대한 기대와
쓰고 텁텁한 맛의 배신으로 겹쳐지는 묵의 맛은 그러므로 역설적이고도
알 수 없으며, 순순히 삼킬 수 없는 삶의 맛이기도 하다. 방 안에 죽어가
는 사람이 있다면 방 밖에는 매끄러운 묵이 자아내는 살아있음의 식욕
이 있다. 그 비정하고 엄연한 엇갈림 때문에 묵의 맛은 더욱 쓰고 역했
으리라.

그래서 아버지가 쓰러져 식물인간이 된 후, 어머니와 딸은 죽음을 지
키기 위해서가 아니라 삶을 지키기 위해 안간힘을 쓴다. 아버지의 죽음
앞에서 무력하게 지쳐갈 수밖에 없으며 그 무력함을 견뎌야 하는 것이
삶이다. "아버지는 작은 방 화분에 담겨 시름없이 자라고, 엄마와 나는
옆방에서 뱅글뱅글 어깨에 손을 걸고 춤을 추던 저녁과 저녁들."(같은 글
37면) 그 시간은 춤을 배우고 요리를 하며 장을 보러 외출을 하고 헤어
진 애인들에게 전화를 하면서 죽음의 한편에서 요동치는 삶을 주시해야
하는 시간들이기도 하다. 아버지의 유품을 태우면서 잠시 비감에 젖는
딸을 향해 달려오는 엄마의 자전거. 식물인간이 된 아버지를 휠체어에

태워두고 혼자 자전거를 연습했을 엄마의 나날들이야말로 목구멍을 역류하는 쓰고도 독한 삶의 맛일 터이다. "죽은 아버지를 안고도 느끼지 못했던 그 떫은 맛이 산 엄마를 보는 순간 목구멍을 역류"(같은 글 46면)했던 것은 죽음과 삶의 경계에서 터져나오는 삶을 발견했기 때문이다.

공교롭게도 「자전거 타는 여자」에서 느껴지는 묵의 맛은 천운영의 '멍게 뒷맛'과 유사하다. 삶은 멍게처럼 아리고 시고 달콤하며, 묵처럼 촉촉하고 쌉싸래하면서도 텁텁하다. 그 여자가 죽은 후 멍게의 맛은 쓰고 역한 맛으로 변했고, 죽음을 알게 된 후 묵은 목구멍을 역류하며 구토를 일으킨다. 「멍게 뒷맛」에서 그 여자가 죽은 후 '나'도 함께 죽어갔다면, 「자전거를 타는 여자」에서 아버지의 죽음 후 평안히 먹은 짬뽕을 토해내며 '나'는 살아나간다는 것이 다르다면 다르다. 그 차이는 아마도 죽음과 삶의 경계, 나와 타자의 경계, 그 엇갈린 역설의 비좁은 틈에 어떻게 머무느냐의 차이일 것 같다. 천운영이 그 사이에 이미지를 채워넣으면서 삶의 비관성을 강조한다면, 한지혜는 그 틈을 더 벌리면서 또다른 체험이 깃들 순간들을 남겨놓는다. 그러나 이 비관과 낙관은 결코 어느 한쪽으로 단순화될 수 없는 성찰의 깊이를 숨기고 있다. 이 비관과 낙관, 그리고 일상과 역사, 삶과 죽음, 나와 타자들, 그 사이에서 새로운 발견의 순간들이 더욱 섬세하게 창출될 때, 우리는 체험의 새로운 권역을 실감하면서 그 비정하고도 잔인하며 따뜻하고 아름다운 삶의 구체성들을 더욱 풍부하게 맛볼 수 있을 것이다.

—『리토피아』 2003년 겨울호

'불행한 가족사'라는 상투성, 그 속의 신인들

1

엄마는 어린 자식들을 두고 낯선 남자와 눈이 맞아 집을 버렸다. 아버지는 병든 엄마의 고통에 아랑곳없이 밖으로 나돌거나 숨겨둔 여자와 딴살림을 차린다. 집에는 유전자나 사고의 탓으로 일그러진 몸을 가진 한 가족이 살고 있으며 나는 가족에 대한 연민과 증오로 가출을 꿈꾼다. 혹은 오래전 집을 떠난 나는 도시에서 만난 남자들과 낡은 아파트에서, 교외의 모텔에서 정사를 나눈다. 그 남자들은 대개 가정이 있는 남자들이거나 다른 곳에 눈을 둔 남자들이어서 나는 그들과의 관계에서도 결핍의 우수에 잠길 수밖에 없다. 그 남자들과의 관계가 나에게 남긴 것은 변두리 산부인과의 낯선 금속성과 벗어날 수 없는 씁쓸한 상실의 일상이다. 첩의 딸이거나 무당의 딸인 나는 그리하여 그 출생의 천형 속에서 음습한 지하방을 전전하고 어린 나를 거두지 않았던 어미나 아비는 병든 몸으로, 흐린 정신으로 내 우울한 일상을 짓뭉개고 있다.

몇개의 문예지에 발표된 신인공모 당선작, 그리고 신춘문예 당선작의 대부분을 지배하고 있는 것은 이 불행한 가족사, 개인사의 운명들이다. 개개의 작품들은 나름대로 기구하고 파란만장한 사연을 담고 있지만 소설가로 자신의 개성을 등록하는 자리에서 하나같이 불행한 개인사를 부여잡고 있는 장면은 너무 천편일률적이어서 진부하다. 불편한 가족이나 도시의 진부한 일상이 여전히 소설적 의미부여를 필요로 하는 현대인의 중요한 존재조건임을 생각할 때, 이들 소설에서 느껴지는 진부함이 단순히 소재적인 문제만은 아닌 것 같다. 오히려 문제가 되는 것은 새로운 소설가들이 개인의 불행한 가족사를 다루는 방식이다. 바람난 아비나 어미, 불행한 출생과 유년, 불륜의 관계와 어긋난 사랑이 주는 상실감 등의 소재는 이런저런 배치와 암시 속에서 조금씩 모습을 드러낸다. 마침내 소설이 완결되고 완결된 소설에서 전면적으로 드러나는 것은 이 불행한 개인사의 내력일 뿐이다. 말하자면 소설은 불행한 개인사를 조직적으로 기술하는 데 골몰하고 있을 따름이며 이렇게 될 때 소설은 누군가의 특이한 삶의 이력에 대한 궁금증을 충족시키는 것 이상이 되지 못한다. 그리고 이것은 저잣거리의 소문과 숱한 대중매체의 통속적 드라마들이 단단하게 완성시켜놓은 상투성에 또 하나의 곁가지를 보탤 수 있을 뿐이다. 불행한 개인사의 내력이 단정한 문장과 탄탄한 구성의 수련을 위한 하나의 습작재료로만 활용된 것은 아닌가 하는 의문을 떠올리게 된다.

물론 불행한 가족사의 기술이라는 어슷비슷한 경향성 속에서도 나름대로의 파장과 색깔은 있다. 그것은 크게 보아 특수하고 운명적인 소재의 의외성이라든가 그것이 오랜 동안 관습적으로 구축한 상투적 의미망을 재생산하는 데 바쳐지기도 하고, 또한 개인사에서 출발하되 그것을 넘어서려는 의욕적인 시도의 일면을 보여주기도 한다. 총평이라는 개괄적 형태의 기대와 우려만으로 마무리되기 마련인 신인 등단작들의 면면을 좀더 세부적으로 검토해볼 필요가 있을 듯하다. 한편의 등단작을 대상으로 문제를 지적하고 가능성을 따지는 일이 일견 무모해 보일지도 모르지만 불행한 가족사라는 이들의 다소간 상투적인 출발점 속에 가려진 다양한 면모는 새로운 작가들의 개성을 짐작하는 중요한 단서가 될 수 있을 듯하다.

2

권정현의 「수(繡)」(『조선일보』 2002. 1. 1)는 여러 가지 의미에서 신춘문예 당선작 '다운' 작품이다. 불안하게 떠도는 남자를 사랑했고 이제 그 사랑을 잃은 여성의 내면에 대한 침착한 응시, 과거의 기억만이 온전한 것으로 남아 있는 아버지와의 동거, 지치고 남루한 일상은 십자수를 놓는 과정이나 주변 정경에 대한 정교한 관찰과 묘사 속에서 무리없이 결합되어 잘 만든 소품을 완성해내고 있다. 여성성과 내면, 거기에 간혹 끼어드는 이국취미와 함께 주변과 심리에 대한 정밀한 묘사법까지 이 작가는 기성의 문단을 풍미하는 여러 경향들을 모범으로 삼아 착실한 수련의 과정을 겪은 것처럼 보이고 그 결과물을 통해 손색없는 소설가로 호명되었다. 그러므로 이 작품이 신춘문예 당선작 '답다'라는 것은 신춘문예가 패기만만한 신인이 기성의 고착된 문단에 던지는 참신한 출사표의 장이 아니라는 것을 의미한다. 오히려 당선작들의 면모를 통해 역으로 추적해보건대 신춘문예는 기성의 작법에 대한 충실한 모방과 재구성을 통해 기성의 것과 '같은' 완제품을 재생산할 능력을 검증받는 자리라고 하는 편이 더 적절하다. 그 완제품의 개성을 결정할 내용물의 충실성, 그 재질과 색채의 특수성은 아직 검증받지 못했으므로, 아니 검증할 충분한 근거를 갖추지 못했으므로 이들 '잘 빚어진 항아리'의 내부는 미래의 가능성만을 남겨둔 채 아직 비어 있다.

다른 당선작들에 비해 충실한 완결성을 갖추고 있지만 작품 「수」를 통해 작가의 개성을 짐작하기 힘든 까닭이 어디선가 본 듯한 익숙한 소재들을 조합한 완제품이기 때문만은 물론 아니다. 남자를 잃은 여자는 낙태를 하고 머리를 자르고 문양과 색실을 사서 고요한 아파트 낡은 흔들의자에 안착한다. 수백가지의 색실로 정교하게 목어의 문양을 채워나가면서 여자는 지난날의 사랑을, 그 안타까웠던 여정을 성찰하고 있는 듯하다. 그러나 단정하고 정교한 문체 때문에 그렇게 보일 수도 있지만 그 여자의 지난날 돌아보기는 성찰이라기보다는 회고에 가깝다. 인도를 동경하며 떠돌다가 어느날 산중 암자에 틀어박힌 남자에 대한 기억, 그 옆에서 고요히 볼우물만 만들었던 여자의 나날들은 색실이 빈 문양을 채우듯이 회고를 통해 차곡차곡 채워질 뿐이다. 그리하여 "집착이라는 실을 풀어 안개 위에 어긋난 수를 놓아왔다. 그의 공간에 하나의 존재가 되기 위해 몸부림쳤지만 당신이 찌른 곳은 허방이었으며 무엇도 존재하지 않는 바람 속이었다."라는 결론은 성찰의 결과물이라기보다는 회고의 마무리일 따름이다. 어디로 가느냐고 결코 묻지 않아서, "내 뜻에 따라주는 네가 나는 참 편하고 좋다"던 남자와의 관계에 대해 의심하거나, 떠도는 영혼 옆에 조용히 동승하기만 했던 자신의 연애를 재고하지 않는 한 모든 관계는 안개 위에, 바람 속에 있을 수밖에 없다. 수를 놓는 당신은 수틀에 기대어 모든 관계를 안개 속으로 놓아 보내고 그것을 견디고 있을 뿐 왜 관계는 안개 같을 수밖에 없었는가, 그렇다면 그 안개 속에서 어떻게 살아야 할 것인가를 묻지 않는다. 그래서 현재를 잃은 아버지와의 동거 역시 지루하고 우울한 일상의 지속일 뿐이다. 왜냐고 묻지 않는 소설, 익숙한 것에서 출발하여 다른 의미를 발견하기보다는 익숙한 것으로 회귀하는 소설. 그러므로 그 소설은 성찰에 미치지 못하고 회고에 머무른다. 기법과 문체의 답습이 무서운 것은 그것이 수련의 과정을 통해 스스로도 인식하지 못한 사이에 기존의 이데올로기를 능숙하게 전승하고 재생산하기 때문이다. 「수」는 익숙한 소재와 문체와 구성을 통해 수동적 여성성과 관조적 인생관이라는, 상투적이라서 더욱 뿌리깊은 이데올로기를 재생산해낸다.

수동적 여성성이라는 이데올로기에서 결코 자유롭지 못하다는 점에서 유사한 외양을 띠고 있지만 김지현의 「사각거울」(『문화일보』 2002. 1. 1)은 스스로 그 이데올로기를 깨뜨릴 가능성을 안고 있는 작품이다. 소품기사였던 남편이 죽고 나는 다리모델로 노망난 시어머니와 어리고 당돌한 딸을 부양한다. 노망난 시어머니는 매일같이 뽀얗게 분화장을 하고 심지어 분첩을 다리 사이로 집어넣기까지 한다. 나는 시어머니의 음란한 행동에 질겁을 하지만 전투 끝에 벌렁 젖혀진 시어머니의 치마 속에서 드러난 것은 기묘한 모양을 한 흉터이다. 영화판을 쫓아다니며 사진에 골몰하던 시아버지는 어느날 촛점 잃은 눈으로 집에 불을 지르고 그 불꽃을 찍다가 죽었다. 시어머니의 허벅지에 새겨진 흉터는 환각에 미친 남편이 남긴 화인(火印)이었던 것이다. 일상을 벗어난 다른 세계를 쫓아 떠돌았던 남편이 남긴 흉터에 끊임없이 분첩을 들이대며, 남편이 찍어준 젊은 날의 고운 얼굴로 회귀하기 위해 흐린 정신 속에서 뽀얀 분가루를 날리는 시어머니의 세계는 분명 남편의 삶에 저당잡힌 부속물일 뿐이다. 그 환각을 깨지도, 다른 환각을 창출하지도 못하며 평생을 남편의 삶에 붙들려 있는 시어머니의 망령은 얼마나 섬뜩한 가부장 이데올로기의 현시인가.

그럼에도 이 작품이 기존 이데올로기의 단순한 재현에 머무르지 않는 것은 먼지가 풀썩이는 단칸방을 유지하는 것만으로도 허리가 휘어지는 가난하고 힘겨운 삶의 면면들에 힘입은 바 크다. 그러나 거기에 덧붙여 이 작품이 자기 방식의 개성을 확보하는 것은 깨어진 거울의 파열음, 피흐르는 상처의 상징들 때문이다. 남편이 남긴 단 하나의 유품, 시어머니의 망령난 화장의 보조기구였던 화려한 사각거울은 어느날 저녁, 세

여자의 전투 속에서 산산이 부서진다. 그리고 그 파열음 속에 시어머니의 흉터, 시어머니가 던진 사각거울에 찍힌 내 새끼발톱, 딱지를 자꾸 뜯어내어 아물지 않는 딸 정화의 상처가 선명하게 도드라진다. 시어머니는 연신 그 흉터에 분첩을 갖다대지만 그것으로 그 흉터가 사라지지는 않을 것이다. 내 새끼발톱은 곧 뽑혀져나갈 듯하지만 여전히 발가락의 살에 붙어서 통증을 유발한다. 딱지를 뜯어냄으로써 상처가 아무는 것을 거부하는 정화의 무릎은 질질 흐르는 피 속에서 흉터로 남을 것이다. 이 통증과 흉터는 사라진 남자들이 남긴 삶 속에서 자신들의 정체성을 찾아 여전히 싸우고 피흘려야 하는 이 여자들의 삶을 발견하게 하는 단서가 된다. 또한 상처를 통해 존재를 증명하는 여자들은 이데올로기의 매끈한 답습에 저항하는 생채기가 될 수도 있을 것이다.

3

그러므로 상투성과 참신성은 종이 한장 차이이다. 이 둘을 가르는 얇은 틈은 익숙한 것들 속에서 새로운 의미를 발견하는 과정에 천착할 때 발견된다. 정재숙의 「사물이 거울에 보이는 것보다 가까이 있습니다」(『대전일보』 2002. 1. 1), 표명희의 「야경(夜景)」(『창작과비평』 2001년 겨울호)은 과거사를 서두로 삼고 있지만 그것의 현재적 의미를 재발견하고 있다는 점에서 주목할 만하다. 두 작품은 가족의 고단한 삶에 무관심한 아버지, 뭇 남자들을 사로잡으며 그 남자들 사이에서 일생을 산 엄마, 그리고 그 아버지와 엄마를 증오와 연민으로 감당해야 하는 자식을 전면에 내세우고 있다는 점에서 평탄치 않은 가족사라는 익숙한 패턴의 자장 내에 자리잡고 있다.

그런데 이들 작품은 가족사의 이면을 바라보는 전복적 시선을 내장함으로써 가족사의 상투적 의미망에 쉽게 투항하지 않는다. 먼저 「사물이 거울에 보이는 것보다 가까이 있습니다」는 '기록'이라는 장치를 통해 아버지에 얽힌 과거사를 현재적 삶의 지평으로 끌어들인다. '올해의 기록문화상'을 받은 어느 소도시의 노상주차관리원, 젊은 시절부터 검은 표지의 기록노트를 놓지 않았던, 병에 걸린 엄마를 방에 두고도 그 기록노트에 골몰했던 아버지에 관한 취재를 자청하여 떠난 아들은 뙤약볕 아래에서 초라하게 늘어버린 아버지를 찾는다. 복사된 기록노트를 통해 확인한 바에 의하면 아버지의 기록은 30년이 넘도록 매년 4월 7일에는 한번도 비가 오지 않았다는 사실을 알 수 있을 만치 치밀하지만 그럼에도 군데군데 삭제와 오기(誤記)를 남기고 있다. 암에 시달리다 죽은 어머니가 관 속에서 살아나온 날은 아버지의 기록에서 삭제되어 있다. 한때 도시를 떠들썩하게 한, 새로 개업한 찻집의 입구는 오른쪽이 아니라 왼쪽으로 기울어져 있었다. 이제 노상주차요원인 아버지를 바라보는 집요한 시선은 기록, 혹은 기억의 의미를 묻는 시선으로 바뀐다. 모든 기록은 그것이 아무리 정확함을 자부하더라도 주관에 고착되어 착오를 남긴다.

그러므로 기록이 간직한 것은 사실의 정확성이 아니라 그 기록의 순간에 출렁이는 기록의 이면이다. 그렇다면 아버지에 관한 아들의 증오 역시 어쩌면 기억의 표면만을 반복재생하는 과정에서 굳어진 것은 아닐까. 찻집의 유리창을 통해 아버지를 바라보는 아들은 아버지와의 어떤 해후도 도모하지 않는다. 암에 시달리는 엄마의 혹독한 투병을 옆에 두고도 자신의 절뚝거리는 다리를 고치기 위해 마련한 통장과 기록노트만 부여잡고 있던 아버지는 여전히 증오의 대상일 뿐이기 때문이다. 아들이 주차관리 마감 시간을 넘길 때까지 찻집의 창가에서 꼼짝하지 않는 것은 이 때문이다. 그런데 그때 아버지는 홀로 세워진 아들의 차에 절뚝거리는 걸음으로 말없이 다가와 "마른 나목 같은 손으로" "흰 차를 천천히, 천천히" 쓰다듬는다. 소름 돋는 증오밖에 남기지 않았던 아버지가 완강하게 고착된 기억의 표면을 뚫고 천천히 아들에게 다가오고 있는 순간이다. 그때 "유리 너머의 현란한 불빛들이 당신 눈을 치고 들어와 흔들린다. 별안간 당신 주위의 모든 것들이 무거운 돌바퀴가 구르듯 느릿느릿 굴러간다." "아, 아버지"라는 비명 같은 탄식 속에서 아들은 건조하고 맹목적인 기록의 두터운 무게 속에서 낡아가는 아버지의 삶의 이면과 비로소 만난다. 메마른 기록의 이면에서 삶의 온갖 감각들이 순식간에 역전되어 일렁이는 순간들이 아버지에겐들 없었을 것인가. 그 이면을 아들은 어떤 기억 속에도 담고 있지 못했으니 아버지의 치밀하지만 의심스러운 기록처럼 아들의 증오에 가득 찬 기억 역시 의심스럽다. 그러므로 화해를 암시하는 결말의 이 짧은 역전은 단순한 화해의 기록이 아니다. 그것이 화해가 될지 더 깊은 증오가 될지 아직 알 수 없다. 다만 불행한 운명으로 자신을 짓눌렀던 기억들을 해체하고 그것을 다시 읽고 해석하는 일의 시작을 알리는 순간이 신호탄처럼 명멸하고 있을 따름이다.

운명처럼 인식해온, 그래서 증오와 회상의 익숙한 방식으로 간직해온 가족사는 그 익숙한 관습 속에서 아무도 모르게 늙어오고 닳아온 가족들의 현재를 발견함으로써 다시 해명의 실마리를 얻는다. 「사물이 거울에 보이는 것보다 가까이 있습니다」가 '기록'이라는 장치를 통해 아버지의 현재에 접근하고 있다면, 표명희의 「야경」에서 현재를 발견하는 매개가 되는 것은 지하방의 습기 속에서 욕창의 근거지가 되어 있는 어머니의 몸이다. 뭇 남자들을 설레게 할 만큼 아름다웠던 어머니와 그 어머니를 남자들 틈에 두고 떠나려 했던 딸의 과거사는 병든 어머니의 몸, 그 몸에서 들끓고 있는 세균과 욕창을 확인하면서 새로운 국면으로 접어든다. 「야경」은 병원에서 환자복을 입고도 곱게 화장한 얼굴로 교태를 자아내던 몸과 암세포의 침입으로 하루아침에 노쇠해져 병균으로 들끓는 부패한 몸이 선명하게 대비되는 이미지 자체만으로도 충분히 인상적이다. 더욱 인상적인 것은 세균과 욕창과 부패를 전복적으로 인식함으로써 어머니의 병든 몸과 병바라지와 가난으로 짓눌린 딸의 일과를 새로운 활력으로 돋워내는 과정이다. 소독과 습도조절에도 집요하게 퍼져나가는 욕창을 통해 작품은 세균들의 집요한 생명력을 읽는다. "소독약의 세례에 허옇게 거품을 토해놓으며 발버둥쳐대는 세균들의 몸부림. 생명은 몸서리쳐지도록 집요했다."(「야경」229면) 세균들의 생명이 몸서리쳐지도록 집요하다면 생의 전부인 것 같았던 젊음과 아름다움을 잃고 욕창이 들끓는 몸으로 살아갈 수밖에 없는 엄마의 생명 역시 집요하며, 그 엄마의 삶을 연장시키는 것으로 하루를 보내는 딸의 삶도 몸서리쳐지도록 집요하다. 삶에의 집착과 집요함으로 병균과 엄마의 몸은 공생한다. 병은 몰아내야 할 침략자도 지루한 노역의 근원지도 아니며 늙고 부패했으나 함께 살아야 할 엄마처럼 현재의 일부분이며 동반자인 것이다.

병균과 간병의 노역도 삶의 일부로 끌어들이는 이 기묘한 활기는 어둡고 침울한 밤의 시간을 "밝아오는 새벽처럼 생기넘치는 시간"으로 다시 태어나게 한다. 엄마가 잠들고 나서 딸 Y는 자정이 가까워오는 시간에 수영장으로 향한다. 엄마는 아름다움을 잃고서야 수많은 남자들로부터 떠나 딸에게로 돌아올 수 있었고, 딸은 그 엄마를 건사하는 낮 시간의 지루한 싸움을 겪고서야 출렁이는 물에서 자유를 얻을 수 있었다. 물에 대한 공포를 이기고 물의 흐름을 감지할 수 있을 때 수영은 진정한 몸의 자유를 허락한다. 자유형에서 배영으로 다시 역동적인 접영의 날렵함으로 마감되는 딸의 수영은 아마도 삶의 불가해함을 이기고 그 삶의 흐름을 타는, 그래서 공포를 양수 속의 편안함으로 전환시켜 끌어안는 과정일 것이다. 과거사의 운명에서 벗어나는 방법을 알아버린 소설은, 비록 불구의 신체로 부자유한 몸이라 할지라도 삶 속에서 자유로울 수 있음을 체득한다. 옆 풀에서 수영을 마친 남자의 짧고 가는 한쪽 다리는 "한 뼘의 결핍이 마치 그의 다리를 땅의 구속에서 풀려나게 한 것처럼" "허공에서 편안히 흔들린다."(같은 글 232면) 과거사의 멍에를 현재적 삶의 문제로 전환시킬 수 있다면, 불행한 개인사의 상투적인 문법은 그 특수함으로 상쇄시킬 수 없는 보편적 삶의 조건을 돌아보는 것으로 이어질 수 있다. "집과 수영장을 시계추처럼 오가듯 누구든 학교와 집, 직장과 집을 헉헉대며 왕복달리기하는 삶을 살지 않는가."(같은 글 232면)

4

　아버지의 기록으로부터, 젊은 엄마의 요요한 교태로부터 자유로워지는 과정은, 늙고 지친 아버지나 병균들의 숙주가 된 엄마와 해후하는 과정은 그러므로 가족사의 운명이라는 지루한 상투성에서 벗어나는 과정이기도 하다. 물론 이 과거의 기억을 탈피하는 과정은 역으로 현재에 대한 손쉬운 인정이나 화해의 욕망을 낳기도 한다. 그러나 적어도 이 과정이 불행한 운명이라는 애초의 출발점이 가진 딜레마를 넘어설 수 있는 가능성을 암시하고 있음은 분명하다. 선배들의 관습과 문단이라는 제도의 축적물 속에서 시작해야 하는 신인들에게 과거의 모든 것은 해체와 쇄신의 부담으로 작용할 것이다. 자신들이 배우고 익힌 문법 속에 그 과거의 축적물들이 켜켜이 자리잡고 앉아 있음을 생각하면 그들이 싸워야 할 과거의 모든 것은 결코 만만한 상대가 아니다. 그런 점에서 신인들이 그들의 등단작에서 한결같이 불행한 가족사의 과거를 짊어지고 있는 모습은 매우 시사적이다. 어쩌면 불행한 가족사의 운명이라는 상투성의 장벽은 단 한편의 등단작을 손에 쥔 새로운 작가들이 넘어야 할 최초의 벽일지도 모른다.

―『내일을 여는 작가』 2002년 봄호

삶의 진실을 보는 몇가지 이견(異見)

∎

김영하·김연수·김인숙·이호철의 근작을 중심으로

1. 소설의 진실, 삶의 진실

우리는 소설을 읽으며 거기에서 어떤 삶의 진실을 발견해내기를 기대한다. 무의미하게 반복되기 마련인 일상의 지루한 사건들이 소설적 맥락에서 재구성되고 그리하여 어느 순간 반짝 빛나는 삶의 의미가 그 소설 어딘가에 맺혀 있으리라 기대하는 것은 소설읽기의 오랜 관습이고, 실제로 소설읽기의 재미와 감동은 여기에서 출발하는 것인지도 모른다. 그러나 그것은 생각보다 훨씬 더 만만찮은 작업인데 삶이란 언제나 소설보다 더 풍부하고 느닷없기 때문이고, 그래서 소설이 축조하는 진실은 때로 삶과 무관한 '단지' 허구에 불과한 것처럼 느껴지기도 한다. 그러나 소설과 삶은 이 막막한 거리 때문에 서로를 회의하면서 또한 서로를 비추고 통찰하는 거울이 되는 것이 아닌가. 소설과 삶과의 이 거리가 긴장감을 유지하지 못하고 각자의 영역으로 고립될 때 소설과 삶은 함께 엄청난 속도로 파편화된다. 진실은 그 이면에 또다른 진실을 품고 있으며 그래서 어떤 것도 진실이 아니기도 하다. 삶은 누구에게나 저마다 절박하여 아무에게도 더이상 절박한 삶은 없고 그래서 모두 무료한데도 서로 무관하다. 산다는 것은 이 무료함 속에서 느닷없이 히죽이 고개를 내미는 진실들 때문에 공포이며 엽기가 된다.

캄캄한 어둠 속에서 정체 모를 진실의 출몰에 식은땀을 흘려야 하는 것이 이즈음의 소설읽기라고 하면 너무 과장된 표현일까. 어두운 극장에서 공포에 몰려 악악 소리를 지르다 우르르 몰려나온 극장 앞의 환한 햇살 앞에서처럼 우리는 오히려 삶이 낯설다. 소설은 점점 삶과 떨어져 고립되고 소설은 소설 내적인 두려움과 무료함 때문이 아니라 삶과의 고립과 거리 때문에 더 큰 공포가 된다. 그러나 그 거리가 아무리 멀어지더라도 소설은 삶 때문에 기쁘거나 슬프거나 지루하며 그래서 절대로 아니 땐 굴뚝이 아니다. 멀리 갈 것도 없이 청년 실업자 130만의 시대, 내일을 모르는 하릴없는, 피끓는 청춘들의 무료함과 불안함은 그것 자체가 섬뜩한 엽기가 아닌가.

그러니 어떻게 할 것인가. 삶과 고립된 소설 속에서 고립 그 자체를 즐길 것인가. 그리고 더 용감하게, 진실은 없다고 선언하며 진실에 애면글면하는 조바심을 한바탕 비웃어볼 수도 있겠다. 아니면 여전히 소설 속에서 삶의 진실을 찾는 작업을 계속해야 할 것인가. 그래야 한다면 이 갈래갈래 가닥지고 또 저마다 고립된 삶들 속에서 진실은 어떤 것이며 어떻게 찾아야 하는 걸까. 또는 고립된 삶 속으로 파고들기보다 훌쩍 뛰어넘어 더 큰 틀을 찾아본다면 저마다의 진실이 맺고 있는 연관관계를 찾을 수도 있지 않을까.

최근 젊은 작가 김영하(金英夏)와 김연수(金衍洙)가 아랑전설과 이상(李箱)이라는 다른 텍스트를 기반으로『아랑은 왜』(문학과지성사 2001)와『꾿빠이, 이상』(문학동네 2001)이라는 소설을 각각 내놓았다. 두 작가가 공히 진실찾기라는 추리소설적 틀을 활용하여 '진실은 없'음을 표방한 것이 우연의 일치로만 보이지는 않는다. 젊은 작가들에게 이제 '없는

진실'은 새로운 사실도 아니며 그다지 안타까운 일도 아닌 것처럼 보인
다. 그 다른 편에 김인숙(金仁淑)의 근작『브라스밴드를 기다리며』(문학
동네 2001)가 있고 또 이호철(李浩哲)의『이산타령 친족타령』(창작과비평
사 2001)이 있다. 김인숙의 주인공들은 여전히 삶의 진실을 찾아 헤매고
있고 잘 보이지 않는 진실에 삶을 고통스럽고 힘겹게 유지한다. 그런데
이호철에 오면 삶의 진실이란 그렇게 애타게 찾아야 하는 것이 아니라
이미 우리들 삶 속에 버젓이 존재하고 있는 것이 된다. 이 세대를 망라
한 '진실 없음'과 '당연히 있음' 사이의 진폭은 크다. 이 진폭은 다양함
을 의미할 수도 있고 단절과 거리를 의미할 수도 있다. 이 다양함과 거
리를 확인하고 검토하는 작업을 통해 우리는 우리 시대 소설의 내적 소
통과 외적 현실성을 확보할 수도 있을 것이다. '현실' 대신 '삶'을, '진
리' 대신 '진실'을 짐짓 내세우며 몸을 낮추고 보폭을 줄이는 이 애매하
고 갑갑한 작업은 소설과 삶의 간극을 절감하며 더 촘촘하고 겸손하게
삶을 읽으려는 데서 비롯된다.

2. '없는' 진실 찾기 게임 ── 김영하『아랑은 왜』, 김연수『꾿빠이, 이상』

　김영하의『아랑은 왜』는 익히 알려진 아랑전설을 재구성하는 과정 자
체를 소설적 틀로 삼고 있다. 그리고 그 재구성은 이미 종결된 사건에
개입하여 흩어져 존재하는 단서들을 통해 진상을 규명하는 추리소설의
틀을 빌려 유지된다. 작가는 아랑전설의 진상에 의문을 품은 의금부 낭
관 김억균이라는 인물을 투입하여 억울하게 겁간당한 처녀의 원혼 달래
기라는 원래의 아랑전설을 재구성한다. "증거를 수집하고 이를 비판적
으로 분석하여 허위를 밝혀나가"는 "근대적 의미의 탐정"(130면)이라 할

만한 김억균은 추리와 조사를 통해 아랑의 전설이 처녀 원혼 달래기의 이야기가 아니라 정치적 추궁을 피하기 위한 아전들의 조작극임을 밝혀낸다. 그러나 김억균이 규명하는 진상은 명백한 진실로 인정받지 못하고, 여기에서 숱한 장애물을 극복하고 드디어 진상을 찾아 완결되는 추리소설의 플롯은 배반당한다. 저마다의 명분 때문에 저마다의 비밀을 감추고 있는 인물들이 각각의 진실을 주장하기 때문이다. 게다가 소설은 '아랑전설'을 토대로 추리소설을 한편 구성해보겠다고 표방하며 곳곳에 증거를 미리 가정하고 갖가지 가능성들을 타진하며 다시 소설로 되돌아오는 서술자에 의해 통제되고 차단된다. 서술자는 "우리는 이 책의 끝까지 여러 자료들을 검토하고 그것을 통해 이야기를 구성하는, 일종의 퍼즐 게임을 계속할" 뿐이며 "적어도 우리의 책 안에서 이야기의 종결은 없"(203면)음을 끊임없이 환기시킨다. 그래서 아랑전설이든 김억균의 추리든 단지 하나의 소설적 가능성에 불과한 것이 된다.

『아랑은 왜』는 가능성들을 앞에 놓고 찰나의 선택을 하고 그 선택에 따라 펼쳐지는 다른 운명을 훔쳐보는, 소설로 쓴 「슬라이딩 도어즈」나 「롤라 런」이다. 또는 여러 스테이지 중 하나를 선택하여 그 속에서 죽기살기로 이야기를 만들고 적을 물리치며 점수를 축적하다 게임오버의 명멸하는 불빛 앞에서 그것이 허구임을 뒤늦게 깨닫는, 아랑전설을 기본 대본으로 하는 컴퓨터 가상게임이다. 기존 장르의 상상력들을 천연덕스럽게 활용하면서 또 은근히 해피엔딩과 권선징악의 문법을 해체하는 김영하는 현대사회의 다양한 문화들을 섭렵하고 그것을 다시 소설 속에 투입시키는 능란한 이야기꾼이다. 그가 비판하는 할리우드의 에로물이나 법정 드라마의 허구성이 이미 재기발랄한 새로운 실험영화들에 의해 깨어졌으며 그래서 별로 새롭지 않다고 비판하는 것은 무의미하다. 왜냐하면 김영하에게 본디 소설은 새로운 창조가 아니라 이미 있는 것의 무한복제이기 때문이다. "따지고 보면 이야기꾼이라는 작자들이 과거

나 지금이나 밥먹고 하는 일이" "다 아는 이야기를 다르게 말하기"(23
면)이므로.

　김연수의『꾿빠이, 이상』은 기존 텍스트 다시쓰기, 추리소설 문법 빌
려오기, 그리고 진실이란 알 수 없거나 존재하지 않는다는 결론 등에서
『아랑은 왜』와 유사한 외관을 갖고 있다. 그러나 김영하의 '아랑'이 숱
한 전설 중의 하나에 불과하며 그래서 다른 것으로 바뀌어도 별 관계없
는 소설의 유용한 소재에 불과한 반면에, 김연수의 '이상'은 그 자체가
특이한 삶을 살다 갔고 또 이후 많은 의혹과 신비를 불러일으킨 인물이
다. 따라서『꾿빠이, 이상』은 소설의 구성과 주제의식에서『아랑은 왜』
보다 훨씬 더 '이상'이라는 기본 텍스트에 기대고 있다. 그래서 김연수
의 이상 다시읽기, 혹은 다시쓰기는 김영하의 경우보다 훨씬 더 많은 부
담을 가질 수밖에 없는데, 김영하가 왜 '아랑'인가를 규명할 필요가 없
는 반면에 김연수는 왜 하필 '이상'인가를 규명해야 하기 때문이다.『꾿
빠이, 이상』에 의하면 "이상은 소설을 창작한 게 아니라 앞으로 쓸 소설
처럼 자신의 삶을 먼저 창작했"고, "아이 김해경이 쓴 소설이 위대한 작
가 이상"이며 "위대한 작가 이상의 작품은 그 부산물에 불과하다."(78면)
그리고 소설의 주제라 할 만한 "진위와는 무관하게 모든 정황이 진짜라
면 진짜인 것이고 모든 정황이 가짜라면 가짜라는 사실"(200면)의 발견
은 이상의 삶을 건 도박에 기대고 있다. 진실이라 믿어 의심치 않는 삶
자체가 창작된 허구일 때 그 허구를 태반으로 하는 작품의 열정과 광기
는 과연 진짜인가 가짜인가를 소설은 이상을 빌려 묻는다. 그리고 한발
더 나아가 우리들 삶은 과연 허구인가 실재인가를 고민하며 소설쓰기와
삶의 진실에 대한 근본적 질문을 던진다. 그렇다면 이상이 작품을 창작
한 것이 아니라 삶을 창작한 이유, 그가 삶을 창작할 수밖에 없었던 생
애적이거나 시대적인 진실이 더 밝혀질 필요가 있지 않을까. 그랬을 때
에야 이상의 시집을 손에 들고 자신의 정체성을 고민하는 입양아 출신

의 교포 2세 '피터 주'가 정체성을 상실한 현대인의 한 상징으로 선명하게 살아날 수 있을 것이다. 그러나 작가의 진지하고 난해한 질문은 '이상'이라는 선택이 세간의 소문과 경외에 기대고 있음으로 해서 다소 허약하게 소설 안으로 되돌아와 간힌다. 삶의 진실이란 없지만 그렇기 때문에 절실하지 않은가라는 질문의 절박함이 삶과 소설의 대조와 상호개입을 통해 더 첨예하게 탐구될 수 있는 가능성은 이상을 탈신비화시키지 못함으로 인해 차단되는 것이다.

그런데 이 글에서 관심을 갖는 것은 두 작가의 차이점이라기보다는 공통점이다. 이 공통점이 최근의 소설문단을 주도하고 있는 젊은 작가들이 추구하는 경향을 짚어볼 수 있는 유용한 단서를 제공한다고 보기 때문이다. 우선 흥미로운 것은 두 작가 모두 이미 알려진 텍스트를 서사의 근간으로 삼고 있다는 점이다. 이런 경향은 소설이 삶을 반영하는 것이 아니라 이미 존재하는 이야기들을 '다시 쓰는' 과정에 불과함을 의미하며, 이는 '하늘 아래 새로운 것은 없다'는 씨뮬레이션 세대의 정체성을 드러낸다. 거기에다가 진상을 캐는 추리소설 문법의 활용과 배반이라는 공식은 어떤가. 추리소설이 근대의 인식적 주체, 의혹을 발견하고 추리를 통해 결국은 진실을 해명하고 마는 근대적 자아의 발견에 의해 탄생된 양식이라면, 추리소설의 활용과 해체는 이 근대적 자아에 대한 조롱이며, 근대적 자아가 확신하는 진실에 대한 의심이기도 하다. 그리고 이 조롱과 의심은 '결국 완결된 진실은 없으며 그러므로 우리가 알고 있는 진실은 조작된 허구이다'라는 주장으로 이어진다. 이것은 한편에서는 진실탐구의 모든 행위가 무의미하다는 허무주의를 도발하며, 또 한편에서는 더이상 "기자들의 플래시 세례와 대중들의 환호를 받으며 변호사와 함께 대리석 계단을 내려오다 아내의 볼에 입맞추며 환하게 웃는 의로운 영웅"(219면)의 환상에 위안받을 수 없는 현대적 삶의 조건을 암시한다. 그런데 소설은 근대적 주체의 오만과 확신에 대한 경계,

그리고 더이상 질서정연하지 않은 삶의 난마에 대한 지적을 훌쩍 뛰어넘어 자기증식한다. 소설은 결국 이야기이며 이야기란 허구일 뿐이라는 소설 내적 진실은 그러므로 삶도 곧 허구라는 결론으로 비약하는 것이다. 아랑과 이상의 원텍스트와 교차하는 현대의 인물들은 그 원텍스트와의 허약한 연관성 때문이 아니라, 그 허약한 연관성으로 이야기의 허구성을 현재의 삶에 무리하게 대입시키기 때문에 문제가 된다. 허구일 따름이라고 재차 주장하는 이야기는 허구의 그늘에 머물지 않고 삶으로 육박한다. 그런데 이 이야기의 허구성이 그 이면에 허구가 아닌 삶이 엄연히 존재하며 그 삶은 이미 허구인 이야기 속으로 끊임없이 개입한다는 사실의 은폐로 연결되는 것은 좀 억울하다. 게다가 삶은 진위를 구분할 수 없으며 끊임없이 조작된다는 '음모론'이 고작 '아랑'과 '이상'의 '이야기'에 기대고 있다니. 우리의 삶이 개입되지 않은 인물들의 서사에 의해 우리의 삶은 쉽게 '허구'로 일반화된다. 그래서 삶과 분리된 이야기가 끊임없이 삶을 무력화시키는 역설적 상황에 우리는 좀더 저항할 필요가 있다.

3. 내파하고 침전되는 진실 —— 김인숙『브라스밴드를 기다리며』

김인숙의『브라스밴드를 기다리며』에서 삶은 항상 죽음과 함께 있다. 김인숙은 삶과 죽음을 맞닥뜨려놓는 극단적 방식에 의해 그래도 삶은 살아야 할 무엇임을 이야기하며 희미하게 인간관계의 끈을 찾아나가려 한다. 이 관계의 끈은 김인숙의 새로운 모색이라 할 만한데, 그러나 여전히 서사의 틀은 김인숙적이라고 할 만한 혼란스러움으로 채워져 있다. 혼란스럽고 복잡한 온갖 기억의 흔적들은 의미를 잃어버린 멍한 시선 아래에 섬세하게 거미줄치고 있으며, 이러한 파헤쳐진 서사의 어지러움 속에 오랜 시간 우리를 길들여온 세상사의 관계들에서 연유하는, '단지 한 개인의 고통만이 아닌 삶'이 드러난다.

『브라스밴드를 기다리며』의 인물들은 하나같이 지금 자신의 존재의 미가 무엇인지를 묻고 있으며, 관계의 단절과 존재감의 상실에 고통받고 있다고 고백한다. 이 '아무것도 아닌 삶'은 죽음이나 실직이나 살인미수사건 같은 느닷없이 닥친 사고에 의해 더욱 극명하게 서사의 표면으로 도드라지지만 사실 이 깨달음이 느닷없기만 한 것은 아니다. 이들의 '아무것도 아닌 삶'은 오랜 세월 조금씩 축적되어온 것이고 그래서이미 그들의 무의식 속에 잠복해 있었기 때문이다. 스스로의 존재의미를 확인할 수 없는 인물들의 무기력함과 허망함은 어지럽고 혼란스러운 내면을 가질 수밖에 없고 또 그 혼란한 내면은 지난 삶이 이미 준비한 것이기에 회한과 고통의 기억으로 가득 차 있다. 가족과 직장과 사회가 강요한, 주어진 정체성이 아닌 다른 삶을 갈망하지만 그것을 이룰 수 없어서 고통스러운 이 무료한 삶들은 무엇을 기억하고 있는가. 거기에는 "아버지의 시선으로밖에는 보여지지가 않던 내 청춘, 그리고 남편과 주변의 시선으로밖에는 보여지지가 않는 내 결혼" 말고는 다른 삶이 없는, 한번도 주체적일 수 없었고 그리하여 아버지와 남편의 금고 속에 갇혀 버린 여성의 삶이 있다(「어느 해의 봄날」). 그리고 출발은 그게 아니었으나 지방의 시간강사로 떠돌면서 현직교수가 되는 것이 유일한 꿈이 되어버린, 그리하여 살인미수 사건의 용의자로 심문받을 때 알리바이 대신 자기도 모르게 '국립대학의 현직교수'임을 내세우고 마는, "너무 오래 한 가지 일에만 매달려 살아"온 삶 때문에 무너지는 중년이 있다(「칼에 찔린 자국」). 어느날 동시에 알게 된 아내의 외도와 시한부인생의 충격보다 그로 인해 깨닫게 된 "그 여자가 내 아내라는 사실 이외에는", 아무것도 알지 못한다는 사실이 더욱 충격적이며, 그것은 오랜 기간 단절된 그들 부부의 메마른 관계에서 비롯된다(「브라스밴드를 기다리며」). 죽은 누이와 살았던 적이 있는 매형의 죽음 앞에서 자신의 삶의 의미를 되묻지만 대답을 찾지 못하는, 어느날 갑자기 당한 실직을 계기로 지나온 삶의 안전함이 사실은 함정이었음을 깨닫는 '나'는 어떤가. 배터리가 없는 휴대폰의 꿈, 관계단절의 악몽에 시달리는 '나'의 기억 속에는 목숨 걸어 사랑하지도 않은 자신을 결혼상대로 선택할 때부터 불륜을 준비하고 있었던 아내가 있고, "난간을 붙들지 않고는 다시는 어떤 다리도 건너가려고 하지 않는," 적당히 타협하고 적당히 생존하는 은행원으로서의 지난 삶이 있다(「길」). 그러니 산다는 것은 얼마나 섬뜩한 진실인가. 수십년을 전력을 다해 매달린 삶이 지금의 '아무것도 아닌 삶'의 존재기반이 되어버렸고, 그 기억들은 "내 삶의 깊숙한 곳에 촌충처럼 들이박힌 무료함의 발톱"(「술래에게」)으로 응축되어 있다.

그래서 김인숙이 발견한 '몸에의 갈망'은 그 의미가 새롭다. 이혼하려던 남편이 법원으로 오는 길에 교통사고로 죽자 이혼녀 대신 갑자기 미망인이 되어 문방구집 친정으로 돌아온 '수'. 누군가의 삶을 함께 짐지는 일이 버거워 스스로를 격리시킨 채 수의 일기파일을 훔쳐보는 '컴퓨터 가게 오씨'. 그들의 시선이 맞닿은 곳에 개교기념일의 텅 빈 운동장을 힘차게 돌고 있는 남자의 몸이 있다(「개교기념일」). 컴퓨터를 매개로 오가면서도 한번도 구체적으로 만난 적이 없는, 단절된 존재들의 시선은 바로 이 '몸에의 갈망'에서 함께 얽힌다. 오랜 기간의 훈련과 질주로 단련된 운동선수의 근육처럼, 이들이 갈망하는 그 몸은 살아온 세월들이 피톨 하나하나에 맺혀 응축된 생생한 현존의 증거물이다. 이미 사라져버린 삶, '아무것도 아닌 삶'이 아무것에도 목숨걸지 않는 오랜 세월이 침전된 결과물이라면, "살아 있음에 대한 (…) 그 강렬하고도 뻐근한 충동"(「어느 해의 봄날」)은 그 충동으로 다시 피가 돌고 살이 돋는 새 '몸'에서부터 출발해야 할 것이다.

그러나 그 '몸'을 얻는 과정이란 얼마나 지난한가. 무의식에까지 더께

앓아 악몽으로 출몰하는 지난날을 걷어내기 위해서는 새 피와 새 살을 얻는 그만큼의 세월과 고투가 필요할 것이다. 아마도 김인숙다운 서사, 두터운 기억의 지층을 헤집으며 어지러운 서사의 결을 따르는 지그재그의 여정은 이 지난함의 증거물인지도 모른다. 이 서사를 통해 우리는 삶과 분리된 무력하고 고독한 존재감이 결코 단순히 구성되지 않았음을 충분히 고통스럽게 실감한다. 그러나 김인숙의 주인공들은 아직 "꿈과 현실의 몽롱한 사이에 숨어"(「술래에게」) 있거나 정상이 한참 남은 언덕길의 바위 위에 잠시 누워 있다(「바위 위에 눕다」). 과거의 어지러운 기억들을 재구성하여 현재의 삶의 근원을 찾는 것만으로도 질력이 날 정도로 삶은 무거운 것이지만 어쩌겠는가. "고단하지만 지쳐버릴 수도 없는 몸…… 영혼이 완전히 떠나기 전에는 내다버릴 수도 없는 몸"(「길」)으로 아직 갈 길이 남아 있는 것을. 혼란스럽고 어지러운 기억을 뚫고 새로운 몸을 얻는 지난한 길을 다시 가기 위해서 이제 김인숙은 '삶의 뻐근한 현존'의 실체를 구성하는 기억을 찾아내야 할 것처럼 보인다. "삶이 펄떡이는 생선 몸통의 은빛 비늘처럼 찬란하고 비리던 때"(「바위 위에 눕다」), 그리고 살아 있음의 환희로 번쩍이는 우리 삶의 '브라스밴드'(「브라스밴드를 기다리며」)는 경구나 상징으로는 훌륭하지만, 그 찬란함을 채우는 구체적 삶의 기억이 없다면 꿈과 현실의 간극을 뚫는 힘이 되기에 아직 허약하다. 미약하지만 희망의 끈은 보인다. 그리고 그 희망의 끈은 당연하게도 죽음과 삶의 문턱을 스쳐지나가는 찬란한 환영이 아니라 '고통으로 굳어진 몸'들에게서 온다. 예컨대 「개교기념일」에서, 다른 삶과 관계맺는 것이 버거워 스스로를 격리시켰던 '컴퓨터 가게 오씨'의 서걱서걱한 삶 속에 함께 자리잡은 기억들, 묶인 염소 한마리의 고통마저도 내 고통 같았던, 다른 존재에 대한 연민과 그 무거운 삶의 공유감 같은.

고통스러운 기억의 구체성에 비해 그 기억의 창고를 한사코 뒤지게 했던 '삶에의 갈망'은 아직 환영의 흔적으로만 존재하고 그래서 다소간은 추상적이다. 그러나 우리 삶의 무의미함과 존재감의 상실을 흔들어 일깨우는 저 섬세하고 풍요로운 기억의 목록은 쉽게 떨쳐낼 수 없는 힘을 가졌다. 그리고 우리는 이 기억의 힘을 빌려 다시 묻는다. 삶은 처음부터 허구인 것이 아니며 산다는 것에 대해 당신과 내가 공유한 진실 또한 없는 것이 아니라, 너무 복잡하고 고통스러워서 없는 것처럼 보이는 것은 아니냐고. 그렇다면 이 혼선투성이의 흐릿한 서사의 길은 그럼에도 불구하고 계속 가야 할 길이 아니냐고.

4. 순리와 상식으로서의 진실 ── 이호철 『이산타령 친족타령』

이호철에게 산다는 것은, 다시 말해 삶이란 순리와 상식을 따라 흐르게 마련인 '응당 그런 것'이다. 그리고 전쟁이 그렇고 분단이 그렇듯이 인간사 모든 비극은 이 순리와 상식을 거스르려 하는 데서 온다. 그러나 이 순리와 상식을 너무 오랫동안 거슬러온 이념이나 체제는 우리의 삶을 이미 장악해버렸고 그러므로 소설의 대부분은 순리와 상식으로 이념과 체제를 뒤집는 데 바쳐지고 있다.

전쟁과 분단은 어떻게 집단의 광기가 순리를 거슬러 인간의 삶을 파괴하고 휘둘리게 하는가를 보여주는 극명한 예가 될 것이다. 더불어 살며 함께 나누고 이웃의 살림을 걱정하던 사람들은 전쟁의 총구 앞에서, 살기 위해서는 무슨 짓이든 할 수 있는 인간으로 돌변하게 된다. 급기야 전쟁은 살육에 중독되어 죄의식 없이 양민을 학살하고 부녀자를 겁탈하는 인물들을 전쟁의 공로자로 만들고(「사람들 속내 천야만야」), 피난중에 잃어버린 아들을 찾아 반세기를 떠돌게 한다(「이산타령 친족타령」). 극도의 피곤에 전 병사들이 한계를 넘어서는 작전을 수행하지 못한 것은 불가항력이지만 군법은 누군가를 처벌해야 하고 그 처벌이 억울한 것이라 하더라도 어쩔 수 없는 것이 또한 바로 전쟁이다(「비법 불법 합법」). 오랜 대립으로 굳어진 이념체제는 혈육을 찾는 간절한 소망도 정치적 거래에 붙일 정도로 경직되어, 반성없이 개인의 행동거지와 사고방식을 장악하고 있다(「1991년 초겨울의 서울 모스끄바 평양」). 그러나 우리는 이 개인의 야만성을 인간의 악마성이라고 섣불리 진단해서도 안되고, 또 헤어지고 찾으면서 떠돌았던 기구한 운명을 팔자 탓으로 돌릴 수도 없는데, 이 야만성과 기구한 운명의 저변에는 전쟁이라는 미친 세월의 소용돌이가 존재하고 있기 때문이다.

순리를 역류하여 우리를 억압해온 역사는 그 세월만큼이나 견고하여 쉽게 되돌릴 수 없는 것처럼 보인다. 그러나 인간 같지 않은 인간들, 사는 것 같지 않았던 시간들을 낳은 것이 역사의 견고성이라면, 우리의 삶은 반드시 순리와 상식을 회복하고 인간다운 삶을 되돌려야 할 당위성을 짐지고 있다. 쉽게 허물어지지 않는 견고한 분단의 세월이 한편에 있다면 마땅히 허물고 순리를 되찾아야 할 당위성에 기반한 든든한 낙관이 또 한편에 있으며, 이 둘의 맞부딪침은 예상치 못한 반전의 결말을 구축한다. 겉으로는 전쟁영웅이었지만 그 잔인성과 야수성 때문에 경원의 대상이기도 했던 안중사와 송중사, 이들은 결국 야간행군 도중에 누군가의 총에 맞아 죽거나 눈사태로 개죽음을 당하면서 거칠 것 없어 보였던 전시의 야만적 삶에 종지부를 찍는다(「사람들 속내 천야만야」). 아들을 찾아 미친 듯이 40년을 헤맨 세월의 근본 원인은 피난 중 아들을 빼돌려 북으로 사라진 과수댁에게 있지만, 정작 아들을 만난 부모는 지난 세월의 회한과 상봉의 감격에 목놓아 울 뿐, 그때의 일에 대해서는 거짓말처럼 한마디 말도 없다(「이산타령 친족타령」). 모스끄바 이국 땅에서 만난 북의 청년은 혈육을 만날 방법을 묻는 영호에게 정치적 거래의 당위를 내세운다. 그러나 공화국의 이념이 곧 개인 생각임을 주장하는 이 철

저하게 체제화된 인간도 영호가 찾는 친구가 자신의 외삼촌일지도 모른
다는 상상도 못한 사실이 밝혀지자 망연자실 말을 잇지 못한다(「1991년
초겨울의 서울 모스끄바 평양」). 이러한 서사의 반전은 명분과 이념과 체제
로 가로막을 수 없는 상식과 순리의 힘을 보여준다. 전쟁을 명분으로 죄
없는 목숨을 마구 죽이고 겁탈하는 야만이 정당화될 수 없으며, 수십년
의 그리움과 간절함 앞에 한때의 흑심과 착오가 문제가 되지 않고, 또한
혈육과 벗을 그리는 인지상정을 이념과 명분으로 가로막을 수는 없는
것이다.

그것은 논리적으로 재단하고 말고 할 여지조차 없는 삶의 순리이고
상식이다. 이 순리, 삶의 구체적 진실이 체제와 이념과 분단을 압도하기
때문에 이호철 소설의 서사는 통념적인 결말을 뒤집어 이념과 논리로
무장한 '먹물근성'을 신랄하게 비판할 수 있으며 이것은 바로 이호철의
통일론이기도 하다. 그러므로 진짜 통일은 남북 정상의 정치인들끼리
나누는 술잔에서 오는 것이 아니라 밑바닥 벌거벗은 인생들, "갖은 불
법을 저지르는 데만 늘 혼신의 힘을 쏟아부으면서"(「불법 비법 합법」) 살
아온 인생들마저 함께 술잔을 나눌 수 있을 때 우리 삶의 현장으로 실감
있게 다가올 것이다.

스스로 자신의 소설세계를 '탈향에서 귀향에 이르는 도정'이라 규정
한 작가의 말을 빌리지 않더라도 이호철의 『이산타령 친족타령』은 실향
민의식의, 쉽게 뿌리내리지 않는 자의 관찰력이 발견한 삶의 생생한 진
실이라는 일관성 속에 있다. 초기작 「판문점」에서 우리의 후각을 자극
했던 살아있다는 것의 저 풋풋한 신 살구냄새, 정치적 회담의 형식적 공
간을 뚫고 풍기던 그 생활의 냄새는 여전히 사라지지 않고 있으며 오히
려 더욱 강한 향내로 진동한다. 그러나 이 향내는 삶의 구체적 현장과
맥락 사이에 있을 때만 풋풋하고 싱그럽게 맹목적 이념의 강파른 '먹물
근성'을 반성하게 한다는 사실 역시 잊어서는 안된다. 순리라든가 상식

이 파란만장한 역사를 견뎌내며 얻은 지혜가 아니라 '본시' 존재하는 동양적 미덕이나 순종의 생래적인 습성 같은 것으로 간주된다면 작가가 단호하게 거부했던 이념처럼 도그마로 굳어질 수 있다. 또한 작가가 비판해 마지않는 이념과 체제조차도 개개의 구체적 삶이 응결되어 이루어진 것임을 기억할 필요가 있다. 그리하여 중요한 것은 순리와 상식을 이편에 두고, 인간다운 삶을 위한 집단적 노력마저도 '박래(舶來)의 이념'으로 저편에 놓는 이분화가 아니라 그 둘이 만나 싸우고 엉키면서 이룩한 관계를 탐색하는 일이다. 그래서 분단과 이산의 생체험으로 사람 사는 일의 근본을 다듬어온 노작가의 혜안과 낙관은 든든하고 경외롭지만 쉽게 탐낼 수 있는 경지는 아닌 것 같다. 이념과 순리로 쉽게 이분화할 수 없는, 그 사이에 섬세하고 정교하게 드리워진 삶의 구체성에 우리는 여전히 노출되어 있기 때문이다.

5. 이질적 시선들, 그 상호소통을 위해

김영하와 김연수, 그리고 김인숙과 이호철의 소설들에서 우리는 삶을 대하는 판이하게 다양한 시선들을 만난다. 이들 시선은 엄청난 거리를 사이에 두고 있으며 그래서 결코 통합될 수 없어 보인다. 그러나 그들은 여전히 한편에 소설을, 한편에 삶을 두고 그 둘의 관계에 대해 모색중이다. 삶과 소설의 거리를 구체적인 서사로 보여준 것은 김영하와 김연수이지만, 어지럽게 뒤얽힌 서사의 호흡을 통해, 통념을 반짝 뒤집는 서사적 반전을 통해, 쉽게 간파할 수 없는 삶의 진실을 담아내려는 김인숙과 이호철의 노력 역시 소설과 삶의 거리감각으로 긴장을 유지하고 있음은 분명하다. 그래서 네 작가들 사이의 거리는 아직 멀지만 우리는 결코 통합될 수 없어 보이는 이 이질성으로부터 소설이 삶과 관계맺는 다양하고 풍부한 증거물을 얻을 수 있다. 거리의 확인에 그치지 않고 서로의 이질성이 영향을 미쳐 상호교접할 수 있다면, 직설적으로든 우회적으로든 소설과 삶이 서로의 거울이 될 수 있는 가능성의 폭은 훨씬 넓어질 것이다. 김영하와 김연수의 당돌한 '진실 없음'은 자동화된 순리와 상식의 환원성을 경계할 수 있을 것이며, 김인숙의 복잡하고 혼란스러운 길찾기는 단순하게 결론내릴 수 없는 삶의 중첩성을 깨닫게 할 것이다. 아울러 이호철의 순리와 상식에서 오는 낙관은 섣부른 허무와 냉소를 삶에 대한 엄정한 관찰로 돌려놓을 수 있을 것이다.

그러므로 이 한없이 먼 거리에 서로 다른 입장으로 선 작가들로부터 튼실하고 섬세하게 현실을 묘파하는 풍부한 스펙트럼이 구축되기를 기대하는 것은 분명 설레는 일이다. 소설과 삶을 행복하게 이어주었던 그 공유된 진실은 한없이 분할되고 그리하여 삶과 소설이 모두 낯설게 겉돌고 있음을 절감하는 요즈음이지만 그렇기 때문에 더욱 소설은 의외의 기회를 얻게 될지도 모른다. 당연한 것에 대한 의문으로부터 솟아올라 삶의 구체적 세목들을 다시 발견하고 연결짓는. 그러므로 소설은 삶의 다채롭고도 복잡한 구체성으로부터 다시 출발해야 한다. 삶과 분리되어 개인의 주관으로 침잠하는 소설, 그 고립과 파편화의 어두운 틈새에서도 살아가는 일의 구체성이 숨어 있다면, 지루한 소설과 신경전을 벌이면서도 우리는 소설과 삶의 아픈 거리에 기꺼이 매혹당할 것이다. 그리고 이 매혹과 긴장에 숨을 죽이면서, 살아가는 일의 맨얼굴과 만나는 감동을 기대하는 일은 여전히 독자의 당연한 권리이다.

—『창작과비평』 2001년 여름호

삶의 구체적 조건으로서의 지역, 그리고 지역문학

■

강원·경기·영남 지역 지회 기관지 발표 소설들

1. 이야기하기의 욕망

이 글은 최근 1~2년 간 민족문학작가회의 강원·경기·영남 지역 지회 기관지에 발표된 소설들을 대상으로 하는 글이다. 지역의 저마다 다른 생활환경과 문학적 여건에서 생산된 소설들은 역시나 풍부하고 다양한 이야기의 성찬을 마련하고 있었다. 지역문학의 정체성이랄까 방향 같은 것에 대한 고민이 없을 수 없겠지만 이 다양한 이야기들을 지역문학의 틀로 쉽게 묶어낼 수 있을 것 같지는 않다. 지역문학에 대한 강박이나 선입견 없이 이 다양한 이야기들을 맛보는 것이 우선 필요할 것이다. 지역문학 역시 문학일 따름이라고 무심하고 담담하게, '이미 존재하는 실체'로 인정하는 것이 지역문학을 읽는 공정한 독법일 수도 있고 그렇다면 작품 속으로 곧바로 육박해 들어가서 그 이야기 하나하나에 귀를 기울여보는 것에서 소설과 지역성의 문제를 사고할 수 있는 출구가 열릴 수도 있을 것이기 때문이다.

지역문학이 처한 현실적 여건이 더없이 열악한 상황 속에서도 꾸준히 작품을 내놓고 있는 지역작가들의 존재, 그 이야기를 향한 욕망은 지역문학을 떠받치는 가장 중요한 자산이라 할 수 있다. 그렇다면 어려운 여건 속에서도 끊임없이 자신의 이야기를 생산해내고 전달하고자 하는 이야기하기의 욕망, 이야기의 매력은 과연 무엇인가를 새삼스럽게 묻게 된다. 그런 의미에서 김도연의 「야하고 묘하고 혹한 이야기」(『강원작가』 2002년 상반기)는 흥미로운 소설이다. 이 작품은 표제부터가 일단 묘하다. 무엇이 그렇게 야하고 묘해서 독자를 혹하게 한다는 것인지. 그런데 정작 작품을 읽고 나면 그 표제의 의미는 한결 더 묘해진다. 이 작품은 정말이지 이야기의 겹으로 첩첩이 둘러싸여 있다. '그'가 위조한 군사교육 이수증으로 군복무기간 3개월 단축의 혜택을 받은 사실이 뒤늦게 밝혀져 제대한 지 10년이 지나 느닷없이 전방의 부대로 끌려가는 것이 이야기의 첫번째의 겹이라면 거기서 만난 '박병장'과 얽힌 지난 시절에 대한 기억은 이야기의 두번째 겹이며, 소설을 썼던 자신의 경력을 알고 집요하게 그에게 이야기를 강요한 박병장에게 쏟아내던 이야기는 세번째 겹이 된다. 거기에 박병장에게 해주었던 이야기는 지금 자신의 아내가 될 여자와의 사이에서 있었던 실제사건이고 보면 이야기는 단지 지어낸 허구로서의 이야기가 아니라 실제의 삶 속으로 끈끈하게 그 촉수를 뻗치고 있는 깊고 깊은 구렁이 되는 셈이다.

이쯤 되면 '야하고 묘하고 혹한' 것은 느닷없는 강제징집도, 박병장에게 강요당했던 이야기하기의 악몽도, 혹은 친구의 애인과 있었던 한밤의 기묘한 섹스도 아닌 '이야기'의 존재 자체가 아닐까 하는 생각을 해보게 된다. 갓 자대배치를 받은 신병에게 『삼국지』를 큰소리로 낭독하게 하고 그 낭독이 마음에 들지 않는다고 이야기를 실감나게 읽을 때까지 낭독을 반복하게 한, 비무장지대의 눈 쌓인 초소에서 이야기를 강요한 박병장이 이야기의 재미를 댓가로 샤흐라자드의 목숨을 유보시켜주는 왕이라면, 그 박병장의 앞에서 끊임없이 이야기를 반복한 신병, 10년이 지나 그 기억을 고통스럽게 떠올리는 '그'는 변형된 샤흐라자드였다.

긴 겨울밤이 끝나려면 아직도 많은 시간이 지나야 했다. 그 지루한 시간을 건너려면 박병장에게 들려줘야 할 새로운 이야기가 필요했다. 그 동안 많은 이야기가 이등병의 입을 통해 박병장에게로 건너갔다. 겨울밤이 깊어갈수록 이등병의 주머니에 들어 있는 이야기는 빠르게 바닥나고 있었다. 그 사실이 이등병을 곤혹스럽게 만들었다. 이등병은 박병장의 굴레에서 벗어날 수 없었다. 그가 전역을 하지 않는 한. (「야하고 묘하고 혹한 이야기」157면)

천일 동안의 이야기는 여자를 증오했던 왕의 병증을 치유했고 샤흐라자드와 왕은 결혼하여 행복하게 잘살았다던 결말을 떠올려본다면 이야기하기의 욕망은 목숨을 담보로 한 공포를 동반하지만 또한 삶을 치유하는 묘약이 되기도 한다. 자신의 이야기를 털어놓고 싶은 욕망과 감추고 싶은 욕망 사이에서의 긴장과 갈등 속에서 이야기는 발설되고 그 갈등은 끝이 보이지 않는 공포의 연속이지만 또한 그 욕망은, 그 긴장 속에서 자신의 경험과 사유를 재구성하는 과정은 현실의 삶을 치유하는 상상적 위안이 되기도 하기 때문이다. 어쩌면 그 신병은 친구의 애인과 함께 복무중인 친구를 면회갔던 그날을, 그리고 친구의 애인을 사랑했던 자신의 기묘하고 복잡한 심리를, 그날 친구와 이별한 그녀와의 허탈하고 몽롱한 섹스를 박병장에게 이야기하는 과정에서 다시 보았을 것이며 또한 박병장의 제지와 간섭 속에서 이야기를 밀고 당기면서 그 체험에서 벗어날 수 있었을지도 모른다.

그와 박병장을 강제징집하던 트럭이 언덕 아래로 구르면서 그는 꿈에서 깨어나고, 꿈에서 깨어난 그를 다시 징집담당관이 찾아온다. "이 이야기에서 나가는 길은 없"다는 징집담당관의 말은 현실과 이야기의 경계를 무화시키면서 이야기하기의 욕망이 가져오는 공포와 쾌감의 악무한적인 반복만을 강조한다. 그러니 '야하고 묘하고 혹한' 것은 바로 이야기하기의 욕망 그 자체일 수 있지 않을까. 물론 이야기하기의 겹과 그녀와의 사건이라는 겹은 서로 뒤얽혀 어느 하나도 분명히 드러나지 않으며 그래서 이야기와 현실의 경계, 그리고 이야기가 현실을 치유하거나 위안하는 과정은 충분히 구체화되지 않는다. 하지만 적어도 김도연의 소설이 소설쓰기의 과정에 대한 원체험을 알레고리적으로 암시하고 있는 것만은 분명하다.

2. '나'의 서사, 체험의 전달과 성찰

자신의 이야기를 누군가에게 은밀하게 털어놓고 싶은 욕망은 많은 작가가 소설쓰기에 입문하게 되는 가장 원초적인 동기가 될 것이다. 그런 의미에서 많은 소설들이 자전적 요소나 성장의 과정을 담고 있는 것은 결코 우연한 일이 아니다. 현재의 자신을 결정지은 유년의 체험이나 그것을 통해 세계를 발견하고 이해하게 되는 과정은 소설가가 전달하고 싶은 이야기의 가장 중요한 원천이 될 것이기 때문이다. 이야기하기의 욕망이 '나'와 '우리'의 삶을 근거로 하는 것이라면 개인과 가족사에 대한 천착은 이야기하기의 출발점에서 최초로 넘어야 할 관문일 수 있다. 그리고 이 '나'의 이야기는 '우리'의 이야기로, 다시 '나'와 '우리'를 둘러싸고 있는 '동네'와 '지역' 공동체로 그 외연을 확대할 수 있는 근거지가 되기도 한다.

1인칭의 '나'를 주인공으로 하여 진행되기 마련인 자전적 성장소설은 현실에 대한 객관성을 충분히 확보하지 못한다는 한계를 안고 있을 수밖에 없지만, 또한 개인의 실제 체험을 기반으로 하고 있을 것이라는 기대를 통해 독자에게 더 절실한 실감과 공감을 전달한다는 미덕도 지닌다. 이번에 읽은 소설 중에서도 1인칭의 '나'를 주인공으로 하는 소설이 유난히 많았다. 작가와 독자의 직접적 소통이라는, 이야기의 가장 보편적인 흥미에 기반하고 있는 소설이 그만큼 많다는 뜻이다. 그중에서도 이해선의 중편 「세마대」(『작가들』 2001년 겨울호, 인천)와 임남택의 중편 「꿈꾸는 자는 꿈이 없다——죽교동 사람들」(『부천작가』 2002년)은 유년기의 체험에 대한 풍부하고 세밀한 묘사와 가족과 세계에 대한 이해라는 성장소설의 미덕을 잘 살린 작품들이다. 두 작품은 모두 가난과 배고픔의 유년시절을 기반으로 하고 있다는 점에서는 공통분모를 지니지만 작품을 전개하는 방식과 그 결말은 상당히 다르다. 이해선의 「세마대」에서는 외할아버지의 젊은 재취로 들어온 외할머니와 관련된 일련의 사건들이 서사의 골격을 이루고 있으며 그래서 개인사, 혹은 가족사의 내력이 소설의 전면을 차지하고 있다. 그에 반해 임남택의 「꿈꾸는 자는 꿈이 없다」는 가족의 가난과 불운을 서사의 중심으로 두고 있기는 하지만, 그 가족사의 문제를 '죽교동'이라는 공간으로 다시 확산시키는 방식을 통해 가난한 이웃과 빈민들의 운명, 그리고 사회적 불평등의 문제에 대한 성찰까지 서사 내에 포함하고 있다. 두 소설의 차이는 여기에서 그치지 않고 성장소설의 패턴과 관련해서도 흥미로운 차이를 보여준다. 「세마대」가 여전히 해결되지 않은 갈등을 품은 채로 소설을 마감하고 있는 것에 반해 「꿈꾸는 자는 꿈이 없다」는 주인공 '나'가 가난과 불가해한 세상사에 대한 방황과 고민 속에서, 형에 대한 막연한 의지와 추종을 넘어서서 자신의 주체성을 자각하는 것으로 이야기의 한 매듭을 짓고 있다.

「세마대」의 주인공 '나'가 보기에 어머니가 자신보다 젊은 서모에게 쩔쩔 매면서 큰일이 있을 때마다 외가의 허드렛일에 동원되는 것은 가난 때문이다. 주렁주렁 매달린 자식들을 건사하고 공부시키기 위해서 늘 쪼들릴 수밖에 없는 어머니나 아버지는 부유한 외가의 안팎 일에 무심할 수 없는 것이다. 그러나 재취로 들어와 아이를 셋이나 낳은 외할머니는 전처 소생들에게 매정하다. '나'의 이모는 중학교에 진학하지 못해 집을 나갔고 언니와 오빠의 학비를 대기 위해 허덕이다 돈을 구하러 찾아간 어머니는 문전박대를 당하기만 한다. 그러니 머슴처럼 외가에 불려가 허리가 휘도록 일을 하고 돌아오는 어머니를 보며 '나'는 그 가난을, 외조부모의 비정을 증오할 수밖에 없다. 어머니의 비참과 비굴을 견딜 수 없었으므로 '나'는 대학진학까지 포기했으나 자식들이 성장하여 살 만하게 되고, 반대로 외가는 재산분쟁으로 몰락하게 된 이후에도 어머니의 외할머니에 대한 태도는 변하지 않는다. 같은 병원에 입원한 외할머니에게 어머니가 달려가 불편한 몸으로 시중을 드는 것을 본 '나'의 곤혹으로 소설은 마무리된다. 가족사의 갈등은 전혀 해결되지 않았으며 결혼 후 남편이 시외할머니에 대해 특별한 애정을 표시하는 것조차도 평범한 눈으로 바라볼 수 없었던 나의 깊숙한 상처 역시 치유되지 않는다. 아마도 외할머니와 어머니의 이상한 관계는 어린 '나'가 판단했듯이 부유와 가난, 그것으로 인한 은밀한 지배와 복종의 문제에서 비롯된 것만은 아니었을 것이다. 오히려 빈부의 문제보다도 더욱 뿌리깊은 가족 이데올로기와 거기에 순종하는 어머니의 착한 맏딸 강박관념이 가난에 중첩되어 있었기 때문에 가능한 일이었을 것이다. 그리고 이러한 중첩된 문제들은 쉽게 해결될 수 없을 터이니 예컨대 그간의 갈등을 청산하는 외할머니와의 화해 같은, 명절 특집극 식의 결말은 가능하지도 않을 뿐더러 가능하다고 해도 큰 의미가 없다. 중첩된 갈등과 모순을 손쉽게 화해시키지 않음으로써 과장된 위안을 도모하지 않는다는 점은 이 작품의 큰 미덕이기도 하다. 그러나 어머니와 외할머니, 그리고 '나'의 갈등 관계가 무엇에서 비롯되었으며 그것이 왜 이다지도 뿌리깊은가의 문제

역시 충분히 탐색되지 못하고, 해결되지 않은 결말과 함께 그대로 남겨져 있다. 그리고 이러한 결과는 유년부터 지금까지의 나의 성장을 지나치게 성실하게 담아내려고 한 무리한 서사전개와도 관련이 있지 않은가 한다. '나'의 체험을 전하는 목소리는 주변과의 관계에 의해 더욱 구체성을 발하는 법인데 '나의 서사'에 대한 애착은 주변을 관찰하고 문제를 탐색하는 시선을 놓치게 할 우려가 크다. 문제는 미해결의 결말이 아니라 그 미해결의 과정과 원인이 더욱 충분히 탐색되지 못한 데 있다.

「꿈꾸는 자는 꿈이 없다」에서 '나'의 서사는 죽교동이라는 공간과 긴밀하게 연관되어 있다. 죽교동은 유년기의 '나'에게는 유일한 세계이다. 아랫마을의 부자동네와 구획지어진, 식구 많고 가난한 사람들의 동네라는 것이 어린 '나'에게는 그다지 문제가 되지 않는다. 나에게는 유일한 세계인 그곳은 "있는 것보다는 없는 것이 많았지만 모으면 없는 것도 없는"(「꿈꾸는 자는 꿈이 없다」 258면) 곳이었으니 다른 세계와 비교되지 않는 한 그곳은 부끄러울 것도 모자랄 것도 없는 곳이다. 사람 사는 곳이니 사고와 분쟁이 끊이지 않겠지만 "사람들은 돌아서면 잊어버리고 수제비도 끓여 돌렸고, 개떡 한개라도 내 자식 네 자식 상관하지 않고 반으로 뚝 떼어 나누어 먹였"(같은 글 258면)던 그곳에서 마을의 아이들은 모두 "배다른 형제"인, 자체로 충족된 공동체였던 것이다. 문제는 그곳이 언제까지나 머물 수 있는 공간이 아니라는 데에 있다. 삶의 방향을 고민하기 이전의 어린 시절에 그곳에서 사람 사는 일의 속내를 배우고 첫사랑을 겪고 성에 눈떴지만 가난은 이 공동체를 해체하고 그곳의 사람들을 뿔뿔이 흩어놓는다. 가난에 떠밀린 사람들은 모두 보따리를 싸 죽교동을 떠났고 가난 때문에 진학할 수 없었던 큰형은 집을 나갔다가 프레스에 손가락 네 마디가 잘려 돌아온다. 이제 그곳을 떠나느냐 그곳에 남느냐의 결정이 눈앞에 다가온 싯점에서 비로소 '나'는 죽교동과 다른 곳과의 차이를, 빈부와 불평등의 세상 속에 자리한 죽교동의 위치를 알게 된다.

그때마다 서울로 떠나고 싶었지만 작은형처럼 아버지를 따라다니는 일이 아니면 길수나 춘만이가 되는 길밖에는 그 무엇도 기다리고 있지 않다는 걸 나는 잘 알고 있었다. 나는 결코 그렇게 살고 싶지 않았다. 어떻게든 새로운 탈출구를 찾아 발버둥을 치는 것밖에는 아무것도 선택할 수 없었다. (같은 글 276~77면)

목돈을 잡아보려 했던 아버지의 계획이 수포로 돌아가고 빚잔치를 끝낸 가족들은 모두 죽교동을 떠났지만 '나'는 죽교동에 남는다. 다락방에서 칩거하다 다시 집을 나간 큰형을 기다린다는 것이 표면적인 이유였지만, '나'는 서울로 떠나보았자 봉제공장에서 일하는 길수나 요정의 웨이터로 자리를 잡은 춘만이나, 혹은 대학의 꿈을 포기하고 목수 아버지를 따라다닐 수밖에 없는 작은형과 같은 삶말고는 자신을 기다리는 것이 없다는 사실을 알고 있었다. 모두 떠난 죽교동에 홀로 남아 혹독한 고생과 방황을 겪으며 '나'는 유년의 공동체도, 그리고 가진 것 없는 사람들이 꿈꾸어볼 수 있는 미래도 없는 곳에서 자신이 어떤 존재이며 무엇을 위해 살아야 할지를 고민했을 것이다. 그리고 그 혹독한 방황 끝에 자신이 찾는 것은 대학도, 그리고 형도 아니라는 것을 알게 된다. 소식을 기다리던 형이 수배중임을 알게 되었을 때 '나'는 "비로소 나를 에워싼 그 모든 끈을 스스로 끊을 수" 있다고, "이제 나에게 죽교동은 없다" (같은 글 288면)고 선언한다. 유년의 공동체에서 벗어나고 한푼 두푼 모아 안주하는 삶의 유혹을 뿌리친 후 '나'가 무엇을 하게 될 것인지는 알 수 없다. '나'의 성장은 이제 겨우 한마디를 넘어섰을 뿐이고, 죽교동에서 벗어나고 형에게서 벗어나는 길은 또 하나의 출발을 암시하고 있을 뿐이다.

「세마대」와 「꿈꾸는 자는 꿈이 없다」는 모두 성장기의 고민과 가족사의 갈등 속에서 새로운 출발을 알리고 있을 뿐 뚜렷한 결론을 내리고 있지는 않다. 두 작품이 자전적인 체험에서 비롯된 것인지 아닌지를 확인할 수도 없고 확인할 필요도 없지만 작가는 자신이 품고 있던 이야기를 풀어놓는 과정에서 그 이야기의 실체를 확인하고 그 속에서 자신의 고민과 상처를 치유하려고 하고 있음은 분명하다. 그리고 치유는 단지 해결책에 의해서만 가능한 것이 아니라 갈등과 고민을 다시 돌아보고 탐색하는 과정 자체에서 은연중에 이루어지기도 할 것이다. 가족서사의 외부와 그것에 응고되어 있는 사회적 이데올로기들, 중첩된 모순의 결절점을 찾지 못한 「세마대」에 비해 「꿈꾸는 자는 꿈이 없다」가 개인의 노력으로 어쩔 수 없는 부당한 사회구조를 성찰하는 것으로 나아간 것은 '죽교동'이라는 공간과 그곳의 이웃들을 서사의 관계망 속으로 끌어들인 것과 무관하지 않다. '나'가 짐을 챙겨 죽교동을 나서는 것으로 1부가 마무리되는 이 소설의 다음편이 자못 기대된다.

3. 지역, 일상적 삶에 밀착된 구체성

소설이 자신의 이야기를 누군가에게 들려주고 싶은 욕망에서 비롯된다는 것, 그리고 그 이야기 속에는 개인의 체험과 이웃들의 삶이 스며있기 마련이라는 당연하고도 평범한 사실에서 우리는 문학에서 지역성을 이야기할 수 있게 된다. 지역은 중앙과의 구분에 의해서 변방과 소외의 이미지를 안게 되었고 문단에서도 이 문제는 여러 가지의 논란을 증폭시키고 있다. 그러나 좁은 국토에서, 인터넷 보급률 세계 1위라는 초고속 정보화의 시대에 직면한 지역의 정체성에 관한 문제는 지역의 문인들 자신에게도 명확하게 가늠되고 있지 못한 듯하다. 그러나 언제나 삶은 담론보다 강하다. 소설이 구체적인 삶과 현실을 서사의 육체로 끌어안을 수밖에 없음은 새삼 강조할 필요도 없는 당연한 사실이거니와 그러므로 그 정체성은 미리 규정하기 전에 소설의 육체 속으로 슬그머니 자리를 잡고 앉아 있는 것일지도 모른다. 그것은 지역의 현안에 대한 관심과 탐색이기도 하겠지만 우선 작가의 의식과 무의식을 가로지르는, 소설의 주제와 문체를 가로지르는 지역의 정서이며 습성이기도 할 것이다.

그런 의미에서 지역의 작가회의 기관지에 발표된 소설들에서 유난히 바다의 이미지가 뚜렷하게 드러난다는 점은 주목할 만하다. 선상에서의 기독교 신도와 비신도들 간의 갈등을 다룬 옥태권의 「자존심」(『작가와사회』 2002년 겨울호, 부산), 쇠락한 어촌 마을의 스산한 삶을 그린 홍명진의 「먼동」(『작가들』 2002년 상반기), 공해 때문에 파괴된 어촌 마을과 자본주의적 삶의 피폐를 섬뜩하게 그려낸 박종관의 「황금가면」(『작가시대』 2002년, 울산), 부두에서 하역작업하는 노동자의 이야기를 그린 홍구보의 「심플한 사람」(『강원작가』 2002년 상반기), 비행소년들의 순박한 내면을 담담하게 그려낸 박치대의 「울영선」 6(『작가정신』 2002년, 경북) 등에는 모두 바다의 이미지와 그곳에서의 삶이 직간접적으로 스며 있다.

국토의 삼면이 바다이니 우리 나라에서 어딜 가나 바다와 만나게 되는 것은 당연하다. 서울과 그 주변부, 그리고 일부의 내륙지방을 제외한 대부분의 지역은 바다와 접해 있고 그래서 바다는 우리에게 익숙한 소재이고 생활에 밀착된 자연이기도 하다. 서울이나 대도시를 배경으로 한 소설들에서 바다는 그저 추상적 자연이나 일탈과 여행의 목적지일 뿐이지만 지역을 배경으로 한 소설들에서 묘사되는 바다는 확연히 다르다. 그곳은 구체적인 생활의 터전이기도 하며 또한 언제나 일상적으로 접할 수 있는 곳이기에, 막연한 감상과 신비감을 자아내는 이질적이고 예외적인 공간과는 거리가 멀다.

경기가 좋지 않은 항구의 저녁 길은 쓸쓸할 정도로 인적이 드물었
다. 더러 큰 횟집을 찾는 외지의 단체손님들이 있기는 하지만, 항구
전체적으로 보면 풀죽은 모습이다.

야트막한 돌산 모퉁이를 돌아드니 안개는 몇배로 짙게 밤바다를
짓누르고 있었다. 오래도록 비가 내리지 않아 한껏 따가워진 오월 햇
살이 낮 동안 바다를 달구어놓아 그렇게 안개가 짙은 모양이다. 사람
하나 보이지 않는 가운데 가볍게 바위를 치는 파도소리가 을씨년스
럽기만 하다. (「울영선」 6, 221면)

박치대의 「울영선」 6은 구체적인 삶의 현장으로 바다를 다루고 있는
소설은 아니다. 주인공이 2년 전 퇴학당한 학생의 학부형으로부터 전화
를 받고 나간 약속장소가 바닷가의 한 식당일 뿐이다. 그러나 해질 무렵
의 바닷가의 정경은 절묘하게 소설의 분위기 전체를 지배하며, 울진과
영덕을 잇는 해안도로 건설현장에서 아버지를 잃은 한 학생의 일탈과
반항, 그리고 설움이 삭막한 바닷가의 풍경과 어우러져 한결 더 스산하
고도 쓸쓸한 정서를 자아낸다. 그리고 이 삭막한 바다의 풍경은 바다를
관광상품화하기 위해 무리하게 해안도로를 내고야 만 행정의 결과물이
며 익숙한 삶의 배경으로서의 바다를 흥청거리는 관광지에 헌납한 사람
들의 상실감과 연결되어 더욱 절실한 공감을 불러일으킨다. 바다는 일
탈한, 소외된 이에 대한 이해와 연민이라는 주제의식의 배경으로 존재
할 뿐이지만 그 바다에 대한 일상적 감각은 주제의식을 더욱 선명하고
실감있게 부각시키는 역할을 하고 있다.

박종관의 「황금가면」에 오면 바다는 지역의 현안과 구체적 현실의 장
으로서 더욱 적극적으로 전경화된다. 울산이라는 공업도시에서 바다는
삶의 배경도 위안의 휴양지도 아니며 그 도시가 처한 현실적 위기감을

그대로 상징하는 공간이 된다. 공장지대가 들어선 바닷가 연안지역은 더이상 사람이 살 수 없는 죽은 땅이 되고 그 죽은 땅에서 하루하루를 연명할 수밖에 없는 사람들은 공해와 오염을 피해서 형성된 주택지에 사는 사람들과 확연히 구분된다. 공해와 오염은 단지 가난이라는 말로는 설명될 수 없는 황폐와 소외를 만들어내고 그래서 그곳에 사는 사람들의 영혼은 더욱 피폐해진다. 아무리 발버둥쳐도 수산물 가공공장에서 생선의 창자를 따는 일에서 벗어날 수 없고, 그래서 오염된 바닷가의 음습한 단칸방에서 살 수밖에 없는 주인공 처녀는 공장이 아닌 다른 곳에서 삶의 조건을 바꿀 방법을 찾는다. 밤마다 단칸방으로 침입하는 주인집 사내를 협박하여 주택지에 전셋집을 마련하고, 색다른 매력을 찾는 고객에게 적극적으로 매춘을 하여 자신의 소비욕망을 채울 재화를 얻는 것이다. 폐수와 악취로 요동치는 바다는 자본의 무한증식과 성장일변도의 세계관이 빚어낸 결과물이며, 그 자본의 악마적 세계에 자신의 몸을 내던짐으로써 막다른 곳에 내몰린 인간의 존엄을 고발하는 위악적 몸부림을 배태하는 산실이기도 하다. 군데군데 자본주의의 위력과 비인간성을, 그것에 대한 혐오와 추종이 뒤섞인 인간상을 고발하는 작가의 목소리가 지나치게 직설적으로 노출된다는 문제점이 있기는 하지만 「황금가면」은 파괴된 자연이 어떻게 인간의 삶을 파멸로 몰아넣는가를 섬뜩하게 보여주며 이것은 삶의 구체적 조건으로서 지역을 사고했기 때문에 가능한 것이기도 하다.

4. 지역을 넘어서, 지역문학을 넘어서

지역의 문제를 주체적으로 사고하자는 목소리가 높아지는 것에 비례하여 편향된 지역감정과 배타적 애향심의 문제가 부정적인 방식으로 지적되기도 하지만, 진정한 지역주의는 단지 한정된 한 지역의 틀에 갇혀 있지 않는다. 삶의 구체적 조건으로서의 지역은 소설에 실감을 부여하고 자신의 삶과 그 주변을 더욱 깊이있게 탐색하는 토양을 제공하며, 그러한 과정을 통해 지역의 문제는 우리 모두의 삶을 규정하는 사회적 조건과 의미에 대한 보편적 시선을 확보하게 해주기 때문이다. 이대환의 「이 즐거운 세상을」(『작가정신』 2002년), 김중미의 「거대한 뿌리」(『작가들』 2001년 하반기)는 지역의 문제가 어떻게 우리 삶의 보편적 문제로 확대되고, 그래서 소설의 문제의식을 더욱 풍부하게 만드는가를 잘 보여주는 수작이다.

이대환의 「이 즐거운 세상을」은 지방 소도시에서 일어나고 있는 부패와 타락의 한 국면을 신랄한 어조로 파헤치고 있는 작품이다. 이 작품을 이끌어나가는 사건은 크게 두 가지인데 하나는 지역의 한 사립대학의 교수임용과 관련된 비리이고 또 하나는 건축회사의 불법 형질변경과 아파트 건축에 관련된 사건이다. 조영기라는 인물이 이 두 사건에 공통적으로 개입되어 있는데, 그는 자본주의 사회의 생리를 누구보다도 명민하게 파악하고 그것을 활용하여 자신의 부와 권력을 쌓아나가는 데 탁월한 술수를 발휘하는 인물이다. 조영기는 교수임용을 댓가로 거액의 기부금을 요구하는 현장을 녹음하여 당당하게 대학교수가 되고 이 사실을 익명으로 방송사에 제보해 대학을 위기에 빠뜨려놓고는 다시 대학의 결백을 증명해줌으로써 지역사회의 일약 저명인사로 떠오르며, 그 지명도를 활용하여 건축회사의 불법 형질변경과 건축허가에 개입하여 뒷돈을 챙긴다. 이처럼 조영기의 협잡과 술수는 보통사람으로서는 도저히 상상할 수조차 없을 정도의 경지이다. 그리고 조영기와 함께 자신의 이익을 챙기기 위해 야합과 배신을 거듭하는 인물들의 일사불란한 연대로 인해 한 지역의 부패와 타락은 끊임없이 지속될 수 있다. 소설이 지역의 현실을 통렬하게 비판하고 풍자할 수 있었던 것은 교수직 매매를 거절하고 방송사 기자로 진로를 바꾼 강인호라는 인물의 정의감과 문제의식이 조영기와 같은 인물군의 반대편에 서 있기 때문이기도 하지만 양심과 윤리, 기본적인 정의감을 상실한 지 오랜 인물들의 활약이 구체적이고도 신랄하게 형상화된 때문이기도 하다. 다양한 인물들의 관계를 통해 비리와 타락이 지속되는 현실을 풍부하게 담아내고, 그래서 우리 사회의 모순과 비리가 단지 한 부정한 인물이나 기구에 의해서가 아니라 개인의 이익들이 합종연횡을 거듭하는 조직적인 구조에 의해 지속되고 있다는 사실을 설득력있게 제시했기에 자칫 계몽적이고 해설적일 수 있는 소재는 생생한 비판적 목소리로 살아난다. 그리고 이러한 구조의 밑바닥을 차지하고 있는 것은 자본주의사회 자체가 안고 있는 모순이며 결국 그 구조적 모순에 적응하여 자본주의적 삶을 진리로 알고 살아가는 이들만이 공동체의 삶을 파괴하는 타락과 부패의 현실을 당당하게 즐기면서 살아갈 수 있는 것이다.

좋습니다. 흥정합시다. 강기자와 나는 인생관이 다를 뿐입니다. 나는 자본주의적 생리를 적극적으로 이용하는 것이 이 세상을 즐겁게 사는 가장 현명한 방법이라고 믿는 사람입니다. 그렇게 하면 항상 이 즐거운 세상을 누릴 수 있는 겁니다. 이게 내 인생관입니다. 이건 진리라고 불러도 됩니다. (「이 즐거운 세상을」190면)

지성의 전당이며 교육의 산실이라는 대학의 교수직이 매매되고, 지역의 환경은 아랑곳하지 않은 채 야산이 파헤쳐지고 그곳에 거대한 아파트단지가 들어서는 현실은 뉴스에서 흔히 접하는 우리 사회의 대표적 비리의 한 모습이다. 다만 우리는 그러한 일들이 너무나 빈번하게 일어나기 때문에, 그리고 그것을 타파하기에는 비리의 연쇄구조가 너무나 깊고 견고하다는 것을 알고 있기 때문에 으레 세상이 그렇거니 하며 넘기고 있을 뿐이다. 그렇다면 이 소설 속에서 일어나는 사건은 단지 한 지역의 현안에 국한된 문제가 아니다. 강기자의 정의감이 조영기를 몰락시킬 수 있을지, 녹음기로 흥한 자 녹음기로 망하는 사필귀정을 일구어낼 수 있을지는 알 수 없지만, 이대환의 「이 즐거운 세상을」은 한 지역의 문제를 구체적이고도 실감있게 파헤침으로써 우리 사회의 한 축도를 압축적으로 보여주고 있다.

이대환의 소설이 지역의 문제를 통해 우리 사회의 한 축도를 전형적으로 제시함으로써 보편성을 획득하고 있다면, 김중미의 소설은 지역과 지역의 공통적 경험과 연대를 기반으로 비정하고도 고통스러운 세상을 이겨나갈 해법을 보여주고 있다. 작가는 인천 만석동의 빈민촌과 동두천의 기지촌을 소설 속에서 이어놓음으로써 빈곤과 고통과 억압의 삶이 우리가 안고 나가야 할 보편적 문제임을, 그리고 이 고통의 '거대한 뿌리'로부터 희망의 새싹이 돋아날 수 있음을 환기시키고 있다.

만석동 빈민촌의 매맞는 아이였던 정아가 외국인 노동자의 아이를 임신한 사실을 알고 화자인 '나'는 번민한다. 외국인 노동자의 인권을 옹호하고 그들과의 연대를 주장했지만 정아의 앞날에 닥칠 시련을 생각하면 정아의 선택을 기꺼이 축복할 수가 없는 것이다. 그러나 20년도 전에 유년을 보내었던 동두천 기지촌을 다녀온 '나'는 새삼스럽게 깨닫게 된다. 정아는 고통의 쳇바퀴 속으로 밀려들어간 것이 아니라 자신의 고통으로부터 타인의 고통을 알게 되고 그래서 그 고통의 연대를 통해 새로운 삶을 시작하고 있다는 것을. 자신이 만석동에서 원인 모를 편안함을 느낀 것은 동두천의 밑바닥 인생들과 함께한 체험들 때문이었듯이 정아가 외국인 노동자를 사랑하게 된 것은 만석동의 비참하고도 고통스러운 삶을 겪었기 때문에 가능한 일이었다. 고통과 비참을 겪은 사람만이 그것의 부당함에 분노할 줄 알고 그래서 더욱 강렬하게 억압과 고통이 없는 새로운 세상을 열망할 수 있다. 그래서 억울하고 힘든 사람은 더 힘들고 어려운 사람을 알아보고 그들을 사랑하고 그들과 연대하며 그들과 함께 희망을 찾을 수 있다. 가난과 학대의 삶은 버리고 벗어나야 할 것이 아니라 다시 그곳으로 돌아가 희망의 원천으로 일구어야 할 우리 삶의 '거대한 뿌리'인 것이다. 그래서 정아는 동두천 기지촌의 되바라진 소녀 경숙과 다르지 않고 정아가 사랑한 외국인 노동자는 미군들에게 유린당해 흑인 아이를 낳아야 했던 윤희 언니의 모습과 겹쳐진다. 만석동은 동두천으로, 그리고 이 땅의 모든 소외되고 버려진 곳들로 확산되며 그러한 인식이야말로 부당한 현실에 대한 분노와 새로운 삶을 향한 희망을 일구는 원천이기도 하다. 만석동의 실골목으로, 그곳에서 자라는 아이들의 수척한 삶으로 깊이 침투해 들어갔던 서사는 우리 사회의 모든 불우하고도 고통스러운 골목들로 다시 뻗어나온다. 김중미의 「거대한 뿌리」는 지역에의 밀착과 애정을 기반으로 다른 지역과 연대하고 나아가 우리 현실 전체를 전망할 수 있는 안목을 획득하는, 지역문학의 건강한 가능성을 보여준다.

5. 다시, 혹은 여전히 출발점에 서 있는 지역문학

행정수도 이전이 대선의 쟁점으로 떠오르고, 지역분권을 주장하는 후보가 대통령으로 당선되었지만 지금의 중앙과 지역의 분할구도와 문제점이 쉽사리 개선될 것 같지는 않다. 경제, 사회, 교육, 문화의 모든 핵심적 인프라가 서울에 집중되어 있는 한 행정수도 이전은 그저 숱한 기러기 아빠들을 양산하는 것 이상의 결과를 낳지는 못할 것이다. 기껏해야 말단 공무원들이나 거주지를 옮겨올 뿐일 텐데 그들이 서울에 집을 갖고 있을 리가 만무하니 천정부지의 주택가격은 쉽게 진정되지 않을 것이고 수도권의 과밀화 현상도 획기적인 완화효과를 거두기는 힘들 것이다.

극심한 인적, 물적 자원의 부족에 시달리는 지역문학 역시 지금의 어려움을 한참이나 더 안고 가야 할 것은 분명하다. 여전히 "단자화된 개인으로부터 연대의 장을 마련하는" "친밀성"(『부천작가』 2001년)을 기반으로 "명백한 한계 안에서의 최선"(『작가정신』 2002년)을 다하는 것 외에는 별다른 현실적 대안이 없어 보인다. 그러나 삶의 현장으로서의 지역을 주체적으로 인식하고, 그 구체성의 서사를 통해 우리 사회의 여러 현안들로 침투해 들어가야 한다는 당위성 또한 분명하며 그 당위가 담보하고 있는 가능성의 싹을 발견하는 것도 그리 어려운 일만은 아니다. 지금의 현실적 조건 하에서 일년에 한두 권의 기관지를 발간하는 것만도 대단한 성과라고 할 수 있지만, "비판적 점검 없이 작품을 생산하려는 안일과, 소외의 근원을 무조건 중앙에만 전가하려는 편협한 시각"(『작가들』 2001년 하반기)을 경계하면서 지역문학이기 때문에 가능한 여러 행로들을 모색할 필요도 있다. 지역문학의 가능성을 적극적으로 발굴하고 그래서 중앙과 지역의 분할이 아니라 지역과 지역의 공존을 일구어내는 것도 중앙과 지역의 문인들이 함께 부담해야 할 과제이다. 지역문학의 현주소를 점검하고 그 성과를 적극적으로 평가해보려는 이 글 역시도 준비와 시간의 부족으로 시도에 그치고 말았다. 평론의 충실성에 대한 문제는 전적으로 필자의 책임이지만 이 글이 지역작가들의 소외와 불만에 대응하는 일회적인 구색맞추기에 그치지 않기를, 지역문학에 대한 지속적인 관심과 노력으로 이어지는 계기가 되기를 바라는 마음만은 간절하다.

— 『내일을 여는 작가』 2003년 봄호

찾아보기

충돌하는 차이들의 심층

초판 발행/2005년 5월 30일

지은이/서영인
펴낸이/고세현
편집/김정혜 문경미 안병률 강영규 김영주
미술·조판/정효진 신혜원
펴낸곳/(주)창비
등록/1986년 8월 5일 제85호
주소/경기도 파주시 교하읍 문발리 513-11 우편번호 413-756
전화/031-955-3333
팩시밀리/영업 031-955-3399 · 편집 031-955-3400
홈페이지/www.changbi.com
전자우편/literat@changbi.com

＊이 책은 대산문화재단의 '대산창작기금'을 받았습니다.